윌리엄 셰익스피어 **베니스의 상인**
다시 쓰기

*

샤일록은
내 이름

하워드 제이컵슨 소설

이종인 옮김

HOGARTH
SHAKESPEARE

현대문학

윌버 샌더스의 영전에 이 책을 바친다.

여러 해 동안 우정을 나누어 오고 또 함께
셰익스피어를 가르쳤으면서도 우리가 『베니스의 상인』을 전혀
논한 적이 없었다는 게 어찌 된 일인지 설명할 수가 없네.
이제 우리가 함께 이 작품을 논할 수 없으니 그것을 깊이 슬퍼하노라.

PORTIA: Which is the merchant here, and which the Jew?
DUKE: Antonio and old Shylock, both stand forth.
PORTIA: Is your name Shylock?
SHYLOCK: Shylock is my name.

The Merchant of Venice, Act **IV**, Scene 1

포샤 : 여기 누가 상인이고 누가 유대인인가?
공작 : 안토니오와 샤일록 노인, 둘 다 앞으로 나오라.
포샤 : 당신 이름이 샤일록인가?
샤일록 : 샤일록이 내 이름이오.

『베니스의 상인』 4막 1장

일러두기

본문에 인용된 성경 구절은 한국 성서공동번역위원회의 『공동번역성서』를 따랐다.

1

살아 있는 것보다 죽어 버리는 것이 더 좋을 법한 나날 중 어느 하루였고 장소는 잉글랜드의 북부였고 때는 2월이었다. 땅과 하늘 사이의 공간은 빛이 아주 힘들게 비집고 들어오는 우편함 크기였고, 하늘 그 자체도 형언할 수 없을 정도로 따분하게 보였다. 그곳은 비극과 전혀 어울리지 않는 무대였고, 망자들이 조용히 누워 있는 이곳에서조차도 사정은 마찬가지였다. 공동묘지에는 두 명의 남자가 있었는데 그들은 각자의 고민거리에 몰두해 있었다. 그들은 고개를 들지 않았다. 이런 곳에서는 갑자기 희극적인 인물이 되고 싶지 않다면 날씨를 상대로 시비를 걸어서는 안 되는 것이었다.

애도객들 중 첫 번째 사람의 얼굴에는 그런 갈등의 표시가 새겨져 있었다. 그는 중년 남자였는데 걸음걸이가 불확실했다. 때로는 오만할 정도로 고개를 빳빳이 쳐들고 걷는가 하면, 때로는 남들의 시선을 두려워하는 것처럼 고개를 푹 숙였다. 그의 입 또한 경련을 일으키면서 불확실한 신호를 보냈다. 그의 입술은 어떤 때는 조롱으로 비틀어지는가 하면, 그다음에는 부드럽게 벌어져서 마치 여름 과일처럼 조그마한 충격에도 허물어질 것처럼 취약해 보였다. 그는 사이먼 스트룰로비치이다. 부자이고, 화를 잘 내며, 쉽게 상처 받으면서 때때로 열광적인 흥분을 느끼는가 하면 그런 흥분이 곧 사라져 버리는 자선사업가이다. 20세기 영국계 유대인 미술품과 오래된 성경들의 저명한 수집가이며, 셰익스피어(이 극작가의 천재성과 오만한 세파르디⁺ 표정에 대하여, 사이먼은 그것이 한때 극작가의 조상들이 성을 샤피로에서 셰익스피어로 바꾼 데서 기인한다고 생각했으나 지금은 확신하지 못한다)를 광적으로 좋아하고, 런던과 맨체스터와 텔아비브 대학들로부터 명예박사 학위를 받았으며(텔아비브 박사 학위는 그가 확신하지 못하는 또 다른 사항이다), 현재 탈선 중인 딸을 둔 남자이다. 그는 애도의 열두 달 기간이 지났으므로 최근 어머니 묘에 세운 비석을 확인하기 위해 여기에 나왔다. 그는 애도 기간 중에 의식적으로 어머니의 죽음을 슬퍼하지는 않았다. 미술품을 사들이거나 빌려주느라고 너무 바빴고, 그의 자선 재단과 기금 관리, 혹은 '자선 행위'—그의 어머니는 자부심과 근심이 섞인 어조

⁺ 본래 스페인과 포르투갈에서 살던 유대인이나 그 자손.

II

로 이 단어를 말했으며 아들이 돈을 기부하는 일로 너무 바빠서 그 때문에 죽게 되는 것을 원하지 않았다—로 너무 바빴으며, 머릿속에서 각종 계산을 마치느라고 너무 바빴고, 또 딸의 문제로도 너무 바빴다. 하지만 이제 그는 보상을 해 드리고 싶었다. 더 나은 아들이 될 수 있는 시간은 늘 있는 법이다.

혹은 더 좋은 아버지가 될 수 있는 시간도. 그가 이제 진실로 죽어 버린 셈 쳐야 할 대상이 딸이라는 게 정말 있을 수 있는 일일까? 이런 일은 집안의 내력이었다. 그의 아버지도 한동안 그를 죽은 셈 쳤다. "넌 내게 죽은 거나 마찬가지야!" 왜? 그의 아내의 종교 때문이었다. 그러면서도 그의 아버지는 전혀 종교적인 사람이 아니었다.

"네가 차라리 내 발밑에서 죽어 버렸으면 좋겠어……"

그게 정말로 더 좋았을까?

우리 유대인에게는 언제나 죽음이 부족하지, 그는 비문이 적히지 않은 비석들 사이를 걸어가며 생각했다. '우리'. 그건 그가 때로는 거기에 소속됨을 승복하고 때로는 승복하지 않는 개념이었다. 우리는 운 좋게도 살아서 도착했군. 우리의 소유물을 막대기에다 매달아 휴대하고, 우리를 배신한 아이들을 파묻을 곳을 즉각 찾아 나서면서.

어쩌면 모든 매장에 앞서서 존재했던 모든 분노 때문에, 그곳은 아름다움의 위안이 결핍되어 있었다. '우리'란 말이 그의 사전에 아예 존재하지 않던 학창 시절에 스트룰로비치는 스탠리

스펜서[*]의 〈부활, 쿡햄〉에 대하여 논문을 쓰면서 스펜서가 그린 무덤들이 소란스럽고 힘찬 생명력으로 넘쳐 나는 광경과 또 내세를 향해 황급히 달려가는 망자들의 모습을 찬탄했다. 하지만 이것은 버크셔 전원에 있는 교회 마당이 아니었다. 이것은 남부 맨체스터 게이틀리에 있는 메시아 없는 자들을 위한 공동묘지였다. 이곳에서는 내세가 존재하지 않는다. 모든 것은 여기에서 끝나 버린다.

땅에는 아직 잔설이 남아 있어서 무덤의 화강암 틈 사이로 눈이 파고든 부분은 지저분한 검은색으로 변하고 있었다. 그 지저분한 눈은 초여름까지 거기에 그대로 있을 것이다. 여름이 언젠가 찾아온다면.

스트룰로비치가 여기에 도착하기 오래전에 이미 와 있던 두 번째 사람은 묘비가 닳아서 글자가 잘 안 보일 정도로 반들반들한 무덤의 주인공에게 다정하게 말을 걸고 있었다. 그는 샤일록인데 그 역시 분노하는 폭풍우 같은 성질의 유대인이다. 그렇지만 그의 분노는 폭발적이라기보다 냉소적이고, 폭풍우는 그의 아내 리아와 함께 있으면 자연스럽게 가라앉는다. 그러나 리아는 지금 눈 밑에 깊숙이 묻혀 있다. 그는 스트룰로비치보다는 자아가 덜 분열되어 있으나 바로 그 이유 때문에 실은 더 분열되어 있다. 샤일록에 대하여 똑같은 의견을 가지고 있는 사람은 없다. 그를 무

[*] 1891~1959 기독교의 종교적 주제들을 주로 그린 영국 화가.

조건 경멸하는 사람들 중에도 그 무조건에는 정도의 차이가 있다. 그는 스트룰로비치에게는 없는 돈 걱정이 있고, 미술품이나 오래된 성경책을 수집하지도 않으며, 사람들이 자신에게 자비롭게 대하지 않는 곳에서 자비심을 보이기가 어렵다. 아마도 어떤 사람들은 그런 태도가 자비심의 핵심을 빼앗아 버린다고 말하리라. 그의 딸에 대해서는 말하지 않으면 않을수록 더 좋다.

그는 스트룰로비치처럼 가끔 묘지를 둘러보는 사람이 아니다. 그는 묘지 생각을 잠시 내버려 두고 그 밖의 어떤 것을 생각할 겨를이 없다. 왜냐하면 그는 잘 잊어버리지도 잘 용서하지도 않는 사람이므로, 그 밖의 어떤 것은 존재할 수가 없다.

스트룰로비치는 잠시 생각을 멈추고 샤일록의 존재를 느끼다가 천천히 그를 쳐다보았다. 그의 존재감은 공동묘지에 와 있는 누군가가 불경스럽게도 눈을 뭉쳐서 공을 만들어 스트룰로비치의 목덜미에다 내던진 것 같은 일격이었다.

축복처럼 차가운 무덤 속으로 떨어지던 "나의 사랑하는 리아"라는 말이 스트룰로비치의 귀에 들렸다. 여기에는 많은 리아가 누워 있다. 스트룰로비치의 어머니도 리아였다. 그러나 이 리아는 그 이름에 영원불멸의 경건함을 간직하고 있고 스트룰로비치도 그것을 모르지 않는다. 왜냐하면 그는 남편의 슬픔과 아버지의 분노를 현재 공부하는 중이기 때문이다. 리아는 일찍이 샤일록에게 약혼반지를 사 주었다. 리아의 딸 제시카는 원숭이 한 마리를 사들이기 위해 그 반지를 훔쳤다. 제시카, 배신의 전범. 샤

일록은 광야에 가득한 원숭이들을 다 준다 해도 그 반지를 팔지
는 않을 것이었다.

그건 스트롤로비치도 마찬가지였다.

그러니 '우리'는 결국 스트롤로비치에게 의미가 있는 것이었
다. 제시카가 배신한 종교는 곧 **그의** 종교였다.

스트롤로비치가 필요로 하는 '우리'라는 인식의 단서로는 그
정도로 충분했다. 하지만 그는 그 점에 대해서 냉정했다. 물론 샤
일록은 여기, 죽은 자들 가운데 와 있다. 그가 언제 여기에 오지
않은 적이 있었던가?

조숙하게 콧수염이 나고 지나치게 영리한 열한 살 때 스트롤
로비치는 어머니와 백화점 쇼핑을 나갔는데 그때 어머니는 면도
후 로션을 사는 히틀러를 보았다.

"빨리, 사이먼!" 그녀가 아들에게 말했다. "빨리 달려가서 경찰
을 불러와. 난 여기서 자리를 지키면서 저자가 달아나지 못하게
감시할 테니까."

그러나 히틀러가 백화점에 있다는 말을 믿어 줄 경찰관은 없을
것이었고, 그래서 히틀러는 유유히 스트롤로비치 어머니의 감시
망을 빠져나갔다.

스트롤로비치 또한 히틀러가 백화점 안에 있다는 얘기를 믿지
않았다. 그는 집에 돌아와 아버지에게 그 점에 대해서 농담을 했
다.

"네 어머니를 놀리지 마라." 그의 아버지가 그에게 말했다. "엄마가 히틀러를 보았다고 하면 엄마는 실제로 히틀러를 본 거야. 네 이모 애니는 지난해 스톡포트 시장에서 장을 보다가 스탈린과 마주쳤어. 내가 네 나이만 했을 때 나는 히턴 공원 호수에서 노를 젓는 모세를 보았단다."

"모세가 아니었을 거예요." 스트룰로비치가 말했다. "모세라면 노를 젓지 않고 호수를 둘로 갈랐겠지요."

그런 되바라진 대답 때문에 그는 방으로 들어가라는 지시를 받았다.

"노아라면 노를 저었을 수도 있죠." 스트룰로비치는 계단 꼭대기에서 소리쳤다.

"그 말 때문에 너는 오늘 저녁 식사는 없어." 그의 아버지가 말했다.

얼마 뒤 어머니가 그에게 몰래 샌드위치를 가져다주었다. 리브가가 야곱에게 해 주었던 것처럼.✦

스트룰로비치의 아버지는 유대인의 상상력을 그보다 더 잘 이해했다. 왜 그 상상력은 시간이나 지리에 한계를 두지 않는지, 왜 과거를 과거에 맡겨 두지 못하는지, 왜 그의 어머니가 히틀러를 보았는지…… 스트룰로비치는 『탈무드』신봉자는 아니었지만 가장 좋은 글귀만을 모아 놓은 자그마한 사비私費 출판의 명언 모

✦ 『창세기』 27장 17절.

음집을 가끔 읽었다. 『탈무드』의 문제점은 스트룰로비치처럼 좌파적인 반대주의자로 하여금 그에 못지않게 좌파적인, 오래전에 작고한 반대주의자들을 만나게 해 준다는 것이었다.

뭐, 그렇게 생각한다고, 라바 바르 나흐마니*? 가서 엿이나 잡수셔!

그래, 이승 다음에 저승이 있다고? 랍비여, 당신의 생각은 뭡니까?

라바 바르 나흐마니는 그의 수의壽衣를 흔들면서 스트룰로비치에게 가운뎃손가락을 들어 보였다.

오래전이 바로 지금이 되고 다른 어떤 곳이 여기 이 장소가 된다.

리아가 어떻게 게이틀리 공동묘지의 입주자가 되었느냐고 묻는 것은, 그런 질문으로 샤일록을 화나게 만들려는 바보나 함 직한 질문이다. 매장의 구체적인 절차—가령 시간과 장소—는 그에게 결코 중요하지 않다. 그녀가 지하에 묻혀 있다는 것, 그것만으로 충분했다. 살아 있었을 때, 그녀는 그에게 이 세상 모든 곳이었다. 죽어서도—그는 오래전에 그렇게 결심했다—그녀는 마찬가지였다. 지구 주위를 날아다니며, 그가 어디를 걸어가든 그에게서 결코 멀어지는 법이 없는 영원한 존재.

✦ 270~330 바빌로니아에서 살았던 유명한 율법학자 중 한 명.

스트룰로비치는 정신을 바짝 차리고 열광적으로, 마치 더 큰 악기에 적응하려는 작은 악기처럼, 쳐다보지 않는 것같이 보이려고 애쓰면서 쳐다보았다. 만약 그래야 한다면 그는 하루 종일 그렇게 서 있을 용의가 있었다. 샤일록의 태도로 미루어 보아—그는 고개를 기울이고, 고개를 끄덕이고, 옆을 보았지만 뱀처럼 곁눈으로 볼 뿐 상대방의 **정면**을 바라보지는 않았다—스트룰로비치는 그가 리아와 대화를 나누면서 진지하게 몰입하고 있고, 외부의 사건 따위는 의식하지 않으며, 더 이상 고통을 느끼지 않는다는 것을 짐작할 수 있었다. 그것은 분명 애정이 넘치고, 활발하며 심지어 쌍방 간의 대화인 것처럼 보였다. 샤일록은 말만 하는 것이 아니라 들었고 그녀가 말하는 듯이 깊이 생각했다. 하지만 그는 리아의 말을 예전에 여러 번 들었음에 틀림없었다. 그는 문고판 책을 펴서, 법률 문서나 깡패들의 지폐 뭉치처럼 뒤로 말아 들고 있었고, 때때로 갑자기 그 책에서 한 페이지를 찢어 내기라도 할 듯이 반듯하게 펴서 낮은 목소리로 그녀에게 읽어 주었다. 게다가 그는 손으로 입을 가렸는데, 너무 은밀한 기쁨을 노골적으로 드러내지 않으려고 억지로 웃음을 감추는 그런 자세였다. 저게 웃음이라면, 그건 아마 먼 길을 여행해야 하는 웃음일 테지, 하고 스트룰로비치는 생각했다. 카프카(이 불행한 아들들의 전쟁터에서 그보다 더 불행한 아들이 있을까!)의 한 구절이 갑자기 생각났다. **肺폐가 없이 웃는 듯한 웃음.** 카프카의 웃음처럼. 어쩌면 내 웃음도 그런가, 하고 스트룰로비치는 생각했다. 너무 깊숙한 곳에 있어서 폐는 감당하지 못하는 그런 웃음? 농담에 대해서 말해 보건대 그게 농담이라면, 그건 철저히 개인적인 것이어야 한다. 그 농담은 어울리지 않는 것일 수도 있다.

나는 여기서 편안하지 못한데 그는 편안하군, 하고 스트룰로비치는 생각했다. 묘비들 사이에서도 편안함을 느끼고, 결혼 생활에서도 편안함을 느꼈지.

스트룰로비치는 샤일록의 상황과 그 자신의 상황이 너무 다른데 대하여 가슴이 쩌릿해졌다. 그의 결혼 생활 기록부는 엉망진창이었다. 그와 첫 번째 아내는 결혼 생활을 소규모 지옥으로 만들었다. 그녀가 기독교인이었기 때문일까? 그의 아버지는 그가 다른 종교를 가진 여자와 결혼하려 한다는 사실을 알았을 때 "지옥에나 가라Gai in drerd!"라고 말했다. 그것도 지옥의 변방이 아니라, 이교도와 결혼한 자가 간다는 지옥의 핵심 원圓으로 떨어지라는 것이었다. 결혼 전야에 아버지는 그보다 더 분명한 전화 메시지를 남겼다. "넌 내게 죽은 거나 다름없어." 그의 두 번째 결혼은 아브라함의 딸과 했는데, 그런 이유로 아버지는 저주를 거두고 전화상으로 아들을 라자로라고 불렀다. 하지만 그 두 번째 결혼은 갑작스럽게 마비되면서 정지해 버렸다. 결코 오지 않을 소식을 하염없이 기다리는 것과 비슷한, 모든 느낌들의 정지. 아내가 딸의 열네 번째 생일에 뇌중풍을 맞아 언어와 기억의 상당 부

✦ 프란츠 카프카의 단편 「가장의 근심Die Sorge des Hausvaters」(1917)의 한 구절.

분을 잃어버렸고, 그 결과 그는 마음속에서 남편 영역을 폐쇄했다.

결혼! 이렇게 하면 아버지를 잃어버리고 저렇게 하면 아내를 잃어버린다.

그는 자기 연민을 모르는 사람이 아니다. 불쌍한 케이가 내게 살아 있는 것보다 오히려 죽은 리아가 샤일록에게 더 생생하게 살아 있지, 하고 그는 생각했다. 그는 그날 처음으로 한기를 느꼈다.

그는 샤일록을 쳐다보았다. 샤일록의 등과 목에는 근육이 단단하게 뭉쳐져 있었다. 그것은 여러 해 전 그가 즐겨 봤던 만화의 주인공을 생각나게 했다. 권투 선수 아니면 레슬링 선수였던 그 주인공은 몸 주위에 물결 모양의 선들이 그려져 있어서, 강력한 힘을 내뿜는 것이 느껴졌다. 나는 어떤 모습으로 그려질까, 하고 스트롤로비치는 생각했다. 나의 이런 느낌을 전달하기 위해 어떤 표시의 선을 그려 넣어야 할까?

"그걸 한번 상상해 봐." 샤일록이 리아에게 말을 건넨다.

"여보, 뭘 상상하라고요?"

"샤일록의 질투."

그녀의 웃음소리는 너무나 아름답다.

샤일록은 검은색 롱 코트를 입었고 그 밑단이 눈[雪]에 닿지 않도록 신경 써서 앉은 채 몸을 앞으로 수그리고 있었다. 하지만 코트가 구겨질 정도로 몸을 많이 내밀지는 않았다. 그는 홈 카운티스*의 오페라 애호가들이 글라인드본**에 가져갈 법한 그런 접이식 소형 의자에 앉아 있다. 스트룰로비치는 샤일록의 모자가 어떤 선언을 하고 있는지 감이 잡히지 않았다. 만약 그가 일부러 물어본다면 샤일록은 머리의 보온을 위해 썼다고 대답하리라. 하지만 그것은 중절모자였고 샤일록이 자신의 외양을 신경 쓴다는 표시였다. 멋쟁이 신사의 모자였고 장난스러운 위협의 기미마저 있었으나, 그의 얼굴에는 전혀 장난의 표시나 기억은 드러나지 않아 그런 기미를 상쇄했다.

스트룰로비치의 옷은 그보다 더 금욕적이었는데, 미술품 수집가의 외투는 법의처럼 물결쳤고, 눈처럼 하얀 셔츠의 칼라는 목덜미까지 단추가 채워졌으며, 15세기 사람들의 스타일처럼 넥타이는 매지 않았다. 범접할 수 없는 근엄함의 분위기를 풍기는 샤일록은 스트룰로비치보다 덜 공허해 보였고 그래서 경우에 따라서는 은행가나 법률가로 보일 수도 있었다. 어쩌면 그는 마피아의 대부代父처럼 보일 수도 있었다.

스트룰로비치는 어머니 묘소를 둘러보러 오기 잘했다고 생각

✦ 런던 근교의 여러 카운티들로서 미들섹스, 서리, 켄트, 에식스 등을 가리킨다.
✦✦ 영국의 오페라하우스가 있고 페스티벌이 벌어지는 곳으로, 이스트서식스에 있는 엘리자베스풍의 저택이다.

하면서 그가 현재 목격 중인 샤일록의 묘변墓邊 대화는 그 보상이 아닐까, 하는 생각이 들었다. 이게 좋은 아들이 되면 얻는 보람인가? 그렇다면 그는 좀 더 일찍 묘소를 찾았어야 마땅했다. 이것 말고 달리 더 잘 설명해 주는 것도 없지 않은가. 아니면 사람은 자기가 보기 좋아하는 것만 보는 것인가? 그렇다면 일부러 찾아다니면서 보려고 하는 것은 무의미하다. 그냥 어떤 의미가 당신을 찾아오기를 가만히 기다리기만 하면 된다. 그는 이런 지나가는 엉뚱한 공상을 해 본다. 셰익스피어의 조상들은—좀 더 안전한 쪽에 서서 말해 보자면—성을 샤피로에서 셰익스피어로 바꾸고 샤일록이 그(셰익스피어)에게 찾아오도록 했을지도 모른다. 극장에서 집으로 돌아오면서 셰익스피어는 유령들을 보고서 메모지에다 글을 쓴다. 그는 자기 자신의 외부를 오랫동안 쳐다보다가 마침내 안토니오가 저 혐오스러운 자인 유대인에게 침을 뱉는 것을 본다.

"어떻게 지금 이 순간! 유대인! 당신 사촌이야?" 셰익스피어가 묻는다.

그곳은 유대인이 없는Judenfrei 엘리자베스 여왕 시대의 잉글랜드였다. 그래서 그는 놀라는 것이다.

"쉿." 유대인이 말한다.

"샤일록!" 셰익스피어가 별로 조심도 하지 않으면서 말한다. "내 사촌 샤일록, 아니면 내가 기독교인이거나!"

샤피로, 셰익스피어, 샤일록. 가족적 연상.

스트롤로비치는 그런 연상에서 제외되어 슬픔을 느낀다. 그의 이름에 쉿shush 발음이 들어가지 않아서 유감이다.

스트롤로비치가 볼 때, 자신에게 다가오는 의미를 민감하게 받아들이는 것이 중요하지, 의미를 찾아서 천하를 방랑한다는 것은 바보나 하는 짓이다. 그는 리도디베네치아에 있는 그림 같은 유대인 공동묘지를 알고 있다. 그곳은 한때 버려진 곳이었으나 후에 유럽의 새로운 보상 정신이 발동하여 복구된 곳이다. 사이프러스 나무들이 둘러쳐진 고독한 울적함과 잔인한 햇빛이 갑작스러운 창날처럼 찌르고 들어오는 그곳은, 그가 아는 친지, 그러니까 과거의 잘못을 열렬하게 보상하려고 하는 자가 무수히 순례 여행차 찾아오는 곳이다. 하지만 그 친지는 샤일록이 베네치아의 게토를 구경하는 아이스크림을 핥아 먹는 관광객들에게 죽은 채로 그 모습을 드러낼 리 없다고 확신하기 때문에, 바로 이곳 게이틀리에서 상심하고 분노하는 샤일록이 망가진 비석들 사이를 거닐면서, 여러 망자들을 위해 기도를 중얼거리는 모습을 발견해야 할 것이다. 그러나 성공의 행운을 얻지는 못할 것이다. 위대한 독일 시인 하이네―그는 어느 날에는 스트롤로비치처럼 '우리'라는 단어를 전혀 쓰지 않으려 했다가도, 그다음 날에는 열광적으로 그 단어를 사랑한 사람이었다―는 역시 감상적인 '꿈 사냥'을 떠났으나 또다시 성공을 거두지는 못했다.

그럼에도 샤일록에 대한 사냥―많은 부분이 해결되지 않았고 여전히 보완되어야 할 것이 많은 사냥―은 결코 멈추지 않는다.

사이먼 스트롤로비치의 첫 아내이며, 유대인을 좋아하는 기독교 인 오필리아-제인은 베네치아 대운하 곁에서 저녁 식사를 하고 쇼핑을 했으므로 가짜 던힐 시계들이 가득 들어찬 가짜 루이 비통 백을 들고 리알토 다리의 계단을 걸어 내려가면서 손가락을 들어 그에게 뭔가를 가리켰다. 그들은 신혼여행 중이었고 오필리아-제인은 신랑을 위해 뭔가 멋진 유대인식 대접을 해 주고 싶어 했다(그는 결혼 전야에 아버지가 말로 그를 매장했다는 사실을 말해 주지 않았고 앞으로도 영원히 말해 줄 생각이 없었다). "이 봐요, 사이!" 그녀가 그의 소매를 잡아끌며 말했다. 그는 입고 있는 옷에 크게 신경을 썼으므로 그런 동작을 곤혹스럽게 여겼다. 그 때문에 그는 그녀의 손가락이 가리키는 방향을 아주 꾸물거리면서 천천히 바라보았는데 마침내 쳐다보았을 때는 아무것도 보이지 않았다.

그녀가 신혼여행 동안 남아 있는 날의 저녁때마다 그를 끌고 리알토에 나온 것은 샤일록의 환생을 볼 수도 있으리라는 희망 때문이었다. "이런 젠장Oy gevalto, 우린 또 리알토에 나왔군." 그가 마침내 불평을 터트렸다. 그녀는 그가 고마워하지도 진지하지도 않은 남자라고 생각했다. 결혼 5일차에 들어가자, 그녀는 이미 그 의 세속적인 이디시주의◆를 증오했다. 그런 세속주의는 그녀가

◆ 이디시어는 독일어에 히브리어와 슬라브어가 뒤섞여 만들어진 언어인데, 정통파 유대교에서 벗어나 세속주의를 지향하는 중부 및 동부 유럽과 미국의 유대인들이 사용한다.

신혼부부로서 바랐던 어떤 장엄함을 빼앗아 가는 것이었다. 베네치아는 그녀가 내놓은 아이디어였다. 그를 원래의 유대인 정신에 결합시키려 한 것이었다. 그녀는 신혼여행지로 코르도바도 기꺼이 선택했을 것이다. 그녀는 히브리인들의 비극적 체험, 고상한 라디노어* 종족의 고난에 좀 더 가까이 다가가기 위해 그와 결혼했다. 그런데 그가 고작 한 일이라고는 "이런 젠장"이라고 말하면서 그녀를 악취 나는 발트슬라브 유대인 거주지로 데려간 것뿐이었다. 그곳은 감자 같은 얼굴을 가진 바보들이 세상일에는 어깨를 으쓱하며 아무런 관심도 보이지 않는 한심한 곳이 아닌가.

그녀는 자신의 심장이 멎어 버리는 것 같다고 생각했다. "내가 어리석고 한심한 얘기나 하는 사람과 결혼하지 않았다고 말해 줘요." 그녀는 호텔로 돌아오면서 그에게 애원했다. 그는 그녀의 온몸이 다섯 돛대를 활짝 편 범선처럼 팽팽하게 떨고 있음을 느꼈다. "당신이 웃기는 남자가 아니라고 말해 줘요."

부부는 산타마리아 포르모사 성당 광장에 도착했고 그곳에서 그는 그녀를 끌어안았다. 그는 그녀에게 그 성당이 유대인이 스페인에서 추방된 1492년에 세워졌다고 말해 줄 수도 있었다. 여보, 키스하고 화해합시다. 그렇게 말할 수도 있었다. 미안하다는 뜻을 보이기 위해 내게 키스해 줘. 그랬더라면 아마도 그녀는 그렇게 해 주었을 것이다. 그가 추방당하는 유대인 무리와 함께 톨

---

* 중세 이후 1492년의 축출 때까지 세파르디가 사용한 히브리어와 스페인어가 혼합된 언어.

레도를 떠나는 길에 이븐 쇼산 회당에서 마지막으로 기도를 올리고, 꼿꼿하게 몸을 세우며, 유대교 신앙의 포기를 결연히 거부하는 모습을 상상하면서. 그러면 그녀는 검은 턱수염을 기른 박해받는 스페인 귀족 남편의 이마에다 선명한 립스틱의 별을 찍었으리라. 그러고는 말했으리라. '씩씩하게 나아가세요, 나의 주인님. 아브라함과 모세의 하느님이 당신과 함께할 거예요. 나도 곧 아이들과 함께 당신을 따라가겠어요.' 하지만 그는 그녀에게 이런 말을 하지 않았고 그녀에게도 그런 말을 할 기회를 주지 않았다. 오히려 보다 공세적으로 바보 노릇을 하면서 그는 그녀의 근심하는 작은 얼굴을 향해 청어, 경단, 보르시*의 입 냄새를 풍기며 전기나 학문의 빛이 찾아들지 않는 작은 마을들의 운명론, 즉 유대인 장삼이사張三李四인 모이셰와 멘델이라 불리는 슈멘드릭**들의 맥없는 미신들을 표시했을 뿐이었다. "리본 영업 사원인 차임 양켈***이 말이야," 그는 이런 이름이 그녀를 조금도 즐겁게 하지 못한다는 것을 알면서도 말했다. "해러즈 백화점의 구매자에게 그가 리본을 안 사 간다고 불평했어. 그러자 구매자가 대답했지. '좋아, 좋아. 당신 코끝에서 페니스 끝까지 펼칠 수 있을 정도로 리본을 보내 주게.' 2주 뒤 리본 1천 개 상자가 해러즈의 접수 센터에 도착했어. '이건 도대체 무슨 수작이야?' 구매자

---

* 빨간 순무가 든 러시아 수프.
** 이디시어로 '멍청이'.
*** 유대인 이야기에서 멍청한 역할을 하는 인물의 대명사.

가 전화통에다 대고 차임 양켈에게 소리쳤어. '난 당신 코끝에서 페니스 끝까지 펼칠 수 있을 정도로 리본을 보내 달라고 했지 그걸 1천 마일이나 보내 달라고는 하지 않았어.' 그러자 차임 양켈이 대답했어. '내 페니스의 끝은 폴란드에 있습니다.'"

그녀는 그 말을 믿지 못하겠다는 듯이 경악하며 그를 빤히 쳐다보았다. 그녀는 그보다 키가 작았고 잘 다듬어진 몸매에 거의 소년처럼 날씬한 여자였다. 그녀의 두 눈은 작은 얼굴에 비해 너무 컸는데, 그 순간 두 눈은 기분 나쁜 당황의 그늘이 짙게 드리운 웅덩이였다. 저 웅덩이를 깊이 들여다보는 사람은, 내가 방금 그녀에게 가까운 친척의 사망 소식을 전했다고 생각할 거야, 하고 그는 생각했다.

"이봐," 그가 다소 누그러지며 말했다. "당신은 그리 걱정할 게 없어. 난 우스운 남자가 아니야."

"이제 그만해요." 그녀가 애원했다.

"폴란드는 그만하라고?"

"폴란드에 관한 얘기는 그만해요."

"오필리아, 우리 친척들은……"

"당신 친척들은 맨체스터 출신이에요. 그것만 해도 벌써 충분히 나쁘지 않아요?"

"내가 장소를 폴란드에서 맨체스터로 바꾼다면 그 농담은 통하지 않을 거야."

"어디가 되었든 그 농담은 안 통해요. 당신의 농담은 정말 썰렁

해요."

"그럼 의사가 모이셰 그린버그에게 수음手淫을 그만하라고 얘기하는 농담은?"

산타마리아 포르모사 성당은 많은 한숨을 들어 준 증인일 테지만, 오필리아-제인의 한숨처럼 비통한 것은 일찍이 듣지 못했으리라. "제발 부탁이에요." 그녀가 자신의 몸을 거의 두 겹으로 접으면서 말했다. "이렇게 무릎을 꿇고서 당신에게 애원해요. 더 이상 당신 **거시기**에 대해서는 농담하지 말아요."

그녀는 더러운 입 냄새를 풍기는 치한의 지저분한 접근을 물리치기라도 하듯이 거시기라는 말을 내뱉었다.

"어리석은 것은 다 장난감이 되지." 그는 그 순간 그렇게 말할 수 있을 뿐이었다.

"그렇다면 이제 그 장난감을 내려놓을 때가 되었어요."

스트룰로비치는 양손을 들어 올려 손바닥을 그녀에게 내보이며 포기의 시늉을 했다.

"비유적으로 말이에요, 사이먼!"

그녀는 울고 싶었다.

그건 그도 마찬가지였다.

그녀는 그를 중상모략 했다. 그가 장난을 친다고? 그녀는 지금쯤이면 그의 온몸에 장난이라고는 1온스도 남아 있지 않다는 것을 왜 모른단 말인가?

그리고 그의 **거시기**…… 왜 그녀는 그걸 물건인 것처럼 말하는가?

그것도 신혼여행에서, 김 다 새게 말이다.

그것은 슬픔의 현장이지 물건이 아니다. 그것은 전혀 웃기지 않는다는 바로 그 이유로 인해 무수한 코믹 스토리의 대상이 되는 것이다. 그는 그녀에게 보마르셰를 인용했다. "나는 모든 것에 서둘러서 웃음을 터트린다. 그렇지 않으면 내가 모든 것에 울음을 터트릴 것 같기 때문이다."

"당신이? 운다고! 당신이 마지막으로 운 건 언제였어요?"

"난 지금 울고 있어. 오필리아-제인, 유대인들은 즐겁지 않기 때문에 농담을 하는 거야."

"그렇다면 나도 훌륭한 유대인이 되겠는데요," 그녀가 말했다. "나도 전혀 즐겁지 않으니까."

어머니들은 핏덩이 아들에게 행해지는 할례 의식을 보면 그들의 가슴 속 젖이 쉬어 버린다. 세계의 여러 종교들을 섭렵하던 젊은 스트룰로비치는 옥스퍼드에서 뉴먼 추기경의 고손高孫 조카가 개최한 가든파티에 참석했다가 이 얘기를 들었다. 제보자는 유지니아 칼로프라는 바하이교*의 정신과 의사였다. 그녀의 전공 분야는 할례가 가정 내에 미치는 트라우마였다.

"**모든** 어머니가 그런가요?" 그가 물었다.

✦ 1863년 페르시아의 후사인 알리(바하 알라)가 전 인류 화합을 제창하며 세운 이슬람교 종파의 하나.

당신네 종교의 상당수 어머니들이 그렇지요, 그녀가 대답했다. 그 어머니들이 할례 의식 후에 아들들을 달래기 위해 어르는 방식을 설명하면서, 어머니들이 이중의 죄의식을 속죄해야 한다고 했다. 첫째 할례로 피를 흘리게 한 것과, 둘째 할례 후에 수유授乳를 멈춘 것이 그것이다.

"수유를 멈춘다고요? 농담이겠지요?"

스트룰로비치는 자신이 어머니의 젖을 먹고 자랐다는 것을 확신했다. 때때로 그는 지금도 수유당하는 느낌이 들었다.

"당신네 종교의 모든 남자들은 충분히 젖을 빨아 먹었다고 생각하지요." 유지니아 칼로프가 그에게 말했다.

"내가 충분히 수유를 받지 못했다는 얘기인가요?"

그녀는 그를 위아래로 살펴보았다. "단정하지는 못하겠어요. 하지만 내 추측은 당신이 충분히 젖을 빨지 못했다는 거예요."

"내가 영양실조로 보입니까?"

"아니요."

"그럼 뭔가 박탈당한 사람처럼 보입니까?"

"아니요. 그건 아니에요."

"나에게 뭔가를 빼앗아 간 사람은 내 아버지였습니다."

"아," 유지니아 칼로프가 코를 톡톡 치면서 말했다. "이 아버지라는 처형자가 저지르는 행위는 끝이 없지요. 먼저 그들은 어린 아들을 불구로 만들어 놓고 그다음에는 고문을 가합니다."

그럴듯한데, 하고 스트룰로비치는 생각했다. 반면에 그의 아버

지는 멋진 일화와 조잡한 농담으로 아들을 즐겁게 하는 걸 좋아
했다. 또 부자가 함께 외출할 때에는 무심하게 아들의 머리를 쓰
다듬어 주기도 했다. 그는 그 사실을 유지니아 칼로프에게 말해
주었고 그녀는 머리를 흔들었다. "아버지들은 아들을 결코 사랑
하지 않아요. 절대로. 그들은 자기들이 시작한 죄의식과 보속이
라는 영원한 성탄극 놀이에서 제외되어 있어요. 늘 곁에서 구경
하며 화를 내기만 하지요. 그러다가 거친 애정 표현과 우스꽝스
러운 이야기로 보상을 하려 들어요. 그것이 부자를 이어 주는 씁
쓸한 연결 고리지요."

"그게 아버지와 아들을 연결시킨다고요?"

"그것이 당신네 종교의 남자들, 페니스, 농담을 서로 연결시킵
니다."

난 아무런 종교의 남자도 아닙니다, 라고 그는 유지니아 칼로
프에게 말하고 싶었다. 나는 아직 종교적 설득을 당하지 않았습
니다. 그래서 그는 그녀에게 데이트 신청을 했다.

그녀는 거칠게 웃음을 터트렸다. "내가 그 모든 절차를 견딜 거
라고 생각합니까?" 그녀가 말했다. "나를 미쳤다고 보는 거예요?"

미친 게 틀림없는 불쌍한 오필리아-제인은 그들이 함께 사는
몇 년 동안 결혼 생활을 성공작으로 만들려고 있는 힘을 다했다.
그러나 결국에 그는 그녀에게 도무지 감당이 되지 않는 남편이
었다. 그는 마음속으로 그녀의 말에 동의했다. 그는 사람들을 당

황하게 하고 심지어 겁나게 했다. 결혼 생활을 망쳐 놓은 것은 그의 매서운 농담이었다. 거의 죽음에 열광하는 듯한 아이러니의 말들이었다. 그는 어떤 집단에 속하는가, 속하지 않는가? 그는 우스운 사람인가, 아닌가? 그의 치명적인 우유부단함. 그런 성격을 알고 있는 모든 사람들—오필리아-제인은 그걸 그 누구보다 잘 알았다—이 치러야 하는 대가.

"당신은 그저 나를 사랑할 수도 있었어요." 그녀가 이혼하기로 합의한 날 슬픈 어조로 말했다. "나는 당신을 행복하게 만들기 위해 뭐라도 다 할 생각이었어요. 당신은 우리의 부부 생활을 느긋이 즐길 수도 있었어요."

그는 마지막으로 그녀를 포옹하면서 미안하다고 말했다. "우리는 원래 그래." 그가 말했다.

"우리!"

그녀가 그에게 등을 돌리면서 마지막으로 한 말이었다.

하지만 하나의 작은 위안이 있었다. 그들은 결혼했을 때 사실상 어린아이였고 헤어졌을 때에도 사실상 어린아이였다.

그들에게는 서로 헤어지고도 다시 시작할 수 있는 시간이 아직 충분히 많이 남아 있었다. 게다가 인간이 느끼는 모든 불만의 원인인 자녀도 없었다.

그러나 이혼 그 자체는 두 사람 모두에게 굴욕스러운 것이었다. 그녀는 한마디 해 주고 싶은 자신을 억제하지 못했다. 그녀는 유대인들이 엄청난 학대를 받아 왔다는 것을 잘 알았지만, 서명용 최종 이혼 서류가 나오자, 비유대인이 유대인을 공격하던 정석대로 남편이라는 개인을 통하여 유대인들을 낙인찍었다. "이제 원하던 살 한 파운드를 떼어 내니 즐겁나요?" 그녀는 그에게 전화를 걸어 물었다.

그 비난은 그에게 깊은 상처를 남겼다. 아직 굉장한 부자는 아니었지만 그는 결혼 생활에 들어가는 비용을 다 댄 사람이었다. 그가 그녀를 위해 직접적으로 쓰지 않은 나머지 돈은, 결혼 초기부터 그녀가 지지하는 의로운 운동이나 그녀의 이름을 달고 있는 운동에 들어갔다. 그는 이혼 합의금이 그녀에게 아주 관대한 것이었다고 생각했다. 또 그녀도 속으로 그렇게 생각한다는 것을 그는 알았다. 그러나 예전의 오점은 거기 그대로 남아 있었다. 그녀는 한 파운드의 살 운운하고 싶은 자신을 억제하지 못한 것이다. 그리하여 그 오점은 그녀에게도 남았다.

그 전화는 그의 손에서 독사가 되었다. 그는 분노가 아니라 공포를 느끼며 수화기를 방바닥에 떨어트렸다.

그는 그다음 날 그녀에게 편지를 보내 이제부터는 서로 각자의 변호사를 통해서만 의사소통을 하자고 말했다.

그러나 재혼한 후에도 그는 그녀를 위한 운동의 횃불을 들었다. 한 파운드의 살 운운했는데도? 그는 의아한 생각이 들었다. 그런 말에도 불구하고 혹은 그런 말 때문에?

처다보는 주전자는 결코 끓지 않는다. 하지만 스트룰로비치가 쳐다보는 샤일록은 설설 끓는 냄비처럼 끓어올랐다. 그의 주의를 산만하게 만든 것은 소음이 아니라 불안, 근심, 신경쇠약성 당황 등이었다. 이 경우에 그런 심리 상태의 주인공은 스트롤로비치였다. 그를 의식하자 샤일록은 글라인드본 접이식 의자에서 약간 앉은 자세를 바로잡았고 또 귀를 쭈뼛거렸다. 그는 이집트의 고양이 신 같았다.

"우리는 어떻게 해야 하지?" 그가 리아에게 물었다.

"우리?"

"우리 민족 말이야. 우리는 도움의 범위를 벗어나 있어."

"도움의 범위를 벗어난 사람은 없어요. 동정심을 보이세요."

"나는 그걸 동정심으로 느껴서는 안 된다고 생각해. 충성심으로 그걸 느껴야 해."

"그럼 충성심을 보이세요."

"노력해야지. 하지만 사람들이 나의 인내심을 시험하잖아."

"여보, 당신은 인내심이 없어요."

"그건 그들도 마찬가지야. 특히 그들끼리 있을 때. 게다가 그들을 미워하는 자들을 상대할 시간은 얼마든지 있지."

"쉿." 그녀가 말했다.

비극은 그녀가 그의 목을 쓰다듬으며 물결 모양의 선들을 제거해 주지 못한다는 데 있었다.

임신으로 배가 남산만 했을 때 리아는 샤일록을 불러서 그녀의 배 위에 손을 올려놓으라고 자주 말했었다. 애가 발 차는 걸 느껴 보세요. 그는 태중의 어린것이 어서 그들과 합류하기를 바랐고 곧 그렇게 된다는 사실을 좋아했다.

제시카, 나의 아이.

이제 리아가 그녀의 존재를 주장해 왔다. 그를 부드럽게 찔렀는데 마치 지하에서 어떤 존재가 땅을 파고 들어가는 듯한 느낌이었다. '잘 말했어, 나의 두더지' 하고 그는 생각했다. 그는 그녀가 무엇 때문에 슬쩍 찌르는지 잘 알았다. 그녀가 늘 싫어했던 샤일록의 성격 중 하나는 사교상의 잔인함이었다. 그는 사람들을 짓궂게 대하고 그들에게 알아듣기 어려운 말을 해 대고 그들을 기다리게 만들었다. 그들이 그를 찾아오게 했다. 그건 스트룰로비치를 상대로 해서도 마찬가지였다. 그가 거기 있다는 것을 안다는 내색을 하지 않고 그의 인내심을 계속 시험했다. 그래서 그녀가 그를 슬쩍 찌르면서 예의를 지키라고 한 것이다.

샤일록이 고개를 돌리자 비로소 스트룰로비치는 그의 뺨과 턱에 짤막한 수염이 나 있다는 것을 발견했다. 그건 턱수염이라기보다 작은 혹처럼 보였다. 그의 얼굴에는 부드러운 기운이 없었다. 그러나 아내와 함께 있다 보니 이목구비에 약간의 빛이 남아 있었고, 두 눈 주위의 깊은 주름에 머물던 시비 걸기 좋아하는 심술궂음이 약간이나마 가신 것 같았다. "아!" 그가 읽고 있던 문고판 책을 다시 거꾸로 말아 겉옷의 안주머니에 조심스럽게 넣으면서 말했다. "그 사람이로군."

2

모트램 세인트앤드루, 알덜리에지, 윔슬로—이 지역들을 통틀어서 아직도 부동산업자들은 골든트라이앵글✦이라고 하거니와—에서 등거리인 곳에 서 있는 거대한 오래된 주택에, 마약과 언론을 못마땅하게 여기면서도 마약을 흡연하는 언론계의 거물이 살았다. 그는 자신의 재산을 제외한 모든 부의 공평한 분배를 선호하는 제약 회사 재벌의 상속자이고, 사회적 개선의 원칙을 불신하는 유토피아주의자이고, 록 음악계의 전설이 되기를 공상하는 그레고리오 성가의 애호가이며, 변덕스러운 환경보존주의자로서 그의 아들들에게는 고속 자동차를 사 주어 그가 보존하기를 바라는 시골길들을 마구 훼손시키도록 방치하는 아버지이

✦ 동남아시아의 타이, 라오스, 미얀마 국경의 삼각형을 이루는 지역. 아편과 헤로인의 주요 생산지이다.

다. 그가 많은 사람들과 비슷하게 보인다면, 그것은 그 많은 사람들이 그의 내부에 종합되어 있기 때문이다. 하지만 그는 단 하나의 남자, 이상주의적인 부러움을 실현시키지 못해 안달복달하는 단 하나의 남자이기도 하다. "때때로," 그는 자신이 학장으로 있는 스톡포트의 경영대학원 학생들에게 말했다. "운 좋고 재주 많은 사람들조차도 그들의 삶이 당황스러운 슬픔에 저당 잡혀 있다고 느낀다네."

"그 교수, 정말일까?" 학생들은 그의 등 뒤에서 말했다.

대영제국 훈사勳士인 피터 샬크로스에게, 그 어느 날이 되었든 그 전날과 다를 바가 없었다. 오전에는 라디오 생방송 인터뷰에 나가서 다양한 주제로 발언을 하고, 오후에는 학생들을 상대로 중상주의와 소외에 대해서 강의하고(그다음 주에는 제목을 금전과 소외로 바꾸어서 강의하고), 이어 초저녁에는 골든트라이앵글의 한가운데 있는 집으로 퇴근해 왔다. 그곳에는 물 섞지 않은 스트레이트 위스키와 마약을 흡연할 때 입는 자주색 상의가 기다리고 있다. 그곳에서 그는 편안하게 앉아서 스트룰로비치와 그 비슷한 유의 사람들이 소유하고 있는 유사 맨션풍 주택과 별장 주택들에 대하여 맹렬한 비판을 늘어놓았다. 매일 밤 같은 시간에 그런 비판을 하면서 같은 말을 중얼거렸고, 가슴속에 똑같은 불타는 감각을 느꼈다. 그러나 습관은 그의 맹렬한 공격성을 전혀 누그러트리지 않았다. 커다란 부의 혜택을 누린 사람만이 남들의 커다란 부에 대하여 분노를 느끼는 것이다. 단지 차이가 있다면 샬크로스의 부는 직접 벌어들인 것이 아니라는 점만이 다른데, 그것 역시 그에게 막연한 분노를 안겨 주는 원인이 되었다.

"무슨 냄새가 나지 않아요?" 그는 방의 창문들을 마당 쪽으로 활짝 열어젖히며 방문객들에게 묻곤 했다. 그들은 여러 가지 가능성—이웃집에서 태우는 낙엽, 말똥, 잘못된 배관, 사하라 사막에서 불어오는 먼지 등—을 탐구했고, 그는 손가락 끝을 서로 비벼 대며 말했다. "그런 냄새가 아니에요. 내가 맡는 것은 졸부들의 돈 냄새예요…… 지저분한 자들 말이에요."

샬크로스는 가까이 사는 졸부들이 청정한 공기, 생나무 울타리, 그의 외동딸 애나 리비아 플루러벨 클레오파트라 어 싱 오브 뷰티 이즈 어 조이 포에버 크리스틴Anna Livia Plurabelle Cleopatra A Thing Of Beauty Is A Joy Forever Christine—크리스틴은 그가 어리석게도 결혼해 버린 사교계의 변덕스러운 모델 이름인데 그 아내의 영향력은 그가 즐겨 신는, 흰 바탕에 가는 줄무늬가 들어간 양말에서 유행에 민감한 뾰족하고 굽 높고 크레이프 밑창을 댄 신발에 이르기까지 다양했다—등에 미치는 악영향에 대해서 걱정을 했지만, 동시에 자신의 대학 동료 교수들에게는 이웃 주민인 백만장자 팝 스타와 프로 축구 선수들에 대하여 자랑하는 것으로 알려졌다. 이것을 위선과 혼동해서는 안 된다. 사람은 자랑을 하면서도 동시에 개탄할 수 있다.

"여보, 크리스틴, 당신이 팝-아이들idol 같은 삶을 원한다면 팝 아이들과 사랑의 도피를 떠나야 해." 샬크로스는 아내에게 말했다. 때는 그의 아내가 딸 플루러벨의 열여섯 번째 생일을 맞이하여 열어 준 난장亂場 파티에 체서 경관이 들이닥친 밤이었다. 사실 샬크로스 자신이 팝 아이들과 사랑의 도피를 떠나야 마땅한 사람이었다. 혹은 그 자신이 팝 아이들**이라면** 더 좋을 터였다.

경찰이 현장에 출동한 것은 아질산아밀* 때문이 아니라 엄청 크게 틀어 놓은 음악 때문이었다. 반 마일 떨어진 곳에 사는 리듬 기타 연주자가 경찰에 신고한 것이었다. 그 연주자는 자신이 연주하는 음악 소리를 들을 수가 없다고 불평을 터트렸다. 소음을 만들어 내는 자들조차도 평화를 누릴 자격이 있는 것이다. 그건 그들의 인권이었다.

남편의 조언을 일주일 정도 심사숙고한 크리스틴 샬크로스는 남편의 말을 실천에 옮겼다. 하지만 이 경우의 도피행은 목장의 반대편, 그러니까 팝 아이들들이 작약처럼 피어나는 곳으로 옮겨 가는 것 이상은 되지 못했다. "내가 목장의 반대편에서 딸애를 힘껏 보살피기는 하겠지만," 그녀는 남편에게 말했다. "아무래도 당신이 플루러벨을 키우는 게 좋겠어요. 딸애는 아버지의 모범이 있어야 하고, 걘 나보다 당신을 더 사랑하잖아요. 또 당신도 나보다 딸애를 더 사랑하고."

그 자신에게 소외감을 느끼고, 아내로부터 굴욕을 당하고, 뻔뻔스럽게도 망해 버린 은행들에 취직되어 집 떠나 버린 아들들

---

* 치료제로도 쓰이고 환각제로도 작용하는 담황색 인화성 액체.

에게 실망하고, 가르치는 학생들의 냉소주의에 우울해지고, 골든 트라이앵글의 사회적 퇴보에 경악하면서, 동시에 부모님과 조부 모님과 마찬가지로 일찍 죽을 것을 기대하는 샬크로스는 변호사 들에게 플루러벨의 후견에 대하여 자세한 지시 사항을 남겨 두 었다. "딸애의 재산 규모와 부드러운 심성을 감안할 때, 플루리 는 온갖 잡새들 그러니까 돈 많다고 하는 자들과 흡혈귀들이 노 리는 공격 대상이 될 겁니다." 그는 변호사들에게 말했다. "다음 은 그녀의 침대에 오르기를 열망하는 자들이 받아야 하는 다수 의 성품 심사를 열거한 것입니다. 이것들 이외의 다른 수단으로 그녀에게 접근하려는 자에게는 우리 집안의 영향력이 아주 크고 막강하여, 천상이든 천하든 미치지 않는 곳이 없다고 말해 주시 오."

이런 자세한 지시 사항들을 남겨 놓은 다음 그는 올드벨프 리—물론 그의 벨프리*는 아주 오래된 것이었다—의 정원으로 걸어 들어가 체서에서 두 번째로 오래된 참나무 아래에 누워, 콧 구멍에다 솜을 틀어넣어서 지저분한 졸부들의 돈 냄새를 물리쳤 고, 이어 그 집안의 사람들이 지난 반세기 동안 과도하게 애용해 온 수면제 치사량을 먹고서 숨을 거두었다.

풍부한 재산과 풍성한 독립을 보장받은 플루러벨은 엄청난 눈 물을 쏟아 냈다. 그녀는 아버지로부터 슬픔 유전자를 물려받았던

✦ 종을 매다는 나무틀.

것이다. 그리고 그녀는 용기를 내어 아버지의 유언, 아버지의 변호사들이 기다란 마닐라 봉투에 넣어서 보관해 둔 최후의 유언을 읽기 전에 상당한 거상居喪 기간을 두고 기다리기로 했다. 그기다리는 기간은 여행을 하고, 명상을 하고, 흥미로운 사람들을 만나고, 유방 확대 수술과 얼굴 성형 수술을 하는 시간으로 충당하면 될 것이었다.

그 기간이 만료되자, 실제 나이보다 더 젊고 또 더 나이 들어 보이며 약간 아시아 사람의 분위기가 나는 그녀는 코뿔소―그녀가 간헐적으로 맨체스터 중심가를 시위행진 하며 보존하자고 외쳐 대는 동물―뿔로 만든 편지 개봉기로 유언 봉투를 뜯었다. 작고한 아버지가 열거해 놓은 적절한 배우자 선택을 위한 세 가지의 성품 심사인 첫째, 20세기의 가장 위대한 거짓말 세 가지를 대시오, 둘째, 영국 내의 가장 부유한 '외국계' 가문 50개를 대시오, 셋째, 토니 블레어를 암살할 수 있는 가장 그럴듯한 방안을 말하시오, 는 도무지 성사 가능성이 없어서 플루러벨은 쓰레기통에다 처박아 버렸다. 그리고 그녀가 원하는 멋진 남자를 데려다줄 법한 좀 더 현실적인 시험을 고안해 냈다. 그녀는 스물한 번째 생일 때 알덜리에지의 한 프리섹스 파티에 참석했는데, 그 전에 현명하게도 그녀의 어머니가 참석하지 않는지 미리 확인해 두었다. 그녀는 포뮬러 원 자동차 경주 대회의 참가자 옷을 입고 커다란 고글을 쓰고, 폭스바겐 비틀, BMW 알피나, 포르쉐 카레라 이렇게 석 대의 승용차 키를 가볍게 흔들어 부딪치면서 경쾌한 소리를 내며 걸어갔다. 이렇게 하여 파티 참석자들 대부분의 시선을 집중시킨 후, 그녀는 아이스버킷 챌린지를 했고 그 후에 밖으로 나가 비틀 안에서 기다렸다. 그녀에게 구혼하려는 온갖 잡새들이 BMW와 포르쉐에만 몰려들었을 뿐, 폭스바겐 쪽은 쳐다보지도 않았다는 사실은, 여기가 체셔라는 점을 감안하면 백 퍼센트 경악을 안겨 주는 일은 아니었다. 하지만 그녀는 귀중한 교훈을 얻었다고 느꼈다. 겉으로 드러난 장식과 번쩍거림에 기만당하는 남자라는 존재는 사물의 본질을 높이 평가하기는커녕 그것을 알아보지도 못하는 것이다. 그녀는 1년간 레즈비언으로 살았고, 한때 그녀 아버지의 비서로 일했던 수녀로부터 수녀회에 들어가는 사전 교육을 받았고, 모델, 기자, 사진과 움직이는 조각 등의 일에 손을 댔다가 유방 축소 수술을 받았으며 마침내 올드벨프리의 마구간이었던 땅에서 레스토랑을 운영하기로 낙착을 보았다. 요리 기술이 전혀 없었지만 말이다.

그녀는 그 레스토랑에다 유토피아라는 옥호屋號를 붙였는데, 그곳이 그녀 아버지가 종종 그녀에게 말하기만 했을 뿐 실천하지는 못한, 이상적인 삶이라는 실험의 중심 무대가 되기를 원했다. 이곳의 손님들은 하룻밤 묵어가도 좋고, 아예 주말을 보내도 좋고, 보물찾기에 나설 수도 있고, 크로케 게임을 할 수도 있고, 아유르베다 마사지에서 결혼 상담—플루러벨은 여러 해 동안 부모님 사이에서 거중 조정 역할을 해 왔으므로, 스트레스를 받는 배우자들 사이에서 탁월한 조정 능력을 발휘했다—에 이르기까지 각종 치료를 받을 수도 있고, 회원들은 모두 부자이지만 부를 맹공격할 수 있고, 또 방탕과 낭비에 가까운 식재료를 사용하면서도 성실하게 요리한 음식을 즐길 수 있었다. 회원들은 집에서 만든 파이를 먹고서는 크뤼그 클로 당보네 와인으로 그들의 목구멍을 씻어 내렸다. 하얀 송로 버섯을 먹고서는 그다음에는 수돗물을 마셨다. 마침내 그녀는 《체셔 생활》의 기자에게 그녀 자신의 형식적 처녀성을 메뉴로 내놓을 의사가 있다고 말하고서, 아직 그녀의 처녀성을 즐길 수 있는 진정한 구매자와 엉뚱한 구매자를 변별하는 방법을 고안하지 못했다고 덧붙였다.

플루러벨 샬크로스는 장난꾸러기 스타일이어서 사진발이 아주 잘 받았으며, 끝이 위로 살짝 휘어진 코와 데이지 덕 입, 황금빛 머리카락 등을 자랑했다. 게다가 약간 걸걸한 목소리는 늦여름에 창문에서 윙윙거리는 벌 소리를 연상시켰고, 몸매는 스칸디나비아의 기상 캐스터같이 유선형으로 잘빠졌다. 그렇지만 그녀는 아버지를 닮아서 언론에 매혹되면서도 동시에 불신했다. 그래서 그녀는 레스토랑 유토피아의 주말을 텔레비전 프로그램으로 만들 생각은 없었다. 그렇지만 그걸 주마다 방영되는 시리즈 프로로 만든다면 고려해 볼 용의도 있었다. 스크린상에다 그녀의 처녀성을 매물로 내놓는다는 아이디어에 대하여 그녀는 예의 그 주저와 찬성의 복잡한 조합을 가미하며 망설였는데 그러다가 결국 그 둘이 흐지부지되어 버렸다. 그러나 시청자의 흥미라는 관점에서 보자면 그녀가 적당한 남자를 발견하는 문제는 미제未濟

상태로 놔두는 편이 더 좋았다. 매주 그녀는 새로운 도전을 내걸 수 있을 것이고, 그러면 매주 구혼자들은 그 도전에서 실패할 것이다. 이렇게 하면서 그녀는 웃고, 울고, 장난치고, 엉성하게 요리하고, 에피소드의 횟수가 거듭될수록 그럴싸한 판결을 내릴 수 있을 것이었다. 그녀를 차지하기 위해 마상 시합도 불사하는 남자들 사이의 싸움뿐만 아니라, 손님으로 온 사람들 사이의 불화도 재정裁定할 수 있을 터였다. 곧 그녀의 프로그램은 부지불식간에 음식과 사랑을 얘기할 뿐만 아니라 심판도 주제로 삼게 되었다. 그리하여 〈주방의 조언자〉라는 새로운 시리즈는 하룻밤 사이에 성공작으로 올라섰다. 부부들, 친구들, 심지어 평생의 적수들도 그들의 논쟁거리를 플루러벨의 식탁에 가져왔다. 그곳에서 그녀는 막후에서 누군가가 만들어 준 맛 좋은 음식을 대접하면서 쌍방에게 구속력을 발휘하는 판결을 내렸다. 그 쇼에 참석하는 사람들은 그 판결에 동의한다는 사전 양해 각서에 서명했기 때문이다.

이것은 법정 소송이나 법정 밖 화해보다 훨씬 값싼 대안일 뿐만 아니라, 참석자들에게 일시적인 명성을 맛보게 해 주었다. 게다가 더욱 매혹적인 점은 플루러벨이 남들과 비교가 안 될 정도로 현명하다는 것이었다. 아무튼 명성을 얻으면 되었지 그들이 어떤 주장을 내놓고서 이기든 지든 누가 신경이나 쓰겠는가!

그러나 자신의 주장을 명성보다 더 중시하는 사람들을 위해서, 플루러벨은 성공에 흥분하여 〈언쟁〉이라는 라이브 쌍방향 인터넷 웹챗 공간을 만들었다. 여기서 논쟁자들은 그들의 애로 사항을 영국의·대중들이 내리는 판결에 맡길 수 있었다. "나는 모든 것을 결정하는 사람이 될 수는 없습니다." 플루러벨이 친구들에게 말했다. 그러나 영국의 대중은 너무 변덕스러운 판결자여서 고상한 품위가 결여되어 있는 것으로 판명 났다. 그 사이트에는 분노가 흘러넘쳤고 플루러벨은 다시 한 번 모든 것을 결정하는 사람이 되었다. 그녀가 어떻게 결정을 내려도 상관없다는 온정주의적 정신 덕분에 그런 판관判官이 된 것이다.

인생은 하나의 게임이었고 애나 리비아 플루러벨 클레오파트라 어 싱 오브 뷰티 이즈 어 조이 포에버 와이저 댄 솔로몬 크리스틴Anna Livia Plurabelle Cleopatra A Thing Of Beauty Is A Joy Forever Wiser Than Solomon Christine은 그 게임의 사회자였다.

아, 그러나 슬픔은 저주였다.

플루러벨의 어머니는 최근에 아버지를 잃은 딸이 슬퍼하는 건 당연하다고 말했다. 그러나 플루러벨은 그보다 더 깊은 원인을 찾았다. 아니면 더 피상적인 이유를 추구했다. 아무튼 그게 아닌 다른 어떤 이유를.

그녀의 어머니는 그 문제에 있어 딸을 도와줄 수가 없었다. "철학은 이 어미의 관심사 밖이로구나, 얘야." 어머니가 말했다. "왜 너는 웹슬로의 슬픔 학교에 가지 않니?"

"왜냐하면 가르침을 받을 필요가 없기 때문이에요. 나는 그걸 없애고 싶어요."

"그 학교에서 바로 그걸 해 준다니까." 그녀의 어머니가 말했다. "내가 설명을 잘못했어. 그건 슬픈 부자들을 위한 알코올중독자자조치료협회 같은 거야."

"그럼 내가 자리에서 벌떡 일어나, '안녕하세요, 내 이름은 애나 리비아 플루러벨 클레오파트라 어 싱 오브 뷰티 이즈 어 조이 포에버 크리스틴입니다. 나는 2천만 파운드가 넘는 재산이 있고 또 슬픔 중독자입니다'라고 말하길 바라세요? 그런 자기소개를 하는 곳에는 가지 않을 거예요."

그녀의 어머니는 어깨를 한 번 들썩했다. 그녀가 볼 때 딸에게 필요한 것은 애인이었다. 애인이 있으면 슬퍼할 시간이 없는 것이다.

플루러벨은 처음엔 가지 않으려 했으나 결국 그곳에 갔다. 그녀도 내심 그곳에서 애인을 만나려는 희망을 품었을 수도 있다. 그녀 주위에서 더 이상의 슬픔을 목격하는 것을 원하지 않았지만 말이다. 그녀는 얼굴을 가리기 위해 머리 스카프를 둘렀는데 꼭 치통으로 고생하는 사람처럼 보였다. 다른 사람들도 대부분 변장을 했다. 우린 유명하기 때문에 슬픈 거야, 하고 플루러벨은 생각했다. 그러나 그 모임의 의장은 사람들에게 슬픔의 원인을 곧바로 알아내려 하지 말고, 또 그것을 골든트라이앵글에 넘쳐 나는 야망, 스트레스, 경쟁심, 질투 탓이라고 생각하지도 말라고 권고했다. 그들은 슬프니까 슬픈 것일 뿐이었다. 정말로 중요한 것은 그걸 부정하지 않는 것이다.

　첫 번째 회의가 끝나고 그녀는 커피를 마시면서 좀 나이 든 우아한 신사를 상대로 슬픔의 이유를 찾지 말라는 조언을 논의했다. 그 신사는 아까 회의 때 그녀가 살펴보니, 남들과 좀 떨어져 앉아 앞쪽만 응시했는데 평범한 사람들의 슬픔은 그 자신의 것과는 비교가 되지 않는다는 표정을 짓고 있었다. 그는 절반은 사죄하는 듯한, 절반은 경멸하는 듯한 태도로 그 자신을 당통이라고 소개했으며, 그녀가 가까이서 살펴보니 호모이기 때문에(혹은 적어도 노골적인 이성애자는 아닌 듯하여) 슬픈 사람인 것 같았다. 또 그런 성적 기호에 대해서도, 그녀가 이제 알고 있듯이, 그 어떤 이유도 찾아서는 안 되는 것이었다. 그들은 진지한 어조로 오래 얘기했고 마침내 그녀는 그를 유토피아 하우스 파티에 초청했다. 그가 텔레비전 촬영에 응하건 말건 그건 그의 자유였다. 누군가와 함께 와도 상관없어요, 하고 그녀는 그에게 말했다. 그러나 그는 혼자 왔고 한가운데에 눈물 한 방울이 담겨 있는 거대한 유리 서진書鎭을 가져왔다. "멋진 물건이네요." 그녀가 말했다. "그렇지만 안 가져오셔도 되는데." 그는 그 선물을 대수롭지 않은 것처럼 말했다. 그가 생계유지를 위해 수입하는 예술품들objets d'art 중에는 유리 서진도 있다고 그는 설명했다. 이것은 일본의 작은 마을에서 생산된 것인데, 그 일본 사람들은 14세기 이후 입김을 불어서 유리 만드는 일을 해 왔고 다른 것은 전혀 할 줄 몰랐다. 그녀는 그 눈물이 인간의 것인지 혹은 동물의 것인지 궁금했다. 그건 누구든 이 서진을 쳐다보는 사람의 눈물이라고 하더군요, 그가 그녀에게 말했다. 그러자 그들은 약간 눈물을 흘렸고 마치 서로를 놓아주지 않을 듯이 서로에게 매달렸다.

곧 당통은 단골 방문자가 되었고 때로는 주말 손님들이 다 집으로 돌아가고 난 뒤에도 계속 그녀의 집에 머물렀다. 그들은 서로의 고독에서 위안을 얻었다. "내가 이런 호화로움 속에 살면서도 여전히 슬픈 게 우스꽝스럽다고 생각하시지요?" 그녀가 말했다.

"전혀." 그가 머리를 흔들며 대답했다. "나는 일본, 그레나다, 맬리부, 모리셔스, 발리에서 아름다운 물품들을 수입하는 관계로 각 나라에 집이 있습니다. 그렇지만 나는 그 모든 집에서 슬픔을 느낍니다."

"발리는 아직 내가 가 보지 못한 곳이에요." 플루러벨이 말했다. "그곳은 어떻게 생겼나요?"

"슬픕니다."

플루러벨은 동정하는 듯이 머리를 흔들었다. "난 상상이 되지 않아요." 그녀가 말했다. 그녀는 잠시 생각에 잠기더니 그에게 물었다. "우리가 너무 많은 것을 가져서 그렇다고 생각하세요?"

"우리?"

"예. 당신과 나. 우리 같은 부류의 사람들. 특혜층 말이에요."

"하지만 우리가 특혜층**입니까**?" 당통이 물었다. "금전에 대한 사랑이 만악萬惡의 뿌리지요. 어떤 사람은 금전을 너무 밝히다가 신앙의 길에서 벗어나고 많은 슬픔이 그들의 몸을 찌르게 됩니다."

"그건 정말 아름다운 말이네요." 플루러벨이 말했다. "너무나 진실이기도 하고요. 그 말을 들으니 눈물이 나려 하네요. 파울루 코엘류는 때때로 나를 울고 싶게 만들어요."

"파울루 코엘류보다 더 위대한 사람이 그 말을 했습니다." 당통은 그렇게 말하여 그녀를 놀라게 했다. 그녀는 파울루 코엘류보다 더 위대한 사람이 있다는 것을 알지 못했다.

"넬슨 만델라?"

"바울로 성인."

"만약 우리가 가진 것을 가난한 사람들에게 모두 주어 버리면 우리는 덜 슬픔에 찔리게 될까요?"

그는 알지 못했다. 하지만 때때로 그의 경우 슬픔의 원인은 돈이라기보다 모더니티modernity가 아닐까, 하고 생각한다고 대답했다. "당신은 자기 자신이 너무 모던하다고 느끼지 않습니까?" 그가 그녀에게 물었다.

플루러벨은 그 아이디어를 좋아했다. "**너무 모던**. 그래요, 당신 말이 맞아요." 그녀가 말했다. "너무 모던해요. 나는 종종 그걸 느꼈어요. 하지만 지금까지는 내가 느낀 게 그것인지 몰랐어요. 너무 모던. 맞아요, 그거예요." 이어 그녀는 잠시 생각에 잠겼다. "하지만 그건 이걸 설명하지 못하는데요. 왜 디스커버리 채널에 나오는 원주민들이나 아메리칸 인디언들은 늘 슬퍼 보이죠? 그들은 결코 모던한 사람이 아니잖아요."

"모던하지 않지요. 하지만 그건 종류가 다른 슬픔입니다. 그들이 슬픈 이유는 타인에 의해 비참한 존재가 되었다는 겁니다. 누가 그들을 그렇게 만든 거예요. 그들은 피해자이기 때문에 슬픈 겁니다."

플루러벨은 천연색 신문 보충판에 실린 남아메리카의 부족민들 사진을 기억했다. 그들은 수천 살은 되어 보였다. 마오리족도 마찬가지였다. 그리고 피그미족도. 파슈툰 부족민들도. 왜 그들은 모두 슬픈 걸까, 하고 그녀는 생각했다.

"그들 또한 착취당해서 비참하게 된 겁니다."

"그렇다면 유대인은? 그들도 오래되었잖아요."

그는 유대인이라면 편안함을 느끼지 못했다. 하지만 그의 마음을, 혹은 적어도 바울로 성인(그는 철저한 바울로주의자이니까)의 마음을 유대인의 슬픈 이유로 제시했다. "내 보기에 그들은 그들 스스로의 의지로 인해 비참하게 되었습니다." 그가 마침내 말했다. "그들은 모던하지도 피해를 당하지도 않았습니다. 그들은 그렇게 보이기로 스스로 선택한 겁니다."

"왜 그렇게 선택했지요?"

"그게 실수인지 전략인지 잘 모르겠습니다. 그러나 그들은 언제나 그들 자신을 인간적이든 신학적이든 모든 드라마의 중심에다 위치시켰습니다. 나는 그것을 정치적 슬픔이라고 말하겠습니다. 자기-연민의 아교는 아주 단단하지요. 감정적 협박이 그렇듯이."

플루러벨은 예쁜 눈썹을 찡그렸다. 비록 알아듣기 어려웠지만 그녀는 이 대화가 끝나지 않기를 바랐다. "그러니까 그들은 계산을 하지 않는다는 건가요? 그게 당신의 말뜻인가요?"

"내가 볼 때, 그렇습니다."

플루러벨의 표정에서 갑자기 그 일상적인 우울함이 가셨다. "아니에요, 그들은 계산을 해요." 그녀가 웃었다. "그들은 **모두** 그 것만 해요. 그저 의자에 앉아서 세고…… 그리고 세고…… 또다시 세요……"

그녀는 그 말을 하고 나서 너무 기뻐서 어린 소녀처럼 깡충깡충 뛰었다.

"내가 일부러 불쾌한 말을 했다고 생각하지 말아 주세요." 그녀가 급히 말했다.

당통은 그렇게 생각하지 않는다고 그녀를 안심시켰다.

그녀는 안도감을 느끼며 작은 손으로 박수를 쳤다.

그는 그녀가 놀라면서 수줍어할 때 아주 예쁘다고 생각했다. 언제나 입가에 발진이 있는 것처럼 입 주위가 발그레해지고, 놀라울 정도로 눈알이 커져서 앞을 잘 쳐다보기가 어려울 지경이 되었다. 그건 골든트라이앵글의 모든 여자들이 그렇다고 말해도 무방하다. 하지만 그녀는 다른 여자들에게는 없는 소녀 같은 기대감을 갖고 있었다. 그녀의 기대감 속으로 행복에 대한 욕망이 한 줄기 유성처럼 스치고 지나가지만 그녀는 그 행복을 발견하지 못하리라. 그는 그녀에게 거의 로맨스를 느끼고 싶은 심정이었으나 그리되지 않으리라고 생각했다.

그녀 또한 그에 대해서 마찬가지 생각을 했다. 안타깝지만.

남녀 간의 로맨틱한 사랑의 감정이 배제되었으므로 그들은 서로 자유롭게 말할 수 있게 되었고, 적어도 그녀로서는 더욱 그에게 자유롭게 말할 수 있었다. 그녀는 그에게 구혼자들의 태도를 선명하게 흉내 내며 설명을 해 주었다. 그녀의 실제 생활 속에서 나타났다가 사라지곤 하는 애인 후보들과, 그녀와 함께 텔레비전에 출연할 후보로 자기 자신을 프로그램 제작 회사에 소개시키는 남자들을 서로 비교해서 말해 주었다. 그녀는 그들이 피곤한 남자들이라고 했다. 저마다 그녀의 마음을 사로잡는 것은 그녀에게 선물을 갖다 안기거나 아첨을 듬뿍 해 주는 것이라 생각했다. 어떤 남자는 에르메스 버킨백을 가지고 왔는데, 그가 소문으로 들은 대로 그녀가 언제나 사용한다는 립스틱과 똑같은 색깔이었다. 또 어떤 남자는 스와로브스키 크리스털과 외알 다이아몬드가 박힌 겔랑 립스틱 케이스를 가지고 왔는데, 그 립스틱은 조사 연구자들이 그에게 가르쳐 준, 그녀가 좋아하는 핸드백과 같은 색깔이었다. 그들은 공허한 말과 현금으로 그녀를 매수할 수 있다고 생각하는가? 그녀는 심지어 당통에게 핸드백과 립스틱을 보여 주기까지 했다. 어떻게 생각하세요?

그는 그걸 둘 다 사용하는 게 좋겠다고 말했다.

그녀는 그에게 그녀 자신도 같은 결론에 도달했다고 말했다.

그들은 함께 웃음을 터트렸다.

그는 집사 혹은 고해신부처럼 그녀 집의 붙박이가 되었다. 그는 일본에 건너가서 유리 서진들을 살펴보지 않을 때에는 특별히 할 일이 없는 것 같았다. "나는 사람들에게 대금을 지불합니다." 그가 말했다. 그는 조기 은퇴자의 분위기를 풍겼다. 때때로 그녀는 주위에 친구들을 불러 모아 그가 수입하는 아름다운 물품들과 일반적 의미의 아름다움에 대해서 강연하는 것을 듣게 했다. 곧 당통은 그녀에게 필수 불가결의 존재가 되었다. 잘생기고, 슬프고, 기사도 정신이 충만하고, 애인의 대상도 아니며, 그런데도 신기하게 오염되지 않은 남자였다. 그는 걸어 다니는 곳마다 그 공간을 깨끗하게 정화시키는 것 같았다. 그냥 그가 걸어가기만 해도 깨끗해지는 것이었다.

3

남자는 땅속에 얼마나 오래 누워 있으면 부패할까?

그리고 여자는? 그녀는 좀 더 빨리 부패하지 않을까?

리아의 사랑하는 남편이며 깨어진 가슴을 가진 샤일록은 리아가 그렇게 될까 봐 두려웠다. 피부가 남자보다 훨씬 부드럽고 뼈들도 훨씬 취약하니까.

그 과정을 지연시키고 그녀 자신뿐만 아니라 그에게도 그녀가 살아 있도록 하기 위해 그는 아침마다 그녀의 묘소를 찾아갔다. 제비꽃이나 물망초를 들고 가 무덤 앞에 내려놓고 그녀에게 말을 걸고 그녀의 말을 들었는데, 살아 있을 때와 똑같이 행동했다. 그는 그녀와 함께 아침 식사를 했다. 터키 커피—그녀는 커피 냄새를 좋아했다—가 든 보온병 하나와 리넨 손수건에 싼 치즈 파니니. 그는 빵가루가 그녀 무덤 위에 떨어지는 것을 별로 신

경 쓰지 않았다. 그건 거의 그녀에게 음식을 떠먹여 주는 것 같았
다. 그는 또 다른 의미에서 그녀에게 친구들의 동정을 떠먹여 주
었고, 제시카의 소식도 알려 주었다. 딸에 대해서는 아주 선별적
으로 말해 주었다. 오직 좋은 얘기, 가령 딸아이가 점점 여자다워
진다, 점점 엄마를 닮아 간다 등이었다. 어떤 날 아침에는 그의
일상적 업무—대기 중인 재앙, 그의 머리 위에 매달린 결핍의 위
협—에 대해서 그녀에게 자세히 말해 주지 않는 게 좋겠다고 생
각되면, 그녀에게 글을 읽어 주었다. 야곱과 그의 양 떼, 라반과
하갈과 예언자 다니엘 얘기 등이 아니었다. 그런 성경 속 인물들
을 거명하는 것은 이교도들이 하도록 내버려 두었다. 그들은 유
대인의 입에서 나오는 성경 이야기를 아주 곤혹스럽게 생각하기
때문이다. 부부는 생전에 대부분의 저녁에 함께 독서를 많이 했
는데 그 독서 폭이 아주 넓었다. 베르길리우스와 오비디우스를
인용할 수 있었고, 스킬라와 카리브디스가 누구인지 알았으며,
영혼의 환생이라는 피타고라스의 철학을 논의했다. 리아가 공포
로 얼어붙는 것을 사전에 방지하기 위해 그는 그녀에게 페트라
르카와 보카치오를 읽어 주었다. 그리고 시간이 흘러가면서 필립
시드니의 『아르카디아』, 토마스 내시의 『불운한 여행자』, 에드먼
드 스펜서의 『축혼가』를 읽어 주었다. 마침내 그는 닥터 존슨, 워
즈워스, 디킨스, 도스토옙스키, 오스트리아 헝가리 제국 말엽에
활약한 위대한 소설가들과, 마찬가지로 아메리카 제국 말엽의 위
대한 소설가들까지 진도가 나아갔다. 무엇보다도 리아에게 정보

를 계속 제공하고 따분하게 만들지 않는 것이 중요했다. 그녀 또한 서정적인 것, 냉소적인 것을 좋아했고 어떤 때는 황당무계한 것도 좋아했다. "자기 자신을 벌레라고 생각하도록 강요당한 그 사람에 대한 코미디를 읽어 주세요." 그녀가 말했다. "카프카의 『변신』 말인가?" "여보, 그거 아니에요. 히틀러의 『나의 투쟁』." 그리고 부부는 악마처럼 웃음을 터트렸다.

그의 헌신이 병적이라고 생각하는 동네 사람들에게 그는 사실은 오히려 정반대라고 주장했다. 리아와 함께 있기 때문에 그가 이 시대의 흔한 질병이고 또 그 자신이 잘 걸릴 우려가 있는 우울증에 빠져들지 않았다고 대답했다. 주위를 둘러보라. 이 사람은 설명할 수 없을 정도로 슬프고 저 사람은 형언하기 어려울 정도로 피곤하다. 그는 왜 이토록 우울증이 세상에서 대유행인지 그 뿌리에 대해서 나름대로 생각을 가지고 있다. 아무튼 그로서는 아주 짧은 시간이라도 아니 단 1초라도 그가 처음 보는 순간부터 사랑했던 그 여자를 잊어버린다면 삶이 아주 견딜 수 없는 게 되었을 것이다. 사람은 일단 혼인의 맹세를 하고 나면 그 맹세를 철저히 준수해야 한다. 다른 사람은 있지도 않았고 있을 수도 없다. 그래서 그가 때때로 지루한 남자가 된다면 그래도 하는 수 없는 일이다. 누가 인생은 하나의 길고 소란스러운 가면극이라고 말했는가? 그 가면극은 자신들의 감정을 종교로 여기는 군중들이 탐닉하는 우울증의 자그마한 발작들에 의해 구멍이 나 있지 않은가?

하지만 이 끝이 없는 애도가 그의 딸 제시카에게 견딜 수 없는 압박을 가한다면?

그는 자신이 상중이라는 사실을 부정했다. 오히려 그 반대였다. 리아와 그처럼 많은 시간을 보낸다는 것은 죽음을 애도할 시간이 없다는 뜻이었다. 그는 그의 결혼을 축복하고 있는 것이지 한탄하고 있는 게 아니다. 상복은 어디에 있는가? 유골이 어디에 있는가? 그는 새신랑처럼 말끔하게 차려입고 매일 아침 공동묘지로 가지 않는가?

그러나 이것이 결국에는 도피라는 것을 그도 알고 있었다. 그가 리아에게 자랑스럽게 말했듯이 제시카는 무럭무럭 자라고 있었다. 때때로 계단에서 딸애를 지나칠 때면 그는 심지어 그녀를 자신의 아내로 착각하기도 했다. 딸애는 그녀의 부모가 과거부터 즐겨 온 엄청난 경탄의 제공자이며 수혜자가 될 권리가 있었다. 비록 이제는 딸애에게 부자연스럽겠지만 그녀의 부모는 아직도 그것을 즐기고 있다. 이제 딸애가 부모 되어 그렇게 해야 할 차례인 것이다.

그는 이 문제가 거론될 때마다 외면했다. 심지어 그 자신이 그 문제를 거론할 때에도 다른 곳을 쳐다보면서 그의 양심의 다른 구석을 살펴보았다. **그녀의 차례!** 어떤 아버지가 딸이 **그녀의 차례**를 즐기는 것을 생각하기 좋아하겠는가?

그리고 누구와 함께?

그들 사회의 논리에 의하여 딸애는 그동안 안전하게 지내 왔다. 혐오스러운 유대인의 딸! 그녀의 혈관 속에 그런 피가 흐르고 있기에 문제는 그녀의 구혼자들을 발견하는 것이지 그녀를 구혼자로부터 보호하는 것이 아니다. 누가 샤일록에게 속한 것을 원하겠는가? 하지만 그들이 그를 어떻게 생각하든 그의 돈은 받아 가듯이, 그들은 그의 딸 또한 데려갈 것이다. 상거래가 불명예를 씻어 내리는가? 욕망이 그렇게 하는가?

아니면 불명예가 그들이 원하는 것, 빌려 가는 것, 빌리는 것이 여의치 않을 때 훔치는 행위에 더욱 고소한 맛을 추가해 주는가?

그의 딸은 잘생긴 처녀였다. 덜 질투하고 덜 강압적인 사회, 총각들이 돈 많은 여자만 밝혀서 그런 여자하고만 결혼하는 것이 아닌 사회라면, 그녀는 스스로의 힘으로도 구혼자를 충분히 끌어당길 정도로 매력적이었다. 그는 딸애에게 구혼하는 남자들의 동기를 의심함으로써 딸애를 폄훼할 생각은 없었다. 오히려 그 반대였다. 그가 그녀의 행복을 그처럼 열심히 감시하는 것은 그가 그녀를 사랑하고 또—종종 그 자신에게는 당황스럽게도—남들이 그녀에게서 보는 것을 그도 보기 때문이다. 그를 그처럼 꼴사나운 사람으로 만드는 것은 딸애를 높이 평가하기 때문이다. 어머니는 이런 문제를 다루는 방법을 더 잘 알 것이다. 그러나 제시카에게는 어머니가 없었다. 그렇다. 그녀는 남자들의 구애를 받을 만한 자격을 갖추었다. 그러나 유대인 여자는 하나의 상품이고, 이 시대는 소유 지향적이며, 이 사람들은 수집가이다.

그렇지만 도덕적 혼란은 그들의 것이지 그의 것이 아니었다.

그건 그들의 종교와 함께 가는 것이고 그들은 그 안에서 얼마든지 번뇌해도 좋다. 입으로는 이렇게 말하고 행동은 저렇게 하는 기독교인들의 얼버무리기를 그는 경멸했다. 하지만 리아에게 어떻게 말해야 할 것인가 하는 문제에 도달하면 그런 경멸은 아무런 도움을 주지 못했다. 그는 그녀에게 제시카가 달아났다, 라는 말을 할 수가 없었다. 딸애가 배신자, 거짓말쟁이, 도둑년이 되었다는 말을 하지 못했다. 제시카가 훔쳐 간 것이 무엇이었다는 말은 더더욱 할 수가 없었다.

그것은 그에게 깊은 고뇌—칼로 찌른 상처보다 더 깊은 아픔—였고, 지하의 습기가 리아의 살을 어떻게 하든 그녀에게서 비밀로 지켜야 하는 것이었다. 그건 마음의 배신처럼 느껴졌다.

그렇지만 리아는 그것을 알지 못한다.

얼마나 다행이냐, 하고 샤일록은 생각한다. 딸애가 그런 시점에서 달아났다는 것이.

사이먼 스트룰로비치의 딸은 달아나지 않았다. 적어도 아직까지는. 대학에 입학하는 것을 달아나는 것이라고 부르지 않는 한. 그 외에는 그도 샤일록이랑 비슷한 처지이다. 그 역시 이방인인 딸애에게 부여되는 가치에 관하여 조바심을 쳤으며, 그녀가 일으키는 탐욕의 힘을 두려워했고 또한 아첨이 그녀에게 미치는 효과도 우려했다. 여기에다 부유한 예술품 감정가, 기부자라는 그의 명성도 엘리트 기관들에 효과를 발휘할 것이었다. 거기다가 그는 별다른 이유도 없이 이스라엘을 방문하여 현지 대학교들에 미술품을 증정해 시온주의자라는 명성을 얻었다. 아무튼 그가 나름대로 자랑스럽게 여기는 명성이 딸 비어트리스의 매력 이외에 또 다른 매력 요소가 되리라고 생각했다. 그가 두려워하는 것은 절도가 아니었다. 비어트리스는 그의 보관창고 열쇠를 가지고 있지 않았다. 그녀가 대학에서 반드시 만나게 될 아버지의 모습은 어느 모로 보나 악마 그것일 터이고, 그런 광경은 남자들로 하여금 그녀를 노려 볼 만한 상품賞品으로 만드는 부가가치를 제공할 것이었다. 그녀가 고개를 돌려서 쳐다볼 만한 대상이라는 것, 그게 중요한 사항이었다. 테러와 도적질, 혁명과 소요의 역사들을 한번 살펴보라. 거기에는 사회적으로 용납되지 않는 확신을 가진 부잣집 딸들의 배신적 행위가 아주 많다. 아버지의 적들과 동침하려는 여자는 형언할 수 없을 정도로 달콤하고, 그 약탈의 가치는 사이먼 스트룰로비치의 루비와 벽옥을 훨씬 뛰어넘는 것이었다.

스트룰로비치는 다른 면에서 또한 샤일록을 닮았다. 그 역시 그 문제를 딸의 어머니와 의논해 볼 기회를 박탈당했다.

아내가 딸의 열네 번째 생일 때 맞아 버린 뇌중풍은 너무나 상징적인 것이어서 결코 시시한 질병이 될 수는 없었다. 그것은 가장 잔인한 불운이었다. 운명이 그 엄혹한 손을 천천히 내밀어서 역시 천천히 내리쳤다. 그런 일은 날마다 여자들에게 벌어질 수 있는 일이었다. 그걸 받아들여, 스트룰로비치는 스스로에게 말했다. 운명의 임의성을 용납해. 안 그러면 남들을 탓하기 시작할 테고 탓하기로 들면 끝이 없지.

케이는 조금씩 조금씩 언어 능력을 회복했다. 실제로 무슨 말을 하는 것은 아니고 입술을 움직여서 뭔가 말하려는 의지를 내비친 것이었다. 그것만 해도 그는 아내가 아직 거기에 살아 있다는 느낌이 들었다. 무언극이나 그 외의 다른 드라마 속 상황은 결코 아내에게 벌어진 일을 따라가지 못했다. 그녀는 이제 하루 종일 침대 위에 누워서 생활한다. 누군가가 목욕과 식사를 옆에서 도와주어야 하고 그녀 자신의 의사를 명확하게 알리지 못한다. 그런 불편함 이외에 일상은 예전 그대로, 라는 가식은 계속되었고 주변 상황 역시 전과 동일하게 굴러갔다. 그는 비어트리스에 대하여 아내에게 거의 말을 하지 않으려 조심했고, 딸애에 대한 그의 공포에 관해서는 전혀 말을 하지 않았다. 그는 아내에게 압력을 가하는 것을 싫어했다. 케이가 그녀에게 남아 있는 수단을 동원하여 좋아하는 화제를 선택하도록 내버려 두었다. 비어트리스의 존재는 아내를 쾌활하게 만들었으나, 아내는 자기만의 방식으로 딸애를 만나고 싶어 하는 것 같았다. 모녀는 다른 가족, 한 바퀴에서 떨어져 나온 개별적인 바퀴살처럼 보였다.

스트룰로비치는 그녀와 함께 있을 때 그녀 위쪽을 쳐다보았다. 그녀를 넘어서서 마치 깨어진 거울을 보듯이, 그가 한때 잘 알았던 아내를 쳐다보았다. 방 안을 가로질러 그녀에게 미소를 짓는 것은 부정不貞한 행위처럼 보였다. 파괴된 기억과 함께 있을 때에는 아무것도 기억하지 않는 것이 더 좋다. 그래서 부부는 아무 말 없이 앉아 있었다. 그는 아내의 침대 옆 의자에 앉아서 그녀의 손을 잡았고, 그녀는 허공을 쳐다보았다. 두 사람은 과거도 미래도 소유하지 않았고 그래서 완벽한 비존재의 조화를 이루었다. 그처럼 감각에 무심한 두 사람은 최초의 남자와 여자처럼 보였다. 누군가가 입김을 불어 넣어 주어 창조가 비로소 시작되기를 기다리는 존재들처럼.

스트룰로비치는 지금처럼 그가 물려받은 자동차 부품 사업의 재산에 대하여 고마워해 본 적이 없었다. 그와 그의 아버지와의 관계는 회복되었다. 아버지의 아들 생매장 운운은 잠시 동안의 일이었다. 그가 오필리아-제인 스마이슨과 이혼하자 부자 관계는 복원되었고 다시 케이 코민스키와 재혼하자 아버지의 사랑이 너무나 강력하게 범람해 와 거의 정신을 차리지 못할 지경이었다. 그것은 이교도와의 결혼이 아니라 같은 종교 내의 결혼이었다. 그게 그의 아버지—종교를 빼놓고는 모든 면에서 이교도였던 아버지—가 성취하기 위해 평생을 살아온 목적 같아 보였다. 가문의 종교적 전통을 지키라는 목적. 이제 케이가 아프고 보니 돈을 가지고 있다는 게 얼마나 중요한지 그는 깨달았다. 사람은 부자일 필요가 있었다. 실제로 그는 필요한 것 이상의 부를 가진 듯이 보였다. 그 덕분에 그는 기부를 많이 했고, 무료 강연도 많이 했으며, 음악 감상실을 제공했고, 기존 도서관의 공간을 넓히는 데 돈을 내놓았으며, 국외로 빠져나갈 염려가 있는 예술 작품을 사들였다. 하지만 현재 그가 살고 있는 방식대로 살아가려면 무엇보다도 돈이 있어야 했다. 그는 미술품을 전시하고 책들을 서가에 꽂아 넣을 수 있을 만큼 커다란 집에 살고 있고, 편안하게 여행을 다녔으며, 이탈리아 양복점에서 주문 제작한 양복을 입었고, 운전기사를 두었고, 딸을 사립 기숙학교에 보냈으며, 병든 아내를 24시간 돌보는 간병인을 붙여 놓았다. 그는 부뿐만 아니라 가난에 대해서도 나름대로 정의를 내려 두고 있었다. 현재 필요하든 혹은 미래에 필요하든 간병인과 간호사를 붙일 여력이 없는 사람은 아주 가난한 것이다. 정부의 보호 손길에 빠져드는 것을 모면하는 것 그 자체도 돈을 벌어야 할 이유가 된다. 사람은 치욕스럽게 죽지 않기 위해 열심히 일을 하고 돈을 벌어야 하는 것이다. 누군가가 나의 생활 수단을 앗아 간다면 그는 내 목숨을 빼앗아 가는 것이다…… 동시에 내가 잘 죽을 수 있는 수단도 박탈하는 것이다.

물론 죽음에 대하여 말하자니, 때가 되어 황급히 달아나야 할 경우에 필요한 돈도 있다. 집안에 남아 있는 돈을 양팔에 끌어안고서 뒤도 돌아다보지 않고 내빼야 하는 그런 때. 때때로 유대인이고 때때로 유대인이 아닌 스트룰로비치도 이 돈 문제와 관련해서는 비유대인적으로 되는 때가 단 한 번도 없었다. 안전은 결코 당연시할 것이 못 되고, 위험의 시간은 언제나 곧 돌아온다.

그래서 매일 아침 그의 아내는 남을 시켜 목욕을 하고, 그의 딸은 학교에서 공부를 하고, 그가 국경의 부패한 관리들에게 뇌물을 주거나 그 자신의 신변잡사를 위해서 필요할 때 그의 돈은 늘 거기에 있으므로, 그는 자유롭게 관심사를 추구할 수 있었다. 관심사를 열심히 추적하다 보면 그는 병든 아내를 슬퍼하는 일에서 면제되었다. 스트룰로비치는 바쁘게 일한다는 데 대하여 할말이 아주 많았다. 그런 상태를 표현하는 또 다른 단어—비어트리스의 선생들이 기분 좋게 그녀에게 말해 주었듯이—는 자본주의이다.

그는 그의 부를 매우 기쁘게 여기는 사람은 아니었다. 그가 무엇인가를 기쁘게 여기는 사람이라고 생각할 수 있다면, 그는 자신이 직접 둘러볼 수 있는 세계를 기쁘게 여겼다. 누군가가 그에게 세속적이지 않은 것을 상기시키면, 그는 자신이 이미 정신주의자라고 대답했다. 나는 물질 세상에 신성이 스며들어 있다고 생각하는 정신주의자입니다.

그러면 사랑은?

그는 사람들이 어떻게 보이지 않는 것을 사랑할 수 있는지 이해가 되지 않았다.

물론 이렇게 말한다고 해서 그가 딸애를 보지 않을 때에는 그녀를 사랑하지 않는다는 얘기는 아니다. 하지만 그가 딸애를 보지 않는 때가 과연 있었던가? 근심 걱정은 어떤 이미지를 가깝고 안전하게 유지하는 한 가지 방식인데, 아내의 뇌중풍 이후—아니 그보다 훨씬 이전부터—그는 끊임없이 딸애에 대하여 근심 걱정 해 왔다.

　부부는 이 외동딸을 얻기까지 오랫동안 기다려 왔다. 그것은 특히 케이에게 고통스러운 기다림이었다. 그녀는 자신의 생리시계가 똑딱거리는 소리를 듣는다고 말했고 곧 시간이 다 되어 버릴 것을 두려워했다. 그는 특별히 자식을 기다린 것은 아니었고 다른 남자들이 이야기하는, 첫아이를 보는 순간 가슴이 터져 버릴 것 같았다는 말을 과장이 아닐까 의심했다. 하지만 딸을 얻고 보니 그의 가슴도 정말 터질 것 같았다. 그것은 케이 때문이기도 했다. 안도와 공포가 뒤섞인 대상적代償的 즐거움이었다. 아내처럼 어떤 것을 간절히 소망한다는 것은 곧 실망이나 그보다 더 나쁜 것을 불러오는 행위였다. 기적에 의하여 수태된 그 아이는 이중으로 취약하고 또 소중한 것이다. 또 일상적인 이기심도 작용했다. 그는 어린아이 비어트리스를 쳐다볼 때 그 자신이 미래로 투사되는 것을 보았다. 그러나 그는 일시적으로나마 '영광의 구름'✦의 체험에 빠져들면서 그 아이를 하느님의 전령이라고 생각했고, 딸애의 두 눈이 그녀가 지상에 오기 전에 보았던 백광의 광휘를 마주하여 여전히 감겨 있을 것이라고 공상했다. 그런 생각은 차례로 이런 질문을 불러일으켰다. 아이를 보내 주신 분은 어떤 하느님이며, 비어트리스는 하느님으로부터 어떤 메시지를 가지고 왔는가? 그것은 스트룰로비치에게 하나의 종교적 순간인가? 그는 그렇게 생각하지 않았다. 그는 종교를 실천하지 않았다.

✦ 『출애굽기』 16장 10절. 하느님의 강림을 말한다.

그는 기도를 올리지 않았으며 트필린*을 팔에 감지도 않았고 머리에 쓰지도 않았다. 예배 활동의 측면에서 보자면 그는 한 게 거의 없어서 이교도나 마찬가지였다. 그리고 아이가 태어난 순간은 어떻게 묘사하든 간에 오래 지속되지 않아 변모의 효과도 없었다. 그러나 그는 대답해 보라고 강요당한다면, 갓 태어난 딸이 눈을 깜빡인 영광의 하느님은 유대교의 하느님이지 기독교는 아니라고 시인했을 것이다. 유대교의 하느님은 아주 진지하고 장엄하여 인간의 모습을 취할 수가 없는 것이었다. 스트롤로비치가 사태의 핵심을 투시한 자초지종은 바로 그것이었다. 하지만 그것은 비어트리스에 대한 그의 사랑을 영원히 결정해 버리기에 충분한 시간이었다. 그녀는 마땅히 유대인 남편을 두어야 할 것이었다. 그가 비유대인을 경멸한다거나 유대인 가문이 계속되기를 바라서가 아니다. 그녀의 삶이 기억된 엄숙함과 예고된 슬픔의 고통 속에서 진지하게 시작되었기 때문이다. 그 고통은 임의적인 애정이나 의지—혹은 일시적 기분, 원한, 변덕스러운 배교 혹은 상당한 깊이를 가진 우연한 사랑—때문에 내던져 버릴 수 있는 것이 아니다. 그것은 명예와 충성—비록 무엇에 대한 충성인지는 그로서도 불명확하지만—의 의무를 그 아이가 하느님에게 빚지고 있고 또 하느님도 받을 빚이 있다고 생각하는 것이다. 그것은 딸아이가 마음대로 결정할 수 있는 것이 아니다. 그렇지 않은가?

✦ 유대인이 평일 아침기도를 올릴 때 팔과 머리에 감거나 쓰는 가죽끈 달린 작은 통. 이 통에는 토라(모세오경)의 글귀를 적은 양피지가 들어 있다.

그것은 엄숙한 계약이다. 만약 그 애가 아들이었더라면 할례 의식을 통해 구체적으로 표현되는 것이었다. 그것은 동맹의 맹세 같은 것이다. 그녀가 한 시간 전에 태어난 갓난아이이므로 과연 그걸 맹세할 위치에 있는가의 여부는 무관한 문제인 것이다. 바로 그 때문에 그 애의 아버지인 그가 신성하다고 생각되는 모든 것을 걸고서 그녀를 위해 대신 맹세하지 않았는가?

"맹세하라."

그는 맹세했다.

계약을 지키겠다고 맹세했다.

물론 누가 그를 감시하고 있는 건 아닌가 하고 주위를 둘러보기도 했다. 특히 케이를 의식했다. 케이로서는 그건 지극한 모정의 순간이었고, 남편을 사로잡고 있는 것들, 가령 미신, 광신, 부족주의, 인간이 감당하기에는 너무나 무거운 진지함 등으로 그 순간이 금 가기를 바라지 않았다. 그래서 그는 맹세를 했다.

4

당통은 플루러벨 밑에서 보조 기능을 수행했다. 그는 아는 사람이 많고 연줄이 넓기 때문에 그녀의 대인 연결망을 더 많은 사람들로 확장시켜 줄 수가 있었다. 그 사람들은 그녀의 이웃이 아무리 많다고 하더라도 평소의 상황에서는 도저히 만날 수 없는 사람들이었다. 모델과 배우, 은행가, 래퍼, 스타 축구 선수, 텔레비전 아침 방송에 출연하는 점성술사—대상이 빤한 사람들—는 그녀가 혼자 힘으로 발견할 수 있었다. 그녀가 발견하지 못하면 제작 회사에서 대신 해 주었다. 그러나 크리켓 선수와 럭비 선수, 회계사, 건축가, 디자이너, 인생 상담사, 엉뚱한 말을 자유롭게 하는 주교(당통 가문에서 교회와의 연줄은 아주 오래전의 세월로 거슬러 올라갔다) 등 나름 매력이 있는 B급 인사들에 대해서 그녀는 곧 당통의 조달에 의존하게 되었다. 그가 이런 사람들을 알게 된 것은, 그들이 자신들의 집을 아름다운 예술품으로 꾸미려 하고 또 때로는 그들에게만 소용되는 그림들을 찾아 나서기 때문이다. "시스티나 성당에서 나온 것이면 무엇이든 구해 줘요"라고 한 고객은 요청했다. "『셰익스피어』라는 책을 썼다고 하는 친구가 그린, 화장실에서 서로 고함치는 호모들의 그림을 구해 주세요"라고 다른 고객은 주문해 왔다. 플루러벨은 그가 다양하고 폭넓은 연줄을 갖고 있는 데 경탄했다.

때때로 그는 그런 사람들을 그녀에게 데리고 와서는 그녀를 향해 눈알을 굴려 댔다. 데리고는 왔으나 그의 지인도 친지도 아니므로 책임은 지지 못하니, 그녀가 그들을 감시할 경비원을 두는 것이 좋겠다고 말하는 듯한 표정이었다.

한번은 그가 그녀에게 프랑스계 알제리 복화술사인 메흐디 메흐디를 소개했다. 그는 데리고 다니는 인형이 옹호하는 나치 이데올로기 때문에 프랑스와 알제리의 경찰로부터 추적당하여 피신 중이었다. 하지만 그는 당통이 보기에 설득력 있는 주장을 폈다. 그는 복화술사로서 그 자신의 인격이나 이데올로기를 가지고 있지 않으며 그의 인형을 통하여 문제의 이데올로기를 비판적으로 논평한 것뿐이었다(엄격하게 말하면 비평가 노릇이 그의 일도 아니라는 것이다). 기자들에게 인형에 대하여 그가 느끼는 호감 혹은 그 인형이 일으키는 호감에 대해서 질문을 받자, 메흐디 메흐디는 자신의 목소리로는 아무런 대답도 하지 않고 인형을 시켜서 이런 답변을 했다. 만약 그의 명성이 가져온 의도되지 않은 결과가 프랑스 청년의 절반이 나치식 인사를 하는 것이라면, 그건 프랑스 청년들이 다윗의 별을 만드는 것보다는 더 좋지 않겠는가?✦

플루러벨은 프랑스 청년의 절반이 다윗의 별을 만든다는 것을 알고서 깜짝 놀랐다.

당통은 손짓을 하면서 그녀의 우려를 일축했다. "그는 보복적인 방식으로 혹은 위선적인 방식으로 농담을 하고 있는 겁니다. 하지만 그를 파티에 참석시키면 훌륭한 가치를 발휘할 겁니다."

플루러벨은 그런 구분을 이해했고 당통에게 복화술사와 그의 인형을 초대하라고 말했다. 그녀는 그 둘이 춤을 잘 추는 것을 보고서 즐거워했다. 그가 경찰에 수배되지만 않았더라면 그나 혹은 그의 인형을 〈주방의 조언자〉에 출연시켜 랍비와 논쟁을 벌이도록 조치했을 것이다.

이상적인 랍비 또한 복화술사이므로, 그들의 인형들은 치열한 난타전을 벌였을 것이다.

복화술사의 어떤 점이 특히 운동선수에게 매력적으로 작용했는지 그녀나 당통이나 알지 못했지만, 그 인형의 전매특허인 나치식 인사는 곧 마르세유의 지하 카바레에서 그의 복화술을 본 프랑스 축구 선수들에 의해 모방되었다. 그리고 체셔에서도 프랑

✦ 나치가 프랑스를 점령한 1941~1944년 동안, 나치의 지시에 따라 프랑스 유대인들은 유대인이라는 신분 표시로서 다윗의 별을 왼쪽 가슴에 달고 다녀야 했다. 다윗의 별을 만든다는 것은 유대인을 차별한다는 뜻이다.

스인들의 인사 방식을 따라 하는 것은 세련된 행동이라고 생각하는 축구 선수들에 의해 모방되었다. 그렇지만 이들 축구 선수들 중에서 그래턴 하우섬—당통이 가장 최근에 초청한 인물—만이 경기장에서 나치식 인사를 실제로 해 보인 유일한 선수였다.

"그는 지금은 작고한 나의 친한 친구의 대자代子입니다." 플루러벨이 두 남자 사이에 존재하는 친밀감에 놀라움을 표시하자 당통이 설명했다. 그녀는 문신과 피어싱을 좋아했고 그녀 주위를 강아지처럼 어슬렁거리면서 나타날 때마다 다른 머리 모양을 하고 오는 남자를 좋아했다. 하지만 그녀는 이런 것이 당통에게도 통하리라고는 생각하지 않았다. 두 남자 사이의 호의—그보다 더 강력한 느낌—는 아주 오래된 것인 듯했다. "그건 좀 복잡합니다." 당통이 그녀에게 말했다. "아주 깊지만 어울리지 않는 애정에 대한 설명이 그러하듯이. 나는 의무 사항을 물려받았습니다. 그것을 그의 친구로부터 물려받은 친구에게서 내가 물려받았는데 거의 신성한 의무입니다. 이 일에서 불쌍한 그래턴이 일종의 축구공이 되었다고 말한다 해서 나를 경박한 사람이라고 생각하지 말아 주세요. 그는 명칭만 빼고 모든 면에서 고아입니다. 뭐랄까, 나는 그를 감시하고 보호하는 사람입니다."

"내가 보기에 그는 대부분의 고아들보다 그의 복지를 신경 써 주는 사람들이 많은 것 같군요." 플루러벨이 분노의 어조로 말했고 그런 어조는 그녀 자신을 놀라게 했다.

　그녀가 오로지 자신의 것이라고 생각했던 보호를 그래턴이 누리고 있어서 그에게 질투하는 것인가?

　"그렇다면 내가 설명을 충분히 하지 못했군요. 그의 어머니는 그를 떠났습니다. 그의 아버지는 그를 학대했고요. 그는 삼촌에게도 이용을 당했습니다. 페데리코와 이어 슬라브코의 개입이 없었더라면 그가 어떻게 되었을지 아무도 알 수 없었을 겁니다. 나는 그들이 손 놓은 곳에서 보호를 계속했지요."

　"그게 귀찮은 잡일이라고 말하는 것처럼 들려요."

　"전혀 그렇지 않습니다. 내가 물려받은 의무 사항을 나는 자발적으로 승계했어요. 우리가 갈 곳 없는 사람의 요청을 받았을 때 응답하지 않는다면 우리 인간은 무엇 때문에 존재하는 것입니까? 특히 그렇게 함으로써 우리보다 먼저 세상 떠난 친구들을 기억할 수 있다면 말입니다. 나는 그래턴을 보면 그를 보살폈던 사람들의 온유한 기질을 느끼게 됩니다. 그가 때때로 어떤 사람들에게는 야수처럼 보이기는 하지만 말입니다. 사실 그에게는 축구 선수치고는 드물게 발견되는 신체적 질병이 있습니다. 또 바람둥이라는 명성에도 불구하고 좋은 성품도 가지고 있어요."

　"그러면 나치라는 그의 명성은 어떻게 된 거죠?"

　당통은 웃음을 터트리며 고개를 흔들었다. "아, 그건 최근의 일입니다. 여기 와서 메흐디 메흐디를 만난 이후의 일이지요. 그는 갑자기 팔이 경련을 일으키는 병이 있어요. 그것뿐입니다. 나는 그를 높이 평가합니다."

그래턴 본인의 설명에 의하면 그 나치식 인사는 사람들이 오해한 것이었다. 다른 선수들(이름은 제시하지 않음)은 그 인사를 은밀히 하면서 귀를 긁는 척하고 또 반대하는 사람들을 토끼 표시로 비난한다는 점을 감안할 때, 그가 보기에 그 동작을 노골적으로 표출할 필요가 있었다. 그는 인종차별주의자가 아니고—그가 흑인 선수나 아시아 선수를 조롱하여 입건된 적이 있었는가?—반유대인주의자는 더더욱 아니다. 그가 유대인 선수에게 파울을 하여 벌점을 받은 적이 있다면 단 한 건이라도 말해 보라. 그리고 그의 아내들 중 하나—그는 지금 구체적으로 어느 아내를 말하고 있는 건지 불분명했다—는 약간 유대인의 피가 섞여 있었다.

"그는 유대인 여자를 좋아해요." 당통이 플루러벨에게 말했다. "그는 유대인 여자가 섹시하다고 생각해요. 여자 보는 눈은 제각각이지요."

"그럼 현재 그런 애인이 있나요?"

당통은 잠시 생각했다. "없는 걸로 알고 있습니다."

"그럼 우리가 그에게 유대인 여자를 하나 찾아 주도록 해요. 우린 당신 친구들에게 그걸 빚지고 있어요."

당통이 입주하고 시간이 좀 지나서—가령 18개월—플루러벨은 사랑에 빠졌다. 상대는 당통이 아니었고 그래턴이나 수배 중인 알제리 복화술사나 그 인형은 더더욱 아니었다. 그녀가 자신

의 폭스바겐 비틀 밑바닥에 들어간 걸 본 첫 사람이었다(실제로
는 그의 양발을 처음 보았다). 그녀의 포르쉐 카레라가 수리를 받
아야 했으나, 파견 나온 수리공(차량 정비사가 그녀를 찾아오지
그 반대는 아니었다)은 비틀 밑바닥에 누워 있는 것이 훨씬 더
좋겠다고 생각했다. 포르쉐 카레라가 흔해 빠진 골든트라이앵글
에서, 비틀은 보기 드문 차였다.

집안 관리인이 그녀에게 상황 보고를 했다. 그가 보기에 전혀
수리공 같지 않은 그 신사는 포르쉐는 두 번 다시 쳐다보지 않고
곧바로 비틀에 달려들었다는 것이다. 플루러벨은 그녀의 좋은 행
운이 믿기지 않아 소리를 꽥 내질렀다. 그를 찾았어, 마침내 그를
찾았어. 겉꾸밈에 전혀 속아 넘어가지 않는 남자를. 그가 그녀의
싸구려 차 밑바닥에서 나왔는데 비호감의 남자일지라도 그녀는
그 즉시 그에게 몸을 바칠 생각이었다. 설혹 그 장소가 자갈 깔린
차도이더라도.

그녀는 화장을 지우기 위해 황급히 실내로 달려 들어갔다. 15
분 뒤 그녀는 가장 헌 옷을 입고서 자갈 깔린 차도로 나왔다. "당
신의 얼굴을 보고 싶어요." 그녀는 손뼉을 치며 말했다. 그녀는
남의 복종만 받아 오던 여자였다. 하지만 동시에 누군가에게 복
종하고 싶은 여자이기도 했다.

그리고 그가 조금씩 조금씩 밖으로 나왔다. 온몸에 엔진오일이
묻었고 그는 작업복이 아니라 와이셔츠를 입고 있어서 필요 이
상으로 수줍어했다. 플루러벨은 그가 셔츠의 소매를 걷어 올리지

74

않은 것을 보았다. 그는 처녀의 두 눈을 즐겁게 하는 '순진한' 남성미의 전형을 제시했다……

냉소주의자의 생각에는 '순진한'이라는 말보다는 기회주의적이라는 말이 더 먼저 떠올랐을 것이다. 번드레한 것을 과시하는 남자들의 아첨을 경계하는 상속녀의 마음을 사로잡으려고 하는 남자는, 머리가 있는 사람이라면, 번드레한 것보다는 평범한 것을 가지고 그녀의 환심을 사려 할 것이다. 번쩍거리는 빛에 눈이 멀어 첫 번째 장애물에서 쓰러지는 바보들은 방출되어도 싸다. 그들이 화려함이라는 주제를 떠들어 대는 게 최고라고 생각한다면, 그들의 성품에 대한 테스트가 어디에 있다고 보는 것인가? 그런 진부한 것으로 차지할 수 있는 여자라면 이미 백번은 더 남의 차지가 되지 않았겠는가?

이런 식으로 역발상의 생각을 머릿속에서 굴릴 수 있었다면 많은 구혼자들이 비용과 노력을 절약했을 것이다.

그러나 기회주의라는 비난에 대하여 다음과 같은 흥미로운 사실이 제시되어야 한다. 그 신사가 폭스바겐 차 밑으로 들어갔을 때 상속녀는 집에 없었고, 곧 집으로 돌아오기로 되어 있지도 않았다. 그렇다면 그가 그녀에게 발견되리라는 걸 어떻게 확신할 수 있었을까, 하는 질문이 제기된다. 그 신사가 그녀의 귀가 시까지 차 밑에 계속 죽치고 있기로 결심하지 않았다면 말이다. 그런 계산 혹은 계산의 부재—결국 같은 것이지만—는 그를 사전 음모의 비난으로부터 면제시켜 주지는 않지만 그래도 그의 진정성을 대변한다. 그러니 어느 쪽이 되었든 그는 그 자신을 플루러벨에게 추천할 만한 성품을 갖고 있는 것이다.

그리고 그의 아주 친한 친구인 당통이 그에게 한 가지 힌트를, 정확히 말하자면 두 가지 힌트를 주었다. 첫째, 현재 플루러벨의 마음을 차지한 주인이 없으며 둘째, 그 마음을 차지할 수 있는 방법이다. 아무튼 그 힌트는 신사에게 도움이 되었고 또 당통의 아주 친한 친구였다는 사실이 나중에 발견된다면 그 자체로 그 신사의 성품을 보증해 줄 터였다. 그러나 플루러벨은 파악할 수 있는 사실을 다 알게 되었을 때, 당통이 이러한 사태 발전을 아주 슬퍼했다는 점을 별로 의아하게 여기지 않았다. 그 누구라도 일단 바너비를 보았다면 그를 사랑하지 않을 수 없기 때문이었다.

그녀는 그를 마음속에서 즉시 바니라고 불렀고 그 후에는 하인들을 제외한 모든 사람들이 있는 곳에서도 그 애칭으로 불렀다.

만약 그녀가 자신이 실천하면서 살아가려 하는 전원적 이상의 규범을 좀 더 확신했더라면 당통과 바니를 둘 다 가슴에 끌어안으면서 어떤 결과가 나오는지 살펴보려 했을 것이다. 두 명 혹은 그 이상의 남자들과 동침하는 것은 골든트라이앵글에서 아주 드문 일은 아니었다. 실제로 그녀도 남성에 대하여 첫 번째 환멸의 여파로 두 여자와 동침한 적도 있었다. 그녀는 바니를 당통에게 잃을 우려는 없었다. 우선 당통은 정비사가 그 밑으로 기어들어 갈 폭스바겐 비틀을 소유하고 있지 않았다. 그렇지만 그녀는 바니가 자신의 파격적인 태도를 어떻게 생각할지 우려되었다. 그가 부를 이상으로 여기지 않고 또 황금에서 순수를 보지 않는다고 해서, 그게 곧 그가 그녀에게서 이상이나 순수를 본다는 얘기는 아니기 때문이다.

그건 당통도 마찬가지였다. 비록 관점은 다르지만.

어느 날 밤 그녀는 한 지역 레스토랑에서 두 남자에게 어떻게 만나게 되었느냐고 물었다. 두 남자는 모순되는 답변을 했다. 바니는 기억이 나지 않는다고 말했다. 당통은 결코 잊지 못할 거라고 말했다. 그들은 알세이저의 농업 시장에서 벌어진 돼지고기 로스트에서 만났다, 라고 당통은 설명했다. 당통은 돼지고기를 많이 먹는 편이 아니었으나 영국을 방문한 일본 유리 세공사를 안내하여 그곳에 갔다. 그 일본인은 마침 돼지고기를 좋아했다. 그는 세공사 다쿠모를 체셔의 축제에 세 번 데리고 갔는데 그 손님은 세 번 모두 돼지고기 로스트로 곧바로 달려갔다. 바너비는 그 순간 주위를 어슬렁거리고 있었는데 궁금하지도 무관심하지도 않았고, 배고프지도 그렇다고 배부른 것도 아니었다. 그날은 따뜻했고, 그는 게으름을 피우고 있었으며, 또 그에게는 농사꾼 기질이 있었다. 그는 건초 부대처럼 헐렁한 오트밀 색깔의 양복을 입었는데, 그의 머리카락은 당통이 볼 때 그 건초 부대에서 흘러내린 밀짚과 똑같은 색깔이며 결을 갖고 있었다. 구름을 뚫고 나온 빛은 바너비의 얼굴에 늦여름의 석양 분위기를 안겨 주었고, 그리하여 그를 윌리엄 홀먼 헌트*의 그림 〈고용된 목동〉에 등장하는 목동과 닮아 보이게 했다. 플루러벨은 그 그림을 알고 있어서 재빨리 대답했다. 그건 맨체스터 아트 갤러리에 걸려 있어요. 종종 그녀는 그 그림 앞에서 황홀한 상태에 빠져서 자신을 여자 목동으로 상상했다. 그녀의 말 끼어들기는 당통을 곤혹스럽게 만든 것 같았다. 플루러벨 생각에, 그의 그림에는 여자 목동이 들어설 자리가 없기 때문일 것이었다.

바니는 목동의 웃음을 터트렸다. "나는 그런 시장은 기억 안 나고 그런 양복을 소유한 적도 없습니다."

"자네는 그 밑에다 회색을 띤 흰색 셔츠를 입고 있었지." 당통이 계속 말했다. "그 셔츠엔 단추가 하나 떨어져 나가 있었어."

"그런 셔츠도 가진 적이 없는데요."

"그리고 자네는 손에 밀짚 파나마모자를 들고 있었어."

"그런 일 없는데요."

"그럼 당신의 얘기는 뭐예요?" 플루러벨이 떨어져 나간 단추 얘기에 흥미를 느끼면서 바너비에게 물었다.

그는 머리를 흔들었다. "어떻게 된 일인지 잘 모르지만 당통은 언제나 거기 혹은 그 주위에 있었어요." 그가 말했다. "차라리 나에게 언제 하늘을 처음 보았느냐고 물으세요."

당통의 말은 플루러벨에게 윌리엄 홀먼 헌트의 또 다른 그림 〈세상의 빛〉을 생각나게 했다. 머리 뒤에 후광 같은 달이 떠 있

✦ 1827~1910 영국 화가로 종교적이고 경건한 소재에 관심을 두었다. 라파엘 전파의 주요 일원이다.

는 예수는 그 문이 열릴 것이라고 기대하지 않으면서도 문을 두드린다. 그는 화난 듯이 입술을 오므렸고, 눈은 내리깔고 있고, 외롭고 자기 연민에 빠진 모습이다. '보라. 내가 문 앞에 서서 문을 두드린다. 만약 누군가가 내 목소리를 듣는다면 이 문을 열어라. 나는 그의 집에 들어가서 그와 함께 식사를 할 것이고, 그는 나와 함께 식사할 것이다.' 그렇지만 내내 문은 열리지 않으리라는 것을 그는 안다.

이처럼 거절당하는 것을 당통은 좋아하는 듯해, 하고 플루러벨은 생각했다. 그가 원하는 것이 무엇이든 바니가 주지 않으려 하기 때문인가?

혹은 그가 원하는 것은 무엇이든 바니가 주지 않기를 바라는 그녀 때문인가?

5

"이걸 받아야겠는걸." 스트룰로비치가 그의 전화기 쪽으로 손을 뻗으며 말했다.

"자네 딸일 테니 물론 받아야지." 샤일록이 그에게 말했다.

"내 딸인지 어떻게 알았나?"

"벨 소리를 듣고서." 샤일록이 대답했다.

두 사람은 마지못한 동료 의식을 발휘하며 공동묘지에서 나와 주차장 쪽으로 걸어갔다. 스트룰로비치는 샤일록을 집으로 초대했고—추위에서 벗어나, 목욕을 하고, 스카치위스키를 한잔 마시고, 밤새 묵어가게—샤일록은 투박하면서도 재빠르게 응낙하여 스트룰로비치를 놀라게 하고 또 기쁘게 했다. 부와 영향력을 갖춘 사람이었지만, 스트룰로비치는 원래 빈한한 가문 출신이었고 그래서 초대가 거절당할 거라고 생각했던 것이다. 사람들은 그와 함께 시간을 보내기보다는 더 좋은 할 일이 있을 터였다. "좋아, 좋아, 아주 좋아." 그는 감사 인사 비슷한 말을 했다. 그리고 샤일록은—그 자신 환대를 주고받는 문제를 성가시게 생각하는 남자였는데—그의 어깨를 툭툭 쳤다. 쌍방 간에 그렇게 할 필요가 없는데도, 우정을 좀 더 돈독하게 해야겠다는 필요를 느낀 것처럼.

왜 그런지 스트룰로비치는 그 이유를 꼭 집어서 말하기가 어려웠다. 그는 다른 남자들과 쉽게 우정을 맺는 사람이 아니었다. 어머니, 아내, 딸, 이런 존재들이 그의 인생의 이정표였다. 그렇다면 아마 그는 평생 가져 본 바 없는 것을 아쉬워했던 것이다. 샤일록에 대해서, 스트룰로비치는 **그가** 무엇을 아쉬워하는지 감히 물어볼 생각이 없었다.

샤일록이 그의 팔을 잡아 준 것이 고마웠다. 비록 그 악력이 대단했지만 말이다. 그러한 동작은 그를 유럽 사람처럼 보이게 했다. 제삼자가 있었다면 두 사람을 볼로냐 대학 미술과 교수들인데 유대인 공동묘지의 건축물을 향상시키는 문제를 논의 중이라고 생각해 주기를 희망했다.

"자네가 그 애의 버릇을 망쳐 놓고 있는 게 분명해." 스트룰로비치가 전화를 끊자 샤일록이 말했다.

스트룰로비치는 상대방의 목소리에서 감정의 기미를 발견했다. 그럴 수밖에 없었다. 그렇지만 그 감정이란 게 구체적으로 슬픔, 질투, 씁쓸함?

우리는 서로를 질투하고 있는가?

그는 오로지 그 자신 아버지로서의 자부심과 감상적 느낌을 들고 있는 것인가?

"애 엄마가 너무 아파서 여느 엄마처럼 그 애를 돌보지 못하고 있다네." 그가 말했다. "딸애를 돌보는 책임이 내 어깨 위에 떨어졌지. 그건 내 적성에 맞는 일이 아닐세."

"다른 남자라고 다를까?" 샤일록이 끼어들었다.

"아내가 없다면 아마 다를 걸세. 그래, 자네 말대로 내가 딸애를 응석받이로 만들었지. 딸애의 버릇을 망쳐 놓고 또 그만큼 딸애의 자유를 박탈했지."

"나는 그것도 이해하네."

"나는 딸애를 칭찬하다가 비난하지. 내가 왼손으로 준 것을 오른손으로 거두어들여. 어떤 때는 아주 친절하다가 곧이어 분노와 후회가 뒤따르지. 나는 딸이라는 비좁은 공간에 갇혀 있는 것 같아. 어느 한 순간에는 딸애의 움직임을 방해하다가 그다음 순간에는 딸의 존재를 아주 크게 의식하지. 딸애를 향한 내 사랑을 균형을 잡을 수가 없어."

샤일록은 스트룰로비치의 팔뚝을 더욱 거세게 잡았다. 그 팽팽한 손가락들을 통하여 스트룰로비치는 기억이 맥동하는 것을 느낄 수 있었다.

"자네의 말은 단검이야." 샤일록이 말했다. "다른 아버지들도 마찬가지지. 아버지가 딸을 지나치게 사랑하는 것은 엄연한 율법이야."

샤일록은 딸을 키우는 게 당신의 자녀들을 더 잘 키울 수 없는 하느님이 부과한 끔찍한 의무인 것처럼 말했다. 사랑을 베풀라고 하는 게 아니라 사랑을 하라고 강요하는 의무. 스트룰로비치는 샤일록으로부터 사랑을 받는 것이 아주 고단한 체험일 거라고 생각했다. 하지만 그의 말은 스트룰로비치를 위안하는가 하면 겁먹게 했다. 그러니 스트룰로비치만 딸 문제로 고민하는 게 아니었다. 온 우주가 아버지는 딸을 현명하게 사랑하는 게 아니라 지나치게 사랑하라고 선언했다. 그리고 딸은 그 사랑 때문에 아버지를 증오하고.

"난 딸애를 그냥 내버려 두고 싶으나 그렇게 할 수가 없어." 그가 말했다. "딸애가 걱정이 된단 말이야. 난 그 애가 한번 잠이 들면 10년쯤 더 나이 들어 깨어났으면 좋겠어. 대학에서 공부하는 딸은 아버지에게 생지옥이야. 딸애는 혼란에 빠진 상태로 집에 돌아와."

샤일록은 말이 하고 싶어서 상대방이 어서 말을 끝내기를 기다렸다. "딸애가 집에 늘 있다고 해서 사정이 달라질 것 같은가? 대학에 가서 교육을 받는다고 해서 딸애가 비로소 아버지를 증오하는 방법을 배우는 건 아니야. 그 애는 열린 창문을 통하여 반란을 배울 수 있어. 그게 딸년의 본성이야."

"그건 열린 창문의 본성이야."

"자연의 본성이지."

"그렇다면 나는 자연과는 상관없는 사람인데."

샤일록은 목구멍 속에서 걸걸대는 소리를 냈고 그건 죽어 가는 웃음처럼 들렸다. "난 자네가 그 일에서 행운이 있기를 바라네." 샤일록이 말했다. 그는 발걸음을 늦추면서 스트룰로비치 너머를 쳐다보았는데 마치 자연이 그들을 쫓아오지 않는지 확인하려는 것 같았다. "우리는 오랫동안 자연과 싸워 왔지. 자네는 밀림의 유대인을 얼마나 많이 알고 있나?"

그 순간 스트룰로비치는 조니 와이즈뮬러*만 생각났다.

샤일록은 마치 귀찮은 파리를 찰싹 때려 날려 보내려는 것처럼 허공을 한 번 쳤다. "그 사람에 대해서는 난 논평하지 못하겠는걸. 그러나 자네에게 미리 말해 두지만 타잔은 우리 중의 한 사람이 아니었어. 우리는 원숭이들과 어울려 놀지는 않지. 유인원처럼 헛소리를 재잘거리느냐 아니면 율법이냐 둘 중 하나야. 그런데 우리는 율법을 선택했지. 자네 슈테판 츠바이크**를 읽었나? 물론 읽었겠지. 그에 대해서 이런 얘기가 있어. 그는 젊은 시절 빈의 쇤브룬 동물원의 원숭이 우리 옆에서 자신의 성기를 노출하여 여자들에게 내보였다는 거야. 그가 왜 원숭이 우리를 선택했겠나? 노예처럼 갇혀 있는 성적 충동을 조롱하고 싶어서였겠지. 나는 원숭이보다 별로 나을 것이 없어요, 라고 그는 말하고

✦ 1904~1984 미국의 수영 선수 출신 배우로 열두 편의 〈타잔〉 영화에 출연했다.
✦✦ 1881~1942 오스트리아 태생의 독일 작가. 1940년에 나치의 유대인 박해를 피해 브라질로 피신했다가 자살했다.

싶었던 거지. 그는 나중에 성장하여 그 충동에서 벗어났어. 그것이 유대인의 전반적 역사야. 우리는 거기서 벗어났어. 그래서 과거에 우리가 있었던 곳 밑에다 경계선을 그은 거야. 기독교인들은 그들이 우리의 존재 밑에 경계선을 그렸다고 생각하기 좋아하지."

"우리는 원숭이가 아니야."

"그들의 눈에는 그렇게 비쳐. 원숭이, 똥개, 늑대."

"그건 욕설에 지나지 않아. 그들이 우리에게 진정으로 주장하고 싶은 것은 우리가 자연의 밑에다 너무 엄격하게 선을 긋는다는 거야."

"그들은 어떤 특정한 순간에 그들의 목적에 소용되는 것이 무엇이든 일방적으로 주장해. 그들은 자기들이 참아 줄 수 없는 것이 무엇인지는 잘 모른 채, 막무가내로 참아 줄 수 없다는 거야. 나는 그들의 어떤 점이 참아 줄 수 없는가 하는 문제에 대해서는 아주 세밀하게 말할 수 있어. 그들은 우리가 자비심이 모자란다고 말해. 그렇지만 내가 제시카를 부르며 거리를 달려 나가면 그들의 아이들이 나의 고뇌를 조롱할 뿐이야. 그 자비로운 기독교인 부모들치고 그 애들을 집으로 끌고 가서 그런 **자비심** 없음에 대해서 경고하는 사람은 아무도 없어."

이런, 그는 분노와 반발심이 넘쳐 나는구먼, 하고 스트롤로비치는 놀랍게 생각했다. 그리고 저 신속한 감정의 표출이라니, 나의 새로운 친구.

이렇게 교제 초기에 비판을 할 생각은 없지만, 샤일록이 그와 동시에 자신의 두카트[*]를 내놓으라고 소리치며 거리로 달려 나갔다고들 말하지 않는가? 스트롤로비치는 유언비어를 절대로 신뢰해서는 안 된다는 걸 알지만, 이 경우 그게 사실이라면 어떻게 할 것인가?

그는 공평해지고 싶었다. 샤일록의 딸이 도난 당한 것은 결국 물질적 가치가 있기 때문이었다. 그렇지만 모든 것을 사회를 지배하는 중상주의 탓으로 돌릴 수는 없다. 그렇지 않은가? 스트롤로비치는 그 자신 부에 환장하는 세계에서 살고 있다. 그러나 그는 자신이 딸애와 은행 계좌의 차이는 아는 사람이라고 생각하고 싶었다. 하지만 그는 이런 사실도 알고 있다. 상실의 깊은 분노 속에서는 사람과 사물의 경계가 희미해지는 것이다. 도난을 당한 사람들은 통상적으로 그 피해에 대해서 강력하게 불평하며, 물건의 도난을 인신공격과 똑같은 강도로 느낀다. 그는 그 자신도 그런 심정일 거라고 말할 수 없었고, 그런 심정이 아니라고 말할 수도 없었다. 하지만 그 자신도 딸애의 아버지로서는 비슷한 모습일 거라는 생각이 들었다. 강박적이고, 늑대 같고, 분노에 쉽사리 빠져들고 딸애를 지키려는 욕망이 너무 강해 대혼란을 겪을 것이었다. 그렇다면 내 딸도 샤일록의 사랑을 고통스럽게 여긴 그 딸과 똑같을까? 그도 기독교인들의 잔인한 눈으로 볼 때

[*] 제1차 세계대전 이전까지 유럽 각국에서 통용된 화폐 단위로, 1284년 베네치아 공화국의 통화로 도입되었다.

우스꽝스러운 아버지일까?

"난 자네 생각을 읽을 수 있어." 샤일록이 말했다. "우리가 과거에 있었던 곳 밑에다 선을 긋는 것은 좋아. 하지만 자네 딸이 앞으로 가려고 하는 곳 밑에다가는 어떻게 선을 긋지? 그 대답은 그을 수 없다는 거야."

두 사람은 걸음을 멈추고 그들이 질퍽이며 걸어온 차가운 회색의 진흙을 내려다보았다. 마치 그들이 사랑했던 사람의 무덤 앞에서 슬픔에 겨워 고개를 숙인 그 공동묘지로 되돌아온 느낌이었다.

그들은 1~2분 동안 정상적인 속도로 걷다가 마침내 샤일록이 다시 걸음을 늦추었다. "자네도 알다시피," 그는 이 문제들을 지난 여러 주 동안 의논해 왔는데 바로 이 순간 새로운 생각이 떠올랐다는 듯이 말했다. "제시카가 원숭이를 사들였다는 것은 나를 골리려는 뜻만은 아니었어……" 그들은 이제 완전히 멈추어 섰고 다윗의 별이 문 위에 그려진 회당 가까운 곳이었다. 바로 여기서 젊은 랍비가 스트룰로비치 어머니의 장례식에서 그녀의 이름을 잘못 발음했기 때문에, 그는 엄숙하든 경박하든 랍비가 집전하는 행사에는 결코 참석하지 않겠다고 맹세했다.

"그래, 왜 그 애는 원숭이를 사들였나?"

"잠깐만. 여기서 우리 손을 씻도록 하세." 샤일록이 말했다. 스트룰로비치는 좀 고집스럽게 그 자리에 우뚝 섰다. 샤일록은 건물 뒤에 있는 세면대로 가서 주석 컵으로 물을 담아 손에다 쏟아

부었다. 스트룰로비치는 그 관습의 의미를 잘 알았다. 물로써 죽음의 사악한 지저분함을 씻어 내리는 것이다. 그건 당신이 종교적이든 아니든 합리적인 조치이다. 그렇지만 스트룰로비치가 보기에 약간 광신의 냄새를 풍겼다.

그래도 온건한 스트룰로비치는 그 자신을 상대로 웃음을 터트릴 여유가 있었다.

샤일록은 아까 하던 말을 다시 꺼내 들었다. "자네는 내게 왜 제시카가 원숭이를 사들였느냐고 물었는데……"

"그랬지."

"그녀 내부의 유대인을 부정하기 위해서였지. 내가 '그녀의 이름이여, 저주받을지어다'라고 말하지 않은 건 잘한 일이지."

넌 내게 죽은 거나 마찬가지야.

내 발밑에서 죽어 버려.

"잃어버린 딸이 반드시 죽은 딸은 아니잖나." 스트룰로비치가 말했다. 그 자신도 잃어버린 아들이었다가 다시 돌아오지 않았는가.

샤일록은 스트룰로비치의 팔뚝에다 손가락을 깊숙이 찔러 넣었다. "자네는 그 말이 얼마나 엉뚱한 말인지 결코 이해하지 못할 걸세. 하지만 내가 겪은 상실을 내 적들도 당하기를 바라지는 않아."

스트룰로비치는 그 비난을 묵묵히 들어 넘겼다. 하지만 샤일록이 거짓말을 하고 있다는 것을 알았다. 그는 그의 적들이 그런 상실을 당하기를 바라고 **있었다.**

스트룰로비치는 자신이 아버지의 오래된 클럽에 가입한 느낌이 들었다. 지옥에서 썩고 있는 유대인 아버지들의 클럽. 그가 샤일록에게 환영받고 또 그의 우정을 자랑스럽게 생각하지만, 샤일록의 노골적인 분노를 어느 정도 받아들일 수 있을지 궁금했다. 아직 말을 할 수 있었던 당시에 케이는 그가 케케묵은 신학적 논증을 집 안에 가져온다고 비난했었다. 그런데 아이러니하게도 아내가 했던 말을 이제 샤일록에게 해 주고 싶었다. 이봐, 샤일록, 좀 느긋해지게.

그들은 영구차같이 생긴 스트룰로비치의 검은색 벤츠까지 짧은 거리를 아무 말 없이 걸어갔다. "어! 놀랍네." 샤일록이 그걸 보자 말했다.

흑인 운전기사가 그들을 위해 차 문을 열어 놓고 있었다. 스트룰로비치는 그에게 샤일록의 글라인드본 접이식 의자를 건네주었다. "브렌던, 트렁크에 좀 집어넣게." 그가 말했다.

그는 샤일록에게 말했다. "무엇에 놀랐단 말인가? 내가 운전기사를 두고 있어서?"

"자네가 독일제 차를 타고 다녀서."

"우리가 일정한 선을 그어야 한다고 자네가 말했던 것 같은데."

"그건 종류가 다른 선이지."

"그래도 선은 선이지. 우린 과거는 과거에 맡겨야 하네."

"그 말을 믿는다니 놀랍군."

"난 믿지 않아."

그래서 예기치 않은 벤츠의 뒷좌석에 나란히 앉아서 그들은 집안의 식구들을 양육하는 문제, 특히 딸을 키우는 문제를 전적으로 떠맡게 된 아버지들 사이에 나올 수 있는 통상적인 대화로 빠져들었다.

"이 말을 하면 자네는 좀 놀랄 거야." 샤일록이 말했다. "하지만 난 매시간 사랑하는 딸애가 내게 연락해 오기를 절반쯤 기대하고 있다네. 그 애가 떠난 날 딸애를 가슴에 묻었지만, 딸은 묻힌 상태로 가만히 있는 게 아니야. 아버지의 가장 소중한 소유물을 빼앗아 간 딸조차도…… 물론 딸애보다 더 소중한 건 없겠지만……"

스트룰로비치는 그 자신 또한 동일한 고통을 당하고 있다는 것을 너무 재빨리 꺼내 들지 않는 게 좋겠다고 생각했다. 비어트리스가 그에게 고통을 안겨 주는 것은 사실이지만, 그녀는 아직 도둑질하는 놈팡이와 창문을 통하여 달아난 것은 아니었다. "그럼 지금껏 아무런 소식도 듣지 못했다는 건가?" 이 정도가 그가 그 순간 내놓을 수 있는 말이었다.

그러다가 그는 **지금껏**이라는 말이 아주 우스꽝스럽게 들린다고 생각했다.

"그래서 절반쯤 기대한다고 하지 않았나." 샤일록은 그렇게 말하면서 스트룰로비치 너머의 체셔 풍경을 내다보았으나 보고 있지는 않았다. "하지만 그 문제에는 의지가 작동하지 않는다는 걸 고백하겠네. 그냥 나의 심리 상태를 있는 그대로 말한 걸세. 아무것도 나타나지 않을 때에는 당연히 기다리게 되니까 기다리는 거지. 하지만 희망은 속절없는 거야. 스토리는 끝난 곳에서 끝나 버린 거지. 그 애는 오늘도 내게로 오고 있을 수도 있고, 지금 이 순간 우리 집 문을 두드릴 수도 있어. 하지만 그건 있을 수 없는 공상이지. 오늘은 언제나 어제야. 제6막 같은 것은 없어. 나에게는 심지어 제5막도 없어. 하지만 아무런 해결안이 없다는 것이 최종적으로 거부당했다는 뜻은 아니지. 어떤 일이든 벌어질 수 있어. 미래는 알 수 없는 거야. 고통을 주는 의심은 고통을 주는 확신만큼 치명적으로 상처를 입히지는 못하지. 나는 장난질을 당하고 있지만 그래도 숨을 쉬고 있어."

"그럼 앞을 내다보지는 않는다는 건가?"

"응."

"그럼 딸애가 어떻게 지내는지 전혀 궁금하지 않다는 뜻인가?"

"궁금해하지 않는다면 사람이 아니겠지. 어떤 날은 딸애가 행복하기만을 바라. 어떤 날은 그렇지 않고. 하지만 공연한 일이야. 그 애의 '현재'라는 건 없어. 딸애의 스토리는 끝나 버린 곳에서 끝난 거야. 딸애와 함께 달아난 그 사악한 놈팡이는—원숭이를 데리고 있음에도 불구하고—내 재산을 상속받으려 할 테지. 하지만 어디에서도 그 재산은 발견하지 못할 거야. 그게 다소간 위안이 돼. 하지만 나 자신을 어떻게 할 수가 없어. 딸애가 후회하는 것을 상상하게 돼. 또 그런 모습을 머릿속에 그려 보기도 하고. 나는 딸애의 황폐한 얼굴을 봐. 하지만 그건 벌어질 수 없는 일이 발생하길 바라는 거야. 전에도 벌어질 수 없는 것이었고 앞으로도 그럴 거야."

스트룰로비치는 고개를 저었다. "그녀가 달아나는 그 순간에도 행동 속에는 회한의 씨앗들이 뿌려져 있었을 거야. 누구나 여행길에 오르면 그와 동시에 집에 그대로 있었으면 하는 생각을 하지 않나? 그녀는 때때로 옛 시절을 아쉽게 되돌아볼 걸세."

"그건 구약성경에나 나옴 직한 불안감이지."

"제시카가 집 떠나는 순간에 그런 불안을 느끼지 않았다고 누가 자신 있게 말할 수 있겠나?"

"딸애는 집 떠나자마자 원숭이를 사들였네."

"그것도 일종의 되돌아봄이지."

"그래. 하지만 나를 되돌아보는 건 아니야. 그 원숭이로 인해 제시카는 영원히 내 딸이 아닌 게 되었어. 딸애는 유대인의 집에서 사는 것이 감옥보다 더 나쁘다고 생각했어. 그 애가 어떤 것이되어 막상 그것을 체험해 보니 별로 마음에 들지 않을 수는 있지. 그렇다면 자네가 말한 회한까지는 아니더라도 후회가 들 수도있어. 작고한 어머니를 봐서라도 말이야. 하지만 나는 공상에 굴복해서는 안 돼. 딸애는 나를 미워하게 되었고 또 죽어 버린 어머니에 대해서도 원망을 했어. 혹시 딸애가 그렇게 갑자기 떠난 방식이 어머니의 떠난 방식을 흉내 낸 것이 아닌가, 하는 생각도 언뜻 들더군. 내 아내 리아는 갑자기 죽었으니 말이야. 제시카는 그 죽음에서 인지한 방식 그대로 실천을 한 거야. 물론 그 애가 사랑의 도피를 떠난 방식은 최고로 잔인했지. 잔인하고, 모멸스럽고, 신성을 모독하는 것이었지. 딸애가 엄마가 없어서 얼마나 힘들게 지내고 있는지 내게 보이기를 바랐다면, 혹은 어머니 대신 역할을 훌륭하게 해내는 아버지가 있었으면 좋겠다는 뜻을 비쳤더라면—하지만 그 애는 나의 보호와 교훈 밑에서 아주 무심한, 때로는 아주 잔인한 여자가 되어 버렸지—딸애는 그처럼 감쪽같이 내빼지는 못했을 거야. 난 이제 이런 걸 바라. 그녀가 학대를 받았기 때문에 그 덕에 그녀가 사물을 다르게 바라보았으면 좋겠다는 거지. 물론 그런 효과가 나타날지 여부는 나로선 알 수가 없지만. 하지만 이건 아버지가 바라서는 안 되는 거야. 딸이 고통을 받고서 비로소 그 애가 아버지에게 얼마나 큰 고통을 안겼는지 이해하게 되는 거 말이야. 나는 딸애의 행복만 바라야겠지. 그렇지 않은가?"

"그래야지. 하지만 자네는 자기 자신에게 너무 많은 것을 요구하고 있어. 그 어떤 아버지도 오로지 딸의 행복만을 생각하고 있을 수는 없어."

샤일록은 놀라면서 잇새로 숨을 들이마셨다. "그건 좀 냉정한 철학이군."

"아니. 이건 냉정한 심리학이지."

샤일록은 마치 뱀이 그렇게 하듯이 은밀하게 스트룰로비치를 쳐다보았다. 내가 그에게 충격을 주었군, 하고 스트룰로비치는 생각했다. 그런데 나도 나 자신에게 충격을 주었어.

그는 이어 브렌던에게 차의 창문을 잠깐 열라고 말했다. 그는 들판에서 불어오는 시원한 바람을 느끼고 싶었다. 비록 저기 바깥에 있는 게 체셔일 뿐이지만. 우리의 본성에 깃든 폭력을 받아들이는 것, 그게 문명화된 사회이다. 우리를 인간으로 만드는 것은 용서가 아니라 정의이다. 우리는 피[血]로 만들어진 존재이지 젖[乳]으로 만들어지지 않았다.

이어 그는 차창을 다시 닫으라고 말했다.

"자네한테서 너무 냉정하다는 소리를 들었지만 칭찬받은 것 같네."

"그런 느낌을 갖지 말게." 샤일록이 말했다. "우리가 사랑과 배려와는 인연 없는 종족이라고 기독교인들은 의심하지. 그런 의심을 확인해 주는 건 좋은 일이 아니야."

스트룰로비치는 무례하게도 샤일록의 무릎을 가볍게 쳤다. 그러면서 운전기사 쪽을 턱으로 가리켰다. 샤일록은 흑인도 기독교인일 수 있다는 사실을 알 정도로 최신식인가? 스트룰로비치는 자신의 표정이 그런 이야기를 전달하고 또 그에게 경고를 주었기를 희망했다. 무슨 피부 색깔이든 기독교인 앞에서 기독교도들을 조금이라도 무시하는 말을 해서는 안 되는 것이었다.

샤일록은 사죄했다. "난 익숙하지 않아서 말일세." 그는 낮은 목소리로 말했다. "내 언행을 조심하는 문제에…… 내가 학대를 받다 보니 똑같은 기분으로 남을 학대하게 돼. 시대는 이제 좋아졌는데 말이야."

"겉모습은," 스트룰로비치가 낮게 속삭였다. "사람을 잘 속인다네."

6

운전기사는 스트룰로비치가 보기에 다소 시무룩하게 그들을
모트램 세인트앤드루에 있는 스트룰로비치의 집으로 데려갔다.
그곳은 체셔의 골든트라이앵글 동쪽 끝부분이었다. 그곳은 그
의 부모님이 마지막으로 살았던 집이었고, 스트룰로비치 형제가
어릴 적에 성장한 솔포드의 집들과는 전혀 다른 주택이었다. 솔
포드에서 그들의 부모는 마당에 닭을 키웠고, 그들의 상상 가능
한 범위 내에서 전능하신 하느님을 향하여 이디시어로 기도를
올렸다. 그의 아버지는 이런 비약적인 발전을 한 세대 만에 이루
어 냈다. 맨체스터 유대인 거주지의 마구간 같은 집에서, 열두 대
의 벤츠를 들일 수 있을 정도로 넓은 차도와 진귀한 물고기가 헤
엄치는 호수와 알덜리에지를 내려다보는 전망을 갖춘 영주의 저
택 같은 집으로 이사해 온 것이다. 석기시대의 신비를 갖춘, 보라

색 아지랑이가 끼는 풀이 무성한 영국의 전원 지대를 바라볼 수가 있고, 때로는 그 땅의 주인이 된 듯한 느낌마저 갖게 된 것은 모두 자동차 부품 사업 덕분이었다. 스트룰로비치는 햄프스테드에 있는 그의 집을 더 좋아했다. 그 자신의 재산도 졸지에 형성된 것이었으면서도 그는 벼락부자보다 오래된 부자를 더 좋아했다. 그러나 모트램 세인트앤드루의 집을 유지해야 할 강력한 이유가 있었다. 그는 북부 지방에 직업적 이해관계가 있었고 그의 딸은 골든트라이앵글 아카데미(전에는 북부 체셔 학교라고 했는데 가난한 학교를 연상시킨다고 하여 이렇게 개명되었다)에서 행위예술을 공부하고 있었다. 이 아카데미는 모든 연령대의 특혜층 자녀들을 위하여 독립적으로 운영되는 예술대학으로서, 이 대학의 기부자인 스트룰로비치는 학교 운영에 영향력을 발휘할 수 있었다. 게다가 시골의 좋은 공기가 병을 앓고 있는 케이에게 좋을 것이라고 생각했다. 그의 어머니 또한 그곳에서 계속 살고 싶어 했다. 또 어머니 자신의 말을 빌리자면, "정원의 헛간에서 죽는다면" 행복하리라는 것이었다. 그러나 스트룰로비치는 어머니의 간병인들을 들이기 위해 아주 큰 별채를 지어야 한다고 고집했다. "내가 주위에 이렇게 많은 사람을 두어야겠니, 사이먼?" 어머니가 물었다. "아무리 많아도 어머니에게는 부족해요. 어머니는 목욕탕에서 미끄러질 수도 있고, 계단을 내려오다 넘어질 수도 있어요. 어머니 혼자서 생활하시다간 언제 사고가 날지 몰라요." 아이러니하게도 이제 케이에게 같은 일이 벌어졌다. 어머니보다 나이가 절반 정도밖에 안 되고 남편과 딸이 시중을 들지만, 벌어지게 되어 있는 일이 벌어지고 말았다.

그의 어머니가 미끄러진 것은 사실이었다. 그러나 많은 간병인들의 보호 아래 아무런 소리도 없이 이승에서 저승으로 미끄러져 갔다.

스트룰로비치는 적절하게 아내를 애도하지 못했다. 그는 아내를 사랑했으나 그의 애정은 평온한 것이었다. 만약 당신이 감히 아내를 사랑할 수 없다면—아내의 상실이 너무 겁나서 사랑하지 못한다면—그 외에 누구를 사랑할 수 있겠는가?

당신의 딸.

딸애가 집 안을 신나게 돌아다니지 않는다면 비어트리스는 집 안 어딘가에 살고 있다. 스트룰로비치의 견해에 의하면, 그녀는 너무 어려서 그녀 나이의 배는 되는 다른 행위예술 학생들과는 한자리에 있을 수가 없었다. 그러나 그녀의 견해에 의하면, 어머니에 대한 존경심 때문에 집 안에 눌어붙어 살고 있는 것이었다. 그녀는 어머니의 질병을 두려워했고 번거로운 의사소통의 절차에 짜증을 냈다. 어머니의 입에서 흘러나오는 의미 없는 말들과, 칠판 위에 등장하는 역시 알기 어려운 말들을 기다리며 시간을 낭비할 사람이 어디에 있겠는가? 그녀는 자신의 이런 점들을 부끄럽게 여겼고 적어도 집에서 너무 멀리 떨어져 있지 않는 것이 그녀의 의무라고 생각했다. 그러나 아버지는 달랐다. 그녀가 런던에 있는 대학에 다닐 때 무슨 일이 벌어질지를 두려워하고, 누굴 만날지 두려워하고, 누구와 사랑에 빠질지 또 사람들이 그녀에게 무슨 말을 할지 두려워하고, 어느 날 오후 카피에*를 목에 두르고 집에 오는 것을 두려워하면서, 스트룰로비치는 계속 그녀의 죄책감에 불을 지폈다. 그는 딸이 집에 머무르기로 한 결정을 칭찬했다. 북부에 살면서 집에 있기로 한 것은 잘한 일이야. 그는 아내가 이 사실을 알든 말든 그래도 안심을 할 것이라고 생각했다. 사실 비어트리스의 교육 장소가 어디인가 하는 점은 아무런 영향도 미치지 못했다. 학생들은 그녀의 머리에 반유대인 정신병의 최근 진미珍味를 마구 퍼먹이고 또 그녀가 어디를 가든 병자는 그녀의 아버지라고 말해 주었을 것이다. 그렇지만 그는 딸에게서 아주 멀리 떨어져 있고 싶지 않았다. 혹시라도…… 그러니까 비상시를 대비해야 하는 것이다. 물론 그가 그녀를 미행한다는 뜻은 아니다. 만약 그녀가 예술 강의실을 들락거리면서 학생들의 예술 작품을 감상하는 그를 보았다면, 그건 뭔가 해 주어야 할 조언이나 지켜야 할 약속이 있기 때문이었다. 그것은 스트룰로비치 재단을 운영하는 아버지를 둔 딸이 지불해야 할 대가였다. 그녀가 어떤 대학을 다니든, 그 대학은 스트룰로비치의 종교가 무엇이든 자선의 기능을 통하여 그에게 요구할 것이 늘 있었던 것이다.

"너 자신을 과용過用하지 마라." 어머니는 그에게 때때로 경고

---

* 무슬림이 두르는 스카프.

했다. "너는 한 사람뿐이잖니."

그는 차에서 내리던 바로 그 순간에—또다시 브렌던의 태도에서 뭔가 잘못된 것, 운전기사에게 기대할 수 있는 게 아닌 것을 의식하면서—자신이 또다시 어머니의 무덤을 찾지 않고 그냥 왔다는 것을 깨달았다.

그날은 너무 흥분되는 일이 많았다. 그리고 어머니가 말한 대로 그는 한 사람뿐이었다.

그러나 늘 핑계는 있기 마련이었다.

그렇다면 브렌던의 핑계는 무엇인가? 정확하게 말해서 그가 무례하게 행동한 것은 아니었다. 그는 너무 빨리 차를 몰지도 않았고 공격적으로 코너를 돌지도 않았다. 승객들을 위해 차창을 내리는 데 굼떴다거나 화를 내지도 않았다. 하지만 그는 화난 것처럼 보였다. 그렇다면 누가 혹은 무엇이 그를 화나게 했는가? 샤일록의 존재였나? 우리의 기독교인 때리기? 유대인식 대화?

스트룰로비치는 그의 개들은 어떻게 반응할지 궁금했다. 그러나 그와 손님이 집 안으로 들어섰을 때 개들은 아무런 눈치도 채지 못했다. 개들은 아예 고개를 쳐들지도 않았다.

그는 술을 한잔하고 잠들기 전에 가벼운 식사를 하자고 제안했다. 그러나 그는 혼자 있는 걸 두려워하는 인상을 주고 싶지는 않았다. 그는 곤궁한가? 비유적으로 말하자면 그는 방금 어머니를 묻고 돌아오는 길이었다. 그는 말을 걸 수 있는 아내도 없었고, 신뢰할 수 있는 딸도 없었다. 그는 사회적, 종교적, 형이상학적, 기타 등등의 해결해야 할 문제들이 많았다. 그게 어떤 문제인지는 묻지 말고 그냥 문제라고 해 두자. 그러니 물론 그는 곤궁하다.

샤일록은 식사는 거절했으나 술 한잔 제의는 좋다고 했다. 스트룰로비치는 그에게 그라파를 들라고 제안했다. 그는 고개를 저었다. 퀴멜이 좋겠는데. 스트룰로비치는 퀴멜이 없었다. 그럼 슬리보비츠? 스트룰로비치는 그것도 가지고 있지 않았다. 샤일록이 어깨를 한 번 들썩했다. 그럼 아마레토? 스트룰로비치는 아마레토는 어디 찾아보면 있을 텐데 하고 대답했다. 샤일록은 그를 난처하게 만들고 싶지 않았다. 그럼 물을 마시지, 하고 그는 말했다. 혹은 코냑이나. 스트룰로비치는 코냑은 있었다. 샤일록은 서둘러 잠자리에 들려 하지 않았다. 그는 잠을 잘 못 잤고 벌써 오래전부터 불면증이 있었다. 그는 스트룰로비치의 가구에 흥미를 보였다. 가죽과 철제 안락의자, 아르 데코 양탄자, 벽에 걸린 부활의 판화들, 기이하게도 실물 같은 진흙 조각—절반쯤 벗은 연인이 죽음의 포옹 속에 서로를 꼭 껴안고 있는 것—등을 둘러보았다.

"이 방에서는 의자에 앉는 것이 허용되나?" 그가 물었다. "아니면 그 내용물을 구경하기 위해 서 있어야 하나?"

"앉게, 앉게." 스트룰로비치가 손님을 의자로 안내하면서 말했다. 샤일록이 전에 이런 집에 와 본 적이 있었을까, 하고 그는 생각했다. 이런 생각 때문에 스트롤로비치는 그가 무슨 변화를 발견했느냐고, 어리석은 질문을 하게 되었다.

"그래. 몇 가지 변화를 발견했네." 샤일록이 말했다.

스트롤로비치는 눈을 크게 떴다. "예를 들면?" 그는 여전히 바보같이 말했다.

"그땐 시간이 좀 없었어." 샤일록이 그에게 말했다.

"아마도 기억을 못 하는 거겠지."

"오히려 모든 걸 기억한다네."

"그래, 어서 말해 보게. 가장 큰 변화는 무엇인가?"

샤일록은 눈을 감고서 가상의 모자로부터 무엇인가를—밀짚, 혹은 자선을 위한 복권—가져오는 척했다. "그들은 예전에는 내게 침을 뱉었는데 지금은 유대인 농담을 말한다네."

"멋진 농담?"

"그들이 말하는 방식으로는 멋진 농담이 될 수가 없어."

"하지만 친절한 뜻을 가진 거겠지."

"그렇다면 친절이 깃든 농담을 내게 하나 말해 주게."

스트롤로비치는 말하지 않았으나 양손으로 무엇인가 무게를 다는 동작을 해 보였다. "전반적으로 볼 때, 친절하든 아니든 농담이 침 뱉기를 이긴다고 생각하네."

샤일록은 스트롤로비치의 안경을 깊숙이 들여다보았다. 그가 정신을 집중시키면 그의 두 눈은 뒤로 물러나서 닫히는 듯했다. 마치 두 눈이 빛보다는 어둠을 더 많이 간직한 것처럼. 스트롤로비치는 그 자신도 준엄한 표정을 지을 수 있었으나, 샤일록의 두 눈이 던지는 깊은 그늘은 그마저도 두렵게 만들었다. 저런 표정은 또 다른 비난의 표시일까, 하고 그는 생각했다. 내가 어떤 방식으로 위반을 한 것일까? 농담이 침 뱉기를 이긴다는 것을 내가 그에게 증명해야 하나?

"내가 볼 때 더욱 흥미로운 건 말이야," 샤일록이 오만하게 말했다. 그는 스트룰로비치에게 대화를 부드럽게 이끌어 갈 생각은 없다는 걸 분명하게 밝히는 듯했다. "그들이 유대인을 만나기만 하면 그에게 농담을 해 주어야 한다고 생각하는 거야. 그렇다면 사람들은 흑인을 만날 때마다 〈스와니 강〉을 노래 부르나?"

스트룰로비치는 그 질문에 대한 답변을 알고 싶었다. "아마도 나직이 부를지도 모르지. 그러나 나는 사람의 면전에서 농담을 하는 것은 자그마한 백기를 흔드는 것이나 마찬가지라고 생각해. 자, 보세요, 우리는 평화를 청하러 왔습니다, 라고 말하는 거지."

"그들이 나의 불굴의 상업적 성격에 대하여 농담을 할 때?" 그는 스트룰로비치의 평화주의에 별 감동을 받은 것 같지 않았다. "그들이 내 얼굴을 돈짝이라 손가락질할 때, 그들이 나의 분리주의를 조롱할 때, 나 자신에 관한 모든 것이 그 반대의 것을 가리키는데도 내가 특혜를 받은 존재라고 생각할 때, 그들이 나의 도덕성—우리가 도덕을 가르쳐 주기 전에는 도덕이라는 게 존재하는지도 몰랐던 자들이지만—에 의문을 가질 때, 이런 것들이 모두 자그마한 백기를 흔드는 것이라고 보나?"

스트룰로비치는 학교의 학생들이 그의 이름을 가지고 놀리면서—슈트루델범✦—그에게 원래 살던 곳으로 가라고 말했던 것을 기억했다. 도대체 그들은 그의 고향이 어디라고 생각하는 것인가? 칼데아의 우르 지방?

"그럼 그들은 자네를 어디로 보내려고 하는데?" 그가 물었다.

"아마도 지옥에 가라는 거겠지. 하지만 현재로서는 구체적으로 어디라고 말하지도 않아. 그게 그들의 요점이야. 우리는 고국을 가질 수 있는 기회가 있었는데 그걸 날렸어. 아무튼 소속감은 우리의 장기가 아니야. 낯선 타인이 되는 게 우리의 장기지. 그들은 우리의 최선의 것을 꺼내 주는 것은 해외 이산이라고 나에게 다짐하고 또 다짐하지. 그건 **그들의** 최선의 것을 꺼내 주는 것은 무엇이냐 하는 문제를 교묘히 비껴가게 해 주지. 하지만 그들은 가장 좋은 유대인은 방랑하는 유대인이라고 선언하는 데 아무런 당황감도 느끼지 않아. 모든 곳에 존재하지만 그 어디에도 있지 않은 시민, 우리가 비집고 들어갈 수 있는 곳이라면 그게 가파른 벼랑이든 깊은 계곡이든 상관하지 않고 그곳에서 버티는 멋쟁이 방랑자가 되어야 한다는 거야. 불안하면서도 세련되었고, 암벽에 매달린 게으름뱅이처럼 우리의 놀라운 창의적 주변성을 표현해야 한다는 거지."

✦ '슈트루델strudel'은 오스트리아 헝가리 제국 지역에서 유래한 페이스트리의 일종으로 과일이나 치즈를 밀가루 반죽으로 얇게 싸서 구운 과자이고, '범bum'은 영어로 건달이나 부랑자를 의미한다. '슈트루델'은 영어로는 '스트루들'이라고 읽히므로 '스트룰로비치'와 발음이 비슷하다는 데서 붙은 별명으로 보인다.

"내 딸애도 그렇게 생각해."

"내가 그녀에게 말을 걸 수 있다면……"

스트룰로비치는 감히 아이러니한 표정을 지어 보였다.

샤일록의 얼굴은 아무런 표정도 내보이지 않았다. 그의 올리브 빛 피부는 황량한 거울의 표면처럼 잘 닦여 있었고 슬픔에 관한 모든 것을 거기에 반영했다. "내가 자네 딸에게 말을 걸면 더 잘 할 수 있다는 걸 누가 감히 부정하겠나?" 그가 말했다. "내가 여기 온 김에 자네에게 내 체험의 혜택을 나눠 주고 싶네."

"**그것** 때문에 여기 온 건가?"

"나는 여기 오고 싶어서 온 것뿐이야. 다른 어떤 설명이 자네 같은 불신자를 만족시키겠나?"

두 사람은 서로 쳐다보지 않은 채 반 시간 동안 침묵 속에 앉아 있었다. 이윽고 스트룰로비치가 두 눈을 비비면서 주인답지 않은 행동을 했다.

"자네 마음에 드는 침실을 아무거나 고르게." 그가 말했다. "하지만 가장 좋은 침실은 집 뒤의 알덜리에지를 내려다보는 곳에 있어. 자네가 늦게까지 잠을 자지 않거나 일찍 일어난다면 마법사들 중 하나가 터보건 썰매를 타고 내려오는 걸 볼 수 있지."

"오, 그럼 마법의 장소로군." 샤일록이 이교도주의를 냄새 맡으며 말했다.

스트룰로비치는 이탈리아 코미디언 다리오 포가 자기 자신을 먹으려고 애쓰는 모습을 그린 스케치를 기억했다. 샤일록은 마치 알덜리에지를 먹어 버릴 듯한 표정이었다.

스트룰로비치는 깊은 즐거움과 함께 웃음을 터트렸다. 우리 유대인처럼 민담을 경멸하는 종족도 없지.

그는 음울한 생각들을 교환하고 자연을 조롱할 수 있는, 더 많은 유대인 친구들을 사귀지 못한 것을 후회했다.

이런 문화적 외로움의 고통을 느끼자 그는 갑자기 샤일록에게 아까 공동묘지에서 그의 아내에게 무슨 책을 읽어 주었느냐고 물었다. 그것은 잠들기 전에 마지막으로 시도하는 화기애애한 문화적 대화였다.

"자네는 짐작할 수 있을 텐데." 샤일록이 말했다.

"꽤 낡은 책처럼 보이던데. 만약 그게 성경이었다면 말이지, 자네가 내 성경책을 들고 읽어 주었더라면 나로서는 영광이었을 텐데. 나는 손에 들기도 좋고 책장도 잘 넘어가는 제네바성경을 갖고 있네."

"고맙네. 하지만 우리는 성경은 좀 놔두기로 했어. 야곱과 그의 양 떼 얘기를 너무 많이 읽은 것 같아. 게다가 요사이 리아는 소설을 좋아해. 지난주에 우리는 도스토옙스키의 『죄와 벌』을 두 번째로 끝냈어. 나는 그녀에게 『카라마조프가의 형제들』도 읽어 주겠다고 약속했지. 하지만 지금 당장 그녀는 좀 웃고 싶어 하고 그래서 내가 필립 로스의 『포트노이의 불평』을 읽어 주니까 기운을 내는 듯해. 이 소설의 어떤 장章들은 좀 당황스럽지만 그래도 그걸 생략한다면 안 된다고 느끼네."

궁금하든 아니든 스트룰로비치는 그 말들이 그날 밤 나눈 마지막 대화이기를 바랐다. 그 말들을 생각하며 곤히 잠들 수 있을 것 같았다. 그에게는 책을 읽어 주어 기운을 차리게 할 아내가 없는 것이 슬펐다. 그러나 때때로 다른 사람들이 기운 차리는 데서 즐거움을 느끼는 것도 가능했다.

그러나 샤일록은 물러갈 기미를 보이지 않았다. 스트룰로비치는 그의 존재에 비좁은 답답함을 느끼기 시작했다. 샤일록은 온 에너지를 바쳐서 봉사해 주기를 바라는 손님이었다. 그의 두 눈은 아무런 빛을 내뿜지 않고 그의 입술은 아무런 장난기도 없었지만, 그는 일종의 짜증 나는 사교성을 보여 주었다. 아무리 황량하더라도 대화가 그의 매개 수단이어서 대화의 중단을 두려워하는 사람처럼. 아니면 그가 두려워하는 것은 잠인가? 과연 그가 잠자리에 든 적이 있을까, 하고 스트룰로비치는 생각했다. 이게 그를 여기에 초대한 대가인가? 그도 더 이상 잠들기는 틀린 것인가? 오로지 딸들, 정체성, 분노, 배신, 원숭이들 얘기만 하면서……?

잠을 쫓기 위해서 스트룰로비치는 샤일록에게 이교도들이 그에게 한 마지막 농담을 기억하느냐고 물었다.

"내가 말하는 방식대로의 농담을 원하나, 아니면 그들이 말하는 방식을?"

"자네가 말하는 방식."

"그렇다면 그들이 말해 주는 방식대로 말해 보지. '그르인버그가 몸이 좋지 않아서 의사 선상님을 만나러 갔다…… 그런데 자네는 이런 식으로 말하는 사람을 만나 본 적이 있나?"

"아니…… 가끔 만나는 랍비를 제외하고는."

"그들은 그들을 무섭게 만드는 것을 흉내 내는 것 같아."

"자네에게 말해 두지만, 아무도 우리를 무서워하지 않아."

"자네에게 해당하는 얘기겠지. 나는 아직도 개들을 겁줄 수 있어."

스트룰로비치는 그의 집 개들은 그를 무서워하지 않는다는 얘기를 하지 않았다. 하지만 그들은 극단적인 유대인과 함께 있는 데 익숙해져 있었다.

"난 의심하지 않아." 스트룰로비치가 말했다. "자네가 개인적으로 남들을 겁줄 수 있는 힘이 있다는 걸. 내 말은 '우리'가 집단적으로 나서면 그렇게 된다는 뜻이야."

"나는 '나'와 '우리'의 구분이 과연 통하는지 확신이 서질 않아. 유대인 개인은 그 어떤 방에 혼자 들어가더라도 유대인 집단을 끌고 와. 기독교인들이 보는 것은 바로 그 유대인 집단이야. 개인 대 개인으로 만나면 그들은 아주 친절해. 나는 진정으로 보상을 해 주고 싶어 하는 기독교인들로부터 결혼 제안을 받기도 했어. 나는 내 초상화를 동정받을 만한 모습으로 그리게 했어. 한번은 어떤 독일인이 공동묘지에서 내게 사죄를 하더군. 하지만 내가 손을 내미니까 그는 손잡기를 두려워하는 듯했어. 왜? 그 순간 그건 개인 샤일록의 손이 아니라, 유대인 집단의 손이기 때문이지. 우리는 집단적으로는 여전히 오싹한 것과 연결되어 있어."

스트룰로비치는 망각했던 검은 힘이 솟구치는 것을 느꼈다. 오싹한 것…… 혹시 그것이.

"농담 얘기를 계속할까?" 샤일록이 말했다.

스트룰로비치는 그의 어투를 기억해 냈다. "그래, 어서 해 보게. '그르인버그가 몸이 좋지 않아서 의사 선상님을……'"

"'그르인버그,' 의사 선상님이 말했어. '자네는 수음을 중지해야 하네.' '수음을 중지하라고요!' 그르인버그가 소리쳤어. '그건 무엇 때문에?' 의사가 대답했어. '그래야 내가 자네를 진찰할 수 있지 않나.'"

스트룰로비치는 웃음을 터트렸다. 그건 그가 좋아하는 농담의 하나였지만 이미 그 농담을 알고 있지 않았더라면 그 뜻을 파악하지 못했을 것이다. 그는 그처럼 엉성하게 말하는 농담을 들어 본 적이 없었다. 욥이 그 농담을 말해도 그보다는 잘했으리라. 어쩌면 그게 샤일록의 요지였을 것이다. **그들이** 유대인을 상대로 농담을 말하는 방식. 그는 샤일록이 야만적인 유머의 소유자라는 걸 알았다. 샤일록이 절대로 미소 짓지 않는다는 사실이 그에 대한 움직일 수 없는 증명이었다. 어쩌면 그는 그 자신의 자료를 집필해야 하는 사람들 중 하나일지도 몰랐다. 아주 극단적인 지점, 가령 가파른 벼랑이나 깊은 계곡에서 글을 쓰는 사람. 그러니 사람들이 그가 농담을 하는 건지 안 하는 건지 확실히 알지 못하는 것도 무리는 아니다.

"나는 그 농담을 좋아하네." 스트룰로비치가 그 농담이 오필리아-제인에게 안겨 주었던 당황스러움을 기억하며 말했다.

"알고 있는 농담이라면 중지시키지 그랬나."

"나는 절대로 중지시키지 않았을 거야. 그런데 이제 자네가 그 얘기를 했으니, 한 가지 물어보겠네. 왜 유대인이 수음하는 스토리가 그렇게 많은가? 오난, 레오폴드 블룸,✝ 자네가 읽고 있다는 알렉산더 포트노이, 그르인버그. 그게 이교도들이 우리를 바라보는 방식인가? 아니면 우리가 우리 자신을 바라보는 방법인가?"

그는 샤일록이 대답을 하는 데 시간이 좀 걸릴 것이라고 기대했다. 그러나 그 주제로 논문을 쓴 학자라도 그보다 더 신속하게 대답을 할 수는 없었으리라. "둘 다야." 그가 말했다. "이교도들이 우리를 보고 느낀 것을 그토록 오랜 세월 동안 들어 오다 보니 우리가 마침내 그와 비슷한 것을 보게 되는 것도 무리는 아니야. 그게 중상 비방이 작용하는 방식이지. 피해자는 가해자의 논리를 받아들이는 거야. **내가 그렇게 보인다면, 나는 틀림없이 그런 사람일 거야.**"

"그들이 우리를 타락한 존재로 본다면, 그들이 우리를 수음꾼으로 본다는 우리의 자기모멸 본능과도 더 잘 어울리는군. 수전

✝ '오난'은 『창세기』 38장 8~10절의 인물, 레오폴드 블룸은 제임스 조이스의 『율리시스』의 주인공이다.

노보다는 그게 더 낫지."

"거기에는 별 차이가 없어. 자신의 성기를 내려다보는 유대인이나 자기의 돈을 챙기는 유대인이나. 이교도의 눈으로 보면, 그건 타락한 이기심의 거대한 파노라마지. 우리는 저축하면서 소비하고, 그러면서도 우리의 정자精子와 돈이 전반적으로 유통되는 것을 가로막고 있지. 그들은 우리 유대인을 증오하는 게 경제적으로 정당화된다고 말하지만, 내가 보기에 성적인 것이 그런 증오심의 뿌리야. 그들은 지난 수 세기 동안 우리로부터 성적인 상상력을 끌어낼 수가 없었어. 그들은 우리가 여자처럼 피를 흘린다 생각했고 이어 기독교도 어린아이들을 거세시킨다고 우리를 비난해 왔어. 우리 유대인을 생각하는 것만으로도 그들의 정신이 더러워진다고 여겼어. 그런 무지와 두려움의 혼합은 할례 의식으로 소급돼. 우리가 우리 자신에게 그렇게 한다면 그들에게도 그렇게 할지 모른다고 생각하는 거지."

거실 문을 가볍게 두드리는 노크 소리 덕분에, 스트롤로비치는 그런 말로 인해 빠져들어 가던 어두운 생각의 몽환으로부터 깨어났다. 그건 아내의 야간 간병인이었다. 스트롤로비치 선생님, 잠깐 시간을 내줄 수 있으시겠어요? 부인이 찾으십니다.

"아내가 나를 찾는다는군." 그가 일어서며 말했다. 그는 아픈 아내 얘기는 그들의 대화에서 가능한 한 끼어들지 못하게 하려는 생각이었다. 동정은 그가 찾고 있는 게 아니었다. 게다가 샤일록은 그런 걸 해 줄 것 같은 사람도 아니었다. "곧 돌아오겠네."

III

그가 모든 것이 정상이라는 어조로 말했다.

하지만 그의 가슴은 크게 뛰놀았다. 케이가 그의 이름을 직접 말함으로써 그날의 일상적인 모든 것을 뒤집어 놓으려는 것일까?

그 대답은 아니요, 였다. 간병인은 케이의 용태를 걱정한 것뿐이었다. 간병인은 그 방에서 나는 소음을 들었는데 평소보다 더 고통스러워하는 것 같았다. 스트롤로비치가 그녀에게 다가갔을 때, 그녀는 의자에서 잠들어 있었고, 머리는 한쪽으로 기울어져 있었으며, 신경이 죽어 버린 입술에서는 스트롤로비치에게 하는 말이 흘러나오지 않았다. 그는 그녀를 똑바른 자세로 앉혀 주고, 이마에 키스한 후 다시 1층으로 내려갔다. 그는 샤일록이 아직도 거기 있을까, 하고 생각했다. 아니면 과연 그가 처음부터 거기에 있었는지도 의심스러웠다.

"우리가 무슨 얘기를 하다가 말았지?" 스트롤로비치는 그가 아까 그 자세로 앉아 있는 것을 발견했다. 그는 의자에 정좌하고 있었고 그의 얼굴에서는 모든 빛이 배제되었다.

샤일록은 어깨를 움찔했다.

이제 잠자리에 들겠다는 뜻인가? 스트롤로비치는 그와 함께 앉아서 술잔의 액체를 흔들며 조용한 어둠을 즐길 수도 있었으나, 그가 말을 하지 않을수록 더욱더 케이 생각을 하게 되었다.

"자, 지금?" 그가 견딜 수 있을 만큼 침묵을 오래 지속시키다가 물었다.

"자, 지금 이교도들이 무슨 생각을 하느냐고? 그들은 늘 생각해 오던 것만 생각하지. 그렇지만 그들의 마음이 우리보다 더 깨끗한 것은 아니야."

"그게 아니고, 자 이제 자네는 어떻게 할 거냐는 얘기였어."

"나 개인에 대해서?"

스트룰로비치는 상대방의 분노를 각오했다. 그는 샤일록을 그의 고통 받는 집으로 초대했다. 이제 샤일록이 그를 자신의 집으로 초대할 차례였다.

"그래, 자네 개인적으로."

샤일록은 양손으로 얼굴을 비벼 댔다. 그 동작을 끝내면 그의 얼굴이 여전히 거기에 남아 있을까? 스트룰로비치는 샤일록의 손가락이 검은 잔털에 뒤덮여 있는 것을 보았다. 그는 나보다 더 원숭이에 가까운 것일까, 하고 그는 생각했다.

"나 **개인적으로는** 말이지," 샤일록은 그 '개인적'이라는 말에다 오만함과 무례함의 오랜 역사를 부여하면서 말했다. "지금이라는 것은 없어. 나는 살아 있으니까 사는 거야. 자네한테 이미 말했잖아. 스토리가 끝난 곳에서 나도 끝났다고. 하지만 때때로 그저 악마 같은 쾌감에 사로잡혀 바보들 중의 또 다른 바보가 말하는 퇴장 대사를 내 혀에 올려놓고 굴려 보지. 자네도 쉽사리 상상하겠지만, 나는 감동적인 퇴장 대사를 원하네."

스트룰로비치는 문제의 퇴장 대사가 무엇인지 알아내려고 머리를 쥐어짜는 척했다. 하지만 테스트에 응하기에는 너무 늦었다.

"나는 당신들 떨거지한테 복수할 거야." 샤일록이 초조한 어조로 말했다. 그렇게 되기까지 스트룰로비치는 얼마나 오래 기다려야 할까? "나는 늘 청교도들에 대하여 동정심을 갖고 있었어." 그가 설명했다. "그건 놀라운 일이 아니지. 그들도 우리에게 동정심을 갖고 있으니까. 나처럼 무정한 유대인이 청교도 덕분에 나의 복수심을 강화할 수 있다는 생각이 마음에 들어."

"놀라운데." 스트룰로비치가 모자란 사람 취급을 당한 것에 불쾌감을 느끼며 말했다. "자네가 그런 말에 지독한 쾌감을 느끼다니. 그 말은 내가 볼 때 허약해. 노인이 어린아이에게 손가락을 흔들어 대는 것과 비슷해."

"그건 그 말을 실천할 수 없기 때문에 그래. 말볼리오* 또한 스토리가 중지된 곳에서 중지했지. 그는 그런 복수를 즐기려 하지 않았어. 그러나 폭력의 의도는 시간을 통하여 계속 앞쪽으로 메아리치는 거야. 말볼리오는 마침내 피를 맛보았어. 지금까지 그는 도덕주의자 역할만 했고 청교도주의는 그의 무언극 소재였지. 우리 모두는 현실과 맞닥트리기 전까지는 무언극으로 이루어진 존재야. 이제 우리는 남녀들이 농담하는 자그마한 세계가 무엇으로 이루어져 있는지 알아."

자신의 동요를 억제하는 사람치고, 샤일록은 약간 흥분한 상태

---

* 셰익스피어의 희극 『십이야』에 나오는 올리비아의 집사로서, 너무 청교도적 허세를 부리기 때문에 조롱과 농담의 대상이 된다.

였다. 그의 푹 꺼진 두 눈에는 괄호와 같은 깊은 홈이 나타났다. 그 괄호는 지금까지 말해지지 않았고 앞으로도 말해지지 않을 모든 것을 포섭하고 있었다.

스트룰로비치는 그를 경계하듯이 쳐다보았다. "자네가 폭력의 의도를 가지지 말기 바라네."

"그건 조건에 따라 다르지……"

"어떤 조건?"

"폭력의 정의."

7

플루러벨은 그녀의 있는 모습 그대로 사랑받고 싶어 했다. 그러니까 그녀의 재산보다는 그녀의 인격이 사랑의 대상이기를 바랐다. 그러나 대부분의 사람들이 그렇듯이, 그녀의 재산과 인격을 서로 구분하는 것은 대단히 어려웠고 그녀는 특히 더 그러했다. 그녀에게 자신감을 안겨 주고 또 느긋하게 그녀라는 존재를 누릴 수 있게 해 주는 것은 그녀의 재산이었기 때문이다. 그래서 플루러벨은 이중 삼중으로 화가 났고, 바니에게 그녀에 대한 평가를 자꾸 확인해 달라고 조르는 것을 멈출 수가 없었다. 그녀처럼 자기 자신을 베일에 가려진 상품으로 제공했을 때에는, 남들이 어떻게 그 상품을 평가하고 또 어느 정도 입찰 금액을 써넣는지 알아보고 싶어지는 것이다. 그녀의 텔레비전 쇼에 눈을 가리고 나온 출연자들은 접시에 놓인 맛 좋은 다과를 고양이처럼 홀짝거리면서 그녀가 준비한 다과가 입맛에 맞기를 희망했다. 그런 식으로 해서 그들은 그날 저녁 그녀와 함께 있는 기회를 얻었으니 그 밖에 또 무엇을 바라겠는가? 골든트라이앵글의 실시간 세계에 되돌아와서 그녀가 그날 하루 주로 입고 있을 옷, 그녀가 입기로 선택한 옷에 어울리는 귀고리, 그녀가 생일날 데리고 가 주기를 바라는 시골 호텔 등을 잘 짐작해야 하고 또 그녀가 새우를 먹을 경우 껍질을 까서 먹는지 아니면 껍질째로 먹는지, 뜨거운 생선 요리를 좋아하는지 아니면 차가운 것을 좋아하는지, 섹스를 원한다면 그냥 하기를 바라는지 아니면 변태적 방식을 선호하는지, 가령 불을 켜고 하는지 아니면 꺼야 하는지, 혹은 창문을 열어 놓아야 하는지 아니면 닫아야 하는지 등을 최선을 다해 추측해야 했다.

"당신은 나를 잘 모르는군요." 그가 선호 사항을 잘못 짐작했을 때 그녀가 말했다. "우리가 지금 함께 무엇을 하는지 모르겠어요."

때때로 그녀는 두 사람의 변덕이 서로 궁합이 맞지 않는다고 소리를 질러 댔다.

그는 충동적으로 밖에 나가 그녀의 폭스바겐 비틀 밑바닥으로 기어들어 가서 보수 작업을 하고 싶었으나, 그런 외통수 타법으로는 계속 버티어 나갈 수가 없었다. 그러면 그녀는 그의 개인기가 그것 하나뿐인 것으로 생각할 터였다.

그는 당통에게 조언을 구했는데, 비유적으로 말한다면, 당통은 그가 당하는 이런 일용할 고통에 책임이 없다고 할 수 없었다. 그는 노골적으로 '당신이 나를 이런 곤경에 빠트렸잖아'라고 말할 수는 없었기 때문에 그 대신 그것에서 빠져나가는 방법을 가르쳐 달라고 요청했다. 물론 그녀와의 관계를 모면하게 해 달라는 얘기는 아니었다. 그 관계는 지금껏 그가 고소원固所願이나 불감청不敢請일 정도로 혜택을 많이 주는 것이었기 때문이다. 하지만 둘 중 하나를 골라잡는 것에서 선택을 했다가 잘못 골랐다며 유죄판결을 받는 일에서만큼은 영원히 면제되고 싶었다.

당통은 그 자신이 플루러벨과 바니 사이에서 거중 조정의 역할을 맡게 될 줄은 꿈에도 생각하지 못했지만, 침대에서 빠져나온 지 얼마 되지 않아 아직도 플루러벨의 향수가 몸에 남아 있는 친구가 도움을 호소해 올 때에는 차마 거절할 수가 없었다. 그는 단순히 거중 조정자 역할이 마음에 들지 않았는데 그것은 그의 지속적 영향력에 나쁜 영향을 미칠 것이기 때문이었다. 그보다는 일종의 침실 조언자, 높은 친밀성을 부여받은 최측근, 부부들의 신비한 고백을 들어 주는 고해신부 등으로 인식되기를 바랐다. 비록 플루러벨과 바니가 아직 정식 부부는 아니지만 말이다.

"자네가 해야 하는 일은," 그가 말했다. "이 문제에 대하여 미학적으로나 비평적으로나 남자답게 행동하는 것일세."

"그게 정확이 어떻게 하라는 거지요?" 바니가 물었다.

"그건 자네 자신의 판단력을 존중하라는 거지. 그녀가 자네에게 해 주길 바라는 걸 하지 말게."

"난 그녀가 내게 해 주길 바라는 것이 무엇인지 몰라요."

"그걸 알아내려고 하지 마. 자네 자신의 직관을 따라. 밖에 나가서 그녀에게 뭔가 획기적인 것을 사 줘. 자네의 세련된 취미를 자신 있게 확인할 수 있는 걸로."

"그런 걸 사들일 돈이 좀……"

"나는 값비싸거나 과시적인 것을 사라는 얘기가 아니야. 그 자체로 가치가 있는 물품, 자네가 그걸 선택했다는 사실이 돋보이는 그런 물품을 사라는 거야. 그녀가 좋아할 법한 그런 거 말고 자네가 좋아하는 어떤 것 말이야. 그녀가 그 선물에 대해서 어떻게 생각하든 간에, 자네가 그걸 그처럼 결단력 있게 선택한 것을 그녀는 높이 평가할 걸세."

바니는 창조주 앞에서 추락한 천사처럼 그의 뺨에 한 손을 갖다 댔다. "고물차를 한 대 사 주어서는 안 되겠지요?"

"그건 절대 안 돼. 자네가 이미 자동차로 깊은 인상을 주었는데 그걸 다 까먹을 생각은 아니겠지?"

"그럼 뭘로? 보석류?"

"너무 비싸지 않은 걸로."

"난 사파이어를 생각하진 않았어요."

"그럼 너무 싸구려는 아닌 걸로."

"향수? 란제리?"

란제리처럼 당통에게 혐오감을 안겨 주는 물건도 없었다. "그건 너무 뻔할 뻔 자잖아." 그가 말했다.

이제 아이디어가 다 떨어진 바니는 당통의 의도를 짐작하기로 마음먹었다. "그럼 미술품을 생각하고 계세요?"

"바너비, 나는 아무것도 생각하지 않아. 하지만 미술품은 좋군."

"그녀가 좋아할 만한 것을 가지고 계세요?"

"자네는 아직도 문제의 핵심에 진입하지 못했군. 이건 자네에 관한 문제지 나에 관한 게 아니야. 게다가 플루리는 내가 발견하고 또 내가 좋아하는 것을 잘 알아. 자네가 내 미술품을 사들인다면 이 일에 내가 개입했다는 걸 그녀가 금방 알아볼 걸세."

"그럼 어떻게 하지요? 난 미술품 보는 눈이 없어요."

"하지만 어떤 아름다운 작품을 보고서 마음에 들었던 게 있었을 텐데."

"〈모나리자〉."

"그보다 한 단계 아래 걸로."

"〈노래하는 집사〉."

"그보다 한 단계 위로."

바니는 상처 받은 표정을 지었다. 그런 표정을 짓는 능력은 언제나 그에게 잘 봉사하는 타고난 재주였다. 최고의 서정시 시인들처럼 그는 그런 상처 받은 마음을 모든 사람의 심장에 곧바로 전달하는 방법을 알고 있었다.

"나는 단지," 당통이 미안한 어조로 말했다. "플루리가 그런 작품은 좋아하지 않을 거라는 뜻이었어."

"방금 그녀가 좋아할지 여부는 고려하지 말라고 했잖아요."

"그랬지. 하지만 그렇다고 해서 일부러 그녀의 기분을 잡치게 할 필요는 없어."

바니는 양 손바닥을 펴서 들어 올렸다. 당통의 표현이 암시하듯이, 〈모나리자〉와 〈노래하는 집사〉 사이에는 커다란 미학의 심연이 가로놓여 있으므로, 어떻게 하면 그걸 뛰어넘을 수 있겠는지 너무나 막연했다.

그의 친구가 계속 당황하고 있는 것을 쳐다보자니 너무 안되어서 당통은 바니에게 거꾸로 뒤집어 놓은 컵 같은 손을 내밀어 그의 손 위에 얹었다. 당통의 아버지 같은 손가락들 아래에서 바니의 손가락들이 꿈틀거렸다. 당통은 감히 그를 쳐다볼 수가 없었다. 그는 둘이서 함께 맨체스터의 찰스 가에 있는 케이프스 던 미술품 경매 갤러리에 가 보자고 제안했다. 다음 주에 세일 행사가 있다는 것이었다. 미술품 경매장에는 가 본 적이 없기에 바니는 거기 가서 안절부절못하면 낭패인데 하고 걱정했다. "자네가 해야 할 일이라곤 카탈로그에서 마음에 드는 작품을 고르는 것뿐이야." 당통이 그를 안심시켰다. "그러면 내가 대신 입찰해 줄게." 단둘이서 아름다운 것을 추구하면서 외출을 한다는 생각은 당통을 기쁘게 했다.

그러나 바니에게는 또 다른 근심거리가 있었다. 물론 플루러벨을 위해 쓴 돈은 결코 아깝지 않았다. '주어라 그러면 받을 것이다'는 많은 기독교의 진리들 중 하나이고, 그의 기독교인 어머니는 그의 어린 시절에 이 교훈을 가르치기도 했다. 그리고 오늘날까지 그는 플루러벨로부터 투자한 금액 대비 풍성한 이자를 받아 왔다. 하지만 그가 투자할 수 있는 금액에는 한계가 있었다.

"그 문제는 말이야," 당통이 자상한 이해심을 보이면서 말했다. "때가 되면 걱정해도 돼."

당통의 친구들이 그를 사랑하는 이유는 무엇보다도, 확실한 안도감을 준다는 것이었다. 도움이 필요할 경우에 그는 반드시 친구들에게 거의 무진장한 도움의 보고寶庫를 열어 주었다.

때가 되었을 때 바너비가 저지른 실수는 플루러벨의 질문 때문에 시간을 지체했다는 것이었다. 그녀는 갑자기 그에게 톨킨, 무라카미 하루키, 재키 콜린스 중에서 그녀의 분위기에 어울리는 책을 골라 달라고 요청했다. "내가 어떻게 그녀에게 못 해, 라고 할 수 있겠어요?" 택시에 앉아 손목시계를 내려다보며 초조하게 기다리던 당통에게 바너비가 말했다. 당통은 그의 친구에게 너무나 화가 나서—당통에게 그처럼 커다란 즐거움을 줄 것으로 예상한 외출을 그가 잊어버렸다고 생각했기에—바너비가 골라 준 책에 대한 궁금증마저도 표시하지 않았다. 그는 계속하여 택시의 창문 밖을 내다보고 있었고, 바너비는 많은 문학적, 가정적家庭的 세부 사항을 열거하면서 그에게 말을 걸었다. 물론 무라카미였죠. 난 플루리가 일본 음식을 좋아한다는 것을 아니까요. 그는 당통이 신경이나 쓰는 것처럼 열심히 주절거렸다. 긴 이야기를 짧게 해 보자면, 그들은 경매장에 너무 늦게 도착하여 솔로몬 조지프 솔로몬의 초기 작품인 〈사랑의 첫 번째 수업〉이 사이먼 스트룰로비치에게 팔린 것을 막지 못했다. 바니는 판매 카탈로그에서 이 작품을 충분히 보았기에 스스로 그 작품을 정말로 좋아한다고 생각했고 또 플루러벨도 그에 못지않게 좋아하리라고 생각했다. 발그레한 뺨과 자그마한 젖꼭지를 가진 알몸의 비너스는 너무도 그녀와 닮았고, 그녀 무릎에 앉아서 노골적이면서도 약간 오만한 숭배의 눈빛으로 그녀를 쳐다보는 큐피드 또한 그를 닮았다.

특히 그는 자그마한 활과 화살을 좋아했다.

"우리가 그 사람보다 더 높은 값을 부를 수 없을까요?" 그가 말했다.

"너무 늦었어." 당통이 말했다. "팔린 건 팔린 거야. 다른 건 마음에 안 들어?"

슬프게도 다른 것은 마음에 들지 않았다.

그 주에만 두 번째로 당통은 친구의 아름다운 얼굴에서 당황하는 실망의 표정을 보고 가슴이 칼에 찔리는 고통을 느꼈다.

"내게 맡겨 둬." 그가 한숨을 내쉬며 말했다. 그 한숨은 이번에는 바너비의 가슴을 찔렀을 것이다. 만약 그가 가슴을 소유한 사람이라면.

8

스트룰로비치가 그의 딸을 미행하지 않는다고 말한 것은 사실이 아니었다.

그것은 오래전부터 진행되어 왔다. 미행이 시작된 것은 그녀가 열세 살 때부터였다. 딸은 실제로는 열셋이었으나 겉모습은 스물셋 같았다. 싱싱한 처녀. 레반트의 공주. 석류. 그녀는 그녀 자신에게도 싱싱했다. 그녀는 한때 거울에 비친 자신의 모습을 보면서, 입술을 비죽 내밀었고, 그녀 자신의 풍만함에 웃음을 터트렸으며, 허벅지를 쓰다듬고, 유방을 들어 올리면서 그 풍만함에 흥미를 느끼는 동시에 압도되었다. 마치 그것이 그녀에게 어떤 책임감을 부여하는 것처럼. 이것이 정말 그녀인가? 이것이 정말 그녀 마음대로 처분할 수 있는 **그녀의 것**인가? 그는 그런 심정을 잘 이해했다. 그가 열세 살 시절에 누가 건드려 주지 않았을 때 그는 이미 자신이 쓰레기처럼 낭비된 느낌이 들었다. 그는 매일 밤 혼자 침대에 들면서, 감옥에 누워 있는 위대한 왕자로군, 하고 중 얼거렸다. 그렇지만 그는 석류는 아니었다. 물론 그녀는 그녀 자 신을 활용해야 했다. 딸애는 자신의 아름다움이 그녀 자신의 응 시—그리고 **아버지의** 응시—이외에 다른 목적이 있다는 것을 느 껴야 했다. 그녀는 아버지가 미행을 하고 또 어떤 때는 그녀의 침 실까지 따라 들어온다는 것을 알고 있었다.

그는 딸의 소행을 알았다. 전부 알고 있었다. 하지만 그는 그것 을 결코 허용할 수가 없었다. 그가 참아 줄 수 없는 것은 딸의 낭 비였다. 물론 그것은 종류가 **다른** 낭비였다. 그와 케이는 그녀에 대하여 야망이 있는데 그걸 딸애가 낭비하고 있는 것이었다. 그 낭비는 부부의 사랑을 쓸데없는 것으로 만들었다. 그가 갓 태어 난 딸애를 맨 처음 보았을 때 느꼈던 흥분도 낭비시키는 것이었 다. 그녀는 석류가 아니라 미래의 약속이 되어야 하는데 그걸 낭 비하고 있었다.

그녀는 그 약속을 쓰레기처럼 내던졌다. 그녀보다 못한 남자애 들에게. 그녀의 품위를 떨어트리는 열광에. 그녀가 필요로 하지 도 않는 술과 마약에. 그녀가 거들떠볼 필요도 없는 음악에. 그녀 는 아침부터 저녁까지 모차르트와 슈베르트 음악이 충만한 가정 에서 성장했다. 그가 그녀를 처음 미행한 곳은 모스사이드의 냄 새나는 집에서 벌어진 파티였다. 그곳에서 디스크자키는 더러운 손가락으로 레코드판을 긁어 댔고 "마음껏 소리를 지르세요!"라고 소리쳤다. 지저분함에 노골적으로 초대하는 그 지시―**마음껏 소리를 지르세요!**―는 딸애의 모습보다 더 그를 격분하게 만들었다. 딸애는 방바닥에 가부좌를 틀고 앉아 마리화나를 피우면서, 머리를 딸애의 무릎에 내려놓은 채 누운 절반쯤 의식이 가물거리는 혈거인穴居人의 더벅머리를 쓰다듬고 있었다. "마음껏 소리를 지르세요!" 스트룰로비치는 딸애를 계단 아래로 끌고 내려오면서 그녀의 귀에다 식식거렸다. "내가 너에게 소리 지르라고 가르쳤더냐? 비어트리스, 소리 지르기 위한 소리 지르기를? 그러는 동안 어떤 지렁이 같은 개자식이 네 가슴을 주무르고?"

그녀는 계단에서도 그에게 저항했고, 벤츠에 강제로 끌려 들어가는 동안에도 저항했다. 그사이 운전기사는 아무 말도 하지 않고 보기만 했다. "진짜 문제는 그거였군요?" 그녀가 말했다. "음악도 소음도 무관한 거예요. 문제는 그 가슴 주무르기였어요. 하지만 사실을 말해 보자면 아무도 내 가슴을 주무르지 않았어요. 그 가슴 주무르기는 아버지 머릿속에서 벌어지는 거였어요."

그는 그녀의 얼굴에 따귀를 갈겼다. 아버지가 네게 대하여 성적 환상을 갖고 있다고 비난하면 안 되는 거야. 그녀는 차에서 달아났다. 그는 그녀를 쫓아갔다. 낯선 사람이 소리쳤다. "이봐요!" 부녀가 서로 씨름을 하고 있자, 그 낯선 사람이 말했다. "꺼져!" 스트룰로비치가 말했다. "난 이 애의 아버지야." "그럼 아버지같이 행동해요." 낯선 사람이 말했다. 그건 나중에 비어트리스가 곧잘 써먹는 말이 되었다. "내가 아버지 딸처럼 행동하기를 바란다면, 먼저 나의 아버지같이 행동해 보세요."

이틀 뒤 그녀는 마녀처럼 웃으며 그의 서재로 걸어 들어왔다. "난 방금 아버지가 나를 주무르던 아이를 묘사한 말이 생각났어요. 지렁이 같은 개자식. 축하해요. 아버지는 내가 아버지의 딸이라는 것을 자랑스럽게 여기게 해 주었어요. 아빠가 그런 말을 하는 다른 딸은 없을 거예요."

스트롤로비치는 자부심이 약간 꿈틀거리는 것을 느꼈다. 그 순간 화가 나서 한 말치고는 그리 나쁜 말은 아니었다. 그리고 아주 정확한 묘사라는 장점까지 가지고 있었다. "비어트리스, 네가 그렇게 평가해 줘서 고맙구나." 그가 말했다. "너를 때린 것은 미안해."

"아버지는 병적이에요," 그녀가 말했다. "**지렁이 같은 개자식.** 아버지가 진정으로 의미하는 것은 그가 이교도 남자라는 거였어요. 만약 그 애가 유대인이었다면 신경 쓰지 않았을 거예요."

"사실이 아니야."

"사실이에요!"

"좋아. 그랬더라면 덜 신경을 썼겠지. 종교적인 견지에서 그렇다는 건 아니야. 그렇지만 유대인은 소리를 질러 대는 것은 그리 좋아하지 않지."

그녀는 다시 웃음을 터트렸다. "아버지의 본색을 드러내는군요."

그녀의 말이 맞는가? 지렁이 같은 개자식은 비유대인에 대한 완곡어법인가?

그는 그렇게 생각하지 않았다. 그는 기독교인을 볼 때 선사시대의 어둠 속에 파묻힌 사람을 생각하지 않는다. 그건 오히려 기독교인들이 그를 쳐다볼 때 하는 생각이다. 또, 그가 그 자신을 쳐다볼 때 가끔 하는 생각이기도 하다.

하지만 한 가지 사실은 남는다. 그의 아버지가 기독교인 며느리를 원하지 않았던 것처럼 그의 사위가 기독교인인 것을 원하지 않는다. 그의 아버지가 그러했던 것처럼 그 또한 기독교인에 대하여 동일한 반응을 보였다. 부자는 그들이 만나는 비유대인을 있는 그대로 받아들였고, 그들과 돈독한 관계를 유지했으며, 그들을 사랑했다. 그의 아버지가 가장 신뢰하는 친구는 토드머던 출신의 백인 감리교 신자였다. 그가 아내 못지않게 소중하게 여겼던 사업상의 파트너는 웰스 출신의 알프스 남쪽 사람이었다. 그리고 부자는 이교도 천재들 가령 모차르트와 베토벤, 렘브란트와 고야(고야!), 워즈워스와 셰익스피어(그가 샤피로인지 아닌지는 불확실하지만) 등을 아주 높게 평가했다. 이교도 그 자체에 대해서 스트룰로비치는 아무런 이의도 없다. 그러나 그의 딸이 결혼할(혹은 동침할) 남자가 이교도라면, 그는 유보적인 생각을 갖고 있다. 그가 계약을 생각할 때면 기독교인은 혈거인처럼 보이는 것이다.

그래서 그 계약의 이름으로 그가 그녀를 벤츠에 강제로 태운 것이 몇 번이었던가!

딸애가 자기 가슴을 주무르던 괴짜 놈들 중 하나와, 단 하룻밤이라도 달아나지 않은 것만 해도 그는 다행이었다. 그는 그녀가 미울 때면, 달아나지 않은 것에 대하여 어느 쪽이 더 유리한지 이미 알기 때문이라고 비난했다. 그러나 그녀가 사랑스러울 때면 그런 모든 겉모습에도 불구하고 딸애가 심성 깊은 착한 처녀이기 때문에 그렇다고 평가했다. 어느 쪽이든 아버지는 계속 그녀를 미행했다. 마침내 그녀는 주차장 그늘이나 바의 외딴 구석 테이블에서 선글라스를 끼고 앉아 《파이낸셜 타임스》를 읽는 아버지에게 너무나 익숙해져서, 때로는 그에게 먼저 다가와 충분히 놀았으니 집으로 데려가 달라고 말하거나 돈이 떨어지면 빌려 달라고 말할 정도까지 되었다.

어느 법정 휴일 월요일에 그는 그녀를 미행하여 노팅힐 카니발에 갔다. 그녀는 헨던에서 사촌들과 함께 머무를 것이라고 말했다. 그는 심지어 그녀를 헨던행 기차에 태워 주기도 했으나 그녀의 계획을 사전에 탐지해 놓고 있었다. 하지만 수많은 대중들 사이에서 그녀를 찾아내기는 쉽지 않을 것이었다. 아버지는 길거리 파티, 공개적인 노출, 정글 음악—**정글 음악? 그럼 그 시끄러운 소리가 정글 음악이 아니고 뭐야?**—술 취한 흥분, 가면극 등을 싫어했음에도 불구하고, 최악의 사태—쓰레기 같은 옷을 눈 밑까지 껴입고 카피에를 두르고서 쇠북으로 소음을 만들어 내는 자와의 데이트—를 두려워하며 그곳에 갔다. 결국 **그를** 먼저 발견한 것은 그녀였다. 그의 불안이 그의 온몸을 횃불처럼 빛나게 했음에 틀림없다. 대담하게 그리고 아이러니하게—그녀가 그의 불안을 잘 알고 있었으므로—그녀는 아버지를 그와 비슷한 나이에 신사복을 입은 어떤 백인 신사에게 소개시켰다. 그자는 그와 악수하면서 말했다. "만나서 반갑습니다. 스트룰로비치 씨."

"당신은 내 딸이 몇 살인지 알고 있습니까?" 스트룰로비치가 그에게 물었다.

"스물넷."

"그렇게 짐작하는 거요?"

"그녀가 내게 말해 주었습니다."

"정말로 스물네 살인 사람에게는 나이를 묻지 않죠. 당신은 짐작을 했을 텐데, 잘못 짐작한 겁니다. 그녀는 열세 살입니다."

"열셋과 8분의 7살이에요." 비어트리스가 그를 교정했다.

"어린아이 입에 묻은 밥풀을 떼어 먹으시오!" 스트룰로비치가 말했다.

"맙소사!" 그 남자가 소리쳤다. 그는 그녀가 나병 환자라는 것을 막 깨달은 사람처럼 비어트리스의 옆에서 달아났다. 스트룰로비치는 그 남자가 약간은 안되었다는 생각이 들기도 했다. 그래도 이렇게 말했다. "저 애와 다시 만나는 것이 내 눈에 띄면 내가 당신의 심장을 도려내겠소."

무슨 이유에서인지 그 협박은 비어트리스를 화나게 만들지 않았다. "**그 사람은** 아버지가 말하는 지렁이는 아닌가 보네요." 스트룰로비치가 그녀를 집에 데려왔을 때 그녀가 말했다. "그는 켄징

턴첼시의 부시장이에요."

"그래도 지렁이이기는 마찬가지야. 부시장은 물론이고 시장 중에서도 지렁이 같은 자들의 이름을 열두 명은 더 댈 수 있어."

그 개자식을 결딴내겠다는 그의 위협이 그녀를 화나게 만들지 않은 유일한 이유는 그녀가 부시장을 사랑하지 않기 때문이었다. 그러나 그녀의 사랑이 본격적으로 가동되면 그의 미행 일도 그에 따라 더욱 많아질 것임을 그는 잘 알았다.

그리고 실제로 사랑이 본격적으로 가동되었다. 식욕 상실, 멍한 표정, 딸애 목에 남아 있는 잇자국. 어느 날 밤 그는 그녀를 따라서 레벤슙까지 갔다. 우범지대였고 그의 딸이 죽은 채로 발견될 수도 있는 교외 지역이었다. 그는 시영 아파트의 문을 발로 걷어차고 그 안에서 만난 첫 번째 남자의 목을 조르기 시작했다. 그는 누군가의 할아버지뻘 되는 사람으로 너무 나이 들어 스트룰로비치의 딸을 능욕할 수 없는 사람이었다. 아마도 그보다 훨씬 젊은 남자가 딸을 능욕하는 동안 보초로 동원된 사람인 듯했다. 다섯 명의 남자—그중 한 명이 능욕자로 추정되었는데 너무 왜소하여 생쥐도 능욕하기 어려워 보였다—가 달려들어 그를 시영 아파트 밖으로 끌어냈다. 아빠는 정말 운이 좋았던 거예요, 비어트리스가 그에게 말했다. 아빠가 그를 죽이지도 않고 또 다들 경찰을 부르지도 않은 것이. "너에 관한 일이라면," 그가 날카롭게 대답했다. "내가 곧 경찰이야."

바로 이 무렵—안 그랬더라면 비어트리스는 틀림없이 어떤 놈

괭이와 달아났을 것이다―케이가 뇌중풍을 맞았다. 그녀를 담당한 의사들 중 한 사람은 스트룰로비치의 친구였다. 그 의사는 뇌중풍의 원인을 이렇게 설명했다. 그가 밤마다 딸과 숨바꼭질을 한 것도 한 원인이 되었지만 다른 요인들이 더 큰 병원病源으로 작용했다. 케이는 언제나 취약하고 또 근심 걱정이 많은 여자였다. 오래 비어트리스를 기다려야 하는 스트레스에다 딸의 신변 안전에 대한 걱정이 겹쳐진 것도 병인들 중 하나였다. 스트룰로비치는 그것을 잘 알았다. 어떤 것을 너무 소망하면 조바심과 불안감이 동시에 생기는 것이다.

하지만 그는 미신을 잘 믿는 남자였다. 만약 당신이 잘못을 저지른다면 당신은 고통을 당한다. 그것이 도덕이다. 그보다 좀 더 큰 규모로 작용하는 미신은 이런 논리를 편다. 당신이 잘못을 저지르면 다른 사람이 고통을 당한다. 당신이 사랑하는 어떤 사람이. 만약 그가 비어트리스로 하여금 그녀의 인생을 임의로 선택한 남자에게 낭비하도록 내버려 두었다면 아내는 그런 질병에서 면제되었을까?

그러나 어느 경우든 딸애가 어차피 그런 낭비를 하리라는 것을 그는 의심치 않았다.

깃털 침대에 누워 비단에 파묻히고, 살구색과 남색의 치홀리 샹들리에가 그의 가느다란 두 눈에 반사된 채, 샤일록은 알덜리 에지에서 흘러나오는 마법적 영향력의 자장磁場 안에서 잠에서 깨어나 제시카를 생각했다. 마녀든 아니든, 그는 딸애를 매장하며 저주하지 않을 수 없었다. 또한 그녀에 대한 아버지로서의 관심을 느닷없이 거두어들일 수도 없었다. 스토리는 끝나는 곳에서 끝나 버렸고 그 자신 최후 상황이라는 것을 알았지만 그래도 딸에게 닥쳐올 비참함을 상상하지 않을 수 없었다.

그는 다음의 사실은 명확하게 알고 있었다.

그를 너무 미워하여 그가 딸을 잃어버린 것을 고소해하면서 노골적으로 그의 슬픔을 비웃는 자들은, 딸애가 유대인이라는 사실을 결코 받아들이지 못할 것이다. 피는 속이지 못한다. 그녀는 자기가 아버지의 방식을 물려받은 딸이 아니라고 말했다. 그러나 그녀를 훔쳐 간 악당 로렌초*와 그런 악당 짓의 공모자들은 그녀가 아버지라고 부르기를 부끄러워하는 남자와의 차이점을 계속 논평할 것이다. 그녀의 온유한(혹은 이교도적인) 기질, 그녀가 천국에 오를 높은 가능성, 그녀의 희고 아름다운 용모─그녀가 상아라면 그는 흑옥黑玉이었다─등을 칭송하리라. 그러나 이처럼 논평하는 것이 차이점뿐이라면 결국에는 유사점을 의식하게 되는 것이다. 그녀에게 아버지의 많은 돈이 돌아갈 것이라는 사실은 그들이 그녀를 평가하는 데 있어서 그가 엄연히 존재한다는 뜻이다. 멀쩡한 아버지가 있는데 감히! 로렌초가 어느 날 잠에서 깨어 자신의 사지가 샤일록의 집 앞에서 큰대자로 뻗어 있는 걸

✦ 『베니스의 상인』에서 제시카와 함께 사랑의 도피를 떠나는 인물.

발견하는 것도 얼마 남지 않았다.

딸들의 순진함이라니! 로렌초의 사랑이 그녀를 기독교인으로 만들어 줄 것이라 생각하다니! 그의 성격이나 행동은 기독교인들이 말하는 기독교의 개념을 전혀 보여 주지 못하는데 말이다. 그녀 아버지의 황금과 보석을 아무런 망설임 없이 빼앗아 먹어야겠다고 생각하는 것이 기독교인다운 짓인가? 그녀의 배신을 즐거워하면서 그녀가 제노바에서 어느 하루 미친 밤 동안에 호주머니의 돈을 다 털어먹는 걸 지켜보는 게 기독교인다운 짓인가? 방탕함에도 도덕성의 미세한 정도 차이가 있다. 자기 자신의 돈을 날려 먹는 것은 혐오스러운 짓이고, 남이 그녀의 돈을 낭비하도록 사주하는 것은 부당한 짓이다. 혹은 그런 부당함이 기독교에서 말하는 미덕인가? 다른 사람이 돈을 벌어들이는 방식을 개탄하기만 하면 그 사람의 세속적 물품을 빼앗아 가는 것이 도덕적인가……?

그는 리아의 품 안에 있던 어린아이 시절의 그녀를 기억했고 죽은 아내를 애도하듯이 딸을 애도했다. 그가 무엇을 했기에 딸이 그토록 그를 증오하는가? 증오는 결코 너무 지나친 말이 아니다. 원숭이가 그것을 증명했다. 리아가 그에게 준 반지로 원숭이를 샀다는 것은 부모를 모두 모독하는 것이었다. 그러나 그녀가 그것을 사들이기 위해 무엇을 팔았든 간에, 원숭이는 그녀의 조상과 교육, 그리고 딸애가 어린아이 때부터 그와 리아가 가르친 모든 사항을 모독하는 것이었다. 원숭이들이 가득한 황야를 다

준다 해도 난 그 반지를 팔지 않을 거야, 하고 그는 투발*에게 말
했다. 그는 그 말을 하면서 원숭이들의 동물적인 허무함이 횡행
하는 황야를 보았다. 법이 없고, 신이 없으며 오로지 탐욕, 하이
에나, 번식하려는 맹목적인 충동만이 지배하는 황야.

제시카가 증오한 것은 아버지도 아니고 일찍 그녀를 떠나 버린
어머니도 아니고, 황야를 문명화시켜야 한다는 생각이었는가?
그녀의 가슴속에 있는 황야 혹은 그녀가 함께 있는 사람들의 황
야? 모든 것을 감안해 볼 때 기독교는 하나의 중간 단계에 지
나지 않았다. 단 하나 진정한 구분은 유대교와 이교도 사이의 구
분이었다. 유대인이 저 오래된 이교도주의가 그 자신의 핏속에서
꿈틀거리는 것을 느낀다면 그 유대인은 어릴 적부터 들으면서
자라 온 금지 사항들을 거부할 수밖에 없다. 제시카는 기독교인
들에게 관심이 없었다. 그녀가 원하는 것은 원숭이들과 함께 황
야로 되돌아가는 것이었다.

스트룰로비치는 잠에서 깨어났을 때 손님이 정원에 있다는 것
을 발견했다. 아직 이른 시간이었다. 게다가 날씨가 추웠다. 그는
외투를 입었고 어깨 주위에 검은 스카프를 둘러쳤는데 스트룰로
비치의 눈에는 기도 숄처럼 보였다. 그는 글라인드본 접이식 의
자에 앉아서 리아에게 말을 걸고 있었다. 이슬방울들이 스팽글처

---

* 『베니스의 상인』에 나오는 샤일록의 친구로 샤일록에게 딸 제시카가 반지 대신 원
  숭이를 받았다고 알려 준 인물.

럼 잔디밭을 수놓았고 각광^{脚光}처럼 밑에서 그를 조명하고 있었다.

"그래서 리아, 나는 곧 기독교인이 될 것 같아." 그는 말을 하고 있었다.

그것은 두 사람 사이에서 친숙한 주제였다. 그는 평소처럼 그녀가 무슨 말을 하기를 기다렸다. 그러나 그녀는 너무 신기해서 말을 제대로 하지 못했다. "당신이요? 참 대단한 기독교인이 되겠어요!" 그는 아내가 무슨 생각을 하는지 알았다.

그는 그녀의 유머 감각에 탐닉하지 않을 수 없었다. "리아, 한번 지켜봐." 그는 그렇게 말하기를 좋아했다. "하얀 가운을 입고 고개를 숙이고 신자석에 앉아서 세례의 순간이 다가오기를 기다리는 내 모습을. 축복과 감사의 심정으로 설교가 시작되기를 기다리는 내 모습을. '우리는 오늘 예수 그리스도의 은총으로 우리 중에 악명 높은 유대인을…… 운운.'"

그는 접이식 의자에서 일어나 손가락을 비벼 대며 그녀를 위해 장엄한 춤—수전노들의 왈츠—을 추었다.

하지만 그건 끝나야 했다. 그는 다시 의자에 앉았다. 그의 기독교 개종 건은 그들의 묘변 정담의 마지막 화두였다. 그들은 그 주제에 접근해 들어가면서 상어들처럼 피 냄새 주위를 빙빙 돌지만 최후의 결정타를 먹이기 위해 그 냄새의 진원으로 돌격해 들어가는 법은 없었다. 샤일록이 개종을 할 수 있거나 개종하는 척하기 전에 각광은 어두워졌다.

그는 개종했는가 아니면 개종하지 않았는가?

그건 대답하기 간단했다. 그는 개종하지 않았다.

그런 기회가 부여되지 않았다.

그렇다면 개종할 의사가 있는 것인가 없는 것인가?

스트룰로비치의 부드러운 발걸음 소리를 듣자 그는 의자에서 일어나 손을 내밀었다. 그는 집주인의 의상에 깊은 인상을 받았다. 마티스가 그렸을 법한 실내복에다 신발 코 부분에 꼭대기 장식을 단 슬리퍼를 신었다. 비슷하게 사치스러운 가운과 슬리퍼가 손님용 방에 마련되어 있었지만 샤일록은 남의 옷은 불편하게 여겼다. 게다가 그는 자신의 집에 온 것처럼 편안하게 보이기를 원하지 않았다. 그러면 스트룰로비치는 그가 영원히 안 가는 게 아닐까 두려워할 것이었다.

"혼자 있게 내가 자리를 비킬까?" 스트룰로비치가 그에게 부드럽게 물었다. 그는 샤일록이 그의 정원에서 아내의 존재를 느낀다는 사실에 은근히—아니, 그게 아니고 아주 강하게—우쭐한 기분을 느꼈다. 이 지구상에 리아가 묻히지 않은 곳은 없다는 샤일록의 확신을 받아들이는 것과, 그의 아내가 특별히 **여기에** 묻혀 있다는 것은 전혀 다른 얘기였다……!

"우리는 농담을 즐기고 있었네." 샤일록이 말했다. "우리는 좀 가벼운 농담을 하려고 했지."

스트룰로비치는 샤일록이 아내를 상대로 농담을 잘하는 남편이었으면 좋겠다고 은밀하게 희망했다. 안 그러면 불쌍한 리아는 거기에 누운 채로 해마다 즐거움을 가장해야 할 테니까.

"내가 농담의 주제를 물어봐도 되겠나?" 그가 말했다. "또 다른 그루인버그 농담은 말고 말일세."

"아니. 그루인버그와는 아무 상관도 없어. 우리는 내가 기독교인이 되는 문제를 논의했지. 그 생각은 나의 리아를 즐겁게 한다네."

"오히려 그녀를 무섭게 했을 것 같은데."

"만약 그런 일이 벌어졌더라면 그녀를 무섭게 **했겠지**. 하지만 시간은 우리 편이었어. 시간은 그 목적을 달성하기도 전에 자신의 주먹을 꽉 쥐어 버렸어. 우리는 **뭔가가** 우리 편이라는 사실에 미소를 지을 수 있지."

"자네는 기독교인들이 그들의 상貴을 거머쥐지 못하게 했다고 느끼나?"

"그건 그들이 상이 무엇인지 알고 있다는 것을 미리 전제하는 것인데……"

"충분히 알고 있는 것처럼 들리네만. **너희는 사라져라**……"

"**너희는 사라져라,** 는 그 어떤 것의 증명도 되지 못해. **너희는 사라져라,** 는 단지 권력자들이 유대인에게 하기 좋아하는 말이야."

"하지만 그들은 자네가 그들의 면전에서 싹 사라지기만을 바라는 게 아니야. 그들은 자네가 자네 자신으로부터 사라지기를 원해. 자네의 신앙과 자네의 자기 존엄성을 내려놓기를 바란다고……"

"그리고 내 돈. 내 돈을 잊지 말게."

"거봐. 그들은 그들의 상이 뭔지 알고 있잖아."

"하지만 누가 알겠어? 내가 기독교인이 되기 전에 닫힌 것이 시간의 주먹뿐만이 아니라면 어떻게 하겠나? 그들이 저들 하고 싶은 말을 다 했으니 이제 만족하고 있다면? 그들 중 한 사람을 구제하고 내 돈을 사기 쳐서 빼앗은 것처럼 보인 것에 만족한다면? 전시성 재판이 그러하듯이 외양이 중요한 거야. 그리고 오해하지 말라고. 어떻게 시작했든 간에 이것은 결국 전시성 재판이 되었어. 유대인에게 유대인 노릇하는 방법을 보여 주려는 거지. 그런 다음에 내가 개종 절차를 따르든 말든 그들이 신경 쓰지 않는다면? 그 명령은 악한 의도가 깃든 것이지만, 일단 유대인 이전의 원래 상태를 회복한다면, 그들은 다른 문제들을 생각하게 되겠지. 그들의 명예는 충족되었고, 상인은 패배의 피학적 황홀을 잠시 맛보면서 승리를 거두었지. 그렇지만 결국에는 나의 손실이야. 내가 전과 마찬가지로 고집스럽게 유대인 노릇을 하고, 현금에 속박되고, 굴욕을 느끼고, 어느 쪽에서도 외톨이가 되고, 내 영혼을 구제해 줄 기독교의 은총도 개입하지 않는다면 말이야. 그들이 내 영혼의 상태에 대해서 진정으로 신경 쓴다고 생각하면 안 되네."

스트룰로비치는 그 문제를 생각해 보았다. "그들이 자네 영혼의 색깔을 바꾸어 놓았다고 자랑할 정도라면 신경을 쓰겠지."

"거 말 한번 제대로 잘했네. 결국 그들하고 관련이 있을 때만

신경을 쓰는 거야. 아무튼 그들은 승리를 거두었어. 그들 자신의
영혼은 분명 좋은 형태를 갖추고 있어. 그들은 자비에 대해서 말
하지만 잔인한 복수를 강요해. 그들은 참 기독교적이야."

"하지만 자네가 평소 기독교를 경멸해 왔다는 점을 감안하면,
그들이 자네의 그런 개종을 믿어 줄까?"

"누가 알겠나? 기독교인들은 한편으로는 유대인이 너무 자기
고집을 내세워서 개종을 하지 못한다고 보고, 다른 한편으로는
우리가 예수의 빛을 보고서 어떻게 그것을 거부할 수 있는지 이
해를 하지 못해. 그들은 첫 번째 사항에 대해서 제대로 본 거야.
나는 채색한 마네킹 앞에서 비천하게 무릎을 꿇느니 차라리 내
목에 칼을 받기를 희망하네."

"그렇다면 자네가 개종하는 것을 '만족스럽게' 여긴다고 말한
것은 본심이 아니었군?"

"나는 내게 제시된 형식을 따라서 그 질문에 답변을 한 거야.
'그대는 만족하는가, 유대인?' 이런 질문이 조롱이 아니라면 뭐
겠어? 내 안에는 투쟁 정신이 남아 있지 않았어. 그래서 나의 대
답―'나는 만족합니다'―은 답례 인사였을 뿐이야."

"그렇다면 그건 자네의 의도는 아니로군."

"내 목에 칼을 받기를 '희망한다'라고만 말했어. 그들이 축하의
말을 하는 데 그치지 않고 나를 실제로 끌고 교회에 데려갔다면
내가 어떤 행동을 했을지 아는 척하지는 않겠네. 그러나 나는 '만
족'하지는 않았을 거야. 내가 자네 눈에는 만족하는 사람으로 보

이나?"

스트룰로비치는 샤일록이 손님 침실에 제공한 가운과 슬리퍼를 사용하지 않은 것이 유감이었다. 그는 그가 집에 있는 것처럼 편안하게 느끼기를 바랐다. 잠시 머물면서 그가 경멸하는 만족을 어느 정도 맛보기를 원했다. 그 일대를 탐구하고 겨울 풍경을 찬탄하기를 바랐다. 추억을 서로 교환하기도 하고. 혹은 유대인 문제―비록 스트룰로비치가 원칙적으로는 그 주제를 피곤하게 여기지만 실제로는 그렇지 않은 문제―에 대하여 계속 말하기를 바랐다. 그러나 샤일록이 그 문제를 아주 열을 내며 논의하는 모습은 그에게 충격을 주었고 동시에 매혹시켰다. 나는 유대인, 그들은 기독교인―여기에 절충은 없고, 얼버무리는 말은 일절 허용될 수 없다. 저렇게 칼같이 구분하는 것이 좋을까, 하고 그는 생각했다. 노골적인 적대감. 분쟁의 울타리를 보수하는 척하지도 않기. 끝이 없고, 태도가 나쁘고, 해결이 불가능한 상호 모순성. 그렇다면 적어도 모든 당사자들이 자신의 소속을 명확히 알고 있다는 뜻일까? 그건 적어도 우리의 적이 누구인지 확실히 안다는 뜻이었다. 그리고 시간이 끝날 때까지 계속 그렇게 알고 있을 것이다.

유대인의 개종 때까지.

이처럼 극단적인 생각과 언어. 이 영원한 불신과 적개심. 만약 샤일록이 이 집 안에 계속 머무를 거라면 그는 비어트리스 앞에서는 그 자신을 절제하는 방법을 배워야 할 것이다, 라고 스트룰로비치는 생각했다. 스트룰로비치는 그의 딸이 무서웠고 동시에 딸의 안전도 우려되었다.

샤일록은 잠시 걷다가 스트룰로비치의 물고기를 내려다보았다. "이걸 먹기도 하나?" 그가 물었다.

"그건 순전히 장식용이야." 스트룰로비치가 말했다. 장식이라는 개념은 샤일록에게 낯설겠구나, 하는 생각이 들었다. 만약 스트룰로비치가 그를 집 안에 혼자 내버려 둔다면 그는 물고기 한 마리를 훔쳐서 점심 식사로 삼을까? 잔털이 숭숭 난 손가락으로 물고기를 잡아서 꿈틀거리는 놈을 목구멍 밑으로 쑤셔 넣을까? 나는 이 남자가 도대체 어떤 사람인지 잘 모르겠어, 하고 그는 생각했다. 그의 어머니가 이렇게 말하는 것이 귀에 들려왔다. '너는 그를 네 집에 초대했니? 저런 사람을?' 아직 말을 생생하게 할 수 있었던 시절의 아내도 같은 말을 했을 것이다. 그리고 비어트리스. '아빠, 저 사람 누구예요?'

남자들은 어떤 사람을 집으로 초대할 때 일반적으로 여자들보다 덜 조심하는 것일까? 아니면 유독 그만 그런 것일까?

"커피 들겠나?" 그가 마침내 물었다.

샤일록은 미소를 지었다. "고맙네, 하지만 차가 더 좋겠어. 영국인들이 커피를 어떻게 끓이는지 잘 아니까."

"내 커피 맛있어." 스트룰로비치가 말했다. "나는 원두를 직접

수입해 와."

샤일록은 두 손을 모았다가 다시 벌렸다. 스트룰로비치는 그가 체포에 조용히 응하는 사람의 동작을 해 보이는 것 같다고 느꼈는데, 그런 인상은 그때가 처음은 아니었다. "그걸 마시기 위해 안으로 들어가야 하나?"

"난 여기 정원에다 테이블을 차릴 수도 있네."

"너무 추워." 샤일록이 대답했다. 그는 외투를 단단히 여미면서 집 안으로 들어갔다.

그것은 한 장면을 마무리 짓는 연극적 동작이었다. 나는 이 사람이 누구인지 잘 모르겠어, 스트룰로비치는 또다시 그런 생각을 했다.

"난 자네가 어떻게 아침 식사를 하는지 모르겠어." 집 안에 들어서자 스트룰로비치가 말했다.

"다른 사람들처럼 하지. 테이블에서 나이프와 포크로 먹어."

"내가 말을 다시 하겠네. 아침으로 자네가 **무엇을** 먹는지 잘 몰라서."

"토스트면 충분해." 샤일록이 그에게 대답했다.

"지난밤에 자네가 무엇을 좋아하는지 물어 두었어야 하는 건데." 스트룰로비치가 말했다. "혹은 자네가 특별히……"

"특별히 무엇을 먹느냐고? 난 그 점에선 좀 강박적이지. 하지만 내 짐작에 자네는 그런 것 같지 않군."

"입으로 들어가는 것은 사람을 더럽히지 않는다." 스트룰로비치가 약간 장엄하게 말했다. "더럽히는 것은 오히려 입에서 나오는 것이다."[*]

"자네는 예수가 정결한 음식kashrut에 대하여 최고 권위자라고 생각하나?"

"그는 아주 고상한 감정을 가지고 율법 준수의 지겨움에서 벗어나게 해 주지."

"자네는 그걸 고상하다고 생각하지만 나는 궤변적이라 생각하네. 우리는 입에서 나오는 것**뿐만 아니라** 입으로 들어오는 것으로도 더러워진다고 왜 말하지 못하는가?"

"왜 우리가 더러움에 대해서 말해야 하나?"

"나는 말하지 않네."

"그렇다면 더러움도 없는 거 아니겠나……?"

"왜 사람들이 그런 구분에 신경 쓰겠나? 왜냐하면 그게 언제나 구분할 가치가 있기 때문이지. 인생은 가치 있는 것이 되려면 무작위적이거나 무구분적인 것이 되어서는 안 되네. 나는 모든 감각을 체험하기를 원하지 않는 것처럼 모든 것을 내 목구멍 속으로 집어넣고 싶지는 않네. 내가 리아와 사랑에 빠졌을 때 나는 다른 여자는 사랑하고 싶지 않았어. 나는 그녀를 다른 여자들과 구분했고, 그녀 또한 나를 다른 남자들과 구분했어. 코셔[**] 주방을 지킨다는 것은 정숙한 결혼을 지키는 것과 똑같은 방식으로 도

[*] 『마태오 복음』 15장 11절.
[**] '유대교 율법에 따르는 정결한'이라는 의미.

덕을 실천하는 것일세. 의식意識의 습관 그 자체가 선량함을 감시하는 것이지."

"자네가 도덕과 신경증을 혼동하는 것이 아니라고 확신할 수 있나?"

"율법을 지키는 것이 안 지키는 것보다 훨씬 덜 신경증적이야. 자네처럼 세속적인 유대인들은 율법을 잘 준수하는 유대인들에 비하여 율법을 준수하지 않는 쪽으로 훨씬 더 엄격하지. 자네는 하지 않아야 한다고 유념하는 게 너무 많은 거야. 지키지 말아야 할 많은 축일들, 잊어버려야 할 많은 미츠바*, 무시해 버려야 할 많은 의무 사항들."

"그건 내가 아주 꼼꼼하게 율법을 무시한다는 뜻인데…… 나는 그보다는 덜 의도적이야. 나는 단지 신경 쓰지 않을 뿐이야."

"그러는 과정에서 자네는 무시해 버리기로 선택한 거야. 바로 그 지점에서 **자네의** 신경증이 시작되는 거지. 자네의 원래 선택은 아주 높은 원칙에 입각한 것이었을 거야. 자네가 뭐라고 말하든, 자네는 다른 많은 방법으로 원만한 유대인이 될 재목이야. 정결한 음식 이외에도, 자네가 얼마나 광적인 구분자인지 한번 살펴보라고. 자네는 사상을 구분해. 사람들을 구분하고, 자네 자신도 구분하지. 또 자네 딸도 구분하고——"

"나는 딸애를 구분하려고 **노력했지.**"

✦ 유대교의 계율.

"자네는 아주 비상하게 노력했지. 자네는 코셔한 마음가짐을 가지고 있어. 그런데 왜 코셔 음식에 대해서는 그렇게 공격하나?"

"나는 그것이 남들을 불쾌하게 하고 또 불편하게 만드는 걸 공격하는 거야."

"내 음식이 자네를 불쾌하거나 불편하게 만드나?"

스트롤로비치는 웃음을 터트렸다. "나? 아니. 아직까지는."

"나는 자네의 집에 있는 한 토스트로 만족하겠네."

"자네가 함께 식사하기를 거부하는 기독교인들에게는 그런 말을 하지 않으리라 보네."

"자네는 그게 무슨 차이가 있을 거라고 보나? 그런다고 그들이 나를 더 좋아할 것 같은가?"

"그들은 자네를 덜 **싫어**하게 되겠지."

"자네는 남들의 사랑을 받은 자네의 개인적 체험으로부터 말하고 있는 건가? 그렇다면 내게 말해 주게. 자네가 남들에게 잘해 준다고 해서 더 사랑을 받았는가? 자네의 기증과 자선 때문에? 아니면 자네가 그런 기부를 할 수 있는 수단을 가진 것 때문에 더 큰 혐오의 대상이 되지는 않았는가?"

"혐오?"

난 자네가 아니야, 하고 스트롤로비치는 생각했다. 나는 그런 혐오감을 불러일으키지 않아. 나는 다른 시대에 살고 있는 다른 사람이야.

하지만 그는 그런 상황을 거의 후회할 뻔했다.

"만약 그 말이 자네를 불쾌하게 한다면," 샤일록이 말했다. "다른 말을 찾아보게. 하지만 그들은 마음속으로는 자네를 용서하지 않을 걸세. 자네는 구두 밑창에다 칼을 가는 게 좋을 거야."

"그게 자네가 내게 해 주는 조언인가?"

샤일록은 아무 말도 하지 않았다.

"그렇지만," 스트룰로비치가 계속 말했다. "자네는 가끔 그들과 식사를 했지."

"그래. 나는 그걸 후회하며 살고 있지. 하지만 내가 그 식사에 참석한 건 그들의 환심을 사기 위해서는 아니었어. 그들을 도발하기 위해서였지. 나는 그들의 음식이 그들의 목구멍에서 쥐약처럼 느껴지게 만들려고 갔어. 인생에는 약간의 즐거움이 있어야해. 노동과 기도만으로는 충분하지 못하네."

오, 스트룰로비치는 생각했다. 그거야말로 내가 이해하는 도발이네.

그들 사이에 침묵.

샤일록은 메마른 토스트를 먹는다.

스트룰로비치는 그가 과연 코셔한 마음가짐을 갖고 있는지 의심한다.

비어트리스……

비어트리스는 어디에 있는가?

스트룰로비치는 그녀가 이 대화를 엿들을 수 있었을까, 하고 생각했다. 만약 그랬다면 그녀는 무슨 생각을 할까? 자기가 하고 싶은 것을 하고, 자기가 원하는 남자에게 키스를 하고, 자기가 원하는 음식을 먹는 현대적 여성이?

'이 사람 누구예요, 아빠? 그는 여기서 뭐 하는 거예요? 그는 아빠를 개종시키려 하는 거예요?'

샤일록이 그녀를 만난다면 그의 반응은 어떤 것일까? 여전히 집에 있는 살아 있는 딸은 그의 가슴을 찢어 놓을까?

"그래, 자네 딸은……" 샤일록은 커피 잔을 내려다보며 생각에 잠겼다. 그의 침묵은 그가 스트룰로비치의 생각을 읽고 있었다는 것을 암시했다. "집 안에 있나?"

9

당통은 사랑스러운 성품을 가진 남자였는데, 플루러벨이 볼 때, 그의 좀 더 사랑스러운 성품들 중에는 뛰어난 듣기 능력이 있었다. 그는 특히 그녀의 말을 잘 들어 주었다. 그녀가 자기 자신이나 친구를 위하여 어떤 것을 말하기만 해도 당통은 그것을 귀신같이 찾아냈다.

축구 선수 그래턴 하우섬을 위해 유대인 여자를 찾아낸 것도 그였다. 그녀는 그래턴이 유대인 여자를 좋아한다는 것을 안 그 순간, 그에게 그런 여자를 하나 찾아 주어야 한다고 선언했다. 그래턴의 편의에 관한 일이라면 플루러벨은 선언만 하면 되었고 그러면 당통은 곧바로 행동에 나섰다.

그런 말을 나누는 그 순간, 당통은 그가 골든트라이앵글 아카데미에서 만났던 한 여학생의 모습을 생각해 냈다. 그는 이 학교에 귀중한 시간을 내어 출강을 하고 있으며 주로 아름다움과 체념에 관하여 공적인 명상을 말해 주었다. 개인적으로 그녀의 용모는 별로 그의 마음에 들지 않았으나, 그는 이타적인 관점에서 낯선 아름다움 혹은 제한된 낯선 아름다움도 살펴보는 재주가 있었으므로 그런 용모가 다른 사람들에게는 매력적일 수 있겠다고 생각했다. 가령 위스키 병에다 넣어 둔 태국 전갈이나 검은색 침대 리넨을 좋아하는 사람도 있는 것이다. 그 유대인 여자의 어떤 점 혹은 그녀 집안의 어떤 점—그 집안에 대해서는 별 신경을 쓰지 않았지만—이 그의 기억 속에 저장되었다. 그는 플루러벨의 선량한 제안에 미소를 지으며 자신의 코를 가볍게 톡톡 쳤다. "내게 맡겨 두세요." 그가 말했다. 그건 플루러벨이 예전에 들어 본 적 없는 씩씩한 목소리였다.

플루러벨은 처음서부터 그녀를 좋아했고, 축구 선수를 위해 조달된 여자라는 사실을 그 즉시 망각해 버렸다. "당신은 내가 당신만 한 나이였을 때를 생각나게 하는군요." 그녀가 소녀에게 말했다. 아마도 그녀가 얼굴에 성형수술을 하기 이전의 시절을 기억하는 것이었으리라.

그녀는 그 소녀가 궁극적으로 행위예술가가 될 목적으로 공부를 하고 있다는 얘기를 좋아했고, 소녀가 언젠가 그녀의 주말 쇼에 나와 공연해 주었으면 좋겠다는 희망을 피력했다. "우리는 당신에게 무대를 마련해 줄 수 있을 거예요." 그녀가 말했다.

소녀는 행위예술가는 무대가 필요 없다는 얘기를 수줍은 목소리로 했다. 그녀의 행위예술은 종류가 다른 공연이고, 공연 공간에 대한 기대감을 파괴할 뿐만 아니라 사람들이 통상적으로 생각하는 공간마저도 파괴한다는 것이었다. 예술은 통상적으로 환영받지 못하는 곳으로 진출해야 한다, 라고 소녀는 말했다.

플루러벨은 경탄하며 소녀의 말에 귀를 기울였다. 아주 조숙하고, 싱싱하고, 또 보석 같은 여자였다. 물론 보석이라는 표현은 소녀의 자연스러운 아름다움이 만들어 내는 효과를 말하는 것이었다. "좋아요. 당신의 예술은 여기서 언제나 환영이에요." 그녀가 말했다. "내 집이 당신의 집이에요. 당신이 원하는 대로 마음껏 파괴하세요. 나는 당신에 의해 파괴될 중요한 인사들도 초대할 생각이에요."

"난 그런 준비가 아직 되어 있지 않아요, 플루러벨." 소녀가 매혹적으로 얼굴을 붉히며 대답했다.

"플루리라고 불러 줘요." 플루리가 말했다.

소녀는 자기 머리 위의 하늘이 터지는 것 같다는 생각이 들었다. 그 하늘에는 너무나 많은 별들이 떠 있었다.

어느 날 저녁 플루러벨의 제안에 따라 그들은 디너에서 남장을 했다. 소녀는 불편해했다. 그녀는 자신이 어떻게 보일지 확신이 서지 않았다. 그렇지만 플루러벨의 제안을 따랐다. 플루러벨의 옷장에는 화려한 의상들이 많았다.

"당신한테 꼭 어울려요." 플루러벨은 그녀의 목에 스카프를 매어 주고 머리에 모자를 씌워 주면서 의기양양하게 말했다. "우린 서로 형제 같은 느낌이 들어요."

물론 식탁에 나와 있던 그래턴 하우섬은 단번에 그녀에게 매혹되었다.

그 후 그들은 남장을 자주 했다. 그것은 언제나 똑같은 방식으로 끝났다. 플루러벨은 레반트 입술을 가진 아름다운 소녀에게 황홀한 키스를 퍼부었고 시원하게 웃어 젖히면서 그녀를 "나의 자그마한 유대인 소년"이라고 불렀다.

그리고 소녀를 쳐다보는 그래턴은 그 눈빛으로 그녀를 불태울 기세였다.

이렇게 해서 사이먼 스트룰로비치가 모르는 가운데 그의 딸 비어트리스는 애나 리비아 플루러벨 클레오파트라 어 싱 오브 뷰티 이즈 어 조이 포에버 크리스틴의 친한 친구가 되었다.

10

"말하자면 그녀는 집 안에 있지," 스트룰로비치가 말했다. "비어트리스는 **공식적으로는** 여기에 살고 있어. 하지만 딸애의 생각이나 가슴속에서 실제로 어디에 살고 있는지에 대해서는…… 이보게, 간단히 말해서 우리 부녀는 대결을 향해 달려가고 있다고 해야겠네."

"자네의 소행 때문인가," 샤일록은 알고 싶어 했다. "아니면 그녀의 소행?"

"거기에 대답할 수 있을 정도로 우리가 충분히 떨어져 있는지 확신이 안 서는데. 우리는 사태를 표면화시키려고 하다가 그만 뒤로 한발 물러섰지. 거의 동시에 말이야. 그게 지금까지 그녀를 여기에 붙들어 둔 거야…… 우리를 함께 있게 만든 거라고."

"부녀가 분노를 동시에 느낀다는 것?"

"거 표현 한번 잘했네. 하지만 그 분노에 대하여 동시에 공포를 느끼고 있기도 하지. 우리 부녀는 최종적 충돌을 두려워하고 있어. 어쩐지 딸애가 나를 안되었다고 생각하는 듯해."

"**자네를** 안되었다고 생각한다고?"

"응. 적어도 케이가 발병한 이후로는. 그 전에 딸애는 내가 제정신이 아니라고 생각했어. 지금도 나를 제정신이 아니라고 생각하지만, 재능이나 도움이 없는 아버지치고는 최선을 다하고 있다고 생각해."

샤일록은 뭔가 말하려 했고, 그들의 대화가 계속되려는 순간 비어트리스가 나타났다. 스트룰로비치가 지난번 그녀 생일 때 사준 남색의 스텔라매카트니 실내복을 입은 그녀는 약간 지친 상태였고, 머리에 타월을 두르고 있었다. 두 가닥 젖은 머리가 그녀의 얼굴 앞쪽으로 흘러내렸고, 스트룰로비치가 볼 때에, 선탠을 한 것 같은 나른한 피부와 날렵한 몸놀림에도 불구하고 매혹적인 인어의 느낌을 풍기고 있었다. 그녀는 장식용 물고기와 헤엄을 치다가 금방 물 밖으로 나온 여자 같다고 말해도 되리라. 그의 눈에 딸은 너무나 사랑스러웠고 그래서 그의 가슴에는 한 줄기 시린 고통의 바람이 스쳐 지나갔다.

"귀신도 제 말 하면 온다더라." 그가 말했다.

"고마워요, 아빠."

그는 소개하기가 망설여졌으나 그래도 소개는 해야 되었다. "내 딸 비어트리스네, 샤일록."

"예, 맞아요." 그녀가 말했다. 스트룰로비치는 그녀가 그렇게 말했다고 생각했다. 그녀는 말을 입안에서 웅얼거리는 것 같았다. 다른 데 정신 팔려 있는 10대 소녀의 무심하면서도 별로 공손하지도 않은 어조로 아빠의 오랜 친구냐고 샤일록에게 물었다. 그녀는 그 대답을 듣는 척하면서 두 분이 그날 무슨 계획이 있느냐고 물었다. 하지만 그녀는 답변엔 아주 무관심했다.

그녀는 지금 누구에게 말하고 있는지 알기나 하는가?

"우리는 무엇을 할지 아직 의논하지 않았어." 샤일록이 말했다. "네 아버지는 아마도 바쁘겠지. 나는 여기 앉아서 신문을 읽거나 음악을 좀 듣고 싶어. 그게 네게 방해가 되지 않는다면. 혹시 바흐나 조지 폼비가 있니?"

비어트리스는 아버지를 쳐다보았다. 그녀는 조지 폼비가 누군지 몰랐다. 그녀의 세대는 기억이 없이 세상에 태어난 최초의 세대라고 스트룰로비치는 생각했다.

스트룰로비치가 그녀를 도와주었다. "내가 창문을 닦을 때."

"그건 바흐가 아닌데요." 비어트리스가 짐작으로 말했다.

"아니야. 하지만 그는 바흐보다 더 재미있지."

"나는 우스운 음악을 들으면 절대로 즐겁지가 않아요." 비어트리스가 말했다.

"내가 좋아하는 폼비 곡은," 샤일록이 말했다. "〈나는 행복하고 운 좋게 산다네〉야."

그는 자기 자신을 상대로 농담을 하는 건가, 하고 스트룰로비치는 생각했다. 아니면 딸애를 상대로 농담을 하는 건가? 만약 그렇다면, 무슨 목적으로? 그는 내 딸을 상대로 희롱거리는 것인가?

비어트리스는 그것을 깨닫지도 신경 쓰지도 않았다. 그녀는 머리의 타월을 약간 느슨하게 풀어서 머리카락을 흔들었고, 그러자 가벼운 포말이 샤일록의 양모 바지 위에 사뿐히 떨어졌다.

저게 그녀가 샤일록의 희롱에 대응하는 방식인가.

"알 졸슨은 어때?" 샤일록이 물었다.

비어트리스는 또다시 머리를 흔들었다. 암흑시대로군, 하고 스트룰로비치는 생각했다. 그녀의 조숙한 총명함에도 불구하고 그녀는 전자電子 시대의 무지 속에서 살아가고 있고 그런 무지는 로마 제국 멸망 이후의 혼란기였던 서기 7세기를 계몽된 지식의 카니발처럼 보이게 했다. 아버지는 딸이 그녀 자신이 태어나기 전의 시대에 벌어진 일들에 대하여 그토록 무지한 것이 부끄러웠다. 그러나 그는 갑자기 활발해지고 발랄해진 샤일록이 재즈풍의 손 흔들기를 하면서 〈마이 매미My Mammy〉를 불러서 알 졸슨이 누구인지 알려 주려 하는 게 아닐까 걱정이 되었다. 비어트리스는 그가 그녀만 한 나이에 알았던 것을 전혀 알지 못했다. 하지만 그녀는 문화적으로 허용되는 것과 허용되지 않는 것을 알았으며 또 백인이 민스트럴✦ 노릇을 하는 것은 안 된다는 것도 알았다.

✦ 백인이 흑인으로 분장하여 노래를 부르는 연예단.

"CD는 저 선반 위에 있어요." 비어트리스가 말했다. "마음껏 골라서 트세요. 저것들은 내 건 아니에요. 그러니 나한테 방해가 된다는 생각은 하지 마세요. 나는 잠시 뒤에 나가 봐야 해요. 12시까지 대학에 가야 하거든요." 그녀는 아버지에게 딕을 내밀었다. 봐요, 아버지 생각과는 다르게 내가 행위예술의 과정을 아주 진지하게 밟고 있잖아요.

"넌 무엇을 공부하니?" 샤일록이 스트룰로비치를 배제하려는 듯이 나지막한 목소리로 물었다. 그 질문은 거의 애무에 가까웠다.

"예술 전반에 관한 건데, 기본 과정이에요. 하지만 나는 행위예술에 집중하고 싶어요." 비어트리스가 대답했다. 다소 수줍게 대답하는군, 하고 스트룰로비치는 생각했다. 마치 '공부'라는 말이 그녀에게 새로운 체험으로 들리는 것처럼.

스트룰로비치는 갑자기 수치심을 느꼈다. **행위예술!** 왜 그녀는 노골적 보여 주기라고 말하지 않는가? 샤일록이 그런 장르에 대해서 들어 보았을까? 그게 실은 대중 앞에서 금기 사항들을 무시하는 행위를 가리키는 용어라는 걸 알고 있을까? 그가 카니발에 대해서 시답잖게 생각한다는 점을 감안할 때, 스트룰로비치는 샤일록이 행위예술을 좋아하리라고 보지 않았다. (그러나 진실은 알 수가 없는 것이다. 누가 그를 조지 폼비의 팬이라고 생각이나 했겠는가?) 제시카는 오랫동안 골칫거리였다. 하지만 적어도 관중들을 상대로 하는 저 공허한 기준들—행위예술과 연기자의 관계—을 탐구하겠노라고 아버지에게 말하지는 않았다. "그건 유대인 소녀가 할 게 못 돼." 그는 창문을 탁 닫으면서 그녀에게 말했을 것이다. 그건 스트룰로비치의 입장이기도 했다. 비록 그가 알고 있는 행위예술가의 대부분이 유대인 여성이기는 하지만.

그들이 탐험한다는 기준이 유대인 소녀들과 그들의 아버지 사이에 존재하는 경계境界인가?

본명이 엘런 스타인버그이고 생태-성ecosexual 전시 예술가인 애니 스프링클은 예절 가르치기의 결과물인가?

샤일록이 그 대답을 어떻게 이해했든 간에, 그는 구세계의 공손함을 내보이며 고개를 갸우뚱했다. 비어트리스는 차라리 그에게 침모針母가 되기 위해 공부 중이라고 말하는 게 좋았으리라.

그런데 그가 갑자기 그녀에게 물었다. "그건 무엇을 하는 건데?"

저 친구는 나를 불편하게 만들려고 저런 질문을 하는군, 하고 스트룰로비치는 생각했다. 그는 비어트리스를 오전 내내 여기에 붙들어 두고 질문하고 또 뭔가 알아내려고 하면서 내 신경을 건드리는군.

비어트리스는 그에게 미소를 지었다. "행위예술가 말이에요?"

"그래."

"시간 날 때 자세히 말씀드릴게요." 그녀가 매혹적으로 말했다.

스트룰로비치는 그녀가 지금 누구를 매혹시키는지 알고나 있는지 궁금했다.

그러나 그녀의 매혹적인 미소는 그를 두렵게 했다. 그녀는 샤일록에게 대학까지 동무하여 따라가 달라고 요청할 생각인가? 그는 샤일록을 친구들에게 소개하는 그녀를 상상했다. '얘들아, 이분은 샤일록이야. 누군지 알겠어? 나도 몰라. 하지만 그는 세련되었어.' 어쩌면 그를 공연 강의실에 데리고 가려 할지도 몰랐다. 그는 비어트리스의 선생들과 격렬한 논쟁을 벌이는 샤일록을 상상했다. 잘 절제하는 현대의 유대인과는 달리 절제도 하지 않고, 그곳이 얼마나 위험한 함정인지도 잘 모른 채. 그러나 그 공포는 다른 것으로 대체되었다. 샤일록이 그의 딸에 대해서 어떤 의도를 가지고 있다면? 물론 에로틱한 것은 아닐 테고 소유욕 강한 아버지로서의 의도를 내보인다면? 하지만 아버지의 소유욕이 멈추고 에로스가 시작되는 지점을 명확하게 알고 있는 자는 누구인가? 그가 그녀를 탐욕스럽게 쳐다보고 있는가? **행위예술가를?** 스트룰로비치는 남자가 얼굴의 근육 하나 움직이지도 않고 어떤 여자를 포괄적으로 접수할 수 있다는 것을 잘 안다. 그가 왜 비어트리스를 접수하려 하지 않겠는가? 옛날 스타일의 싱그러운 젊은 여자, 요사이 유행보다 더 풍만하고 더 굴곡이 분명한 여자, 절반쯤 갉아 먹은 당근처럼 배싹 마른 것이 아니라 솔로몬 『아가』의 미인처럼 풍만하고 혈색 좋은 여자를. 리아처럼 생긴 여자. 어쩌면 또 다른 제시카. 그렇다. 샤일록이 그녀를 한 번 보고서 높이 평가한다는 것에는 의심의 여지가 없다. 비어트리스도 그런 평가를 의식한다. 어떻게 의식하지 않을 수 있겠는가? 그리하여 상대방의 그런 평가에 화답한다. '그래, 이런 남자를 네 집에 들였단 말이냐?' 그는 그의 어머니가 하는 말을 들었다. '네 딸에 대해서 아무런 관심도 없다는 말이냐?' 샤일록이 그런 짓을 하려고 여기에 나타났다고 생각하는 것은 너무 황당무계하게도 메피스토펠레스적이 아닌가? 샤일록이 제시카를 대체하겠다는 바로 그 목적으로 여기에 나타났다고 보는 것은? 물론 그것은 아닐 것이다. 하지만 샤일록처럼 딸을 잃어버리면 정신이 혼미해지고, 정신 혼미한 사람이 무슨 짓을 할지 누가 알겠는가?

눈에는 눈, 딸에는 딸.

왜 스트룰로비치는 딸을 가지고 있는데 그는 가지고 있지 않은가!

그러나 비어트리스가 차가운 토스트 한쪽을 꿀꺽 삼키고 샤일록에게 만나서 반가웠다고 말하고, 샤일록은 또다시 진중하게 고개를 한쪽으로 기울이면서 아무런 반어법이나 자의식적 어조 없이 "나도 그랬어. 공부가 잘되기를 바라지"라고 말했을 때, 그는 잠시나마 샤일록에 대해 의심했던 것을 부끄럽게 생각했다.

스트룰로비치는 그 자신이 부끄러웠다. 나한텐 뭔가 잘못된 게 있나 봐, 하고 그는 생각했다. 딸이 다른 남자와 함께 있으면 자꾸 망측한 상상을 하게 되니 말이야. 자, 이제 말을 빙빙 돌리지 말고 솔직하게 까놓자고. **내게는** 뭔가 잘못된 게 있어. 비어트리스는 이 세상에 도덕이 없다는 것을 보이기 위해 음란한 원숭이를 사들일 필요가 없어. 그 음란한 원숭이가 바로 나야.

샤일록이 그것을 꿰뚫어 보았을까? 샤일록은 스트룰로비치가 그것을 꿰뚫어 보도록 유도한 것일까?

그녀는 방을 나서기 전에 아버지에게 아직 일정표를 체크하지 않았느냐고 물었다.

"체크할게." 그가 말했다. "약속하마."

"지난번에도 약속했는데요."

"이번에는 진짜야. 네 방 밑에다 날짜 적힌 쪽지를 남겨 둘게."

"그냥 문자 해 주세요."

그들은 소녀가 집 안을 돌아다니면서 내는 소리를 묵묵히 들었다. 두 남자의 눈이 마주칠 때면 스트룰로비치는 그것을 부담스럽게 여겼다. 그들은 그녀가 내는 소리를 함께 들으면 안 되는 것이었다. 그들은 그의 딸 문제로 유대감을 느껴서는 안 되었다.

그녀가 물건을 챙기고 책들을 뒤적거리면서 내는 소리는 대체로 스트룰로비치를 짜증 나게 했다. 그는 딸애가 책들을 가지고 있는지 의심했지만 실제로 책을 내던지는 것처럼 들렸다. 그것은 그녀의 독립에 대한 불필요한 주장처럼 들렸다. 하지만 오늘 그는 샤일록의 귀를 가지고 그 소리를 들어 줄 수밖에 없었다. 그녀가 가 버리면 정말 허전할 것 같다는 생각이 들었다.

그녀가 가 **버리면**.

그 침묵은 그의 귀에서 굉음처럼 들려왔다.

"저 애는 사랑스러운 소녀야." 샤일록은 현관문이 닫히는 소리를 들으면서 말했다. "사랑스러워."

"그래, 아름답지." 스트룰로비치가 말했다. 그는 아직도 손님에게 분노를 느꼈다. 여전히 불쑥 찾아와 방해를 하고 있다는 생각이 들었다. 그리고 샤일록은 그것을 알고 즐기는 것 같았다. "사랑스러운지는 확신하지 못하겠네."

"나는 그녀의 외양에 대해서만 말했어. 그녀가 내게 안겨 준 인상."

"그래. 그녀의 사랑스럽지 못한 점은 모든 유대인 여성의 사랑스럽지 못한 점이야. 딸애는 타고난 분별력이 있지만 자신의 태어난 문화적 환경을 극복할 정도로 강력하지는 못해."

"자네는 늙은이 같은 냄새를 풍기는군."

"자네는 그렇지 않은가? 아버지는 그 정의定義상 늙은이가 아닌가? 자네는 딸의 방문을 잠그지 않았는가?"

"그렇게 할 수밖에 없었어. 나는 이미 한 여자를 잃었어. 그래서 두 번째로 잃을 수는 없었어."

"바로 그게 늙은이라는 거야."

"나는 딸애가 처한 위험을 잘 알았어."

"천박한 멋 부림과 북소리의 위험? 그게 도대체 얼마나 대단한 위험이었는데? 우리는 우리가 두려워하는 것을 과장함으로써 오히려 그것을 만들어 내지 않나? 자네의 집안 분위기는 음울했고, 음울한 집은 젊은 처녀와는 어울리지 않아."

"그럼 자네 딸을 멋대로 나돌아 다니게 내버려 두었다는 건가?"

"나는 딸애를 말릴 수가 없었어."

"그래도 노력은 했어야지."

"노력했어. 나는 그런 노력을 신성한 의무라고 여겼어."

"나도 바로 그렇게 했지."

"그리고 우리는 둘 다 실패했지."

"자네는 아직 실패하지 않았어."

스트룰로비치는 손님의 맹렬하면서도 우울한 눈을 오래 쳐다 보았다. 그의 눈빛은 구분이 잘되지 않는, 진주 같은, 불확실한 회색, 그러니까 비바람 치는 날의 북해北海 같은 색깔이었다. 샤일 록의 눈빛은 우묵 들어간 갈색의 짙은 연못이었다. 그것은 의도 적인 복구 작업이 아니라 무심코 문지른 것에 의해 그 빛을 되찾 은 오래된 페인트 같은 색깔이었다. 그것은 빛을 간직한 렘브란 트의 어둠 같은 어두운 색깔이었다. 아이러니하게도 스트룰로비 치는 그 눈을 들여다볼 때 교회의 지하실에 있는 느낌이 들었다. 우리는 닮은 데가 조금도 없어, 하고 그는 생각했다. 우리의 딸에 대한 느낌을 제외하고는. 이교도들은 그들을 가리켜 둘 다 유대 인이라고 하는데 그들이 무엇을 보고서 그렇게 말하는 것인가?

샤일록은 스트룰로비치의 강렬한 눈빛으로부터 그가 무슨 생 각을 하는지 알았다. "그래. 우리는 전혀 닮은 바가 없지." 그가 말 했다. "우리의 외양이나 우리의 생활 방식이나. 자네는 코셔 주방 을 유지하지도 않고, 회당에는 나가지 않으며, 히브리어라고는 단 한 마디도 못 한다는 것을 나는 장담할 수 있어. 그러니 우리 두 사람을 가리켜 유대인이라고 말하는 게 무슨 의미야?"

"나는 그 말이 **그들에게** 던지는 의미에 더 관심이 있어. 그들은 우리를 서로 연결시켜 주는 어떤 것을 보았을까?"

"그들 자신보다 더 구식인 사람……"그가 말했다.

"자네에게서는 그럴 테지…… 나는 모질게 말하려는 의도는 아닐세."

"자네의 의도를 잘 아네. 하지만 자네에게서도 그런 구식을 볼 걸세. 그건 자연히 닳아 없어지는 그런 게 아니야. 그것은 율법에 대해서 무심해질 수 없는 심성이지. 자네는 그렇지 않다고 생각하겠지만 자네도 고대의 금지 명령을 여전히 듣고 있어."

"그런다고 내가 무슬림이나 기독교인과 전혀 다른 존재가 되는 건 아니야."

"아니야, 물론 다른 존재가 되지. 기독교인들은 현대적인 것을 수용하지 못해 안달하다가 결국 금지 명령을 듣지 않게 되었어. 그들은 찬송가를 부르면서 그게 신앙이라고 말하지. 오래지 않아 그들은 존재하지 않게 될 걸세. 오래 지속되어 온 중간 단계는 마침내 끝나고 우리는 이교도냐 유대인이냐 양자택일을 하게 될 거야."

"그리고 무슬림."

"그래, 무슬림도 있지. 하지만 그들은 독자적으로 떨어져 나갔고 그들 자신을 제외한 모든 사람들과 논쟁을 벌여. 자네를 한번 돌아보게. 자네는 분열되어 있어. 이슬람은 자네가 실천하고 있는 정신분열증을 권장하지 않아. 무슬림은 고대의 금지 명령을 들으면, 혼신의 힘을 다해서 그것을 따르려 하고 거기에서 어느 정도 평화를 얻어."

"평화? 이라크! 시리아! 아프가니스탄!"

"그만두게! 중동의 실패한 나라들을 일일이 열거할 필요는 없어. 나는 평화의 내적 확신을 말하는 거야. 우리가 판단하는 정치적 결과를 말하는 게 아니라고. 우리 유대인은 너무 자기 자신을 의식해. 늘 배신할 때가 되지 않았나 전전긍긍하지만 결국에는 배신할 게 아무것도 없다는 걸 알게 돼."

"내 딸한테는 맞지 않는 얘기야. 그녀는 배신의 정수精髓야."

샤일록은 그것을 친밀함으로 초대하는 신호로 받아들였다. "그래 이것이 자네가 다가가고 있다는 그 대결이로구먼……"

스트룰로비치는 대답 대신에 좀 더 많은 커피를 준비했다. 그는 이렇게 한 데 대하여 칭찬받기를 원했으나, 샤일록은 잘 칭찬을 해 주는 사람이 아니었다. "비어트리스는 내가 날짜를 지정해 주기를 바라." 스트룰로비치가 마침내 털어놓았다. "그녀의 새 남자 친구를 내가 검사해 줄 날을."

"검사? 자네가 그 친구를 수의사처럼 검사하나?"

"그걸 해 달라는 건 아니야. 딸애는 실제론 '검사vet'라고 한 게 아니라 '만날meet'이라고 말했을 거야. 나는 그걸 좋게 해석하려고 애쓰고 있어. 딸애가 내게 그 친구를 만나기를 원한다면 그건 심각하다는 뜻이야. 나는 이 시간을 두려워해 왔어."

"그녀가 자네의 의견을 존중하는 걸 보니 자네는 행운일세."

"행운! 그녀는 이제 겨우 열여섯이야! 내 의견은 딸애에게 율법이 되어야 마땅해."

"그녀는 율법을 의심할 정도로 나이가 들었어. 모든 딸이 아버지의 생각을 존중해 주는 것은 아니야."

"그녀는 존중하지 않아. 애 엄마 때문에 딸애가 죄의식을 느끼는 거야. 그녀는 나와 멀어지지 않고 집에 붙어 있는 게, 어머니를 존중하는 거라고 생각해."

샤일록은 마른기침을 한 번 했다. "그럼, 자네는 왜 그렇게 불안해하나?"

스트룰로비치는 그에게 열 손가락을 펴 보였다. 그가 불안의 이유들을 모두 헤아리자면 두 사람은 최후의 심판 날이 올 때까지 거기 앉아 헤아리고 있어야 할 것이었다.

하지만 그는 불안의 구체적인 이유를 대며 어디에선가 시작해야 했다. "그런데 여기 우스꽝스러운 게 있다네." 그가 말했다. "지난번 딸애가 누군가를 데려왔어. 나는 트레이닝복을 입고 코에 링을 단 지저분한 더벅머리에 정치관은 별로인 그런 남자를 기대했지…… 아무튼 트레이닝복을 입고 코에 링을 단 건 예상대로였어. 그는 학교 선생이었는데 정치관은 신통치 않았지만 지저분하지는 않고 깨끗했네."

"그렇지만 영 아닌 남자더라는 얘기?"

"물론 아니었지. 비어트리스는 영 아닌 친구하고만 사귀어. 방금 깨끗하다고 했지. 아니 너무 깨끗한 친구였다고 해야 마땅해. 그가 나를 스트룰로비치 씨라고 불렀을 때 가글을 하는 것 같았어. 내 이름을 그의 입안에 넣고 헹궜다가 내뱉는 것 같더라고. 근데 우스운 건, 내가 그자를 비어트리스에게서 떼어 내려고 이리저리 궁리하는데, 딸애가 먼저 그자의 목을 치더군……"

"……그리고 그자보다 형편없는……"

"훨씬 더 형편없는 친구를 찾아냈어. 나는 그다음 친구로 지나치게 원칙주의자고, 돈을 증오하고, IS의 지원을 받는 유대인 혐오자이며 또 인문학 석사인 자를 딸애가 대학에서 데려오리라 각오하고 있었어. 그런데 그와는 영 다른 친구를 만났어. 책이라고는 평생 펴 본 적이 없고, 놈 촘스키라는 이름은 들어 본 적도 없는 아주 소유욕 강하고, 무식하며, 게다가 우리 동네에 사는 비유대인 친구를 만난 거야. 그녀가 그를 어디서 어떻게 만났는지는 나는 몰라. 아마 레슬링 시합에서 만났을 거라고 짐작해. 아니면 도점*에서거나. 아무튼 자업자득이야. 나는 엉뚱한 곳에서 위험을 찾아다니고 있었어. 내가 유대인 청년을 만나야 한다고 강조하여 그녀를 겁먹게 하지 않았더라면, 딸애는 틀림없이 스컬캡** 장식하는 일을 하는 참한 청년을 만났을 거야."

"그녀는 결코 자네를 만족시켜 주지 않을 걸세. 그 스컬캡 장식

---

* 작은 전기 자동차를 몰고 상대방에 부딪치며 노는 유원지의 시설.
** 머리에 꼭 맞는 반구형의 테두리 없는 유대인 베레모.

가가 여자라면 어떻게 할 건가?"

"신경 쓰지 않을 거야. 난 손자를 기대하는 사람이 아니니까."

"그래도 자네는 그녀에 대하여 뭔가 못마땅한 걸 발견할 걸세."

"어쩌면. 뭔가 못마땅한 것도 있는가 하면 모든 면에서 엉터리인 것도 있지."

"그 교제가 얼마나 심각한가?"

"아주 심각해. 그렇지 않다면 내게 데려올 이유가 없지. 비어트리스는 내 축복을 바라. 그러니 심각한 거지."

"그럼 그들은 서로 오래 시간 알고 지냈나?"

"오랜 시간? 딸애가 태어나서 살아온 시간도 그리 오래되지 않아. 하지만 아버지를 불안하게 만들 정도로는 살았지. 그녀는 곧 열여섯이 되지만, 그를 만났을 때 몇 살이었을까? 그리고 진도는 어느 정도나 나갔을까?"

"그건 그녀에게 물어볼 수 있잖아?"

"얘기를 안 하려 해."

"그녀의 전화를 몰래 들춰 보았을 텐데."

"그리고 컴퓨터도. 하지만 쉽지가 않아. 은행 보관창고보다 암호를 더 많이 걸어 놨어. 그리고 거기 들어가 봤다는 흔적이라도 남긴다면…… (그는 자신의 목을 베는 시늉을 했다.) 나는 죽은 사람일세."

"그녀가 아무것도 숨기지 않을 수도 있어. 또 아는가, 자네가 그를 좋아하게 될지?"

"내가 그를 좋아하는지 여부는 문제가 되지 않아. 그는 여러 가지 분명한 이유들로 해서 경계 밖에 있어. 그런 이유들이 아주 많아."

"그럼 그를 이미 만났나?"

"만난 건 아니야. 하지만 그를 알아. 우리 동네 사람들은 다 그를 알지. 그는 소문난 탕아고 스톡포트 카운티에서 축구 선수로 뛰고 있어."

"그게 나쁜가?"

"축구 팬의 관점에서 보면 아주 나쁘지. 스톡포트 카운티는 리그 클럽도 아니야. 그는 지역 인사로서는 약간의 명성을 누리고 있어. 북부에서는 말이야. 그는 축구장에서 지저분하게 행동하고, 코미디언들과 함께 코미디언 쇼에 출연하여 그들의 농담에 바보처럼 웃음을 터트리고, 자기 자신의 농담은 단 한 마디도 못하고, 또 속옷과 트레이닝복을 선전해. 속옷 광고에 나오는 그런 자를 사위로 삼고 싶겠나? 물론 그 광고는 현지에서만 운행되는 버스 광고일 뿐이지만, 그게 문제를 더 악화시켜. 그런 모든 못마땅한 점에 더하여 그자는 시골 촌뜨기라는 거야."

"그럼 자네는 딸의 구혼자가 도시의 스캔들이나 풍기는 남자이길 바라나?"

"걱정하지 말게. 그자는 거기에도 해당되니까. 그자는 가십난에 아주 빈번하게 등장하는데 아내였던 여자가 몇 명인지도 모른다지. 그가 그 여자들 중 적어도 한 명과는 결혼했다고 하더라도 난 놀라지 않겠네. 게다가 얼마 전에 골을 넣고서 나치식 인사를 했다고 해서 일곱 게임 출장 정지를 먹었지. 물론 이 징계 자체가 정지되었지만. 게다가 그건 두 시즌 만에 처음이었다는군."

"그의 첫 번째 나치식 인사가?"

"그의 첫 번째 골이."

샤일록은 잠시 뜸을 들이며 방금 들은 내용을 찬찬히 새겼다. 이어 그가 물었다. "그에게 뭐라고 말할지 결심이 섰나?"

"나는 그에게 나치가 유대인 처녀하고 무슨 상관이냐고 물을 걸세."

"나는 그가 어떻게 대답할지 짐작할 수 있어. 그는 유대인 아버지를 가진 오점으로부터 그녀를 구제할 생각이라고 말할 걸세."

"시대가 변했어. 그렇게 말한다면 그자는 너무 어리석거나 아니면 너무 똑똑한 친구일 걸세. 그는 이미 그 나치식 인사가 흥분의 순간에 충동적으로 저질러진 행동이라고 공개적으로 사과했네. 또 주먹으로 공중을 치려다가 그만 그런 동작이 되어 버렸다는 말도 했어. 그게 나치식인지 어쩐지도 잘 몰랐다는 말도 했고. 앞으로 다시는 그러지 않겠다는 약속도 했네. 그가 비어트리스를 사죄의 수단으로 삼으면 어쩌지?"

"그는 진심일 수도 있어."

"뭐가 진심이라는 거야?"

샤일록은 알덜리에지 쪽을 내다보았다. 마치 그에게 필요한 단어가 거기에 쓰여 있는 것처럼. "참회가."

"단언하건대, 그자를 그 단어와 결부시킬 수 없어."

"자네가 틀렸을 수도 있네."

"내가 그걸 어떻게 확인할 수 있겠나?"

"알아내는 데에는 여러 가지 방법이 있네."

"뭐라고? 그자에게 직접 물어보라고? **당신은 참회합니까, 하우섬 씨?** 그자는 그게 참회를 요구하는 참 멋진 방법이라고 제멋대로 공상할 걸세. 일단 인정하라. 그러면 당신은 내 딸과 동침할 수 있다."

"그건 표적으로부터 그리 멀리 빗나간 얘기는 아닐세. 그가 진정으로 자네의 축복을 원한다면 거기에는 대가가 따른다고 말해줄 수도 있어. 그는 그 자신을 적합한 구혼자로 만들어야 한다고 말이야."

"적합한? 뭐? 그러니까 다른 아내들과 이혼하라고? 웅변 교습을 다니라고?"

샤일록은 대답하려 하지 않았다. 그의 침묵에는 악의가 있군, 하고 스트룰로비치는 생각했다. 짐짓 꾸며 대는 악의.

스트룰로비치는 눈썹을 치켜 올렸다. "그가 개종해야 한다는 얘기는 아니지?"

"적어도 그 과정을 시작해 볼 수 있지. 자네의 의욕을 보일 수도 있고."

스트룰로비치는 웃음을 터트렸다. "자네의 개종에도 장애가 있듯이 그자가 개종하는 데에는 더 많은 장애가 있을 걸세."

"나의 개종에 장애가 되는 것은 단 하나뿐이야. 내가 기독교에 대해서 양보할 수 없는 적개심을 갖고 있다는 거지. 자네의 미래 사위는 유대인 여자를 좋아한다고 했어, 자네 말에 의하면. 그러니 그는 좀 더 유연하게 나올 수 있을 걸세. 또 그가 책과는 담 쌓았다는 사실도 자네에게 유리하게 작용할 거야. 그는 신학적으로 무지할 테니까."

"이건 단지 **그자가** 받아들일 수 있느냐 하는 문제로 국한되는 게 아니야."

"아니지. 장인의 소망 사항들도 감안되어야 하겠지. 나는 일부러 어려움을 최소화하는 건 아니야. 하지만 그 어려움은 극복 불가능한 것도 아니야."

그러면서 그는 잔털이 난 손가락으로 가위로 싹둑 자르는 시늉을 했다. 스트룰로비치는 그 동작을 보고서 먼저 화가 마티스의 원색을 생각했고, 이어 『더벅머리 페터』*에 나오는 붉은 다리의 가위 남자를 생각했으며, 마지막으로 기독교인 어린아이들을 납치하여 거세한다는 중세의 허황된 상상 속 유대인을 생각했다.

"정말 그럴까?" 스트룰로비치가 말했다.

+ 독일의 정신과 의사 하인리히 호프만이 3~6세 아동을 위해 만든 근대적 그림책. 페터는 당당한 무정부주의자로 손톱 자르기와 머리 빗기를 거부하는 인물이다.

11

　우리가 당통을 마지막으로 만났을 때 그는 한숨을 내쉬었다. 그 한숨의 깊이를 재기 전에 우리가 먼저 말해야 할 것은 당통이 갖고 있는 감정의 진정한 역사이다. 그러나 그 대상은 바너비가 아니라 사이먼 스트룰로비치이다. 우리는 또한 스트룰로비치가 당통에 대해서 갖고 있는 감정도 알아봐야 한다.

　두 남자는 이 나라의 다소 동일한 지역에서 다소 동일한 시기에 성장했다(그러나 당통은 태어나기는 기니에서 태어났는데 부유하고 선교 의식이 강한 부모의 자식이었다). 아름다운 것을 좋아하는 본능과 그런 물건들을 구입하는 능력으로 비추어 볼 때, 두 사람은 좀 더 일찍 만났을 수도 있었다. 그러나 당통은 공립학교에 다녔고 스트룰로비치는 공립학교를 다니지 않았으므로 학생 시절에 만났을 가능성은 없다. 그렇지만 유복한 탐미주의자들이 자주 만나는 장소들, 가령 자선 디너나 상품 수여식, 전시회의 개관 행사나 예술가들의 스튜디오 혹은 수집가들의 응접실 등에서 서로 조우했을 가능성이 충분히 있었다. 그러나 두 사람은 철저한 북부인은 아니었고 그래서 스트룰로비치는 많은 시간을 런던에서 보낸 반면, 당통은 서부 아프리카와 극동 지역에서 많은 시간을 보냈다. 스트룰로비치가 파격적인 그림을 대여하기는 했으나 당통이 파격적인 강연을 한 골든트라이앵글 아카데미의 각종 행사에서 서로 만나지는 못했다. 이처럼 아카데미와 사는 지역의 상호 일치가 있었기 때문에 서로 상대방의 소식은 가끔 들었을 가능성이 있었다. 하지만 두 사람이 서로 상대방을 분명하게 의식하게 된 것은 기념관 건립 사업과 관련해서였다. 너츠퍼드 외곽에는 한때 아름다웠으나 이제는 방치된 제임스 1세 시대풍의 저택이 있었다. 스트룰로비치는 이 주택과 관련된 도시 개발 제한 규정을 풀어 주는 조건으로 체셔 주민들에게 그가 소장한 예술품 컬렉션의 일부를 기증하겠다고 제안했다. 현재 그 저택은 체셔 헤리티지가 명목상의 소유자이나, 카운티 당국은 이 집을 타조 농장과 어린이 위락 공원으로 바꾸려는 계획을 갖고 있었다. 부모님의 이름을 명예롭게 하고 또 아직 어머니가 생존해 있는 동안에 두 분의 이름으로 문화관을 짓고 싶었던 스트룰로비치는—그는 그 문화관을 모리스와 리아 스트룰로비치 영국계 유대인 아트 갤러리라고 명명할 계획이었다—문제의 저택이 그런 문화적 용도에 안성맞춤이라고 생각했다. 부지 크기도 적당하고, 지명도도 어느 정도 있고, 또 장소도 알맞았다. 그의 어머니는 언제나 너츠퍼드에서 쇼핑을 하고 오후에 차를 마시기를 좋아했던 것이다. 너츠퍼드 문화관! 그가 볼 때 이보다 더 좋은 계획은 없었다. 그러나 체셔 헤리티지에 종종 예술 관련 자문을 해 주는 당통이 볼 때 스트룰로비치의 계획은 제안자의 생각과는 전혀 다르게 추천해 줄 만한 구석이 거의 없었다. 스트룰로비치가 신의 손길을 본 곳에서 당통은 악마의 소행을 보았다. 당통이 반대하는 주장은 주로 현지의 환경보호론자들이 내세우는 반대 사항들을 열거한 것이었다. 즉, 그 계획은 헤리티지의 부칙에 위배된다. 그것은 교통 혼잡을 유발시킬 위험이 있으며, 골든 트라이앵글이 감당할 수 없는 방문자들을 불러올 것이며, 소음과 외관에 있어서 환경오염의 문제를 야기하며, 나아가 그 집의 문화적 가치를 훼손한다는 것이다. 그 집은 누구나 알다시피 제임스 1세 시대에 지어진 것으로 이미 상당한 역사적 가치를 가지고 있는 데 비해, 스트룰로비치의 컬렉션이라는 것은 그 성격상 저택의 가치에 필적하지 못하며, 어느 모로 보더라도 그 지역 고유의 문화적 가치라는 일차적 테스트에서 통과하지 못한다는 것이었다.

스트룰로비치는 체셔 헤리티지와 카운티 도시계획부가 합동으로 개최한 회의에 출석하여 다음과 같은 사항을 주장했다. 그의 컬렉션의 '특수한 성격'을 감안할 때 교통 정체를 유발할 정도로 많은 방문객이 찾아올 것이라고 보기 어렵다. 소음에 대해서 말해 보자면, 그는 시의원과 재단 위원들에게 그가 전시하려는 예술품이 그 자체로 조용한 것—침묵과 느린 시간의 대표 주자—이어서 그 작품을 감상하는 사람들에게도 침묵을 강요할 것이라고 강조했다. 마지막으로, 영국계 유대인 아트 갤러리가 타조 공원보다 이 지역의 고유한 문화적 가치에 덜 기여한다고 보기 어렵다고 역설했다. 화가 이매뉴얼 레비는 저기 길 위의 맨체스터에서 태어났고, 버나드 메닌스키는 너츠퍼드에서 차로 30분만 가면 나오는 리버풀에서 성장했으며, 제이컵 크레이머는 페나인 산맥을 건너가면 나오는 리즈에서 성장했다. 그리고 그의 컬렉션에 들어 있는 석 점의 조각 작품은 그들의 조부모가 태어나 살았던 바로 이 카운티의 예술가들이 제작한 것이다. 만약 이러한 주장이 틀렸다면 시정해 달라. 하지만 타조들을 이 저택에다 집어넣는 것보다는 낫지 않겠는가.

이에 대하여 당통은 비극적인 표정을 지으며 곧바로 반론을 제기했다. 만약 그 계획이 환경에 전혀 영향을 미치지 않더라도, 관심이나 흥미를 끌지 못한다면 카운티 당국이 그런 계획을 지지해서 얻을 이점은 무엇인가? 이 지역 출신의 이름 없는 화가들의 그림이 모리스와 리아 스트룰로비치 영국계 유대인 아트 갤러리에 걸린다고 하더라도, 그것은 다른 계획에서도 얼마든지 갖다 붙일 수 있는 그런 주장일 뿐이다. 가령 그가 체셔 북부에 사디즘과 고문 박물관을 세운다 할 때, 그 박물관에 소개된 여러 명의 변태들이 웜슬로 혹은 알덜리에지 출신이라고 해서 그 박물관 건립에 무슨 소용이 되겠는가?

　스트룰로비치는 카운티 도시계획 위원들에게 전시관 공사는 카운티 주민들에게 전혀 금전적 부담을 주지 않고 또 순전히 그의 개인 돈을 들여서 카운티 당국에 선물하는 것이며 또 문화적이나 교육적 관점에서 보아도 아트 갤러리와 사디즘 박물관은 비교의 대상이 되지 못한다고 주장했다. 당통은 스트룰로비치가 말하는 문화적 관점이 누구의 관점을 말하는 것인지 알고 싶어했다. 당통은 골든트라이앵글에 살고 있는 많은 주민들이 그가 순간적으로 유머러스하게 하나의 사례로 제시한 그런 박물관에서 훨씬 더 흥미를 느끼고 또 교훈을 얻을 것이라고 말했다. 스트룰로비치가 그토록 열나게, 깊은 생각 끝에, 뭔가 시혜를 베푸는 듯한 자세로 제시한 그런 아트 갤러리보다 사디즘과 고문 박물관에 더 관심을 보일 것이다. 유대인이든 영국이든 뭐든 아트 갤러리에 사람들이 흥미를 보일 거라는 객관적인 증거가 있는가? 아트 갤러리는 그가 보기에 대체로 도시적이고 전위적인 성격을 갖고 있기 때문에 자연 풍광이 아름답고 조용한 교회 예배의 오랜 역사를 자랑하는 농촌 지역에는 맞지도 않고 당치도 않다. 그는 그런 예술의 존재를 반대하는 것도 아니고(그 자신 일종의 전위파이다), 또 스트룰로비치 씨가 제안하는 계획에 원칙적으로 혐오감을 갖고 있는 것도 아니다. 문화적으로 좀 더 적절한 곳에다 그런 아트 갤러리를 지으면 환영을 받을 것이다. 스트룰로비치는 당통이 말하는 적절한 곳이란 골더스그린 혹은 네게브 정

도일 것이라고 짐작했다.＋ 그러니 왜 하필이면 **이곳에다** 모리스와
리아 스트룰로비치 영국계 유대인 아트 갤러리를 지으려고 하는
가?

스트룰로비치는 당통이 그의 부모님 이름을 시큰둥하게 발음
하는 것을 보고서 비위가 확 상했고 동시에 그의 제안에 제동이
걸렸다는 것을 알았다. 그것은 카운티 당국의 도시계획 사무실에
서 달갑지 않은 존재로 천대를 받을 것이었다. 당통이 반론을 말
하는 순간, 그것은 몽마夢魔의 형체를 취했다. 낮에는 골든트라이
앵글의 정적을 깨트리고 밤에는 주민들의 수면을 방해하는 몽마.
스트룰로비치는 그것의 촉각을 느끼고 냄새를 맡고 맛볼 수가
있었다. 그는 부모님의 이름이 그 낯선 악의의 냄새로 오염되는
것을 피하기 위해서라도 그 제안의 모든 기억을 철회하고 싶었
다. 당통이 그토록 노련한 솜씨를 발휘하여 부모님을 전원의 정
적을 깨트리는 훼방꾼으로 몰아붙인 저 오래된 뒤집어씌우기 작
전을 물리칠 방법이 없었다. 그래서 두 분의 아들인 그도 그런 악
의 저주로부터 도망치고 싶었다. 그 저주란 이런 것이 아닐까. **모
리스와 리아 스트룰로비치.** 보름달 밤에 알덜리에지의 가장 높은 곳
에 서서 그들의 이름을 세 번만 불러 보라. 그러면 지옥문이 활짝
열릴 것이다.

어떤 사람을 적으로 만들고 난 이후에 자주 벌어지는 일이지

＋ '골더스그린'은 런던 자치구 중 바닛의 한 지역으로 유대인들이 많이 살고 있으며,
'네게브'는 이스라엘 남부에 있는 사막이다.

만, 전에는 이웃이면서도 생전 만날 일이 없던 사람이었는데, 스트룰로비치는 이제 툭하면 당통을 만나게 되었다. 골든트라이앵글의 레스토랑에서, 자선 디너에서, 부유한 예술품 수집가가 주최한 파티에서, 맨체스터의 브리지워터 홀의 콘서트에서, 심지어 런던의 수채화작가협회의 리셉션에서도 마주쳤다. 내가 그를 상상하는 게 아닐까, 하고 스트룰로비치는 생각했다. 그는 시선을 마주치지 않으려고 조심했고 당통 또한 그를 별로 만나고 싶어 하지 않으리라고 확신했다.

내게 무슨 일이 벌어지고 있는 걸까, 하고 스트룰로비치는 생각했다. 나는 아무 곳에서나 나의 유대인 정체성에 모욕을 주는 일을 발견하는 것일까? 그러면 안 되는데. 그런 사람은 결국 자기 자신을 모욕할 뿐이었다. 그가 좋아하지 않는 비유대인들도 얼마든지 있지 않은가. 나는 이런 식으로 행동하지 않을 거야, 그는 스스로 약속했다. 생쥐가 바스락거리는 것을 가지고 모욕을 느끼다니 웃기는 일이잖아.

하지만 그 생쥐가 악의를 품고 있다면? 악의적이고, 침울하고, 사람을 싫어하는 그런 생쥐라면? 그러나 그런 생쥐의 바스락거림에도 스트룰로비치는 세련된 앵글로색슨 무관심을 베풀어 줄 생각이었다.

그러나 어느 날 그가 시내에 사무실을 갖고 있는 오랜 법률가 친구와 함께 오랜 점심 식사를 끝내고 너츠퍼드 거리를 천천히 걸어가고 있었는데, 시청 바로 옆에서 신경질을 부리고 있는 소규모 시위대를 발견했다. 그들이 나누어 준 유인물로 미루어 볼 때 시위의 공격 대상은 어떤 회사였다. 그 회사는 시청의 쓰레기 재활용 처리를 맡았고 또 웨스트뱅크의 정착촌과 텔아비브를 이어 주는 파이프라인의 부품을 납품하는 회사였다.

"그래 이 시위대의 목적은 무엇입니까?" 스트룰로비치가 한 시위꾼에게 물었다.

"이 회사에서 계약을 취소하라고요."

"웨스트뱅크의 파이프라인 부품?"

"아니요, 여기의 쓰레기 재활용 처리."

"여기 너츠퍼드?"

"예."

"그럼 우리의 쓰레기 처리는 누가 하고요?"

"수거해 갈 다른 회사가 있습니다. 게다가 그런 불편이야 견딜 만한……"

"견딜 만하지요." 스트룰로비치가 동의했다. 하지만 체셔 주민의 불편이 웨스트뱅크의 불법 정착촌을 들고 나는 파이프라인에 어떻게 불이익을 줄 수 있다는 건지 확신이 서지 않았다.

시위꾼이 그를 도와주었다. "시끄럽게 떠들 수 있는 곳에서 떠들어 줘야 해요." 그가 말했다.

"그게 반향을 일으키길 바라면서……?"

"뭐, 그런 거죠. 결국에는."

나비가 너츠퍼드에서 날개를 치면, 하고 스트룰로비치는 생각했다…… 그리고 그 순간 그는 시위꾼들 사이에서 조용히 움직이는 당통을 발견했다. 이런저런 방식으로 결정을 내릴 시간도 없었고 또 스스로에게 한 약속도 기억할 시간이 없었다. 그는 그야말로 충동적으로 행동했다. "이봐요, 잠깐만!" 그는 소리를 질렀다. 당통이 고개를 돌리자 스트룰로비치가 그에게 손을 흔들어 보였다.

당통 또한 생각할 시간이 없었다. 어쩌면 그 또한 스트룰로비치의 존재를 인정하지 않겠다고 맹세했으리라. 비록 그가 그 자신을 피해자라고 생각할 이유는 없었지만…… 혹은 그와는 정반대로 스트룰로비치가 누구이고 무엇을 하는 사람인지 따위를 신경 쓰지 않겠다고 그 자신에게 약속했으리라. 하지만 이렇게 창졸지간에 부딪치고 보니 그 또한 자동적으로 고개를 끄덕이며 답례를 하지 않을 수 없었다.

"우리의 조용한 카운티에 시끄러운 집회로군요." 스트룰로비치가 말했다.

당통은 그의 슬픈 눈을 돌리며 외면했다.

"한번 말해 보시오," 스트룰로비치가 말했다. "이것이 이 지역 고유의 문제입니까?" 이제 당통이 등을 돌리자 스트룰로비치는 같은 질문을 아주 커다란 목소리로 반복했다. 그가 듣기에도 하나의 아우성 같은 목소리였다. "문화적으로 말입니다. 이것이 문화적으로 이 지역 납세자의 이익에 부합하고, 이 지역의 조용한 교회 예배의 오랜 역사를 존중하고, 또 평화를 유지하며 정숙을 존중하는 행위라고 보십니까? 어디 한번 말해 보시오?"

그러나 당통은 사라졌고 그의 동료 시위꾼들 사이에 파묻혀서 보이지 않았다.

나중에 스트롤로비치는 그의 정원에 앉아서 그림자들이 알덜리에지 위에서 악마처럼 춤추는 것을 지켜보고 또 상의할 아내가 있었더라면 하고 생각하고 또 딸이 외출하여 혈거인과 프렌치 키스를 하지 않았으면 좋겠다고 생각하면서, 그가 위장에 가득 쌓여 있던 담즙을 다 쏟아 버려서 기쁜지 혹은 미안한지를 따져 보았다. 또 당통이라는 존재에 대해서 그가 생각하는—아니알고 있는—딱 알맞은 이름으로 그자를 계속 불러 댔다.

기쁘고 또 미안해, 하고 그는 생각했다.

미안한 건 그 담즙이 어디론가 사라져야 했기 때문이고 또 당통이 그런 이름으로 불려야 마땅하기 때문이었다.

기쁘다고 한 것은, 그가 물러서는 당통의 등에다 내던진 비난이 언제나 그 던진 사람에게 되돌아오는 그런 것이기 때문이다. 사회병리학적으로 반칙이라고 외치는 것이 어떻게 반칙이 되는지 스트롤로비치는 알지 못했다. 하지만 그것이 사태의 진상이었다. 정말로 동요되는 사람은 더 이상 증오하는 사람이 아니다. 진짜 미친 사람은 그 자신이 남들의 증오를 받는다고 믿는 사람이다. 스트롤로비치는 이런 생각을 했다. 우리의 적들이 그들의 소매에 혐오라는 완장을 차고 우리를 가리켜 불신자, 불경한 자, 형편없는 똥개라고 부르면서 우리에게 채찍질하고 발로 걷어차고,

불명예를 안기고 또 권리를 빼앗아 가고, 우리의 재산을 박탈해 가더라도, 우리의 적들은 우리를 피해망상의 편집증 환자라고 비난하는 최후의 모욕은 가하지 않는 게 좋다. 똥개는 자기 연민의 토사물로 되돌아와, 우리가 그 똥개를 지옥에나 떨어지라고 증오한다고 생각할 때 비로소 행복해진다.

그러면 우리는 그를 지옥에나 떨어지라며 증오하고 싶어진다.

하지만 그런 상태를 바꾸어 놓을 일이 벌어지리라 기대하기는 어려웠다. 그게 샤일록이 나타나기 직전에 스트룰로비치가 당통에 대해서 갖고 있는 심리 상태였다.

그러면 당통은 어떻게 생각할까?

그는 스트룰로비치에게 아무런 유감이 없었다. 그가 스트룰로비치가 누구인지 기억한다면 말이다. 그는 확실히 그를 증오하지 않았다. 그는 아무도 미워하지 않았다. 특히 인종적 견지에서 누굴 미워한다는 것은 있을 수 없는 일이었다. 그가 프랑스령 기니 출신이라는 것, 그의 폭넓은 여행, 그가 구사할 수 있는 여러 개의 언어, 일본과 중국 예술에 대한 사랑, 모든 시대와 모든 국가의 도자기 공예가, 유리 세공사, 세밀화 작가 등에 대해서 느끼는 자연스러운 애정 등이 그것을 증명한다. 이제 여러 가지 상황이 겹쳐져서 그와 길에서 마주치게 되었는데, 그 남자의 부정적인 이미지를 떠올릴 수밖에 없었다. 그가 보기에 스트룰로비치는 피해망상증이 있는 사람이었다. 이교도들에 비할 때 자신의 유대인 정체성을 훨씬 민감하게 의식하는 유대들 중 한 사람이었다.

스트룰로비치가 당통과 다른 사람들의 면전에서 그 자신이 유대인이라는 사실을 그렇게 노골적으로 제시하지만 않았더라도, 당통은 그가 유대인이라는 생각을 전혀 하지 않았을 것이다. 그렇지만 그의 신앙 혹은 뭐라고 해야 하나 그의 인종—맙소사!—은 당통이 그를 싫어하는 데 아무런 역할도 하지 못했다. 그는 지저분한 패배자일 뿐이고 그게 전부였다. 부유하고, 무미건조하고, 참견 잘하고, 호전적이고, 성마르며, 이기적이고, 자기 연민과 자기 파괴의 자행, 남들에게 모욕을 가하면서 실은 자신이 모욕을 당했다고 상상하기 등은, 당통이 볼 때, 선천적으로 혹은 불가역하게 유대인에게 소속된 특성이 아니었다. 단지 유대인이 그것들을 자신의 특성으로 만들었을 뿐이다.

아무튼 사정이 이렇기 때문에 그는 바너비를 위해서 무엇이든 해 주고 싶었으나 스트룰로비치가 솔로몬 조지프 솔로몬의 그림 〈사랑의 첫 번째 수업〉을 내놓는 것은 고사하고 그에게 말을 붙이는 것도 쉽지 않겠다는 생각이 들었다.

하지만 그런 어려움에도 불구하고 그는 은근히 자신이 있었다. 당통은 스트룰로비치에게 그가 지불한 돈보다 훨씬 많은 금액을 제시할 생각이었다. 유대인이 과연 그런 신속한 이익의 매혹을 물리칠 수 있을까?

12

"묻기 전에 말씀드리는데 나는," 축구 선수가 말했다. "당신이 생각하는 그런 사람이 아닙니다."

"나치?"

"나는 나치가 아닙니다."

"그런데 왜 그 문제를 꺼내나?"

"왜냐하면 당신이 그걸 생각하고 있기 때문입니다."

"그게 내가 생각하고 있는 것인지 어떻게 아나?"

"왜냐하면 모든 사람이 그걸 생각하고 있기 때문입니다."

"왜 모든 사람이 그걸 생각하지?"

"내가 나치식 인사를 했기 때문입니다."

"오해받기 좋은 일을 했군그래." 스트룰로비치가 한숨을 쉬며 말했다. 하지만 그가 뭔가 더 말하기 전에 비어트리스가 두 남자

사이에 끼어들었다. "정정." 그녀가 마치 손에 부채를 들고 있는 것처럼 하우섬의 손목을 톡톡 치면서 말했다. "당신이 나치식 인사를 패러디 했기 때문이에요."

"맞아." 하우섬이 맞장구쳤다. "게다가 나는 그게 나치식 인사인지 몰랐어."

"그럼 어떻게," 스트룰로비치가 침착하게 물었다. "자네가 그걸 패러디 하고 있다는 걸 알았나?"

또다시 비어트리스는 남자 친구보다 그녀 자신이 그 문제를 더 잘 처리할 수 있다고 생각했다. "왜 그래요, 아빠," 그녀가 말했다. "아빠는 그 누구보다 반어적 지칭이 어떻게 작동하는지 잘 알고 있잖아요."

하우섬은 그녀가 자랑스럽다는 듯이 미소를 지으며 고개를 끄덕였다. 그 때문에 그는 그녀가 말하는 것을 들은 첫 순간부터 사랑에 빠졌다.

스트룰로비치 또한 자랑스러웠다. 그는 불쌍한 케이 때문에 가슴이 아파 오려는 것을 가까스로 참았다. 대부분 바보짓만 하던 딸이 이처럼 총명함을 발휘하는 순간을 보지 못하다니. 그렇다면 하우섬에게 빠진 것은 총명한 비어트리스인가 아니면 바보 같은 비어트리스인가? 그는 축구 선수를 보고서 놀라 자빠지지 않은 것이 오히려 놀라웠다. 그는 비어트리스가 그에게서 무엇을 보았는지 어렴풋이 짐작할 수 있었다. 그건 지렁이 같은 순진함이 아닐까? 그는 나치같이 생기지 않았다. 하지만 나치가 어떻게 생겼는지 모르다가 때늦게 나치 흉내를 낸 것일 수도 있었다. 그는 축구 선수의 어떤 점에 감동하기도 했다. 아마도 엄청난 근육이 값비싼 신사복에 구속받고 있기 때문일 것이었다. 근육이 너무 많다 보니 입고 있는 신사복이 오히려 싸구려로 보였다. 그는 조부모를 만나기 위해 잘 차려입고 온 소년처럼 소파 가장자리에 앉아 있었다. 완벽하고 거대한 삼각형 매듭을 이룬 그의 넥타이는 목 부분을 아주 불편하게 압박하는 것 같았다. 그래도 숨을 쉴 수 있다는 것이 경이로웠다. 넥타이를 매도록 가르침을 받으며 컸으나—"넥타이는 존경심을 보여 주는 거야"라고 아버지는 말했으나 그는 심지어 스컬캡도 쓰지 않았다—스트롤로비치는 예술품 수집가가 된 이후에는 넥타이를 매지 않았다. 그는 이 만남을 위해 넥타이를 찾아볼까 하고 생각하다가, 정해진 예법이 무엇이든 매지 않기로 했다. 딸과 동침하기를 원하는 우연한 나치 동조자를 면담하는 아버지가 반드시 넥타이를 매야 한다는 예법은 없는 것이다. 권총을 휴대하라거나 말채찍을 휘두르라는 말은 있어도 넥타이 얘기는 없다. 그래서 그는 평상시대로 검은색 신사복에다, 길고, 부드럽고, 뾰족한 데다 목 부분에서 단추를 잠그는 하얀 셔츠를 입었다. 저 친구가 내게서 예술품 감정가의 모습을 보았으면 좋겠군, 하고 그는 생각했다. 예술품을 감정하고 사람을 감정하기도 하지. 내가 얼마나 잘 보고 또 공허한 자랑 같은 것은 대단치 않게 여긴다는 것을 저 친구가 알아주었으면 좋겠는데. 말이 난 김에, 문신 따위는 내게 깊은 인상을 주지 못하지.

그가 자세히 파헤치고 싶지 않은 이유 혹은 일련의 이유들 때문에 그는 샤일록에게 면담이 진행되는 동안에 자리를 좀 피해 달라고 요청했다. 방에 가서 좀 가만히 있어 주게. 조지 폼비 노래를 따라 하지는 말고.

"내가 그 친구를 놀라게 할까 봐 걱정이 되는 건가?" 샤일록이 물었다.

"물론 아닐세."

그렇다면 그는 무엇을 겁내는가?

"필요하면 나를 부르게." 샤일록은 무엇보다도 스트룰로비치의 당황하는 마음을 덜어 주기 위해 그렇게 말했다.

"내가 왜 자네를 필요로 하겠나?"

"그 친구가 난폭하게 나올 경우에……"

"난폭하게 나오는 건 비어트리스 쪽이 더 걱정돼."

"아, 그렇다면 나는 자네에게 별 도움이 되지 못하겠군."

그들은 우습지도 않은 것을 두고서 함께 웃었다. 스트룰로비치의 웃음은 씁쓸한 조롱이었고 샤일록의 것은 임종 때 목구멍 뒤쪽에서 흘러나오는 가래 끓는 소리였다.

가치 없는 딸들이 가치 없는 아버지들을 배신했다. 그게 뭐가 우스운가?

"뭐라고, 제시카? 왜, 제시카, 응?"

그는 그녀에게 한 마지막 말을 결코 잊지 못할 것이다. 내가 시킨 대로 해. 네 뒤의 문들을 전부 닫아 버려. 네 머리를 거리 쪽으로 내밀지 마.

그게 너무 많은 것을 요구한 것인가?

그는 집을 비우는 게 아니었다는 것을 알았다. 그는 그녀를 영원히 비난할 수 있으나 집에 그대로 머물러 있어야 했다. 그를 향해 뭔가 사악한 것이 준비되고 있었다. 그는 그것을 냄새 맡았다.

리알토에서 무슨 소식이라도?

왜 그리 좌불안석이야? 그렇게 불안하다면 왜 나가 보지 않나?

난 정말 나가기 싫어.

그럼 나가지 마.

고양이처럼 위험에 이끌려서 그는 즐기지도 않는 만찬을 하러 갔다. 그가 싫어하는 무리들과 함께. 하지만 그것은 한 끼의 저녁 식사 이상의 의미였다. 인정해. 너 자신에게 인정하라고. 너는 순전히 사악한 재미를 느끼기 위해 거기에 간 거야. 기독교인들과 저녁 식사를 한다는 재미. 식인종처럼 너의 오래된 불평을 비위 맞추기 위해.

그리고 네가 외출한 동안⋯⋯

그가 외출한 동안 그들은 그를 씹어 먹었다.

드라마의 관점에서 볼 때 누가 누구를 더 증오했나?

그들 사이에는 종잇장만큼의 친밀함도⋯⋯

너희는 나를 개라고 불렀어⋯⋯

나 또한 너희를 그렇게 부르고 싶어⋯⋯

하지만 나는 개니까 내 이빨을 조심해······

그들은 서로 떨어질 수가 없었다. 서로 매혹을 느끼는 끈끈한 유대 관계였다. 굳건하게 다져진 혐오감의 자력磁力 구실로 등장한 돈. 이 돈은 이자를 받기로 하고 빌려준 돈이다. 비록 나는 조금 더 받기로 하고 빌려주거나 조금 덜 주기로 하고 빌려 오는 일을 하지 않지만, 이번에는 나한테 소중한 사람이니 내 습관을 깨트리도록 하지. 꿩 먹고 알 먹으려 한다는 소리를 들었지, 하고 샤일록은 생각했다. 하지만 안토니오의 '그러나'의 저 바닥 모를 오만함을 기억했다. 마치 샤일록에게 은전이나 베푸는 것 같은 말투. 오 아버지 아브라함이여, 이 기독교인이라는 자들은!

하지만 돈이 그들이 오래된 불평을 두고서 싸우는 싸움터라고 해도, 그것이 전쟁의 원인은 아니었다.

역사적 관점으로 볼 때 누가 누구를 더 증오했나? 그건 닭과 달걀의 문제. '오래된'이라는 단어에 주목하라. 서로가 상대방에게서 보는 악행惡行. 이쪽에서는 오만한 배타주의, 저쪽에서는 사랑과 자비의 오만한 허세. 이것은 자본주의와 고금리의 등장 이전의 일이다. 그러면 증오 이전의 것이 아닌, 사람들의 운동이나 사상은 어떤 것이 있느냐고 당신은 물을 것이다. 어쩌면 바울로 성인의 분열적인 말들을 들어야 할 것이다. 바울로 이전에는 평화가 있었다. 그러나 또다시 바울로 이전에는 유대인이 증오하는 기독교인이나 유대인을 증오하는 기독교인은 없었다.

그런데 악행이 이교도가 유대인에게서 보는 모든 것이라면, 샤일록은 이교도들에게 그의 악행을 많이 보여 주었다.

그러면 그들은? 그들은 그에게 그 보답으로 악당 같은 자비를 독성 비처럼 마구 쏟아부었다.

이것은 그가 악행을 반어적으로 지칭한다는 뜻인가?

또 그들도 악행을 반어적으로 지칭하는 것인가?

그것은 그들이 자비를 반어적으로 지칭하고 있다는 뜻인가?

그는 한 가지 사항은 확실하게 알았다. 그들이 그의 딸을 훔쳐 간 것은 결코 반어적 지칭이 아니었다.

"나는 비어트리스를 사랑합니다." 하우섬이 넥타이를 조였다가 다시 풀면서 말했다. 그의 목 칼라 아래에서는 초록색과 주홍색의 용 문신이 꿈틀거렸다.

"그 애는 이제 겨우 열여섯 살이야."

"그게 무슨 대수로운 일이에요?" 비어트리스가 말했다.

하우섬은 부녀를 번갈아 쳐다보면서 두 사람 모두에게 동의하고 싶어 했다.

"열여섯!" 스트룰로비치가 다시 말했다.

"아빠, 곡조를 좀 바꿔 봐요," 비어트리스가 말했다. "내가 태어난 이후 내가 어리다는 말을 타령처럼 해 왔어요. **저 애는 열셋이야. 열넷이야. 열다섯이야.** 내가 예순이 돼도 여전히 그렇게 말할 거예요."

"예순이 되면 너는 세상 물정을 좀 알게 될 거고 나는 여기에 있지 않겠지."

"나도 마찬가지입니다." 하우섬이 말했다. 그러나 비어트리스의 표정은 그게 엉뚱한 말이라는 것을 일러 주고 있었다. 부모에게서 딸을 빼앗아 오려고 할 때에는 나이 차이를 강조해서는 안 되는 것이었다.

이제 구식으로 딸아이의 구혼자에게 말해야 할 때야, 하고 그는 생각했다. 딸아이 없이.

"비어트리스, 넌 우리 두 사람을 좀 불편하게 해." 그가 그녀에게 말했다. "잠시 자리를 좀 비켜 줄래? 하우섬 씨에게 돈을 줄 테니 국외로 좀 나가 있으라는 얘기는 하지 않을게."

그 말은 그가 바로 그렇게 말할 생각이 있음을 보여 주었다.

"선생님, 아무리 많은 돈을 준다고 해도 나는 비어트리스와 헤어지지 않을 겁니다." 하우섬이 말했다.

비어트리스는 일어서서 그에게 미소 지어 보였다. 좋은 남자. 좋은 대답. 그녀는 아버지도 그렇게 생각한다는 것을 알 수 있었다. "그럼 차를 끓여 올게요." 그녀가 자신감을 느끼며 말했다. "아빠, 다른 방법으로도 그에게 모질게 대하지 마세요."

어떤 방식으로? 하고 스트룰로비치가 생각했다.

"나는 딸애가 학업을 마쳤으면 하네." 비어트리스가 자리를 비우자 그가 말했다.

그가 실제로 하고 싶은 말은 딸이 연애를 그만두고 학업을 **시작**했으면 좋겠다는 뜻이었으나, 지금은 행위예술의 장점을 논할 계제가 아니었다.

"나도 그녀에게 같은 것을 바랍니다." 하우섬이 말했다.

스트룰로비치는 고개를 끄덕였다. 또다시 좋은 대답. 그는 딸이 이 남자의 어떤 점을 좋아하는지 알 수 있었다. 그는 유순했다. 그가 가지고 있는 소수의 단어들을 잘 활용했다. 덩치는 크지만 부드럽게 미소 지을 줄도 알았다. 스트룰로비치 소파의 부드러운 천에다 파묻은 그의 덩치는 공격적이라기보다 수세적인 것이었다. 그 외에 그녀가 그에게서 본 것—그가 성적으로 매력이 있는지 여부—은 스트룰로비치의 아버지 임무를 벗어나는 것이었다. 아버지는 딸의 성적 취향에 대해서 관심을 기울여서는 안되었다. 하지만 그가 보기에 비어트리스가 위험한 나이에 들어섰다고 생각된 순간, 스트룰로비치는 그것 이외에 다른 것에는 별로 신경을 쓰지 않았다.

이제 열여섯이 되었으니 그녀는 스스로 결정할 수 있는 나이가 되었다. 아버지의 눈으로는 아직 그런 나이가 되기에는 멀었으나, 사회의 눈 혹은 그녀의 눈으로 볼 때는 충분히 나이가 든 것이었다. 아무튼 그는 그 나이에 이르도록 딸을 잘 지도해 왔다. 그는 그녀에게 닥친 위험들을 모두 물리쳐 주었다. 어쩌면 그녀는 속으로는 그의 그런 점을 고맙게 여길 것이다. 그녀가 벌떡 일어나 가출해 버리지 않은 데는 식물인간이 된 어머니를 당황하게 만들지 않으려는 의도 의상의 것이 개입되었으리라. 어쩌면 그녀도 그를 사랑하면서 그 보답으로 아버지의 사랑을 기다릴지도 몰랐다. 아무튼 그녀가 집에 머무르며 갑자기 구식 딸 노릇을 하면서 아빠의 축복을 요청하고 있으니, 그도 구식 아버지의 역할을 계속 수행해야 했다.

"그 외에 자네는 그녀를 위해서 무엇을 바라는가?" 그가 축구 선수의 팽팽 돌아가는 눈을 깊숙이 쳐다보며 물었다.

하우섬은 당황하면서 질문의 함정을 찾으려 했다. 아빠는 음험해. 비어트리스가 그에게 경고했었다. 그러니 조심해야 돼.

"무슨 말씀이신지?" 그가 물었다. "아이를 낳는 거 말씀이신가요?"

"저런, 아직 그건 아닐세. 그 애는 이제 겨우 열여섯이야. 하지만 자네는 그녀가 행복하기를 바라지?"

"물론입니다."

그건 분명 축구 선수의 용어였다. 결국에는. 나는 결국에는 당신의 딸이 가정 내에서 행복하기를 바랍니다.

"그럼 그 애가 부모를 행복하게 만들기를 바라나?"

그건 덜 분명했다. 하지만 하우섬은 그것에도 동의했다. "물론입니다." 하우섬은 심지어 2층의 불쌍한 케이 쪽을 향해서도 고개를 끄덕였다고 스트룰로비치는 생각했다. 그녀에게 무슨 일이 벌어졌고 그녀가 어디에 있는지도 알고 있다는 듯이. 따라서 이런 집안 사정 때문에 그가 비어트리스를 잘 돌보아야 할 의무가 더욱 막중하다는 듯이.

"그렇다면 자네가 전에 여러 번 결혼한 사실이 우리를 아주 흡족하게 만들지는 않는다는 것도 이해하겠군. 사실 그건 우리를 불안하게 해."

그는 비어트리스가 자리를 비워 준 것을 감사하게 생각했다. 이 뜬금없는 '우리'는 도대체 누구를 가리키는 거야? 그는 그렇게 생각하는 그녀를 상상할 수 있었다.

"나는 어리석은 실수들을 저질렀습니다," 하우섬은 시인했다. "나는 나이가 어렸고 철보다 돈이 더 많았습니다. 나는 이제 다른 사람이 되었습니다. 사실 나는 이제 철든 어른입니다. 전에는 애였고요."

스트룰로비치는 고개를 끄덕였으나 그 말을 듣지는 않았다. 그는 정말로 중요한 질문을 준비하고 있었다. "자네는 물론, 우리가," 그가 천천히 말했다. "유대인 가문이라는 걸 알 걸세."

"나는 유대인을 사랑합니다," 하우섬이 소파 가장자리로 몸을 움직이면서 말했다. 그는 유대인을 너무 사랑하여 그들의 발밑에 쓰러질 것 같았다. "사실……"

그는 말을 멈추었다. 그는 유대인을 사랑하는 증거로서 이미 유대인 여자와 결혼한 경험이 있다고 말할 참이었다. 그러나 순간적으로 말하지 않기로 결심했다. 유대인은 사랑받기를 원하지 수집의 대상이 되기를 바라지는 않는다고 비어트리스는 말했다. 그녀가 맨 처음 사랑한 유대인 여성은 아니라는 말을 하며 하우섬이 그녀에게 구애하려 할 때 비어트리스가 한 말이었다.

"……사실," 그는 말을 바꾸었다. "나는 그 주제에 대하여 많은 책을 읽었습니다."

나치식 인사를 기억하면서 스트룰로비치는 하우섬 서가의 책 제목을 상상하지 않으려고 애썼다. 『시온 장로 의정서』? 『영원한 유대인』? 《가디언》 보관본?✦

"우리는 흥미로운 독서 대상이지." 스트룰로비치가 인정했다.

하우섬은 그보다 한발 더 앞서갔다. "유대인은 놀라운 사람들 입니다."

"우리 중 일부는 그렇지." 스트룰로비치가 동의했다.

하우섬은 할 말을 다 한 사람의 표정을 지었고, 그 자신의 적합 함을 확실하게 증명했으니, 이제 비어트리스를 침대로 데려가도 좋다는 허락을 기다렸다.

그러나 스트룰로비치는 아직 끝나지 않았다. "자네가 우리에 대해서 그토록 많이 알고 있으니," 그가 말했다. "우리의 자녀가 둥지를 떠날 때면 걱정을 많이 한다는 것도 알 테지. 내가 여기서 말하는 둥지는 가정이 아니라…… 민족일세."

민족, 그건 좀 웃기는 말이었다. 하지만 그는 종교라는 말을 쓸 수는 없었다. 종교는 그가 의미하는 바가 아니었다. 그가 이교도 여자와 결혼하려 했을 때 아버지가 그를 종교의 이름으로 생매 장한 것은 아니었다. 그럼 그것은 무엇이었나? 신앙? 아니, 그것 도 아니야. 그는 부족이라는 말을 쓸 수는 없었다. 문화? 그건 너

✦ 앞의 두 책은 반유대적 책자이고 《가디언》은 반이스라엘 논설로 유명하다.

무 세속적이야. 문화가 유일한 문제라면 무엇이 걱정인가? 그래서 그는 '민족'이라는 말을 그냥 내버려 두었으나, 아무래도 그가 찾아내려다가 찾지 못한 단어의 신통치 못한 대역이었다.

그는 너무 늦게 계약이라는 단어를 기억해 냈다.

"나는 그것도 존중합니다." 하우섬이 말했다. "그리고 물론 비어트리스가 더 이상 유대인이 아니기를 바라지도 않습니다."

"자네는 좋은 사람이야." 스트롤로비치가 빈정대는 어조로 말했다. 그는 예비 사위의 관대함에 경탄했다. 하우섬은 유대인 여자를 있는 그대로 받아들여서 행복한 남자였다. 스트롤로비치는 거의 이렇게 말하고 싶은 심정이었다. '젊은이, 내 마음이 기쁘네. 유대인의 미래가 자네의 관대한 배려 속에서 단단하게 되었으니 말일세.' 하지만 그는 그 말을 참았다. 왜 반어법을 낭비한단 말인가? 그 축구 선수가 어울리는 사람들의 무리를 생각할 때, 하우섬은 최선을 다하고 있었다.

"당신이 우리에게 축복을 내려 주신다면 그녀는 심지어 처녀 때 이름을 그대로 쓸 수도 있습니다." 하우섬이 말했다.

"비어트리스?"

"아니요, 성 말입니다."

"또다시 자네는 좋은 사람이야." 스트롤로비치가 말했다. "그녀도 그걸 알면 퍽 안도가 될 거라고 생각하네. 하지만 그건 내가 말하려고 하는 게 아니야."

축구 선수는 사과했다. "죄송합니다. 그게 당신이 듣고 싶은 말인 줄 알았습니다."

"그래, 맞아. 듣고 싶었지. 하지만 내 딸이 둥지를 떠나기를 원하지 않는다고 한 말뜻은, 그녀가 비유대인 남자와 결혼하지 말기를 바라는 것이었어."

하우섬은 당황한 표정을 지었다. 그는 풀이 죽어 커다란 두 손을 펴 보였다. 나는 나일 뿐입니다, 라고 그 동작은 말하고 있었다. 나는 내가 아닌 다른 어떤 사람이 될 수는 없습니다.

바로 그때 스트롤로비치는 그가 아닌 사람이 되는 방법을 설명했다.

13

당통은 낙담하는 친구를 위해 솔로몬 조지프 솔로몬을 획득하리라는 희망을 유지하려면 그것을 가지고 있는 사람에게 편지를 쓰는 것이 아무리 봐도 최선이라고 생각했다.

그러나 그가 겉옷을 벗고 책상에 앉아 평소의 용의주도한 태도로 책들과 서류를 옮겨 놓는 순간, 그는 이 일—아니, 이 신성한 의무—이 얼마나 어려운 일이 될 것인지 깨달았다. 그의 편지지 보관 서랍은 잘 열리지 않았다. 잉크는 그의 손에서 말라붙었다. 그는 스트룰로비치가 그의 요청을 즐거운 마음으로 거부하면서 편지를 아예 불태워 버리는 광경을 쉽게 상상할 수 있었다. 어쩌면 그보다 더 심한 짓을 할 수도 있었다. 그러자 그의 영혼은 위축되었다.

"내가 예상한 것만큼 쉽지가 않겠는데." 그가 바너비에게 말했다. 하지만 그가 아직 어려운 작업에 착수조차 하지 않았으므로 그 말에는 약간의 거짓이 섞였다는 것을 의식했다.

바너비는 그가 소장 중인 애원하는 표정들 가운데서 가장 애원하는 표정을 지었다. "당통, 내 마음은 그 그림에 꽂혔어요." 그가 말했다.

아, 종지 부호의 강력한 힘이라니. 바너비는 **무엇, 무엇, 무엇이에요, 당통,** 이라고 말한 다음에 종지 부호를 찍으면 자신을 거절할 힘이 그의 친구에게는 없다는 것을 잘 알았다. 종지 부호는 영원을 여기에 도착하게 만들고, **당통**이라는 이름은 영원히 그의 입속에 머무는 것처럼 보였다.

그리고 당통은 바너비가 그것을 안다는 것을 알았다. 하지만 앎이 그런 영향력을 막아 낼 수 있는 증명이 되지는 못했다. "나도 그걸 알아, 바너비." 그가 상대방의 이름을 입안에서 웅얼거리며 말했다. "하지만 우리가 경매장을 다시 한 번 방문하여 그들이 혹시 다른 좋은 작품을 가지고 있는지 알아보면 어떨까? 〈사랑의 첫 번째 수업〉이 자네가 이 세상에서 유일하게 좋아하는 그림은 아닐 테니까."

"물론, 아직도 〈노래하는 집사〉가 있기는 하죠." 바너비가 뚱한 목소리로 대답했다. "하지만 그것은 내가 무엇을 좋아하느냐의 문제가 아니라, 플루리가 무엇을 좋아하느냐의 문제예요. 알몸의 비너스는 바로 그녀입니다. 당통, 난 그녀가 이 그림의 모델이 아니었을까 싶어요…… 그녀가 모델로 **나섰을까요?**"

"그녀가 150년 전에 태어났다면 가능하겠지."

바너비는 그 순간 친구의 목소리에서 평소에는 찾아볼 수 없는 심드렁한 느낌을 받았는데 그건 제대로 파악한 것이었다. 그가 친구에 대하여 품고 있는 사랑에도 불구하고—혹은 그 사랑 때문에—당통은 바너비가 일종의 타협을 해 오면서 적어도 그의 마음에 드는 또 다른 그림을 찾아보는 데 동의하리라고 생각했다. 혹은 그 그림 아이디어를 먼저 제시한 것이 당통이기는 하지만, 그가 요구하는 일이 얼마나 어려운 것인지 약간의 이해라도 해 주기를 바랐다. 하지만 당통은 이제 더 이상 그를 만류하기는 어렵겠다는 생각이 들었다. 그의 친구는 〈사랑의 첫 번째 수업〉에 완전히 매혹되어 그것만 고집했다. 바너비는 아까 한 말을 다시 반복했다. "당통, 내 마음은 그 그림에 꽂혔어요." 그의 지갑, 그의 노력, 그의 극단적인 수단이 이제 이 젊은 친구의 일에 동원되었다.

그리하여 그는 브랜디를 큰 잔에 한 잔 가득 따르고서 책상에 앉아 서랍을 열고 맨 위에 그의 이름과 주소가 적힌 편지지를 꺼냈다. 그것은 소수의 방문객들만이 찾아내는 베네치아의 골목길 문구점에서 그를 위해 손으로 제작한 편지지였다. 그는 세련되게 펜대를 놀리면서 아주 자그마한 글씨로 이렇게 썼다.

친애하는 사이먼 스트룰로비치,

나에게 당신의 시간을 약간만 할애해 주십시오. 나는 원래 남의 호의를 요청하는 사람이 아니나 이번에는 당신에게 요청하고 싶은 건이 하나 있습니다.

나는 어떤 친구를 위하여 이 편지를 씁니다. 아니 나는 그 친구의 실망을 덜어 주기 위하여 그의 이름으로 당신에게 이런 호소문을 보냅니다. 그와 나는 최근에 맨체스터의 한 미술품 경매에 참가했는데 거기서 예리한 당신은 솔로몬 J. 솔로몬의 초기 그림인 〈사랑의 첫 번째 수업〉을 구입했습니다. 그것은 잘 그려진 밑그림인데, 완성된 그림의 치밀함은 배제되어 있는 작품입니다. 나는 당신의 행운과 높은 안목을 칭송하는 바입니다. 또 당신의 시간 엄수 정신도 칭송하고 싶습니다. 솔로몬 그림을 두고서 당신과 경쟁했을 우리는 그만 경매 시간에 늦었습니다. 우리의 잘못이지요. 그래서 여기 당신의 호의를 애원하고 싶습니다. 그 그림을 다시 내놓을 수 있겠는지요? 나는 가격은 따지지 않겠습니다. 당신이 원하는 만큼 수수료를 붙이십시오.

거듭 말하지만, 당신에게 이렇게 해 달라고 요청하는 것은 나의 개인적인 필요 때문이 아닙니다. 이 그림에 매료된 젊고 감수성 예민한 친구를 위한 것인데 그는 사귀고 있는 여인에 대한 헌신을 표시하기 위해 그 그림을 필요로 하며 그 여인은 우리가 예상하는 것 이상으로 그 작품을 애호할 것으로 보입니다.

친애하는 스트룰로비치, 사랑이 우리를 부를 때 우리 중에 누가 못 들은 체할 수 있겠습니까?

강한 기대감과 함께 당신의 답변을 기다립니다.

　그럼 이만 줄입니다.

　이어 당통은 그 편지에 일필휘지로 서명을 했다. 편지 쓴 사람의 마음이 얼마나 개방적인지를 보여 주는 아주 활달한 필체였다.

　"그래 면담은 어떻게 진행되었나?" 샤일록이 물었다.
　스트룰로비치는 샤일록이 그처럼 노골적으로 물어보는 데 깜짝 놀랐다.
　"그게 어떻게 진행될지는 우리 두 사람이 이미 예상한 것으로 아는데."
　"축구 선수는 여전히 포피包皮를 그대로 유지하고 있던가?"
　"그렇더군. 그리고 나는 딸을 잃었네."
　"자네는 그 문제를 딸이 있는 데서 털어놓았나?"
　"아니. 하지만 그 친구는 내가 요청한 것을 딸에게 곧장 전달했을 걸세. '물론입니다. 나는 이 문제를 한번 생각해 보겠습니다'라고 그 친구는 내게 말했지. 그 말뜻은 '물론입니다. 나는 비어트리스에게 말해 보겠습니다'라는 거였지. 딸애는 물론 깜짝 놀랐을 거고."
　"그녀가 그렇게 말하던가?"
　"그녀는 말할 필요가 없었어."
　"그럼 그녀가 이미 사라졌나?"

"그녀가 씩씩거리며 집 안을 돌아다니는 소리가 들리지 않나? 나는 이혼을 한 경험이 있어서 단호한 짐 싸기가 무엇인지 알지. 단호하면 요란한 소리를 내지 않아. 요란을 떠는 건 상대방이 실제로는 가지 않는다는 뜻이지. 물건을 집어 던진다는 것은 상대방이 자네에게 좀 멈춰 달라고 보내는 일종의 신호지. 정말로 무서운 것은 조용히 옷가지를 챙기는 거야. 비어트리스의 분노가 어느 정도인지는, 그녀가 옷장 문을 마구 두드려 대지도 않았고 내게 단 한 마디도 하지 않았다는 걸로 알 수 있어. 하지만 그녀가 말을 했다면 어떤 내용일지 이미 알고 있네."

"야만적?"

"그 단어가 자네 머리에 떠오른 걸 보니 전에는 그걸 생각하지 않은 듯해."

"그런 자네는? 자네도 지금 그걸 생각했잖아."

"나는 비어트리스가 무엇을 생각했을지 생각했어."

"자네는 그게 사실일지 모른다고 겁먹었기 때문에 그걸 생각하는 거잖아?"

"사실이 그렇지 않아?"

"이 세상에 좋거나 나쁜 것은 따로 정해져 있지 않고 사람의 생각이 그렇게 만들 뿐이야. 우리 유대인의 최대 약점은 언제나 우리 자신에 대하여 최악의 것만 생각한다는 거야. 우리가 기대에 못 미치면 어쩌나? 우리가 누구에게도 빛이 되지 못한다면 어쩌나? 우리가 내심으로는 야만인이면 어쩌나? 우리의 영원한 타령은 이런 거야. 우리가 우리 자신이 이러이러한 존재라고 떠들어대는데 실은 그런 존재가 아니면 어쩌나?"

"우리 자신을 상대로 그런 질문을 던지면 왜 안 된다는 건가? 우리가 야만인이 아닐까 하고 주기적으로 의심하는 것이 우리를 문명인으로 만들어 주는 것이 아닌가?"

"그건 자네가 '주기적으로'를 어떻게 정의하느냐에 달려 있어. 500년마다 한 번씩 그런다면 그건 오케이야. 유대인이 자기 자신의 주장을 말할 때나 정당방위로 행동할 때마다 매번 그런다면 그건 전혀 다른 이야기가 되지."

"문제가 되는 건 그 정당방위 측면이야."

"자네의 딸을 보호하려는 행위에는 아무런 문제 될 게 없어."

"그건 나도 알아."

"그렇다면 왜 자네는 또 다른 생각을 갖는 건가?"

"왜냐하면 딸애가 달아나 버릴 경우 내가 그녀를 보호했다고 말할 수 없기 때문이지."

"그럼 그녀를 막아. 자네의 동기를 설명하라고."

"'비어트리스, 난 너를 사랑하기 때문에 야만인처럼 행동하고 있어'라고?"

"자네는 아직도 그녀의 눈으로 사태를 바라보고 있어. 정말 필요한 것은 자네 눈으로 사태를 바라보는 용기인데 말이야. 자네는 그녀보다 세상 구경을 더 많이 했어. 이해력도 더 깊고. 자네는 그녀에게 할례 의식이 무엇인지 설명해 주었나? 그 상징적 의

미도? 그것이 무엇의 전조인지? 오히려 그것이 야만의 정반대임을 설명해 주었나? 왜 그게 야만에서 벗어나 문명으로 가는 행위가 되는지?"

"그걸 어린아이에게 설명하자면 아주 길어져."

"정말로 중요한 것을 아이에게 설명하자면 자연히 길어지게 되지. 그녀를 앉혀 놓고 관련 문장을 읽어 주도록 하게."

"비어트리스는 마이모니데스*를 별로 좋아하지 않아."

"꼭 마이모니데스 책이어야 할 필요는 없어. 자네 서가에는 로스 책이 있나?"

"조지프, 세실, 헨리, 필립? 로스라면 서가 한 면 가득일세."

"필립 로스가 좋겠군. 자네는 모든 등장인물이 다른 사람의 삶을 살아가고 있는 그의 소설책을 갖고 있나?"

"그건 누구나 다 그래."

"리아가 여기 없는 것이 유감이군. 그녀라면 내가 생각하는 책을 금방 이해할 텐데. 그 책에서 로스는 할례에 반대하는 자들은 이중으로 고통을 당한다고 말했어. 로스와 그와 비슷한 주장을 하는 사람들은 할례가 목가牧歌를 반박하기 위해 고안된 거라고 주장했어."

"맙소사! 자네는 그런 주장을 하면 내 딸한테 먹혀 들어갈 거

✦ 1135~1204 스페인의 코르도바에서 태어나 이집트에서 활동한 유대인 철학자. 그는 하느님을 이해하는 부정의 신학을 제창했는데 하느님은 이 세상의 진리와는 근본적으로 다른 분이며, 우리가 이 세상의 것으로 하느님의 존재를 설명한 이야기는 모두 하느님과는 무관하다고 말했다.

라고 보나? 도대체 목가를 반박한다는 게 무슨 뜻인가?"

"자네가 내게 그걸 묻나? 자네 자신의 정원에 들어갈 때에도 그곳에 뱀이 득시글거리는 것처럼 행동하는 사람이? 자네는 심지어 웰링턴 고무장화를 소유하고 있지 않나? 이봐, 내 친구, 자네야말로 목가를 거부하는 살아 있는 사례라고."

"그 때문에 내가 할례를 받았다고?"

"자네가 할례를 받은 것은, 자네 목숨의 첫째 날부터 그러니까 어머니의 아늑한 자궁 속에 있을 때부터 인생을 목가로 착각해서는 안 된다는 가르침을 받기 위해서였어."

"그렇다면 그 의식儀式은 성공했군. 아니, 너무 잘 성공했다고 말해야겠군."

"자네는 반드시 그 점을 생각해야 돼. 할례를 받은 것은 바로 그 점을 생각하라는 뜻이야. 우리의 친구 로스 말에 의하면, 인간적 가치라는 무거운 손은 아주 어릴 때부터 자네에게 내려오지. 당연히 그래야 하듯이."

"하지만 그런 주장은 그 가치를 비인간적이라고 보는 사람을 결코 설득하지 못할 걸세."

"인간이라는 존재에 대해서 감상적인 생각을 가진 사람들은 아마도 설득되지 않겠지."

"점점 더 황당해지는데, 샤일록."

"이것 봐, 모헬*의 칼은 소년을 자연의 변덕으로부터 구제하는 것이니까 자비롭게 행동하는 거야. 나는 단지 원숭이들만 얘기하는 게 아니야. 무지, 신의 부재, 사람이나 사상에 대하여 동맹하기를 거부하는 일 등도 말하고 있어. 특히 인생이 선물일 뿐만 아니라 의무라고 하는 사상도 단칼에 잘라 내야 해. 우리는 충성과 맹세에서 자유로운 상태로 태어난 게 아니야. 모헬의 칼은 우리가 무엇을 빚지고 있는지 잘 보여 주는 상징이야."

"달리 말하자면, 우리를 억압하는 거지."

"억압의 대안이 황야에서 무법 상태로 원숭이처럼 달리는 거라면 그게 그리도 끔찍할까?"

그런 질문은 스트룰로비치에게는 엉뚱한 것이었다. 그 질문은 어느 날에는 끔찍한 것으로 보이는데, 어느 날에는 그리 끔찍하지 않게 보이기 때문이다.

"우리는 자연으로부터 조금도 구제받을 수 없어," 샤일록이 계속 말했다. "그건 전부 아니면 무無야. 인간적 가치냐 아니면 원숭이냐 양자택일이라고."

스트룰로비치의 마음은 의무라는 추상개념에서 살아 있는 딸아이에게로 이동했다. 그는 딸이 태어나던 바로 그 순간에 계약의 의미를 흘낏 엿보았다. "그건 남자애들을 고정시켜 놓겠군." 그는 샤일록의 논증이 성공하기도 하고 실패하기도 한 것처럼 말했다. "하지만 여자애들에게는 그게 무슨 도움이 되나? 딸을 억압하는 모헬의 칼은 없잖아. 문명화된 세계에서 그런 건 없다

✦ 할례를 실행하는 전문가.

고. 문명사회에서 딸들을 억압시켜야 한다고 말하는 사람은 돌에 맞아 죽을 걸세."

"바로 그 때문에," 샤일록은 강철같이 침착한 어조로 말했다. "딸들은 불충不忠의 별명이 되었다네."

그들이 불충의 별명이라고? 한때 나는 **내가** 극단주의자라고 생각했는데, 하고 스트룰로비치는 생각했다.

샤일록은 그의 유보적인 태도를 읽었다. "자네는 이제 이의를 제기하지 않을 걸세." 그가 이제 훨씬 침착한 어조로 말했다. "그녀의 축구 선수가 '자연인'이기 때문에 비어트리스가 그를 사랑한다는 걸. 자네가 나한테 그 친구를 정확하게 묘사했다면 말일세."

"그는 문제가 아니야. **그녀가** 문제지. 비어트리스가 그를 사랑하느냐고? 그걸 누가 알겠나? 하지만 딸아이가 엄청 노력할 것이라는 점은 장담하네. 인생은 결코 자궁 속의 황홀함이 아니라고 내가 딸아이에게 말해 준다고 해도, 그녀는 그런 노력을 멈추지 않을 걸세."

"그녀는 총명한 처녀지."

"그녀는 열여섯이야! 너무 어려서 인생은 결코 목가가 아니라면서 체념할 나이가 아니란 말일세."

"그렇다면 너무 어려서 유대인도 아니겠군."

"이런 행동 노선을 그처럼 무심하게 제안하는 걸 보니 자네는 그 문제를 전에 생각해 두었던 게 틀림없어."

"내가 어떤 행동 노선을 제안했나?"

"일종의 무언극으로 그렇게 했지."

"나는 자네가 그렇게 민감한 사람인 줄 몰랐네."

"자네 말을 액면 그대로 믿는다고 해서?"

"나는 아무 말도 하지 않았어."

"자네 좋을 대로 말하게. 하지만 자네에게 그게 도대체 뭐냐고 묻고 싶네."

"손해."

"내게 그걸 끼치려고 여기 온 건가?"

"끼친다고? 아니야. 그와는 정반대일세. 하지만 모든 걸 잃어버린 건 아니야. 자네의 설명으로 미루어 볼 때, 자네가 그녀의 차가운 침묵을 들을 수 있다면 그녀는 아직 가지 않았네."

"그럼 딸아이를 지키기 위해서 내가 무엇을 해야 한다고 보나?" 그는 샤일록의 은밀한 눈을 오랫동안 쳐다보았다. "문들을 꽁꽁 닫아걸어야 하나?"

그는 자신의 말이 공중에 매달리게 내버려 두었다. 샤일록의 창문 셔터가 흔들리면서 열리게 내버려 두었고, 염소와 원숭이의 달콤하면서도 혐오스러운 냄새가 들어오게 했다.

손해는 두 사람이 있어야 성사된다.

그러나 그는 자신의 문을 닫아걸지 않았다.

14

　스트룰로비치는 생각해야 할 것이 있을 때, 가능한 한 케이가
있는 곳에서 하려고 했다.

　그가 아직도 부부에게 중요한 일을 의논할 수 있는 것처럼 시
늉할 수 있다면, 그가 생각해 보고 싶지 않은 것들 중 하나는 아
내의 뇌중풍에 그가 기여한 역할이었다. 의사는 그가 원인 제공
자는 아니라고 말했지만, 그는 자신이 그녀의 삶을 견딜 수 없는
것으로 만들었다는 걸 잘 알았다. 비어트리스 때문만이 아니라
그 자신의 성격 때문에 아내의 생활을 힘들게 했다. 그의 성품,
그의 소행, 한 순간에는 이렇게 믿었다가 다음 순간에는 저렇게
믿어 버리는 신념, 냉탕과 온탕을 오가는 그의 격렬한 유대인 근
성 등이 그런 이유였다. 특히 유대인 근성은 집 안에 숙식하는 정
신착란이면서 동시에 평판 나쁜 기숙자처럼 그들의 평온한 가정

생활을 뒤흔들어 놓았다.

그가 케이와 재혼했을 때 그의 아버지는 그를 품 안에 다시 맞
아들였으나, 그녀는 손톱만큼의 유대인 근성도 가지고 있지 않
았다. 하지만 그는 자신이 전혀 유대인답지 않다고 생각하면서
도 실은 아주 유대인적이었다. 그녀는 비종파 학교에서 종교학
을 가르쳤다. 다른 사람의 신념을 존중하고, 당신 자신을 존중하
고, 당신의 몸을 존중하고, 환경을 존중하라. 그녀는 정말로 있는
그대로의 그녀 자신이었으나, 다른 사람들은 자신을 갑이라고 하
면서 실은 을로서 살았다. 그게 스토리의 전부였다. 그녀는 길거
리에서 아랍인을 보아도 놀라지 않았다. 길거리에서 하시드주의
자⁺를 만나도 놀라지 않았다. 그녀는 종교 밖의 적들이나 종교 내
의 광신자들로 둘러싸이지도 않았다. 엄격하게 말해서 그녀는 신
앙이 없었다. 스트룰로비치—혹은 그녀의 애칭대로 스트룰로—
도 자신에게는 종교가 없다고 고집했다. 어쩌면 그는 진실을 말
했는지도 모른다. 그가 가지고 있는 것은 그녀가 만난 그 어떤 종
교보다도 강했다. 그는 광기 혹은 광적인 흥분을 갖고 있었다. 만
약 그녀가 그것을 강의실에서 강의하라고 강요당했다면 강좌명
을 유대인의 광기라고 했을 것이다.

A2 학생들을 위한 유대인의 광기.

"당신은 정말 잘못짚은 거야." 그가 그녀에게 말했다. "나는 그

✦ 하시디즘은 18세기 폴란드와 우크라이나에서 제창된 신비적 경향이 농후한 유대
  교 내의 운동이다.

런 데에는 무관심해."

그러나 그의 무관심조차도 일종의 정신착란이라고 케이는 생각했다. 그는 유대교 회당에 가는 것이 짜증 나기 때문에 가지 않았다. 하지만 회당에 가지 않는 것 또한 회당 가는 것 못지않게 그를 짜증 나게 했다. "저들을 좀 봐." 그들이 토요일 아침에 유대교 회당을 차 몰고 지나갈 때 그가 말했다. "저들이 쓰고 있는 저 빌어먹을 야르물케*를 좀 보라고! 매주 빌어먹을 회당에 가서 도대체 뭘 기억한다는 거야? 저들은 좀 잊어버리지도 않나? 다른 거 좀 생각할 게 없어?"

"저들을 내버려 둬요." 케이가 그에게 말하곤 했다. "당신은 회당에 가고 싶어 하지 않고 그들은 가고 싶어 해요. 그건 당신의 일이 아니에요. 그런데 왜 신경 써요?"

"신경 안 써."

"그런데 왜 욕을 해요?"

"그들이 기도를 올리기 때문이지."

"기도 때문에요?"

"유대인 정체성은 기도하고는 아무 상관도 없어."

"당신한테는 상관없고 나한테도 상관없어요. 하지만 저들에게는 상관있어요."

"**나는 아니고 저들은 맞는다**'라고 하는 건 유대인 기질이 아니야!"

✦ '스컬캡'에 해당하는 히브리어.

그가 소리쳤다. "그건 기독교인들이 하는 소리야. 우리는 y보다 x를 더 높이 평가하는데 x는 진실이고 y는 아니기 때문이야. 이게 소위 윤리라는 거야, 케이. 이것 때문에 우리는 유명하지. **나한테 아니면 저들한테도 아닌 거야!**"

"스트룰로, 유대적인 것과 그렇지 않은 것이 왜 당신에게는 그렇게 중요해요?"

"중요하지 않아. 난 유대인에 대해서는 전혀 신경 쓰지 않아."

그다음 날 그는 《가디언》을 휴지통에다 버리면서, 유대인이 멸종의 가장자리로 내몰렸는데 그건 《가디언》의 잘못이라고 중얼거렸다.

케이는 왜 그가 이스라엘로 가서 이스라엘 국방군에 입대하지 않는지 의아했다.

"이스라엘? 그게 이것하고 무슨 상관이야?"

"나는 당신이 시온주의자인 줄 알았어요."

"시온주의자, 내가? 당신 미쳤어?"

"그럼 왜 당신은 《가디언》을 불태워 버려요?"

"나는 불태우지burn 않았어. 그걸 휴지통에 처박았을bin 뿐이야. 하지만 당신이 '불태웠다'라고 말한 게 흥미롭군. 그거, 프로이트의 말실수라고 하고 싶은데. 당신은 가스오븐을 생각하고 있는 거야. 《가디언》을 읽다 보니 그런 생각이 든 거지."

"왜 《가디언》을 읽으면 내가 오븐을 생각하게 될까요?"

"왜냐하면 《가디언》은 이스라엘을 증오하고 이스라엘은 우리를 구제해 줄 유일한 곳이기 때문이지. 그들이 다시 가스오븐을 틀기 시작하면 말이야."

"그러니 당신은 시온주의자예요!"

"《가디언》을 읽을 때에만."

그러다가 비어트리스가 태어났다. 비어트리스는 그들이 중년 초반에 들어서서 얻은 아이였고 스트룰로비치는 신으로부터 뒤늦게 얻은 선물이라고 말했다. 믿음이 없고 또 늙은 나이에 애를 얻으리라는 말씀에 웃음을 터트리던 사라에게 기적적으로 태어난 이사악처럼. 이사악-웃음. 비어트리스-즐거움.

"오, 제발, 스트룰로," 케이가 말했다. "우린 둘의 나이를 합쳐도 아직 100살이 안 돼요. 여기서 하느님을 배제할 수는 없나요?"

하지만 그녀는 아이의 이름을 비어트리스라고 하는 데 동의했다.✦

그것은 불안정한 임신이었고 까다로운 출산이었다. 스트룰로비치는 아이의 출산이 아내에게서 상당히 힘을 빼앗아 갔고 또 아내가 그 피해로부터 완전히 회복되지 못했다고 생각했다. 그러니 비어트리스를 방정하게 키우는 것은 나의 임무야, 하고 그는 생각했다. 그 아이의 출산 때 그가 보았던 저 높은 목적의식이 성취될 수 있도록.

유대식 교육까지는 아니더라도—하느님 맙소사!—유대인의

✦ '비어트리스'는 라틴어 이름 '베아트릭스'에서 왔는데, '행복하게 해 주는 사람'이라는 의미이다.

정체성을 가지게 하고, 하다못해 유대인 남자와 결혼할 정도로 충분한 유대인 정신을 갖추게 해야 했다. 백 보 양보하여 유대인과 결혼하지 않더라도 유대인의 가계를 이어 가야 했다. 아니, 이것도 너무 과장되게 말한 것이었다. 최소한 유대인의 가계가 **아니지는** 않아야 했다. 이게 스트룰로비치의 본뜻에 가장 가까웠다.

"그 애가 우리 모두가 찬성할 만한 그런 남자애를 만난다면 좋겠다는 건 당신에게 동의해요." 케이가 말했다. "하지만 그것이 아니더라도──"

"그것이 아니더라도! 케이, 그것이 아니라면 그 모든 것이 우리를 아주 심각하게 만들 거야."

"당신은 유대 광신자예요." 그녀가 그에게 말했다.

이제 나이가 든 비어트리스는 엄마 편을 들며 응원했다. "엄마, 그에게 말해요. 저 사람은 제정신이 아니에요."

"애야, 그를 저 사람이라고 부르면 안 돼. 그는 네 아빠야."

"그가요? 그가 지난밤 내게 무어라고 말했는지 알아요? 내가 히틀러를 이기게 만드는 사람이래요."

"너는 뭘 하고 있었는데?"

"아무것도 안 했어요. 키스. 아니, 그것도 아니에요. 누군가에게 키스하며 잘 가라고 한 거예요."

"어디서?"

"우리 집 현관문 앞에서."

"누구에게?"

"나는 그의 이름은 몰라요. 펭일 거예요. 중국 애예요."

아하, 하고 케이는 생각했다. 피셸이 아니라 펭이라고? 그녀는 남편이 정말로 딸이 중국 애와 데이트를 하면 히틀러를 이기게 하는 것이라고 말했는지 알고 싶어 했다. 만약 그게 사실이라면 그녀는 그와 이혼하려 했다.

스트룰로비치는 물러설 줄 알았다. "그 애가 하고 있던 짓을 당신이 보았어야 하는 건데……"

"난 그 애가 하고 있던 짓은 모르겠어요. 그 애가 히틀러를 이기게 하고 있다고 당신이 말했나요?"

스트룰로비치는 더욱더 뒤로 물러설 줄 알았다. "**이기게 한다**고 말하지는 않았어. 단지……"

"단지 뭐예요?"

"케이, 난 그 순간 열이 받았어. 당신은 현장을 직접 보지 못했어. 그 애가 누구와 어울리는지 모른다고."

"나는 펭이 나치 특공대라고 생각하지는 않아요!"

"펭!" 스트룰로비치는 확신할 수가 없었다. 그는 영화 〈콰이 강의 다리〉를 보았다. 하지만 그는 그 생각을 밝히지 않았다. 펭은 아마도 프리츠였을 것이다.[+]

그 직후 그는 딸애의 머리채를 붙들고 집으로 끌고 왔다. 그 직후에 케이는 뇌중풍을 맞았다.

[+] 피셸은 유대인의 이름이고 프리츠는 독일인의 이름이다.

스트룰로비치는 죽은 사람을 애도하듯이 그녀를 애도해야 할까, 하고 생각했으나 살아 있는 사람을 사랑하듯이 그녀를 사랑해야 한다는 것을 알았다. 문제는 그가 그렇게 사랑을 할 수가 없다는 것이었다. 심장을 개봉하면 그것은 깨어지고 만다. 그러나 가정생활의 여러 가지 형식들, 가령 인사, 애정과 관심의 표현, 소식의 전달 등은 관리해 나갈 수 있다고 그는 생각했다. 스트룰로비치는 흥분하지 않고 담담한 어조로 그를 괴롭히는 일들에 대해서 그녀에게 말하는 습관에 빠져들었다. 샤일록이 리아에게 하는 것처럼. 하지만 그의 목소리에서 유대인 광기는 완전히 제거했고 또 전해 주는 소식들도 검열했다. 그녀의 얼굴이 평온을 되찾으면 그녀는 아직도 예뻤고, 그가 사랑했던 바로 그 여자였으며, 그를 스트룰로라고 부르던 아내였지만, 그래도 그녀를 쓰러트린 원인들에 시달리며 황폐해진 여자였다. 뇌중풍을 일으킨 원인은 그녀의 두뇌에 피의 공급이 중단된 것, 극심한 피로, 그리고 남편이었다.

이날, 그를 괴롭힌 것은 평온을 뒤흔들어 놓기 딱 좋은 것이었다. 그는 여러 가지 문제를 갖고 있었으나 그중 하나는 감히 그녀에게 말할 수가 없었다. 혹시라도―누가 알겠는가?―그녀가 알아들을까 봐 우려되어서였다. 그래서 그는 그녀의 손을 잡고 입을 닦아 주고 뺨에 키스하면서 한 시간쯤 그녀 옆에 앉아 있었다. 그는 커다란 외로움을 느꼈고, 고집스러운 남편과 운명이 가두어 놓은 그 비좁은 공간에 갇혀서 그녀가 얼마나 더 외로울까 하고 상상하려 애썼다.

그래도 여전히 고려해야 할 문제들이 남아 있었고 그는 그것들을 사무실에서 처리하면서, 때때로 시간을 내어 솔로몬 조지프 솔로몬의 사랑스러운 그림 〈사랑의 첫 번째 수업〉을 쳐다보았다.

첫 번째로 가장 화급한 문제는 이런 것이었다. 당분간 비어트리스를 그대로 놔두어서 격노의 순간이 좀 지나가게 한 뒤에 그녀를 다시 미행할까? 하지만 어디로 미행한단 말인가?

두 번째 문제. 할례의 문제에서 타협의 여지가 있을까? 유대교도와 이교도 모두에게 용납 가능한 중간 지점인 절반 할례라는 것도 가능할까?

세 번째 문제. 도대체 할례가 얼마나 야만적인가? 중간 지점이 아니라 끝까지 간 지점에서의 할례는? 로스와 샤일록과 다른 유대인 현자들의 말이 과연 옳은가? 할례는 가장 고귀한 인간적 책임의 행위이며, 후진성이 아니라 계몽의 증표라는 말.

네 번째 문제. 만약 샤일록이 그에게 피해를 입힐 의도가 아니었다면—그래도 피해를 입힌 것은 마찬가지이지만—왜 그는 여기에 왔는가?

비어트리스에 관하여 어떻게 할지 결정을 하지 못하고, 또 그에게서 멀리 떨어진다면 사태를 더욱 악화시킬 것이기에 또 샤일록 생각을 머리에서 털어 내고 싶었기에, 그는 '그것'을 할례 문제로부터 시작하기로 했다. 여기서 '그것'은 유대인과 이교도들이 서로에게 갖고 있는 오래된 불평을 말한다. 그러나 그것이 할례 문제로 **끝날까**?

"난 당신에게 약속할 수 없어요," 스트롤로비치의 첫 번째 아내 오필리아-제인은 구혼 초기에 그에게 말했다. "우리가 결혼하여 아들을 낳는다면 당신이 그 아이를 훼손하는 데 동의할 수 있을지."

스트롤로비치가 그에 대한 답변으로 그녀에게 이렇게 물어보지 못할 정도로 그렇게 구혼 초기는 아니었다. "그럼 나도 훼손된 자라고 부를 건가?"

"겉으로 보기에 말인가요?"

"어느 쪽으로든 상관없어. 당신은 '훼손'이라고 말했어. 훼손을 지칭하는 기준이 뭐 따로 있나?"

"심리학의 기준이라는 게 있죠."

"그럼 내가 심리적으로 훼손된 자라는 뜻인가?"

"글쎄요. 아무튼 상처를 받았다고 봐요. 나는 그 외에 달리 생각할 수가 없는데요."

"나는 거기에 대해서 몇 가지 할 말이 있어. 첫째, '상처'와 '훼손'은 같은 게 아니야. 그러니 당신이 훼손이라는 말은 취소하겠다는 뜻으로 봐도 돼? 둘째, '그 외에 달리 생각할 수가 없다'는 당신의 말을 증명하는 논거가 되지 못해. 그건 당신이 한 말을 약간 다르게 한 것에 지나지 않아. 당신은 그 의례를 혐오하기 때문에 내가 상처 입었다고 생각해. 그러니 당신이 그 의례를 혐오하기에 내가 상처 입었기를 **바란다**고 하는 게 더 간단하지 않나?"

그녀는 양손을 머리에 얹고서 머리카락을 뒤로 쓸어 넘겼다. 그의 논리적 공격을 감당하기 위해서는 좀 더 두뇌의 공간이 필요한 사람처럼.

"이제 그 문제는 그 정도로 해 두어요." 그녀가 말했다.

하지만 그것은 널리 퍼진 전염병이나 해결되지 못한 부정不貞의 공포처럼 두 사람 사이에 언제나 남아 있었다. 그리고 결혼 한 주 전에 그녀가 다시 그 문제를 꺼냈다.

"난 그걸 받아들일 수 있다고 생각하지 않아요." 그녀가 말했다.

"결혼식?"

"훼손."

"그럼 딸만 낳기로 합의하지."

"그걸 어떻게 할 수 있죠?"

"할 수 없어. 하지만 딸도 아들도 안 낳기로 합의할 수 있어."

"내가 너무 많은 것을 요구하고 있나요?"

그런가? 그렇지 않은가? 스트룰로비치는 확실하지 않았다. 만약 그가 어린아이의 출생이 그에게 미치는 영향—그는 할례로 그 출생을 비준할 필요가 없는 딸아이를 낳고서도 계약의 개념을 아주 강하게 의식했다—을 알고 있었다면 그는 오필리아-제인의 요구가 실제로 너무 과도하다고 생각했을 것이다. 하지만 그는 젊었고 아버지라는 의무감이 그에게 어떤 느낌을 가져올지 알지 못했다. 그는 자신의 마음을 충분히 잘 알지 못했고, 또 필요하다면 그녀의 마음을 언제든지 바꿀 수 있으리라 생각했다. 게다가 그의 아버지가 그를 생매장하겠다고 위협하는 바람에, 그의 아버지로 하여금 그런 말을 하게 만든 그 종교에 대해서 좋게 생각할 수가 없었다. 그래서 그 문제를 별거 아닌 것으로 치부했고 그녀가 너무 많은 것을 요구하는 게 아니라고 결론 내렸다.

하지만 결과적으로 그들이 믿지 않는 두 종교의 신이 그들에게 미소를 지어 주었고 그들이 훼손할 아이를 낳기도 전에 둘이 헤어지도록 섭리했다.

그러나 실제로 남자아이를 낳지 않았음에도 불구하고 의례적 훼손의 현장인 페니스는 그들 사이에 자주 끼어들었다.

"우리가 한때 거론했던 심리적 상처 말이에요." 그녀가 말문을 열었다.

"누구의?"

"당신의."

"그게 어때서?"

"당신이 바보 같은 말을 하거나 거시기 중심의 농담을 할 때면 그게 언제나 등장해요."

"훼손의 트라우마가 어떻게 나를 농담꾼으로 만든다는 얘기야? 당신은 나를 경박한 사람이라고 비난하는데, 그럼 나는 충분히 훼손이 되지 않았다는 뜻인가?"

"그건 원인과 결과를 순진하게 이해하는 거예요. 당신은 당신에게 가해진 것이 야수적이었다는 것을 받아들일 수가 없으므로 자꾸 거기 대해서 농담을 하는 거예요. 당신의 농담이 언제나 팔루스[男根] 중심적이라는 사실의 증명이죠."

그는 갑자기 아주 피곤해졌다. 중심적으로 끝나는 복합어가 그에게 영향을 미쳤다. "당신 말이 맞아." 그가 말했다. 그는 그녀에게 농담은 그의 체질이 아니라는 것을 다시 한 번 말해 주지 못했다. 또 그가 훼손당한 사람처럼 보이지도 않고 또 그렇게 느끼지도 않는다는 것을 말해 주지 못했다. 그것은 공허한 거부 혹은 노골적 무감각으로 보일 것이었고 둘 다 결국은 그가 아주 심하게 훼손되었다는 것을 보여 줄 뿐이었다.

여기서 샤일록에게 질문 한 가지.

당신의 증권은 얼마나 유쾌한 것이었는가? 안토니오의 신체 중 당신의 마음에 드는 부위에서 한 파운드의 살을 떼어 낸다는 벌금 조항을 두었을 때, 당신의 의도는 무엇이었는가? 농담의 정신으로 볼 때 그 의도는 무엇이었는가? 다시 말해 당신은 어느 정도까지 진지했고, 그들이 당신에게 기대하는 악마 노릇을 어느 정도까지 하려고 했는가? 당신은 호색하게 또는 희롱하듯이 당신의 마음에 드는 신체 부위를 페니스로 지정하려 했는가? 당신이 원래 의도한 것은 **그냥** 살 한 파운드―과장되게 무게를 단― 였는데, 딸이 기독교인과 도망치는 바람에 그 농담의 정신은 모두 사라진 것인가?

그들은 골든트라이앵글의 가장 좋은 식당 중 하나인 트레비소에 앉아 있었다. 미슐랭 별이 두 개. 샤일록에게 편안한 기분을 느끼게 하기 위해 이탈리아 분위기를 갖춘 식당을 골랐고 잉글랜드 북부에서는 소장 와인이 가장 많은 식당이었다. "나는 비어트리스가 축구 선수의 팔에 매달려 집을 나갔다고 거의 생각하고 있네." 그들이 의자에 앉자 스트룰로비치가 말했다. 그는 소믈리에에게 가장 붉은빛이 나는 네비올로를 가져오라고 말하기 위해 잠시 말을 끊은 뒤 계속 이어 갔다. "내가 어리석다는 것을 아네. 하지만 자네가 내 어리석음을 평가해 주리라 믿네."

"그럼 그녀를 뒤쫓아 가지 않았다는 건가?"

"나는 딸아이가 달아나는 여자 같은 느낌을 갖는 게 싫었어. 내가 조용히 가게 내버려 두면 그녀가 멀리 가지 않을 가능성이 많아. 축구 선수가 이 근처에 집을 가지고 있다는 얘기를 들었어. 그녀가 그 집으로 가는 게 자연스럽지. 하지만 그 집에는 전처들의 유물이 가득하고 심지어 아직 정리되지 않은 전처들도 출몰할지 모르므로, 비어트리스 성격으로 보아 거긴 내키지 않았을 거야. 딸애는 내가 전처의 사진을 아직도 가지고 있는 것을 보고서 혐오스럽게 생각했어. 나한테만 혐오감을 느낀 게 아니라 그런 사진을 간직하도록 내버려 둔 제 엄마한테도 화를 냈지. 그래서 나는 그가 그녀를 호텔로 데려갔을 것으로 봐. 그렇다면 그 호텔도 이 근처 어디일 거야. 나는 축구 경기 일정을 살펴보았는데 그는 주말에 스톡포트 카운티 팀에서 뛰게 되어 있더군. 그러니 그도 멀리 가지 못했을 거야. 비어트리스로 말하자면, 그녀는 자기 자신과 어머니 사이에 너무 커다란 거리를 두려고 하지 않아. 나하고 그녀 사이에는 가능한 한 먼 거리를 두려고 하면서도 말이야. 빨리 묶고, 빨리 발견하면서 단단히 단속하자는 자네의 방침은 통하지 않았지. 나는 기다란 밧줄이 희망을 준다, 를 내 격언으로 삼으려네."

"그렇다면 자네가 결국에는 그 결혼에 동의한다는 그런 뜻인가?"

"아니. 나는 그 결혼에 동의하지 않을 거야. 그건 결혼이 아니야. 내가 요 몇 년 동안 공연히 그녀를 감시해 온 건 아니었어. 게다가 그것은 이제 의지와 원칙의 문제가 되었어. 하지만 나의 선택 사항들을 잘 생각해 봐야지."

"그 선택 사항에는 그에게 할례를 면제해 주는 것도 들어 있나?"

"반드시 그렇지는 않아. 하지만 그것을 시행할 수단이 지금 당장은 없어."

스트룰로비치는 뜸을 들이면서 샤일록이 조언을 해 주려는지 기다렸다. 그는 조언할 게 없었다.

스트룰로비치는 그에게 와인을 더 따라 주었다.

비록 결론을 내리지는 못했지만 이런 화기애애한 분위기 속에서 샤일록이 거미게 링귀네를 잠시 먹고서 파스타가 맛 좋다고 칭찬한 뒤, 두 남자는 안토니오의 살 한 파운드에 대한 샤일록의 원래 의도를 본격적으로 논의하게 되었다. 그의 목적 부위는 안토니오의 성기인가 아니면 심장인가?

"내가 나의 의도를 분명하게 알고 있다고 어떻게 그리도 확신하나?" 샤일록이 말했다.

"그럼 즉흥적으로 그런 의도를 말한 건가?"

"나는 그럴 필요가 없었어. 나를 그런 쪽으로 몰고 갔어. 유대인이 발언할 때에는 그 뒤에 역사의 무게가 실리지. 나는 유대인이 말을 조심스럽게 잰다는 것을 관찰할 수 있어. 발언하기를 두려워하지만 결국에는 말을 한다는 그런 인상을 주지. 자네가 방안으로 들어갈 때에는 모세가 자네 뒤에서 함께 걸어가는 거야."

"나는 영국의 가장 오래된 명문 대학에서 학위를 땄네." 스트룰로비치가 그에게 말했다. "내가 방 안으로 들어가면 주교들과 대법관들이 나보다 먼저 걸어 들어가네."

"어쩌면 자네 머릿속에서는 그럴지 모르지. 하지만 그들의 머릿속에서는 아니야. 자네는 그들이 기대하는 것에서 달아나지 못하고 마찬가지로 그들이 보는 것으로부터도 달아나지 못해. 유대인이 계약을 맺으면 그 조건이 가혹할 것이라고 생각들 하지. 유대인이 농담을 하면 가시가 돋쳤다고 생각하고. 그러니 자네의 역사가 이기게 되어 있는데 무엇하러 그 역사와 싸우려 드나?"

"그것을 헷갈리게 하기 위해."

"다른 날 밤에 나를 자네의 승리로 즐겁게 해 주게나. 아무튼 자네가 그 문제를 거론했으니, 내 얘기를 계속하도록 해 주게. 자네는 나를 이렇게 보지? 내가 실제로 안토니오에게 말했고 또 내가 실망하는 일은 없을 거라고. 그는 나를 엄청나게 혐오하면서도 나를 찾아왔어. 호의를 우아하게 요청하는 겸손함도 없이 호의를 구걸했어. 그러니 이건 말이야, 그가 아니라 내가 애원하는 사람이고 또 그걸 감사하게 여겨야 하는 판이었어. 그런 상황이었으니 나도 그자의 방식대로 대꾸해 주자, 라는 유혹을 물리치기 어렵더군. 그자의 모든 공포를 체화體化하고, 모든 과장된 소문을 정당화시켜 주고, 모든 불합리한 미신들을 확인해 주는 그런 방식으로 말이야. 그가 비유와 소문으로 말한다면 나 또한 비유와 소문으로 말해 주겠다 이거야. 하지만 내가 한 말을 그자가 건성으로도 듣지 않았다는 것을 주목해야 하네. 나는 인간으로서 완전히 무시를 당했기 때문에 그자는 내가 진정으로 말한 것과 농담으로 말한 것을 구분하려고 하지도 않았어. 내가 아첨하는지 오만한지도 신경 쓰지 않았고 나의 호색함에 대해서 화를 내지도 않았어. 내가 좋아하는 그의 신체 부위에서 살을 떼어 내겠다고 말하는 건 정말로 호색한 거거든. 그게 하나의 성행위고 나의 육체적 쾌락이 그런 행위에 달려 있는 것처럼 말이야. 나를 완전히 무시해서—나의 대사 '**유대인은 눈이 없습니까? 유대인은 아예 거기에 존재하지도 않는 사람입니까?**'는 거론하지 말기로 하지— 그자는 그가 동의한 내용의 결과를 따지려 들지도 않았어. 상인으로서의 오만함을 마음껏 발산하면서 그는 그 거래로부터 두려워할 것이 없다고 생각했고 또, 이교도로서 오만함을 뽐내면서 그가 거래하는 상대인 유대인의 존재를 아예 부정했어. 나는 존재하지 않고, 나의 말도 존재하지 않고, 나의 위협과 쾌락도 존재하지 않아. 오로지 내게서 돈 빌리는 것만 존재했어. 그가 원하는 것 혹은 그가 결과 따위는 신경 쓰지 않고 얻을 수 있는 것만 바랐어. 그러니 그가 채무를 이행하지 않을 때 내가 채권 집행에 가혹하게 매달리는 것이 뭐 그리 놀라운 일인가?"

스트룰로비치는 뭔가를 말하려 했으나 샤일록이 손을 들어 제지했다. 뭐 더 필요한 것이 없느냐고 물으러 왔던 웨이터도 겁먹고 뒤로 물러섰다.

"그 질문은 물어보나 마나 한 수사적修辭的인 거야," 샤일록이 계속 말했다. "난 자네가 놀라리라고 보지 않아. 아무도 안 놀랄 거야. 안토니오는 채무 이행을 하지 않았고 그 뒤에 벌어질 일은 벌어져야 하는 거야. 나는 채권을 집행해야 되었어. 내 채권을 나쁘게 말하지 마. 나는 그가 만들어 놓은 그 사람, 즉 채권이 되었어. 나는 아무런 발언도 할 필요가 없는 거야. 나는 채권만 집행하면 돼. 당신들이 나라는 존재를 나의 채권, 바로 그 채권으로 축소시켜 놓았으니 거기에 대하여 당신들이 대답해야 하는 거야. 인간적 연민은 기대하지 마. 당신들은 전에 나에게 그런 감정을 느낄 수 있는 수단을 결코 제공하지 않았어. 그런데 이제 와서 어떻게 감히 그것을 내게서 기대해? 나는 당신들의 경멸이 구체화된 대상이야. 그러니 나라는 존재의 결과가 아니라 당신들의 존재의 결과를 감당할 준비를 하라고. 나는 오로지 채권으로서 또

채권을 위하여 발언하는 거야. 당신들이 내게 가르친 악행을 나
는 집행할 거야."

스트룰로비치는 샤일록의 대답이 아무리 포괄적이라고 하더
라도 그가 제시한 질문의 정확한 대답은 아니라고 생각했다. 실
제로 그는 두 가지 질문을 했다. 하나는 안토니오의 성기가 계약
의 원래 부위였는가, 이고, 다른 하나는 만약 그렇다면 안토니오
의 성기와 안토니오의 심장(가슴)까지의 실제적, 도덕적 거리를
샤일록이 어떻게 극복할 것인가, 하는 것이었다.

샤일록은 상대방의 불만을 접수했다. "자네는 설명할 수 없는
것을 설명해 달라고 하는 거야." 그가 말했다. "내가 아는 것을 내
가 아주 진심으로 알고 있었을까? 안토니오가 채무를 이행하지
않을 때 내가 어떻게 하겠다는 명확한 계획을 갖고 있었다면—
내가 안토니오의 성기를 가지고 무엇을 하려 했겠는지 자네 자
신이 한번 스스로 물어보게—그건 어떤 가슴속 깊은 소원에 진
심으로 부합하는 것이었겠지. 아니면 내가 유대인들은 그런 가혹
한 보상을 요구한다는 저들의 미신을 충족시키기 위해, 그저 재
미 삼아 그런 보상으로 위협했던 것일까? 내게는 강요라는 유전
자적 선택밖에 없으니까? 내가 나의 욕망을 연출하는 것인가, 아
니면 그들의 욕망을 연출해 준 것인가? 이 문제에 대하여 자네가
스스로 대답할 수 있다면 내 방을 찾아와서 방문을 두드려 주게.
하지만 자네에게 이것은 말해 주지. 나의 첫 번째 조건*에는 호색
한 농담이 깃들어 있었지만 두 번째 조건**에는 그것이 없었어.

그게 나의 실수였어. 내가 그의 심장에 잠시라도 의도—그것이
나의 첫 번째로 가장 중요한 소원이 아니었더라도—를 가진 듯
한 태도를 보임으로써 안토니오를 고상하게 만들었어. 그는 그런
높은 책무를 감당할 재목이 되지 못하는데 말이야. 결국 그의 성
기를 공격하는 것이 그에게 알맞은 자리를 배정해 주는 것이었
어. 허세만 많고 능력은 별로 없는 자였으니까. 그래서 심장 가까
운 살을 말함으로써 내가 그를 소극笑劇에서 들어 올린 것이 되었
지."

스트룰로비치는 그 문제는 당분간 그 정도로 해 두는 것이 좋
겠다고 생각했다. 식당 내의 손님들이 두 사람을 쳐다보고 있었
다. 그들의 테이블은 좀 외딴 자리에 있었지만 샤일록의 목소리
가 아주 컸고 또 그들의 짧은 교제에서 처음 목격하는 것이었는
데 그의 말하는 태도가 무절제했다. 리스토란테 트레비소에서 손
님들이 가끔 화를 내면서 식사 상대를 그냥 놔두고 벌떡 일어서
서 식당 밖으로 나가 버리는 일은 있었다. 하지만 누군가가 "당신
들이 내게 가르친 악행을 나는 집행할 거야"라고 말하는 것을 듣
는 건 드문 일이었다.

게다가 식사는 식사였다. 그들은 아직도 와인 리스트 중에서
나아가야 할 진도가 있었다.

✦ 성기의 살을 떼어 내는 것.
✦✦ 심장의 살을 떼어 내는 것.

그러나 스트룰로비치가 그 문제를 더 이상 추구하지 않기로 한 진짜 이유는 그가 정신이 산만해지면서 자신이 잘못했다고 생각했기 때문이었다. 우선 딸이 집에서 나가는 것을 막지 못한 것이 첫째 잘못이요 그녀를 따라 뒤쫓아 가지 않은 것이 두 번째 잘못이었다. 그 당시에는 아무런 싸움도 하지 않고 그녀를 가게 내버려 둔 것이 잘한 일 같았다. 그가 합리적인 사람임을 보이면 그것 덕분에 나중에 그녀를 좀 더 쉽게 돌려받을 수 있으리라는 희망을 품었던 것이다. 그러나 그게 더 이상 잘한 일이 아니었다. 그녀는 지금 어디에 있는가?

그는 지금도 그녀가 하우섬과 함께 나타나 취약하게 웃고, 아름답게 보이며, 여인인 척하는 어린 소녀의 모습을 보여 주리라고 절반쯤 기대했다. 그가 불안한 눈빛으로 식당의 어두운 구석구석을 뒤지고 있는데, 갑자기 당통이 그의 시야에 들어왔다. 당통은 다수의 젊은 사람들과 함께 있었다. 그는 고개를 돌렸다. 당통은 그가 보고 싶은 사람이 아니었다. 특히 자신이 걱정이 되어서 죽을 지경인 상태에서는 더욱 보고 싶지 않았다. 그렇다면 그의 주의력을 계속 끌어당기는 이유는 무엇인가? 우선 당통이 그를 아주 강렬하게 살펴보고 있었다. 또한 그가 함께 있는 사람들의 조합도 뭔가 적당하지 않은 것 같았다. 그들이 일어서서 나가려고 할 때—스트룰로비치가 볼 때 황급히 나가고 있었는데 그의 존재가 그런 행동의 원인인 것 같았다—그는 부적당한 것이 무엇인지 깨달았다. 그것은 그래턴 하우섬의 존재였다.

그의 첫 번째 생각은 주먹을 휘두르며 테이블에서 벌떡 일어서는 것이었다. 두 번째 생각은 지금 앉아 있는 자리에 그대로 앉아 있는 것이었다. 이것은 좋은 징조가 아닌가? 하우섬이 제 발로 여기에 나타나다니? 하우섬이 즐거움과는 정반대의 표정을 짓고 있다니? 이것은 그들이 이미 깨어졌다는 확실한 뜻이 아니고 무엇이겠는가? 비어트리스가 갑자기 정신이 번쩍 들어서 그에게 그만 가 보라고 말한 후 집으로 돌아오리라는 뜻이 아닐까? 스트룰로비치가 가까스로 억압한 세 번째 본능은 그들이 식당을 빠져나가기 전에 그들의 테이블로 건너가서 축구 선수의 얼굴에다 크게 웃어 주는 것이었다. 하지만 그녀가 이미 그를 떠나 버렸다면 저자에게 신경 쓸 필요가 무엇인가? 그는 자신이 집으로 돌아갔을 때 집에서 기다리고 있는 그녀를 상상했다. **미안해요, 아빠.**

그러나 그녀는 집에 없었다.

그러면 하느님의 이름으로 어디에—좀 더 정확히 말하자면 하느님의 땅 어디에—그녀는 있는 것인가?

15

당통은 그 편지를 즉시 유대인에게 보내지 않았다. 발송 지연은 그의 영혼만 구제해 줄 뿐 아무 소용이 없을 것이었다. 다행히 호주머니 사정과 관련되는 문제는 아니었으므로 어떤 사람에게 구걸을 한다는 것은 그의 적성에 맞지 않는 일이었다. 특히 스트룰로비치에게 구걸한다는 것은 그의 속을 메스껍게 했다. 그가 편지를 붙들고 있으면 상황이 바뀔 수도 있었다. 어쩌면 바너비가 플루러벨에게 어울리는 또 다른 선물을 발견할 수도 있었다. 혹은 좀 더 행운이 깃든다면 스트룰로비치가 솔로몬 조지프 솔로몬을 다시 시장에 내놓을 수도 있었다. 그는 자칭 수집가였지만 시장가격이 좋으면 물건을 내놓기도 한다는 얘기가 있었고, 당통은 그런 소문의 진실을 의심할 이유가 없었다. 스트룰로비치가 전 세계 모든 도시의 미술품 가치 등락을 보여 주는 차트를 사무실 벽에다 붙여 놓았다고 하더라도 그는 별로 놀라지 않았을 것이다.

당통은 꾸물거리는 사람은 아니었으나 그렇다고 해서 일을 서두르는 사람도 아니었다. 우울한 성격을 갖고 있다는 건 이런 이점이 있다. 우울증은 시간의 느린 경과에 일종의 즐거움을 느낀다는 것이다. 게다가 그가 하는 일의 결말 부분에서 진정한 행복으로 보상받을 것도 아니기 때문에 그것을 서둘러야 할 이유가 없는 것이다.

게다가 그래턴이 이상한 부탁을 가지고 그를 찾아왔다. 아니, 그렇게 표현하는 것은 공정하지 않다. 그것은 아직 부탁의 형체를 취하지 않았고 굳이 말해 보자면 일종의 불평, 당황 중의 분노 같은 것이었다. 마치 남에게서 공격을 당했는데 그걸 입증해 줄 멍이 없는 사람이 느끼는 감정처럼. "난 좀 난처한 입장에 빠졌어요." 그가 당통에게 말했다.

당통은 종종 자신이 결혼해서 가정을 꾸렸더라면 좋았을걸 하고 생각했다. 나는 좋은 아버지가 되었을 텐데, 하고 그는 생각했다. 하지만 자녀들과 정원에서 놀고 있는 모습을 상상할 때면 그 애들은 언제나 남자애들이었다. 그것은 성적인 것이 아니었다. 남자애들은 여자애들보다 더 슬퍼 보인다는 것, 그것뿐이었다. 남자아이들은 은밀한 상처를 가슴속에 지니고 산다. 그는 그것을 꼭 집어서 표현할 수가 없었다. 그는 어린아이였을 때 여자애들이 자기 인형과 읽고 그림 그리고 노는 것을, 또 자기들의 병정들과 놀이하는 것을 보면서 그들에게는 엄청난 몰입과 무아도취의 능력이 있다는 것을 발견했고, 그것은 분명 그의 능력 범위를 벗어나는 것이었다. 그는 언제나 자기 자신을 예민하게 관찰했고, 쉽게 상처 받을 뿐만 아니라 그 상처들에 계속 주목했다. 마치 그의 유일한 장난감이 그가 당한 모욕들뿐인 것처럼.

그가 나이 들면서도 사정은 별로 바뀌지 않았다. 굴욕감은 여전히 그의 장난감이었다. 그러나 이제 다른 사람들을 위하여 그것을 대신 느끼는데, 다른 사람들은 남녀를 망라했으나 주로 남자일 때가 많았다. 그들이 씩씩하게 당한 상처의 광경, 남자는 약하면 안 되고 강해야 하기 때문에 감히 드러내 놓고 말하지 못하는 상처 받은 상태 등은 그의 정서적 에너지를 크게 소비시켰다. 그가 이 세상을 고통 당하는 남자들을 위하여 더 좋은 곳으로 만들 수 있다면 그는 기꺼이 그렇게 했을 것이다. 그러나 당통은 그의 이타주의를 주어진 환경 속에서만 펼칠 수 있기 때문에, 그는 교제하는 모든 친구들을 두 배로 소중한 친구로 만들었고, 그들이 필요로 하는 것보다 더 많은 관심을 베풀어 주었다. 그들이 그를 이용해 먹어도 그는 개의치 않았다. 실제로 그를 가장 많이 이용해 먹는 자들이 그가 가장 많이 도와준 자들이었다. 왜냐하면 그들은 심리적으로 그의 도움을 가장 많이 필요로 하는 자들이기 때문이다. 안 그렇다면 그들이 그처럼 엄청난 요구를 해 올 리가 없는 것이다.

이런 점과 관련하여 그래턴과 바너비는 별반 차이가 없었다.

물론 전자의 경우는 의무가 사랑으로 약간 변형된 것이고, 후자는 사랑이 의무로 약간 변형된 것이기는 하지만 말이다. 바너비는 좋은 집안 출신이고 또 좋은 교육을 받았지만, 소년 같은 심술 이외에는 별다른 재주가 없었다. 하지만 당통은 그런 심술이 그의 사랑스러운 내면적 정신이 외부에 드러난 것이라고 해석했다. 그런 사랑스러움은 이 세상이 줄 수 있는 모든 도움을 필요로 하는 것이다. 특히 이 세상이 순진함을 무자비하게 이용해 먹는다는 사실을 감안하면 말이다. 그래턴은 바너비가 일찍이 당해 본 적 없는 잔인함을 체험했고, 교육을 받지 못했으며, 아무리 상상력을 발휘하여 좋게 봐 준다고 해도 예쁘다고는 할 수 없었으나, 풍부한 신체적 기량을 갖추어서 그의 몸을 움직여 독립생활을 보장하는 생계비를 벌어들일 수 있었다. 표면적으로만 볼 때 그는 당통의 동정을 불러일으킬 그런 사람은 아니었다. 그러나 그 표면을 조금만 더 깊이 파헤치고 들어가면 외롭고 슬퍼하는 소년이 발견되었다. 따라서 나치식 인사 같은 사소한 어리석은 행동은 실제로는 의도된 어리석은 행동은 아니었다. 당통은 어떤 외침 소리를 들으면 그게 도움을 요청하는 외침이라는 것을 금방 알아보았다. 그런 도움의 외침이 먼저 어떤 소중한 친구에 의해 동의되고 이어 또 다른 친구 역시 동의해 온다면, 당통은 그래턴을 그런 도움이 필요한 사람이라고 생각하지 않을 수 없는 것이다. 그가 플루러벨에게 말한 것처럼—가령 그에게 데리고 놀 유대인 여자를 찾아 주는 문제에서 그의 능력이 입증되었듯이—

그를 위해서 이 세상 뭐든지 다 해 줄 수 있는 것이었다. 이런 도움의 말은 자동적으로 입에서 흘러나왔고 무슨 특별한 의미를 내포하지는 않았다. 그러나 그래턴이 평소에 남성미를 자랑하던 고개를 푹 숙이고서 좀 난처한 입장에 빠졌다고 말했을 때, 당통은 또 다른 희생—그의 시간, 에너지, 영향력, 그리고 지갑 속의 돈을 내놓는 희생—의 시간이 다가왔다는 것을 알았다.

"먼저 자네의 사기를 북돋워야겠어." 그는 축구 선수에게 말했다. "나는 오늘 밤 바너비와 그의 동창 두 명과 함께 외식을 하면서 무슨 게임 혹은 경기를 시청하기로 했어."

"그건 스톡포트 카운티 대 콜윈베이 팀 간의 경기는 아닐 것 같군요." 그래턴이 쓸쓸하게 말했다. 심지어 그의 축구 선수 경력도 그의 입안에서는 잿더미가 되었다.

"아니, 그건 축구가 아니라 럭비 경기야. 아무튼 대단히 즐거울 걸세."

'즐거운'이라는 단어는 당통의 어휘 목록에서는 생소한 것이었기에 심지어 그래턴도 놀라움을 표시했다. 그것은 하느님 같은 남자가 쌍욕을 말하는 걸 듣는 것 같았다.

"나는 그런 걸 느낄 기분이 아닙니다." 그래턴이 말했다.

"자, 어서 가세, 그러지 말고. 자네가 먼저 저녁 식사에 합류하고 그다음에 자네와 내가 은밀히 문제를 의논하면 되지 않나?"

그래턴은 망설였다. 하필이면 오늘 밤이란 말인가. 비어트리스는 틀림없이 그와 함께 시간을 보내기를 바랄 것이었다.

"그게 편하지 않다면⋯⋯" 당통이 말했다.

"아니, 아니에요. 편하게 만들겠습니다."

하지만 그는 어떻게 그렇게 할 수 있겠는지 확신이 서지 않았다.

그런데 당통은 그날 저녁 두 번째 난처한 문제를 해결해야 되었다. 그는 그럴 목적으로 바너비에게 레스토랑에 좀 일찍 오라고 일러두었다. 그 두 번째 것은 바너비의 문제였기 때문이다.

"그래, 내게 말해 보게." 당통이 말했다.

바너비는 그의 왼손을 가리켰다.

당통은 어깨를 한 번 들썩했다.

"뭐가 없어진 게 안 보이세요?" 바너비가 물었다.

당통은 그의 손가락을 세어 보았다. "거기 다 있는 것 같은데." 그가 대답했다.

"약손가락을 좀 보세요." 바너비가 말했다.

"거기 잘 붙어 있는데."

"예. 하지만 거기 반지가 없잖아요."

"아. 그 반지는 그러니까──?"

"예. 플루리가 내게 사 준 거예요."

"그런데 자네가 그걸 잃어버렸나?"

바너비는 언제나 당통의 가슴을 찢어 놓는 그런 표정을 지었다. 아무에게도 도움의 손길을 구할 데가 없는 어린 소년의 얼굴.

"정확하게 말해서 잃어버린 건 아니에요."

"그럼 창녀에게 주어 버렸나?"

"물론 안 주었죠. 우연하게라도 창녀 집에 놔두었을 리는 없어요."

당통은 바너비가 이런 방정한 행동에 대하여 약간의 칭찬을 바란다는 것을 알 수 있었다.

"자네가 그걸 누구에게 주었는지 내 알 바는 아니지만……"

"왜 내가 그걸 누군가에게 주었을 거라고 두려워하세요?"

"두려워한다고? 누가 **두려움**에 대해서 말하기라도 했나?"

"플루리를 대신하는 두려움 말이에요." 바너비는 그렇게 말하면서 당통의 질투심을 너무 깊숙이 찌른 것이 아닐까 걱정스러웠다.

당통은 바너비의 게으른 눈을 깊숙이 쳐다보았다. "내가 플루리를 두려워해야 하나?"

"아니요, 그럴 필요 없지요. 내가 반지를 잃어버렸어요. 그게 이야기의 전부예요."

"그럼 자네가 플루리에게 그 사실을 말했을 때 그녀가 믿어 주기를 바라자고."

"왜 그녀가 믿지 않는다는 거죠?"

"왜냐하면 변명처럼 들리니까."

"내가 반지를 잃어버렸어요."

"그건 부주의함에 대한 변명이야."

"이런, 당통. 내 일에서 손 떼세요. 당신은 그녀 못지않게 나빠요."

남자와 여자 그리고 그들의 조잡한 반지 문화에 대하여 격심한 염증이 당통에게 몰려왔다. 그도 젊은 시절 반지를 교환했었다(그러나 늘 잠정적으로 교환했을 뿐인데, 그게 상대방이 원하는 것이라고 그가 생각했기 때문이다). 그래서 그는 반지 주고받기의 상징성을 이해했으나 서로의 손가락에 금반지를 끼워 주고서 영원한 정절을 약속하는 남녀, 그리고 상대방이 반지를 끼지 않았을 때 배신을 외쳐 대는 과장된 시심詩心에는 넌더리가 났다. 그들은 그 의례가 신임과 정절을 강조하는 것이라고 하지만 그것은 서로 통과하지 못하는 테스트, 혹은 상대방을 걸어 넘어트리려는 함정, 동물용 덫, 가령 토끼를 잡기 위해 나뭇가지에다 매달아 둔 철사 줄의 무자비한 함정 같은 것이었다. 이런 표리부동의 의례가 그를 화나게 하고, 울적하게 하고, 실망감을 느끼게 했다. 플루러벨은 모든 면에서 아주 이례적인 여성이었다. 하지만 바니는 그가 부주의하게도 사랑의 정표를 잃어버린 것을 발견하는 순간, 그녀가 잔소리꾼—"그는 나를 사랑해, 그는 나를 사랑하지 않아"—으로 돌변하는 것을 두려워했다.

"자네 일에서 손 떼라고 말할 거라면 왜 이 문제를 가지고 나를 찾아왔나?" 당통이 물었다.

"죄송해요, 당통. 난 그 말을 하지 말았어야 해요. 용서해 주세요."

당통은 그의 친구가 플루러벨에게 할 사죄를 미리 연습하고 있다는 느낌이 들었다. 그런 연습이 그를 즐겁게 하는지 혹은 그렇지 않은지 당통으로서도 확신이 서지 않았다. 불편하면서도 우쭐한 기분이 된 그는 상상의 침대 끝부분에서 그 자신을 살짝 밖으로 밀어냈다. "그럼 내가 뭘 해 주기를 바라나?" 그가 부드럽게 물었다.

"당신이 그 반지를 빌렸다고 말해 주실 수 없을까요?"

"내가? 자네 반지를 빌렸다고? 그걸 가지고 뭣 하려고?"

"오, 모르겠어요. 창녀에게 주어 버리기 위해!"

두 사람 사이에 정적의 순간이 흘렀고 소믈리에의 등장으로 그 긴장이 다소 해소되었다.

"미안해요." 바너비가 다시 말했다.

당통은 그의 침묵이 좀 더 머물도록 했다. "이렇게 한번 해 보자고." 마침내 그가 말했다. "반지에 박힌 보석이 느슨해져서 내가 자네 손가락에서 떼어 냈다고 말이야."

"보석이 없어요. 그냥 평범한 금반지예요."

당통은 기억했다. 그들의 완벽하고 깨어지지 않는 사랑을 상징하기 위하여 완벽하고 깨어지지 않는 반지를 준비했다는 것을. 어쨌든 그건 그가 한 일이었다. 사람들을 서로 엮어 주는 것이 그의 장기였다. 당통은 남들을 위해서 행복을 발견해 주면서도 정작 그 자신을 위해서는 행복을 발견하지 못했다.

"그렇다면 그걸 세공사에게 주어 반짝반짝 닦게 하려고 자네의 손가락에서 뺐냈다고 말하지. 나는 전담 세공사가 있어."

"그걸 닦아 줄 필요가 있나요?"

"그건 문제 되지 않아."

"그녀가 그 차이를 알아볼 수 있을까요?"

"반지가 없는데 차이가 무슨 의미가 있나?"

바너비는 당황하는 표정이었다.

"이봐, 자네가 반지를 잃어버렸잖아."

"아, 그래요. 그래서 그다음은 어떻게 되는 거죠?"

"내가 세공사에게 가는 길에 잃어버렸다고 할게."

"그거 정말 좋은 아이디어네요. 하지만 세공사에게서 찾아서 돌아오는 길에 잃어버렸다고 말해 주세요."

"무슨 차이가 있지?"

"난 플루리가 반지를 닦으려 한 나의 의도를 알아주었으면 좋겠어요."

"좋을 대로."

바너비는 당통의 두 손을 잡았다. "난 당신에게 영원한 빚을 졌어요."

당통의 두 눈에 약간 눈물이 어렸다. "그런 말 하지 말게." 그가 말했다.

"좋아요. 하지만 내가 다시는 당신에게 부탁을 드리지 않겠다고 약속하고 싶어요."

"자네가 그 말도 하지 않았으면 좋겠네."

"알았어요." 바너비는 알지도 못하면서 그렇게 말했다.

하지만 그의 사기는 아주 놀랍게 진작되어 15분 전에 머리를 산발하고 레스토랑 안으로 들어서던 그 남자와는 전혀 다른 사람이 되었다.

그는 의자 등에 몸을 기대면서 그의 은인에게 미소 지었다. "근데, 그 그림 건은 어떻게 되어 가고 있죠?" 그가 물었다.

"좀 참고 기다리게." 당통이 말했다.

"저 늙은 구두쇠에게 그 그림을 넘기라는 얘기를 아직도 납득시키지 못했나요? 왜 이렇게 지체되죠? 그가 돈을 더 원하는 건가요?"

"먼저 반지 건을 해결하자고."

바너비는 더욱 깊숙이 의자에 몸을 파묻었다. 그렇다. 인생은 문제가 많다. 그러나 남들이 그를 위해 해결해 주지 못할 문제는 없다.

'이렇게 또 시작이군.' 당통이 그런 생각을 하고 있는데 그래턴 하우섬이 그들에게 합류했다. 그는 난처한 입장에 빠진 사람처럼 보였고 반면에 바너비는 막 난처한 문제에서 빠져나온 사람처럼 보였다.

16

약간 뒤로 돌아가 보자.

이런 밤에는 말이야, 하고 비어트리스는 생각했다, 내가 혼자 앉아서 달이나 쳐다보고 있으면 안 되는 거야.

스트룰로비치는 다른 것은 몰라도 이 문제에 있어서는 옳게 판단했다. 그의 딸은 멀리 가지 못했다. 남자 친구와 짐 가방을 들고서 집을 나선 후 그녀는 플루리의 보호를 받기 위해 올드벨프리로 곧장 갔다. 그건 그래턴의 아이디어였다. 그들은 일찍이 플루리의 집에서 만났었고 플루리의 집에서 눈빛을 맞추었고 플루리의 집에서 화끈한 사랑을 나누었고 이제 플루리의 집에서 은신처를 마련할 계획이었다. 플루리는 전에 했던 성형수술을 재수술하기 위해 며칠 동안 집을 비웠는데 그래도 비어트리스에게 전화를 걸어서 그녀의 흥분과 도와줄 의사를 밝혔고, 그래턴과의 통화에서는 그의 장난기를 질책하면서도 그의 선택을 칭송했고 이어 집안 관리인에게 전화를 걸어 그 커플을 위하여 가장 아름 다운 방을 준비해 놓으라고 지시했다. 그녀가 전에 그들의 개인 적 용도를 위해 마련해 두었던 그 방도 예쁘기는 하지만, 그보다 더 근사하고 낭만적인 방을 내주라고 일렀다. 그녀가 찾고 있던 단어는 신방이었다.

비어트리스와 그래턴은 그 집에 도착했을 때 그들의 신방이라 고 생각되는 방에서 새로 봉긋하게 부풀려 놓은 베개, 꽃병에 든 신혼부부용 꽃, 침대 옆 오른쪽 테이블에 페리어주에 벨레포크 샴페인 병, 그리고 왼쪽 테이블에 라뒤레 마카롱 상자를 발견했 다. 그들은 좀 더 찾아보았더라면 그 집에 절반쯤 살고 있는 당통 이 플루리의 응접실에서 그림들을 재배치하는 광경을 보았을 것 이다(플루리는 집에 돌아왔을 때 당통의 재배치 작업을 보는 것 을 좋아했다). 그러나 그는 작업에 몰두하여 그 커플이 도착했 을 때 알아채지 못했다. 그래턴은 그게 오히려 잘되었다고 생각 했다. 그는 당통에게 그 소식을 단계적으로 알리고 싶었다. 그는 당통으로부터 공감을 기대했지만 반드시 격려를 해 줄 것이라고 보지는 않았다. 그들의 작은 세계에 비어트리스를 처음 소개해 준 것은 당통이었고, 그래서 그래턴이 이런 식으로 그녀를 차지 하는 것을 별로 마땅치 않게 생각할 수도 있었다. 그는 당통이 뭐 라고 하기도 전에 그 말이 들려오는 것 같았다. '그래턴, 자네가 그녀와 이런 식으로 도망치라고 그녀를 소개해 준 건 아닐세. 모든 것이 자네의 쾌락을 위해서 존재하는 건 아니야.' 그것은 애정에서 나온 질책일 테지만 여전히 질책이었다. "다시는 그런 짓 하지 말게." 당통은 그래턴이 나치식 인사를 한 다음에 경고했었다. 그는 그래턴의 머리를 가리키며 말했다. "앞으로는 그걸 사용하게."

스톡포트 카운티 축구팀의 감독도 같은 말을 했다.

물론 당통은 앞으로 무슨 일이 벌어질지 추측할 수 있었을 것이다. 그는 음울한 자기 명상에 빠진 사람이었으나, 복도에서 오가는 은밀한 속삭임과 어색한 사라짐 등을 당통이라고 듣고 보지 않을 수 없었다. 그게 아니라면 플루리가 그녀의 대상적代償的인 에로스의 흥분 속에서 이미 그에게 말해 주었을 수도 있다. 하지만 만약 당통이 아직도 모르고 있다면 그래턴은 가능한 한 오래 그에게 알려 주지 않는 편이 좋겠다고 생각했다. 그가 지금까지 무엇을 했는지 또 그를 면접한 사람의 이름이 무엇인지 등을 알려 주지 않는 게 좋으리라 짐작했다. 또 말을 한다고 해도 그녀, 그, 아버지, 할례 등을 일반적인 관점에서 두루뭉술하게 말하는 것이 좀 더 현명할 것이었다. 당통은 세속 물정에 빠삭한 사람이므로, 할례가 모든 유대인 아버지가 자신의 딸과 결혼하려는 이교도에게 요구하는 절차인지 아닌지 추상적인 방식으로 말해 줄 수 있을 것이었다. 또 그런 요구를 하는 것이 그 아버지들의 법적, 도덕적 권리 범위에 들어가는지, 또 그런 절차의 실천을 단속하는 법조계 인사들이 있는지, 또 그것이 고통을 수반하는 절차인지 등도 말해 줄 수 있으리라.

그는 비어트리스를 안고 신방 문지방을 넘어서 침대 위에다 그녀를 부려 놓았는데, 그녀는 그 동작이 그런 계제에 어울리지 않을 정도로 거칠다고 느꼈다. 이어 그는 곧바로 아래층에 내려갔다 와야겠다고 말했다.

"어디로 갈 건데요?" 비어트리스가 그의 등 뒤에다 소리쳤으나 그는 곧 사라졌다. "금방 사라진 것처럼 금방 나타나세요." 그녀가 자기 자신을 상대로 중얼거렸다.

그래턴이 그를 발견했을 때 당통은 사다리 위에 올라가 있었다. "이게 똑바로 걸린 것 같은가?" 그는 뒤돌아보지 않고 아래쪽을 향해 소리쳤다.

그래턴은 그 자신의 난처한 상황에 너무 골몰한 나머지 그 그림이 똑바로 걸렸는지 말았는지 알고 싶지 않았으나 그래도 쉬운 해결안을 선택하면서 그렇다고 말했다.

"그래 뭔가?" 당통이 사다리에서 내려오면서 말했다. 그는 그래턴의 상기된 표정으로부터 그가 뭔가 긴급히 할 말이 있다는 것을 알았다. 그러자 그래턴은 자기 마음속에 들어 있던 내용을 편집하여 그에게 쏟아붓듯이 말했고 그에 응하여 당통은 그를 레스토랑으로 초대했다……

약간 앞으로 가 보자.

"이거 잘 모르겠는데," 그래턴이 계단을 다시 올라가면서 그 자신에게 중얼거렸다. "내가 오고 있는지 아니면 가고 있는지." 그 계단으로 그가 돌아오기를 기다리며 창문에 서 있던 비어트리스에게 그가 말했다. "미안하지만, 나는 다시 나가 봐야 해."

비어트리스는 믿어지지 않는다는 듯이 그를 빤히 쳐다보았다.

"처음에는 금방 갔다 온다더니 이제는 또 잠시 더 나가 있어야 해요? 다른 사람이 보면 당신이 나와 함께 있는 것을 싫어하는 걸로 알겠어요."

그녀는 결코 감상적이지 않았다. 그녀는 이것이 그들의 신혼 첫날밤이라고 생각하지 않았다. 그들은 이미 여러 번 동침했고, 그날 밤이라고 해서 이미 전에 벌어졌던 일을 가지고 특별히 성화聖化해야 할 필요도 없었다. 그것은 그냥 보내야 할 하룻밤일 뿐이었다. 그러나 그녀가 싸 들고 온 짐을 풀기도 전에 그가 금방 어디 갔다 와서 다시 더 나가 있어야 한다는 것은 그녀나 혹은 다른 어떤 여자일지라도 바라는 사태의 전개는 아니었다.

"물론 나는 당신과 함께 있고 싶어." 그래턴이 말했다. 그는 그녀가 그것을 의심해서 기분 나쁜 표정을 지었다.

"그래턴!"

"왜?"

"우리는 방금 여기에 도착했어요!"

"오래 걸리지 않을 거야."

"어디 갔다 왔어요?"

"말할 수 없어."

"어디로 갈 건데요."

"말할 수 없어."

"그래턴, 이건 좋은 출발이 아니에요. 내가 견뎌 온 오늘 하루
를 생각할 때."

그는 그녀를 침대로 데려가서 시계를 내려다보는 것이 가능한
자세로 그녀를 포옹했다. "나도 쉽지는 않았어." 그가 그녀에게
상기시켰다.

"그래요. 하지만 당신은 나보다 덩치가 크고 경험도 더 많아요.
게다가 그는 당신의 아버지가 아니에요. 제발 오늘 밤에는 나가
지 말아요. 오늘 밤만은."

그러나 그래턴은 당통을 리스토란테 트레비소에서 만나야 할
약속이 있었다. 그는 당통의 조언이 필요했다. 나중도 아니고 내
일도 아니고 지금 당장. 도망자 신분으로 비어트리스와 하룻밤을
보내기 전에. 비어트리스의 집에서 플루리의 집으로 건너오는 짧
지만 위험스러운 드라이브 길에서 그는 이런 생각이 문득 떠올
랐다. 오늘은 비어트리스가 격분하여 단호한 자세를 취하고 있지
만 그녀는 내일이면 그를 포함하여 이 사태에 대해 다른 느낌을
가질 수도 있었다. 그자가 괴물이든 말든 아버지는 여전히 아버
지인 것이다. 그것도 그가 들은 바에 의하면 유대인 아버지는 더
욱더 그러하다는 소문이다. 그는 그 어떤 것도 당연하게 여겨서
는 안 되었다. 비어트리스가 말한 것이 반드시 비어트리스가 생
각한 것이라고 할 수도 없다. 그는 이처럼 여자의 심리를 깊게 통

찰하는 그 자신이 만족스러웠다. 비어트리스를 위해서나 그 자신을 위해서 그가 당통과 대화를 나누는 것이 중요했다. 그러지 않으면 그는 엉뚱한 행동을 할 수도 있었다. 가령 그가 후회할 어떤 말을 한다거나 그가 하지 말아야 할 행동을 하게 되는 것이다.

"내게 어디 갔다 왔는지 또 어디로 갈 건지 묻지 말아 줘." 그가 애원했다. "그냥 나를 믿어 줘. 당신이 나중에 다 알고 나면 내가 거기 가길 잘했다고 동의할 거야. 이건 우리를 위한 일이야."

"마치 당신이 목사를 데려올 것처럼 말하는군요. 그러지 말아요."

"아니, 그런 사람을 데려오는 게 아니야." 그래턴이 그의 손을 가슴에 갖다 대며 말했다. 비어트리스는 어쩐지 그 동작이 그의 악명 높은 나치식 인사를 연상시킨다고 생각했다.

"벌써 다른 여자가 생긴 건 아니겠지요?"

"다른 여자! 우린 여기 온 지 한 시간밖에 안 되었는데."

그랬나, 시간이, 하고 비어트리스는 생각했다. "그럼 곧 돌아올 거지요?"

"약속해." 그가 또다시 팔을 가슴까지 들어 올리며 말했다.

"그렇게까지 할 필요는 없어요." 비어트리스가 말했다. "술 취하지 말고 돌아와요."

"영주처럼."

"곤드레만드레 취한 것을 영주처럼 취했다고 해요. 그러니 당신이 말하려고 한 것은 판사처럼, 이었을 거예요. 아무튼 상관없어요. 당신이 돌아오겠다는 것만 약속해요. 당신은 나를 혼자 내 버려 두려고 여기에 데려온 것은 아니겠지요?"

"내가 왜 그런 짓을 해?"

그는 그녀에게 맹렬한 열정으로 키스했다. 그가 그녀를 처음 보았을 때 그녀는 개구쟁이 소년으로 분장하고 있었다. 플루리의 소행이었다. "나의 자그마한 유대인 소년" 하고 플루리는 그녀를 불렀다. 그녀는 또다시 그때와 비슷해 보였다. 화를 낸다기보다 심통 맞고, 여자라기보다 소녀 같고, 서양적이라기보다 동양적이고, 혼혈아이고, 이 장소에 어울리지 않고, 이것도 저것도 아니어서 그에게는 하나의 혼란이었다. 그가 그녀를 위해서라면 하지 않을 일이 있을까?

"오래 걸리지 않을 거야." 그가 말했다.

약간 뒤로 돌아가 보자.

그래서 비어트리스는 이런 밤에 혼자 남겨져서 그녀가 해 온 일을 명상하게 되었다.

그녀가 눈물을 흘렸다는 것이 놀라운 일인가?

그녀는 눈물을 훔치면서 그래턴이 그녀의 아버지를 죽이기 위해 외출한 것이 아닐까, 하고 생각했다. 그런다고 그녀가 신경이나 쓸 줄 알았는가?

하지만 이어진 격투에서 그녀의 아버지가 그래턴을 죽인다면? 그것도 그녀가 신경이나 쓸 것 같은가?

질문들, 질문들……

그녀는 샴페인을 별로 좋아하지 않지만 샴페인 병을 땄고, 병에서 평 하는 소리가 나자 깜짝 놀랐다. 그건 그래턴의 권총이 발사된 것인가? 혹은 그녀 아버지의 권총이? 그녀의 집은 거기서 겨우 1마일 반 떨어져 있을 뿐이었다. 이러한 밤들에, 조용한 골든트라이앵글에서는 소리가 멀리 퍼져 나갔다.

내가 이 병을 비워 버리면, 하고 그녀는 생각했다, 나는 그래턴 하우섬이 누구인지 잊어버리겠지. 그러나 나의 아버지를 잊어버리지는 못할 거야.

나의 온 생애가 아버지 때문에 비참해졌어, 하고 그녀는 생각했다. 그녀의 아버지는 그녀를 쫓아와, 그녀를 파티장에서 끌어내고, 그녀의 남자 친구들을 주먹으로 때리고, 그의 손등으로 그녀의 립스틱을 닦아 내 버리고, 마치 심장마비로 그녀를 위협하려는 것처럼 그의 가슴을 부여잡았다. **네가 내게 한 짓을 봐라. 넌 나를 죽이고 있어.** 하지만 정작 그녀를 죽이고 있는 것은 아버지였다. 그렇지 않은가? 그녀는 아버지가 그렇게 하지 않은 때를 기억해 보려고 애썼다.

그녀가 웃었다고 해서 놀라운 일인가?

그녀는 이런 것도 기억났다. 한번은 그가 그녀의 핸드폰을 호수에다 내던졌다. 그녀에게 전화를 건 남자는 익사하면서도 그녀에게 말을 걸었다. 그건 2년 전이었을 것이다. 그는 아직도 호수 물 밑에서 그녀가 보고 싶어 죽겠다고 말하고 또 그녀의 가슴이 멋지다고 높게 평가하는 말을 지껄이고 있을까?

한번은 그녀의 아버지가 그녀의 노트북 컴퓨터를 샅샅이 뒤졌다. 한번은 욕실 문 밑부분을 발로 걷어차고 주먹으로 그녀의 화장대 거울을 산산조각 내 버렸다. 한번은 그녀가 사귀는 남자에게 청부 살인 업자를 붙이겠다고 위협했다. 당시 그녀는 겨우 열네 살이었다. 남자는 그녀보다 한 살 많았다. 한번은 좀 나이 든 남자 친구의 차량 보닛 위로 아버지가 달려들었다. 그냥 계속 운전하세요, 비어트리스가 말했다, 그는 균형 감각이 없어서 곧 차에서 떨어질 거예요. 한번은 그가 호주머니에 권총이 들어 있는 것처럼 행동하면서 호텔 방 안으로 쳐들어왔다.

그녀 인생의 다른 드라마가 어떻게 아버지의 드라마와 비교가 되겠는가? 그래턴이 어떻게 그녀 아버지가 했던 것처럼 그녀에게 몰입할 수 있겠는가?

그건 아버지가 그녀에게 얼마나 그녀를 사랑하는지 보여 주기 위해서였다. 과연 그게 전부였는가? 그녀가 다른 남자와 사랑에 빠지는 것을 막기 위해?

그녀가 다시 눈물을 흘렸다는 것이 놀라운 일인가?

화가 나는 일은—무엇보다도 가장 화가 나는 일은—그게 통했다는 것이다. 그녀는 다른 남자와는 사랑에 빠질 수가 없었다.

그녀는 그 눈물을 그녀의 어머니에게 집중시키려고 애썼으나 오로지 그녀 아버지만 생각할 수 있었다.

그런데 오늘 밤에는 그가 왜 뒤따라오지 않았는가?

그는 언제나 그녀를 뒤쫓아 왔다. 그런데 왜 이번에는, 이 중요한 때에는 따라오지 않는가? 그게 정말로 중요하다면.

그가 그녀를 포기한 것일까? 그녀는 그녀의 할아버지가 아버지와 이교도의 결혼을 반대하여 아버지를 생매장했다는 얘기를 들었다. 그는 이제 그녀를 생매장하기로 결정했는가? **너는 내 것과 같이 생긴 페니스를 가진 남자와 결혼해야 돼. 안 그러면 너를 생매장할 거야!**

그녀가 웃음을 터트렸다는 것이 놀라운 일인가?

그것에 대해서 웃어 버리든 또는 울어 버리든 이런 계명은 오로지 한 가지만 뜻했다. 즉, 그가 그녀를 사랑한다는 것이다.

그녀는 라뒤레 마카롱을 다섯 개째 먹으면서 예기치 않았던 질문을 그녀 자신에게 던졌다. 만약 그래턴이 그의 요구에 동의한다면, 그녀의 아버지는 그 수술이 성공하기를 바라는가, 아니면 그래턴이 피 흘리며 죽기를 바라는가?

약간 앞으로 가 보자.

당통은 그의 귀를 믿을 수가 없었다. "그가 그렇게 말했단 말인가?"

"예."

"확실해?"

"그가 그렇게 말했다니까요."

"단 몇 마디 말로?"

"몇 마디인지는 세어 보지 않았어요."

"그가 이렇게 말했어? '가서 할례를 받게. 그러면 내 딸을 차지할 수 있네.' 명확하게 이렇게 말했다는 거야?"

"그는 이렇게 말했어요. '가서 할례를 받고 다시 얘기해 보세. 그때까지는 더 이상 할 말이 없어.'"

"그가 비유적으로 그런 말을 한 게 아니라는 거지? 확실하지? 가령 마음(심장)의 할례에 대해서는 말하지 않았어?"

"마음의 할례가 뭐예요?"

"옛날 옛적에 이 나라가 기독교 국가였을 때, 자네 계급의 젊은이는 주일학교에 가서 바울로 성인에 대한 가르침을 받았지. 성 바울로는 말했어. 우리는 할례를 비유적으로 이해함으로써 더 좋은 기독교인이 될 수 있다. 율법의 조문 그대로 따르는 것이 아니라 그 정신을 따라가야 한다. 우리는 마음의 할례를 받을 수 있다는 거야. 이 말을 이해하겠나?"

그래턴 하우섬은 처음엔 머리를 끄덕였으나 곧 머리를 흔들었다. 당통이 무슨 얘기를 하든 그 말은 이 경우에는 해당되지 않았다. "왜 그는," 그가 말했다. "내가 더 좋은 기독교인이 되기를 바라는 거지요? 나는 이미 너무 훌륭한 기독교인이어서 그가 받아들이기 곤란할 정도예요. 그는 내가 더 좋은 유대인이 되기를 바라요…… 아니 유대인이라면 다 좋다는 거예요."

"그게 내가 하는 말이라니까. 마음속의 유대인. 그가 자네에게 그런 사람이 되라고 한 게 아닌가?"

"내 마음을 할례 하라는 얘기는 없었어요. 나는 그런 거라면 동의하지 않았을 거고요."

"그래, 자네는 뭔가 하기로 동의했다는 그런 얘기인가?"

"나는 그 문제를 비어트리스하고 얘기해 보겠다고 했어요."

"비어트리스!"

하우섬은 자신의 옆머리를 손바닥으로 내리쳤다. **나는 정말 바보야!** 당통과 함께 있은 지 2분도 안 되어 벌써 다 말해 버렸잖아. 그는 제2의 비어트리스를 만들어 낼까 생각해 보았으나 그건 문제를 더 악화시킬 것 같았다.

"예, 비어트리스."

"플루리의 비어트리스?"

일이 이렇게 시작되었으니 죽이 되든 밥이 되든 끝까지 가 보자, 하고 하우섬은 생각했다. "그런데 그녀는 지금 나의 비어트리스가 되었어요. 당통, 내가 그녀를 사랑한다는 것을 이해해 주어야 해요."

"언제부터?"

"내가 그녀를 처음 본 순간부터."

"하우섬, 그녀는 어린애야!"

"그녀 아버지도 그렇게 말하더군요."

"그 아버지 말이 일리가 있다고 생각하지 않아? 자네는 그 애보다 배나 나이가 많아."

"그럼 그들이 나를 거세하겠다는 얘기에 동의해야 한다고 생각하세요?"

"나는 자네가 그 애를 놔주는 데 동의해야 한다고 생각하네."

"그건 이미 너무 늦었어요. 그녀는 집을 나와서 나와 함께 달아났어요. 그녀는 지금 플루리의 집에 머물면서 나를 기다리고 있어요."

"플루리도 알고 있고?"

"예. 그녀가 전화를 걸어서 우리를 축하해 주었어요. 그녀는 우리에게 샴페인도 한 병 남겨 놓았어요."

"나는 자네를 위해서는 뭐라도 내놓을 사람이지만, 이 경우에는 자네에게 샴페인을 내놓을 수 없어. 만약 그 아버지가 자네를 뒤쫓아 온다면 어떻게 할 것인지 생각해 보았나?"

"그것 때문에 당신에게 물어보러 온 거예요. 나는 어떻게 해야 하죠?"

"그 소녀를 돌려주게."

"이미 말씀드렸잖아요. 나는 그렇게 할 수 없어요. 우리는 서로 사랑해요."

"그녀는 아버지의 요구 사항에 대해서 어떻게 생각하나? 그녀는 자네가 그 요구 사항에 동의하기를 바라나?"

"그녀는 아버지가 빌어먹을 편집증 환자라고 생각해요. 그녀는 아버지, 그의 유대인 돈, 그의 유대인 재단을 증오해요."

"재단! 무슨 재단?"

"당통, 나는 몰라요. 뭐라고 하는 재단인데. 그 무슨 빌어먹을 재단이더라? 아, 스트룰로비치 재단이었을 거예요. 내게 더 이상 묻지 마세요."

당통은 유리잔의 내용물을 뒤로 쏟았고 눈알이 앞으로 튀어나왔다.

"스트룰로비치라고 했나?"

"아마도 그렇게 발음하는 것 같았어요. 그의 딸과 달아났다고 해서 내가 그 남자의 이름을 반드시 외워야 할 의무는 없다고 생각해요."

당통은 그의 마음이 제멋대로 방황하도록 내버려 두었다. 비어트리스 스트룰로비치…… 비어트리스 스트룰로비치…… 그는 그것을 알고 있었던가? 그가 하우섬이 유대인 여자를 좋아한다는 얘기를 듣고 그게 두 사람에게 재미있는 사건이 되겠다며 하우섬의 심심풀이 땅콩으로 그녀를 플루리에게 처음 소개했을 때, 그녀의 이름을 알고 있었나? 그 자신도 잘 모르는 방식으로 그가 이런 혼란의 관련자가 되어 버린 것일까? 비어트리스가 누구인지 알면서 혹은 절반쯤 알면서 그가 이 일에 공동 음모자로 참여한 것일까?

무엇을 의도했든 간에, 그는 그래턴이 그녀와 사랑에 빠져서 자신의 포피를 잃어버리거나 그녀와 함께 사랑의 도피를 하기를 바라지는 않았다.

그로서는…… 그 아버지의 가슴을 찢어 놓는 것은 결코 그의 의도가 아니었다. 그 외에 또 누가 고통을 당했든지 간에.

그는 미술품 수집가, 자선사업가, 벼락부자, 지저분한 패배자, 수전노, 흡혈귀요 악마인 사이먼 스트룰로비치와의 불편한 관계의 역사를 구석구석 뒤져 보았다. 이것이 그로서는 가장 낮은 순간인가 아니면 가장 높은 순간인가?

그래턴 하우섬의 폭탄선언이 그의 대의大義를 돕는지 아니면 방해하는지 결정을 하지 못하고 또 이 순간 그 대의가 무엇이었는지 기억하지 못하면서, 그는 더 많은 브랜디를 주문했다.

그래턴이 마침내 집으로 돌아왔을 때 그는 비어트리스가 완전히 알몸이 된 채 방바닥에 죽은 듯이 누워 있는 것을 발견했다.

그가 너무나 공포스러운 비명을 내질렀기 때문에 비어트리스는 눈을 뜨고서 그가 그녀를 버리고 떠났을 때 남겨 둔 빈 공간을 실연實演하는 것이라고 말할 수밖에 없었다.

"공간을 어떻게 연기로 보여 준다는 거지?" 그가 알고 싶어 했다.

"이런 날 밤에 당신은 어떻게 나를 혼자 내버려 둘 수 있어요?" 그녀가 물었다.

그러나 그는 그녀의 유방에 너무나 매혹되어 대답을 할 수가 없었다.

이 남자는 예술에 대한 감각이 없어, 하고 비어트리스는 생각하면서 그에게 마지못해 그녀의 몸을 바쳤다.

17

상거相距가 1마일 정도밖에 안 되는 골든트라이앵글의 두 장소에서 마음의 할례에 관한 성 바울로의 신학 사상을 논하는 두 대화가 동시에 벌어지다니 얼마나 놀라운 일인가.

또 다른 별에서 온 지구 방문자가 본다면 그가 어떤 기독교 국가에 떨어졌다고 믿기에 충분한 현상이었다.

어쩌면 당통과 그의 감상적 수혜자인 그래턴 하우섬이 주고받은 말을 '대화'라고 지칭한다는 것은 과장일지 모른다. 스트룰로비치와 샤일록 사이에 오간 말에 대해서도 이하동문일 것이다. 하지만 후자의 대화를 대화로 만들어 주지 않는 것은 이해력 수준에서의 불균형은 아니었다. 그보다는 스트룰로비치나 샤일록이나 상대방의 생각을 잘 알면서도 각자의 생각을 말하지 않았기 때문에 대화가 성립되지 못했다. 그렇다면 그건 침묵의 대화가 된다. 아니면 주고받은 말이 당면한 주제와는 무관한 그런 대화이다.

레스토랑에서 집에 돌아왔을 때 비어트리스가 기다리지 않는 것을 발견하고서 스트룰로비치는 우울증 환자 당통마저도 부러워할 법한 절망에 빠져들었다. 하우섬이 독자적으로 무슨 일을 했든 간에 그가 구현해 주기를 바라는 것을 구현한 것은 아니었다. 그는 위스키 병을 손에 잡고 의자에 앉았고 샤일록에게 술병 캐비닛을 가리켰다. "제발 나와 함께 취하도록 하세." 그가 말했다.

"난 취할 수가 없어," 샤일록이 말했다. "나는 과거에도 취해 본 적이 없으니 지금도 취하지 않을 거야. 그건 나의 불리한 점들 중 하나야."

"그럼 술이 아닌 걸로 아무거나 잡고서 함께 앉아 대화를 나누세."

샤일록은 요청받은 대로 했다.

그들은 상대방의 내민 발을 내려다보며 근 한 시간 이상을 보냈다. 이어 샤일록이 뭐가 하나 물어봐도 되겠느냐고 말했다.

"방금 물었으면서."

"다른 거야. 그 브리스*……"

"브리스!"

✦ 이디시어로 '할례'.

"할례 의식 말일세."

"난 그 빌어먹을 브리스가 뭔지 알아. 그 단어는 태어난 지 여드레 된 아이에게만 해당되는 걸로 아는데."

"그런데 그 축구 선수는 몇 살인가?"

스트룰로비치는 심술 맞은 웃음을 터트렸다. 샤일록이 가 버리고 나면 그가 보고 싶을 것이었다. 스트룰로비치는 검은 마음을 가진 친구가 필요했다. 유대인은 이제 아주 조심하는 사람들이 되었다. **만약 당신이 우리에게 잘못을 저지른다면 우리는 복수하지 말아야 하는가?** 그렇다. 우리는 복수하지 않을 것이다. 우리는 그 잘못을 묵묵히 고통스럽게 받아들이면서 고맙게 여길 것이다. 우리가 나치가 되었다고 비난받는, 유대와 사마리아에서 살지 않는 한. 비겁자와 나치—그중 어떤 것을 선택해야 하는가? 리알토는 사마리아가 아니지만 그곳 또한 좀 더 강인한 유대인을 배출했다고, 스트룰로비치는 생각했다. 만약 그가 죽음을 각오하고 사마리아, 리알토, 골든트라이앵글 중 어느 한 군데에서 사는 유대인이 되어야 한다면 그는 골든트라이앵글을 선택하지 않을 것이었다.

이어 그는 샤일록이 그래턴을 만나 보지도 못했다는 사실을 기억했다. "자네는 만물박사면서 심령술사이기까지 한가?"

"약간은," 샤일록이 말했다. "나는 폭넓은 개관槪觀을 즐기지. 하지만 자네가 내게 해 주는 말을 듣기도 한다네. 그리고 나는 그가 레스토랑을 나설 때 흘낏 모습을 엿보기도 했다네. 헐거운

cavernicolo 말이야."

스트롤로비치는 그 야만적인 시선 교환의 기억을 두뇌에서 지워 버리기라도 하듯이 머리를 좌우로 흔들었다. 왜 그는 그자에게 다가가 멱살을 잡지 않았을까? "좋아." 그가 말했다. "그래, 브리스에 대하여 무슨 말을 하려고?"

"자네는 그 제안을 재고해 보았나?"

"자네가 심령술사라면 이미 알 텐데."

"자네가 나를 비난한다는 걸 아네. 그건 자네의 특권이지. 하지만 자네의 마음을 바꿈으로써 언제나 상황을 바꿀 수가 있네. 자네의 마음이 더 이상 거기에 있지 않다면 그를 놓아주게. 비어트리스에게 자네의 축복을 내려 줘."

"그 애는 열여섯이야!"

"그 얘기를 계속하는군. 하지만 그녀는 아주 숙성한 열여섯이야."

"그게 문제지."

"제시카는 몇 살이나 되었다고 생각하나?"

"생각해 본 적이 없는걸."

"바로 그거야. 나이는 문제가 되지 않아."

"그럼 뭐가 문제야?"

"먼저 여기에 대하여 내게 말해 주게. 자네가 축구 선수를 강요하여 그 피 묻은 조건에 동의하게 만든다면——"

"잠깐만. **피 묻은 조건**은 자네에게서 먼저 나온 거야——"

"아니, 잠깐만 기다리게. 나는 자네 집의 손님이야. 그러니 나의 무례함을 용서해 주기 바라. 하지만 내가 어느 정도까지 피를 볼 준비가 되어 있는지 자네가 안다고 추측해서는 안 되네. 물론 짐작은 할 수 있겠지만 자네는 정확히 알지는 못해……"

"그럼 자네 **자신은** 알고 있나?"

"이 문제는 그만두고 내가 원래 말하려던 것으로 되돌아가세. 만약 자네가 축구 선수를 강요하여 그 조건에 동의하게 만든다면 자네는 행복하겠는가? 아니면 자네는 그가 그 조건을 거부하기를 기대하고―혹은 **원하고**―그리하여 자네 딸을 혼자 내버려 두기를 바라나?"

"둘 다야. 내 딸을 혼자 내버려 두고 또 그자가 할례를 받기를 원해. 단……"

"단 뭔가? 왜 망설이나?"

"단 내가 그 칼을 휘두르는 사람이 될 수 있다면."

"자네는 스스로를 바보로 만들고 있어. 자네가 그렇게 할 수 있으리라고 생각하지 않네. 자네는 그렇게 할 능력이 없어."

"이제 내가 물을 차례네. 자네는 내가 그럴 능력이 없다는 걸 어떻게 아나? 자네는 겨우 지난 며칠 동안 나를 알아 왔을 뿐인데."

"그렇게 하는 데 얼마나 오래 시간이 걸릴 거라고 생각하나? 스트롤로비치 씨, 나는 자네를 영원히 알아 왔다네."

"자네는 그 말이 얼마나 모욕적이라는 걸 아는가?"

"난 모욕을 줄 의도는 없었어. 하지만 자네에게 질문을 하나 하겠네. 자네는 브리스 의식에 몇 번이나 다녀왔는가?"

"자네는 심령술사니 자네가 말해 보게."

"단 한 번도 가지 않았어. 첫째, 자네한테 아들이 없기 때문이야. 둘째, 자네가 종교적 의례를 경멸하기 때문이지. 그러나 자네가 브리스에 가지 않은 진짜 이유는 자네가 기절하리라는 것을 알기 때문일세. 많은 남자들이 기절을 하지. 많은 아버지, 아저씨, 형제들도 그렇고. 그건 아주 당황스러운 광경이야. 태어난 지 여드레 된 남자아이에게 칼을 댄다는 건."

"하우섬은 그보다는 약간 나이가 많지."

"그게 실은 그것을 더 끔찍한 것으로 만들어. 게다가 자네는 무엇 때문에 그의 페니스를 한 조각 잘라 내는 것은 고사하고, 그의 페니스를 직접 보고 싶어 하는가? 자네는 이교도의 페니스를 얼마나 많이 보았나? 자네의 손가락에 얼마나 많은 페니스를 잡아 보았는가?"

"나는 그런 질문에는 대답할 필요가 없다고 생각해."

"그럼 그의 페니스에 손을 댈 수 있다고 자신하는가?"

"난 장갑을 낄 거야……"

"그것을 잡고, 상처를 주고, 피를 흘리게 하고, 그를 소리 지르게 한다? 그건 순전히 허장성세虛張聲勢라는 걸 자네도 잘 알아. 자네는 놀라서 1마일은 달아날 걸세."

스트룰로비치가 손을 들었다. "잠깐만," 그가 말했다. "잠깐만 시간을 주게."

샤일록은 얘기를 너무 몰고 갔다는 것을 아는 사람처럼 양 손바닥을 들어 올렸다.

"우리가 어떻게 비유에서 실제로 나아갔는지 자네는 내게 말해 줄 수 있겠나?" 스트룰로비치는 알고 싶어 했다. "이 모든 것은 내 딸과 동침해 온 어떤 이교도에게 그의 선량한 의도를 증명하라고 요구하면서 시작되었어. 그리고 그다음에 자네의 지도를 받아 가며 내가 그의 페니스 한 조각을 잘라 내게 된 거지."

"내 말을 이해했다니 환영이야." 샤일록이 말했다.

"그러니 자네도 살 한 파운드 운운한 것은 비유로 시작한 거겠지?"

샤일록은 피곤하고 혐오스럽다는 듯이 시선을 내리깔았다. "또 다시 그건 아니네."

"자네가 대답을 했더라면 나는 질문을 하지 않았을 걸세."

"그럼 좀 더 은근하게 질문하게. 유대인과 이교도 사이의 모든 거래는 비유적인 거야. 그 방법만이 서로가 상대방을 죽이지 않는 유일한 길이야. 하지만 농담 삼아 내가 그런 요구를 한 거냐고 자네가 묻는다면 부분적으로는 그렇다고 말하겠네."

"그건 똑같은 것은 아닌데."

"아니지. 하지만 진지함의 정도 차이라는 게 있지."

"그럼 다시 묻겠네. 자네는 안토니오가 채무를 이행하지 못하면 그에게 상처를 입히려는 의도였나?"

"농담을 하던 그 순간에는 그런 의도가 없었지."

"그럼 언제?"

"이야기가 전개되면서 의도도 구체화되었지."

"그럼 언제 그 의도가 확고해졌나?"

"제시카를 빼앗기고 난 이후야. 리아의 반지가 도난 당한 후. 사람들이 그를 위해 채무를 이행하지 않아도 된다고 한 후. 그들이 나를 멋대로 조종 가능하다고 생각한 후. 내가 막다른 길에 몰린 후. 나에게 다른 대안이 없게 된 후……"

"그럼 그중 어떤 것이 결정적 이유인가?"

"그것들 모두이기도 하고 그것들이 모두 아니기도 해. 나는 아직도 언제 나의 의도가 확고해졌는지 몰라. 스토리는 멈추어 버렸어…… 발생하지 않은 일은 발생하지 않은 거야. 그 이상의 것은 추론의 문제일 뿐 철학이나 심리학의 문제는 아니야. 또 신학에 관한 문제도 아니고."

"그렇지만 스토리가 멈추기 전에…… 틀림없이 의도가 있었을 텐데."

"**의도**라. 글쎄…… 의도가 뭐야? 그의 의도가 무엇이든 아브라함은 이사악을 죽이려 했을까? 나는 자네와 마찬가지로 구약성경을 열심히 읽지 않아. 그렇지만 자네도 짐작하듯이, 나는 그 스토리에 특별한 관심을 갖고 있어."

"온 세상이 그 스토리에 특별한 관심을 갖고 있지."

"온 세상이 과거에는 **그랬었지**. 하지만 현재도 그런지는 의문인데."

"그것 또한 아마도야. 하지만 여전히 그 질문은 던질 필요가 있어. 아브라함은 그의 아들을 죽이려 했을까?"

"아브라함이 궁극적으로 살인을 저지를 능력을 갖고 있었을까? 이것 또한 불법적인 탐구의 방향이야."

"불법적인 혹은 대답할 수 없는 탐구?"

"둘 다지. 그것은 '궁극적으로' 우리가 알 수 없는 것일세."

"그렇다면 어떻게 묻는 것이 적법한가?"

"그 사건 직전까지의 아브라함의 성격 중에 그를 영아 살해자로 생각하게 만드는 그런 측면이 있었는가?"

"그 대답은 아니요, 고?"

"그렇지. 아니야. 내게도 그런 측면은 없어. 나 개인―그러니까 그들이 알고 있는 나 자신을 말하는 것이지, 공포와 증오의 대상인 민족의 일원으로서의 나 자신을 말하는 건 아니야―의 평생을 되돌아볼 때 내가 피 보기를 좋아한다고 유추할 수 있는 구석이 있는가? 이교도들이 혐오스럽게 생각하면서 거리를 둘 법한 그런 성격의 경향이 조금이라도 내게 있는가? 하지만 내가 그들을 피한다고 불평한 건 그들이었어. 자네 자신에게 이걸 한번 물어봐. 약속을 지키지 못했을 때 자네의 심장을 잘라 내려고 하는 사람과 구속력 있는 계약을 맺는 데 자네는 동의할 것인가? 자네는 감히 이런 사내로부터 훔칠 수 있겠는가? 그의 보석류를 가져가고 그로부터 그의 딸을 빼앗아 가고, 거리에서 그에게 침을 뱉겠는가? 그의 칼을 자유롭게 휘두를 수 있다고 의심받는 사람이 나보다 더 많은 존경심을 자아내. 또 더 많은 두려움도 이끌어 내지. 그들은 내가 채권 집행의 의지를 확고하게 표명하기 전까지만 해도 몇 두카트의 보상이면 내 성질을 조용하게 다스릴 수 있으리라 생각했어. 그들의 나에 대한 경멸과 자신감을 한번 살펴보라고. 그러면 자네는 내가 난폭함으로부터 아주 멀리 떨어져 있다는 것을 알 수 있을 걸세."

"그들은 자네를 똥개라고 부르고 또 늑대 같다고 생각했어."

"그들은 **유대인**을 늑대 같다고 생각했지 나를 특별히 지칭한 건 아니었어. 하지만 실제에 있어서 그들은 그런 중상 비방을 거의 믿지 않아. 기독교인들과 무슬림의 눈으로 볼 때 우리는 결코 호전적인 민족이 아니었어. 우리는 여자처럼 피를 흘리는 거세된 남자들이었어. 그래서 우리가 노골적으로 반격하고 나서면 그들이 우리를 용서해 주기가 그토록 어려운 거야. 유대인에게 패배한다는 것은 반인半人에게 패배하는 것이니까."

"아브라함에게는 전사적인 측면이 있지 않았나?"

"물론, 좀 있었지. 하지만 그 시대의 기준으로 보자면 그는 유약한 남자였어."

"그가 별로 폭력적이지 않은 성격이라고 할 때, 자네는 그가 기꺼이 이사악을 죽이리라는 것을 어떻게 알았나?"

"그걸 기꺼이라고 말하면 안 돼. 어떤 특별한 압박하는 힘이 그를 그런 길로 내몰았다, 이렇게 말할 수 있어. 하지만 그런 상황에서도 그의 내부에 살인의 의도가 있었을까? 우리는 알 수가 없어. 아마 그 자신도 알지 못했을 거야. 스토리가 중지되면 그것은 영원히 중지된 상태로 있는 거야."

"아브라함을 압박하는 상황은 하느님이었어. 자네의 상황은 무엇이었나?"

"같은 것이지."

그러나 스트롤로비치는 그 문제를 그냥 내버려 둘 수가 없었다. 기회가 왔을 때 잡아야 하는 것이다. 샤일록은 그가 그때까지 보아 온 중에 가장 느긋했고, 다리를 쭉 내민 채 절반의 어둠 속에 앉아서, 스트롤로비치가 침묵을 허용할 때마다 그 침묵에 귀를 기울였다. 그는 매복하기 쉬운 남자였다.

"이게 처음은 아닐세." 스트롤로비치가 다시 말했다. "스토리의 끝이라는 말로 내 질문을 피해 나간 게. 그래, 스토리는 중지되었지만 자네는 그렇지 않아. 자네는 여기에 있어. 자네는 충분히 명상할 시간을 가졌어."

"명상! 나는 오로지 명상만 하지. 그러나 명상은 행동이 아니야. 그것은 심지어 행동에 관한 지식도 아니야. 나는 자네의 질문에 답변을 가지고 있지 않아. 내가 채권을 주장하면서 나아가 그의 가슴에서 살을 떼어 냈을지는 나도 모르겠어. 그리고 자네가 전에 이미 이 문제를 내게 물었는데, 어떻게 가슴이 갑자기 내 복수의 장소가 되었는지도 몰라."

"아하! 자네는 그걸 자네의 복수라고 부르는군."

"나는 기꺼이 그렇게 부르지. 나는 복수하고 싶은 게 많아. 내 딸, 내 재산, 내 명성……"

"그리고 죽이고 싶은, 피에 대한 목마름."

"이제 자네는 그들처럼 말하는군."

"그럼 내가 어디에서 틀렸는지 말해 보게. 자네는 중지되지 않고 그대로 살을 떼어 낼 수 있었기를 소망하나?"

"중지?" 샤일록이 눈을 가늘게 떴다. 갑자기 그는 조금 전처럼 느긋한 사람이 아니었다. "나는 그 결과가 어떻게 되었든 간에 내가 **좌절되지** 않았기를 소망하네."

"그의 가슴에서 살을 떼어 내는 일에서?"

"내가 그것을 해낼 수 있었는지 알아내는 일에서."

"그럼 자네가 그 일을 해냈기를 바라나?"

"그건 똑같은 것은 아니야. 만약 내가 그렇게 했더라면 그들은 주저하지 않고 내 가슴에서 살을 떼어 냈을 거야."

스트룰로비치는 그 결과에 대해서는 손사래를 쳤다. 그는 결과에 대해서는 관심이 없었다. 그는 그들이 유대인에게 한 짓에 대해서는 잘 알았다. 그의 관심사는 유대인이 그들에게 무슨 짓을 할 수 있느냐는 것이었다. "자네의 참을성을 믿고 한 번만 더 실례하겠네. 자네는 그것을 해 보고 싶은 의욕은 있었나?" 그가 대답을 재촉했다.

"다시 한 번 말하지만, 나는 모르겠어. 자네도 그렇겠지만 나도 피 보는 것을 좋아하지 않아. 앞서 브리스에서 기절하는 남자들이 많다고 했지? 나도 그런 사람들 중 하나야. 나는 두 번이나 기절했어. 그처럼 기절을 했거나 아니면 갓난아이보다 더 크게 울었어. 자네와 마찬가지로 나는 가장 부드러운 심성으로 이루어진 사람이고, 피의 광경, 냄새, 심지어 생각조차 싫어해. 그렇지만 나도 피가 끓어올랐다는 것을 이해해 주게. 그 우월하고, 모든 고통을 당하고, 모든 슬픔을 느끼는 거룩한 남자에 대한 증오가 내 혈관 속에서 펄펄 끓었어. 그도 나에 대하여 그렇게 생각했겠지만, 이 세상에는 우리 둘을 동시에 용납할 공간이 없어. 우리는 서로를 거부해. 그는 내가 내 방식으로 거래하는 것을 허용하지 않고, 나는 그가 그의 방식으로 거래하는 것을 허용하지 않아. 나는 질서를 그는 혼란을 대표해. 우리 둘은 필요에 의해 의무를 거래해. 사업을 한다는 것은 의무를 부과하는 거야. 남편, 아버지, 애인이 된다는 것 또한 의무를 부과해. 나는 진정한 의무를 거래해. 나는 주고 그리고 받아. 온 사방에서 합의된 반대급부고 의심이나 오해의 여지는 없어. 그는 거짓된 의무를 거래해. 그는 오로지 주는 것만 감당할 수 있어. 그는 재정적이거나 정서적으로 이득을 취하려고 하지 않아. 그래서 언제나 희생을 바치고, 실망을 하고, 혼자야. 그것은 그가 주었던 모든 사람들에게 은밀하면서도 끊임없는 의무를 강요해. 나는 그의 세계처럼 생경하고 무작위적인 세계에서는 기능을 발휘할 수가 없어. 그는 나의 세계처럼 합리적인 세계에서는 기능을 발휘하지 못해. 그가 생각하는 나의 율법적 경직성은 나에게서 그를 취소시켜. 이 때문에 우리 중 하나가 언제나 상대방을 죽여야 하는 거야. 그런 엄청난 분노 속에서 그것을 배출하는 수단, 즐거움, 의무를 찾아내는 것이 가능했어. 아니, 아주 가능성이 높았어. 그것은 분노하는 신으로부터 나오는 계명에 응답하는 것이었어. 여러 세기 동안 경멸받아 온 데 대한 응답, 중상 비방에 대한 보복, 그들의 근거 없는 공포의 아주 아이러니한 실현 등이었지. 그리하여 내가 필요한 것을 찾아내는 것이 가능했어. 그걸 영웅적 힘이라 해도 좋고, 지복이라고 불러도 좋고, 악행이라고 불러도 좋아. 합리적인 계산에 의해 내 몫으로 되어 있는 것을 가져가는 것이니까…… 나는 이렇게밖에 말할 수 없어. 나는 나 자신이 정의의 수단이 된 느낌이었어. 내가 당한 바로 그 수법을 그대로 그들에게 써먹는 것이었어. 하느님이 시키는 행동을 실천하고 있다고 생각하는 사람은 그 어떤 폭력이라도 다 감당할 수 있어. 자네가 뭐라고 이의를 제기하기 전에, 나는 이런 자격을 주장한다는 것이 신성모독이라는 것을 자네 못지않게 잘 인식하고 있다네. 그런 용기를 내었을 때 나라는 존재 속에는 하느님의 이름으로 사람의 생명을 빼앗겠다는 신성모독이 들어 있었지. 하지만 그것은 실제로 이루어지지는 않았어. 그러니 미안하지만 살인 행위가 어떤 느낌이었을지, 또 칼을 빼 들고 내가 계속 진행하여 그자의 살을 과연 잘라 냈을지 자네에게 말해 줄 수가 없네. 그러나 살인의 문턱까지 다가가서 혼신의 의지를 발동하여 그 문턱을 넘어서려는 것이 어떤 느낌인지는 말해 줄 수 있어. 이게 자네 질문에 어느 정도 도움이 되었나?"

그러나 스트룰로비치는 의자에 앉은 채 잠이 들어 있었다. 너무 많은 분노와 좌절, 너무 많은 알코올, 그리고 아마도 너무 많은 질문에 지쳐서.

그러나 샤일록은 또 다른 설명을 갖고 있었다.

이 스트룰로비치는 눈뜨고 깨어 있지 않으려는 아주 깊은 도덕적 망설임에 빠져 있어, 하고 그는 생각했다.

이 스트룰로비치는 질문은 하지만 대답을 알려고 하지는 않아.

유대인은 그들 자신에 대하여 감상적인데 이 스트룰로비치 또한 별반 다르지 않았다. 비록 그는 스트룰로비치가 정말 유대인인지 아닌지 알 수 없었지만. 그가 알기로 유대인은 비유대인이 할 수 있는 것을 하지 못한다. 유대인은 생명을 빼앗지 않는다. 나는 내가 했거나 할 수 있는 것 때문이 아니라, 나 자신에게 피해가 닥쳐오는 것을 허용함으로써 그의 영웅이 되었다. 좋은 유대인은 남의 발길질을 당한다. 나쁜 유대인은 남에게 발길질을 한다.

만약 당신이 우리를 찌르면 우리는 피를 흘리지 않는가? 그러나 우리가 되찌르면 그때에도 우리는 피를 흘리지 않는가? 그는 차라리 알고 싶지 않았다.

우리의 이런 유명한 윤리가 우리를 대혼란 속에 빠트렸지, 샤일록은 그의 아내에게 말하고 싶었다. 우리도 남들처럼 살인을 할 수 있다는 것을 받아들이지 않는다면 우리는 높이 들어 올려지는 것이 아니라 오히려 축소되어 버린다.

내 말에 동의해, 내 사랑 리아?

하지만 밖으로 나가기에는 시간이 너무 늦었고 또 너무 추웠다. 그녀가 머무르고 있는 곳은 언제나 추웠다.

아무튼 리아는 그가 그 자신에 관하여 스트룰로비치에게 들려준 이야기 속의 궤변술을 지적할 것이었다. 안토니오는 그가 죽일 수 있는 그의 것이었다. "법은 그것을 허용하고 법정도 그것을 수여했다"라고 새된 목소리를 가진 키 작은 판사*가 그에게 말했다. 그가 역사를 만들어 낼 수 있는 순간이었고, '그것은 실제로 이루어지지는 않았으므로 살인 행위가 어떤 느낌이었을지 자네에게 말해 줄 수가 없다'라고 말할 필요도 없었다. 그가 그러기를 바라지 않았기 때문에 사태는 거기에 도달하지 않았다. 그는 대신 이렇게 말했다. 내 돈을 돌려줘. 그럼 나는 가겠어.

비겁하다고? 유대 율법을 경건하게 준수한 것이라고? 전능하신 창조주는 자살을 금지하는 율법을 제정했고, 만약 그가 안토니오의 피를 한 방울이라도 흘렸더라면 그건 틀림없이 자기 자신을 죽이는 것이 되었을 것이다.

어느 쪽이든—비겁이든 율법 준수든—이것이 복수를 허풍 떠는 유대인이 더 이상 나아갈 수 없는 한계가 아닐까?

✦ 『베니스의 상인』에서 변장한 포샤를 가리킴.

평소에는 샤일록을 사태의 핵심으로 몰아붙이는 스트룰로비치가 이 경우에 잠들기를 선택한 것은 놀라운 일도 아니었다.

밤늦은 시간이었고 추웠지만 그는 밖으로 나가서 리아의 비난과 대면하기로 했다. 그는 살아 있어야 할 보람이 아무것도 없는데도 살아 있기를 선택했다. 그는 그의 적을 죽이고 아내를 뒤따라갈 수도 있었다. 그런데 왜 그는 그렇게 하지 않았는가?

18

"달링, 나는 바쁘게 달려서 돌아왔어. 수술이 끝나기를 기다리려고 하지도 않았어."

애나 리비아 플루러벨 클레오파트라 어 싱 오브 뷰티 이즈 어 조이 포에버 와이저 댄 솔로몬 크리스틴은 손으로 묶은 물망초와 장미 다발을 들고서 깡충 뛰어 방 안으로 들어섰다. 그녀는 해적처럼 한쪽 눈에 안대를 대고 있었다. 입술이 크게 부풀어 올라서 얼굴의 나머지 부분은 잘 보이지 않았다.

"당신은 신부 들러리처럼 보이는군요." 비어트리스가 특별히 할 말이 없어서 그렇게 말했다.

"달링, 나는 신부 들러리가 된 느낌이야."

그녀는 안대를 대지 않은 눈으로 침대 시트를 살폈다.

"피를 찾아보는 건 아니겠지요?" 비어트리스가 소리쳤다.

"물론 아니지. 난 그래턴을 찾고 있었어."

이어 그녀는 물어보듯이 욕실 쪽을 향해 고개를 끄덕였다.

"그는 여기 없어요." 비어트리스가 말했다.

"그럼 아직도 신방을……?"

"네, 아직도 신방을……"

"그럼 당신은 아직도……?"

"예. 우리는 아직도예요. 하지만 우리가 도착한 이후 그는 여기에 오래 있지 않았어요."

"그건 바로 어제 일이었지?"

"맞아요. 그는 어제 잠시 사라졌다가 또다시 어디론가 슬쩍 가버렸어요. 그는 또 방금 어디론가 사라졌어요. 이유는 몰라요."

"어쩌면 그는 뭔가 준비를 하고 있는 거겠지."

"무슨 준비?"

플루러벨은 그녀에게 윙크하는 시늉을 했다. "당신이 잘 알잖아."

비어트리스는 얼굴을 찡그렸다. "조만간 결혼식을 올릴 것 같지는 않아요."

플루러벨의 부어오른 얼굴에 스쳐 지나가는 실망의 표정을 보면서 비어트리스는 지난밤 그래턴이 없을 때 했던 결심을 의심하게 되었다. 그는 약속한 대로 합리적인 시간에—그의 지위에 있는 남자가 밖에 나가 있다가 집으로 돌아와야 하는 합리적인 시간이 있다고 치고—집으로 돌아왔고 또다시 약속한 대로 도롱

농처럼 술 취하지 않은 상태로 돌아왔다. 그러나 그녀는 깨어 있지 않을 결심을 했었다. 그리고 사건의 급변으로coup de théâtre 그녀가 그에게는 살아 있는 사람이 아님을 보여 주었다.

그녀는 침대에 누워 침실 밖의 판자가 삐걱거리는 소리를 들으면서 그 발소리가 그녀를 구하러 온 아버지일 수도 있다는 생각을 했다. 그 경우라면 좀 곤란했으나 그래도 그녀는 자신의 알몸을 가리지 않기로 결정했다. 그들이 그녀에게 한 짓을 그들 모두가 보아야 하는 것이다. 이것 말고 그것을 어떻게 더 잘 연기할 수 있겠는가.

결국 그것은 그래턴이었다.

그녀의 빌어먹을 아버지는 아니었다. 그녀가 필요로 할 때에는 나타나는 법이 없는 아버지.

그녀는 플루리의 입술처럼 부어오른 침대 위에 누워서 기이한 저녁을 보냈다. 목마른 벌처럼 샴페인을 홀짝거리고 마카롱을 교대로 먹어 치우고 인생의 역설에 대하여 생각했다.

그녀가 아버지의 계약 강박증에 맞서 많은 싸움을 해 왔지만—그 싸움은 그녀의 짧은 생애 내내 계속된 것처럼 보였다—영혼의 한구석에서는 그런 강박증을 존경했다. 강박증 혹은 그 강박증에 대한 아버지의 광신적인 집착을 말이다. 그녀는 플루리가 빌려준 신방이 이런 미세한 구분을 하는 데 도움이 되는지 확신이 서지 않았다. 그러나 그녀는 인질들이 자신들을 납치한 자들과 그들의 이데올로기를 사랑하게 된다는 얘기를 읽었다. 그녀

는 바로 그것이 그녀한테 벌어진 일이 아닐까 생각했다. 그 납치
자는 그래턴이 아니라 그녀의 아버지였다. 그녀는 그것을 설명할
수도 없었고 승인할 수도 없었지만 이제 아버지와의 언쟁이 마
침내 이런 야반도주극으로 발전했으므로 그녀는 아버지를 다르
게 보았고 또 그가 옳을지도 모른다고 생각했다. 정확히 말하자
면, 그가 그녀를 키운 방식이 옳다는 얘기가 아니라, 그가 그녀를
그렇게 키우지 않은 방식이 옳을지 모른다는 얘기였다. 그녀에게
는 자기 마음대로 손쉽게 오가는 여자 친구들이 있었다. 한 친구
는 무신론자들의 딸인데 열세 살 이래 매사를 쉽게 생각하는 부
모님의 옆방에서 남자 친구와 동침을 해 왔다. 또 다른 친구는 시
인들의 딸인데 자기 집에서 파티를 열었고 또 그녀의 아버지와
어머니 심지어 조부모들도 거기에 참석했다. 그 파티에서는 비어
트리스는 들어 본 적도 없는 약물이 또 본 적도 없는 신체 부위
를 통하여 흡입되었고, 그녀가 실용적이라고 생각하지 않는 성적
실천들이 공공연하게 권장되었다.

그런데 왜 그녀는 그들을 부러워하지 않는가? 그녀 자신이 이
렇게 말하는 것은 기이하지만 그녀가 부러워하지 않는 이유는
그들이 모범을 보이지 않기 때문이었다. 그들은 경첩이 빠진 문
처럼 흔들거렸지만, 반면에 그녀는 저항을 배워야만 했다. 아버
지가 친구이기보다는 적인 것이 더 좋아, 하고 그녀는 추론했다.

비어트리스, 지렁이 같은 개자식들한테 너 자신을 낭비하지 마
라, 하고 그는 그녀에게 말했다. 그렇게 생각하는 아버지를 가진

그녀는 다행이지 않은가? 유대인 지렁이 같은 개자식과 이교도 지렁이 같은 개자식을 구분하면서 그녀가 그들에게 낭비한 시간을 다르게 측정하는 아버지를 둔 것은 다행 아니야, 하고 그녀는 생각했다. 오히려 낭비라고 생각하는 게 낭비가 아닌가?

그녀는 유대교와 관련된 것이 결코 마음에 들지 않았다. "그건 정말 끔찍한 단어예요." 그녀는 어린 소녀였을 때 부모에게 한 말을 기억했다. "**유대인.** 그건 못이 달린 검은 풍뎅이 같은 소리예요."

그때 그녀의 뺨을 때린 것은 그녀의 어머니였다. 그녀 기억에 아버지는 그저 웃기만 했다.

"우린 유대인 관련 일을 안 해요. 유대인 친구도 없고, 유대인 음식도 먹지 않고 유대교 축일도 지키지 않아요. 그런데 왜 나는 꼭 유대인 남자애들하고만 데이트를 해야 돼요?" 그녀가 나중에 그에게 물었다.

"연속성 때문에 그래." 그가 그녀에게 말했다.

"아빠는 내가 무엇을 연속해서 해 주기를 바라세요?"

"네가 태어난 존재."

"유대인?"

"연속성."

"나는 그게 무슨 의미인지 모르겠어요."

"나도 몰라. 하지만 네가 그처럼 너 자신을 막 내굴리기 위해 태어난 건 아님을 나는 알아. 비어트리스, 너는 무작위로 태어난

게 아니야. 네가 너 자신으로부터 시작하여 너 자신 한 몸으로 끝나는 게 아니야. 인생은 진지한 사업이야. 너의 머릿속에서 일어나는 모든 변덕에 따라 동요하면 안 되는 거야."

너는 경첩이 빠진 문이 아니야.

그리고 이제 그 연속성을 보존하기 위해—그때에도 진정한 연속성을 획득하는 것은 아니지만—그녀의 이교도 지렁이 같은 개자식 남자 친구는 피를 흘려야 하는 것이다. 어쩌면 피를 흘리다 죽을 수도 있었다. 아빠, 이게 어떻게 통하는 얘기인지 내게 설명 좀 해 봐요……

그는 나를 사랑할지 모르지만 그는 푸주한이야, 하고 비어트리스는 생각했다. 그의 마음은 푸줏간이고.

"그래, 뭐가 잘못된 거야?" 플루러벨은 알고 싶어 했다.

그리고 비어트리스는 그녀에게 말해 주었다.

친구들을 도와주는 문제와 관련하여, 당통은 공평하게 행동하는 것이 중요하다고 생각했다. 그는 이제 바너비를 위해 해 주어야 할 것이 두 가지 있었다. 그에게 솔로몬 조지프 솔로몬 스케치를 얻어 주고 또 그의 반지에 대하여 플루리에게 대신 거짓말을 하는 것이었다. 그렇다면 그래턴을 위해서는 무엇을 두 가지 해 주어야 할까? 비어트리스 문제로 생긴 혼란으로부터 그를 빼내는 것이 첫 번째였으나, 그래턴은 그 여자에게 마음을 빼앗긴 듯했다. 두 번째는 스트룰로비치의 마음을 누그러트리는 것이었는데 그는 이것을 달성할 방도가 금방 머리에 떠오르지 않았다. 비어트리스 그녀 자신을 빼놓고, 그는 스트룰로비치가 원하는 것을 아무것도 가지고 있지 않았다. 설사 그가 그녀를 그래턴에게서 빼내어 아버지에게 돌려준다 하더라도 그것이 그래턴에게 무슨 소용이 있겠는가? 수술을 담당할 일급의 외과 의사―그런 의식이 아직도 치러지고 있다는 가정하에 왕실의 할례 행사에서 수술을 담당한 의사―를 확보하는 것이 물론 세 번째 사항이었으나 이런 일에 그가 끼어들어야 한다는 전망은 그의 목구멍에서 구역질이 올라오게 했다. 나는 그 유대인을 위하여 뚜쟁이 노릇을 하지는 않을 거야, 하고 그는 결심했다.

그러다가 그는 몇 년 전에 스트룰로비치가 그의 부모를 기념하는 영국계 유대인 아트 갤러리의 건립에 자신이 제동을 걸었던 일을 기억했다. 이제 그 기념관 건립에 더 이상 반대하지 않는다고 하면 어떤 반응이 나올까? 거기서 한 걸음 더 나아가 그 기념관 사업을 촉진시키는 데 그의 적지 않은 영향력을 행사해 주겠다고 한다면?

스트룰로비치 씨, 내가 당신을 위해 그 일을 해 드리겠습니다. 그리고 대가로 내가 바라는 것은―그건 뭐지? 그는 계산을 해 보았고 그가 스트룰로비치에게 원하는 것 두 가지를 생각해 냈다. 하나는 솔로몬 조지프 솔로몬이고 다른 하나는 할례의 위협으로부터 그래턴을 구해 내는 것이었다. 스트룰로비치가 그림은 좋지만 할례는 안 된다고 하면 어쩌지? 당통 그 자신이 이 두 가지의 우선순위를 결정해야 한다면? 그래턴의 곤경은 바너비의 그것보다 훨씬 더 심각한 것이었지만 진실을 말해 보자면 당통은 그래턴보다는 바너비를 더 좋아했고 또 그의 소원에 더 동정적이었다. 그래턴은 그 자신의 신체 부위가 시키는 대로 맹목적으로 행동하다가 이런 혼란에 빠져들었으니, 솔직히 말해 보자면 그 부분은 보복을 당해도 싸다. 반면에 바너비는 사랑스럽지만 변덕스러운 여자를 즐겁게 해 주려는 것뿐이었다. 거기에 그가 바너비를 더 좋아하는 이유가 또 있었다. 그는 비어트리스의 즐거움보다는 플루리에게 즐거움을 주는 간접적 원인이 되고 싶었다. 아무래도 비어트리스 스트롤로비치는…… 스트롤로비치이기 때문이었다.

솔로몬 그 자신도—물론 다른 솔로몬이다—이 문제를 해결하는 데 어려움을 느낄 것이라고 당통은 생각했다. 아이러니한 사항은 플루러벨의 텔레비전 쇼인 〈주방의 조언자〉가 당통의 관대한 마음에 대한 주장들 사이의 타당성을 판결하는 데 완벽한 장소라는 것이다. 솔로몬 조지프 솔로몬은 그녀에게 깜짝 즐거움이 되겠지만, 할례 의식의 옳고 그름에 대한 논의는 확실히 시청률에 나쁜 효과를 미칠 것이었다. 그리하여 그는 다시 이야기의 출발점으로 돌아와 친구들에게 공평하게 대하고 싶었으나, 그 방법을 알지 못했다.

그는 스트롤로비치가 그의 게임에 놀아 주리라고 추정하는 것이 계산상 너무 시기상조라고 자기 자신을 타일렀다. 그는 그 자신이 스트룰로비치를 싫어한다고 생각하지 않았다. 아니, 그가 스트룰로비치를 싫어해야 할 이유가 무엇인가? 그렇다면 그의 타고난 혐오감, 불편함, 좋아하고 싶지 않음 등은 피차 마찬가지였다. 스트룰로비치가 몇 년 전 그들 사이에서 적대감을 일으켰던 기념관 사업에서 당통의 거만한 양보—스트룰로비치는 분명 그렇게 볼 것이었다—를 거부하고, 솔로몬 조지프 솔로몬을 지키고 딸을 잃어버리는 모험을 걸어온다면? 그냥 질문 삼아 물어보는 것이지만 고집 세지 않고 보복적이지 않은 유대인이 과연 있는가?

그것을 생각하며 당통은 아직 스트룰로비치에게 그 편지를 보내지 않은 것이 흐뭇했다. 아직 그의 의도를 보이기에는 시기적으로 일렀다. 스트룰로비치에게 그의 용건이 무엇인지 알려 주지 않는 편이 좋았다. 이것은 다시 한 번 움직임의 계획에 들인 시간은 낭비된 시간이 아니라는 것을 증명하지 않는가? 그는 호소의 어조를 좀 더 희석시킬 목적으로 편지를 다시 꺼내 보려 했으나 그것이 더 이상 그의 책상 위에 있지 않은 것을 발견했다. 여기에 대해서는 단 한 가지 설명만 가능했다. 언제나 남들을 즐겁게 하는 일에 바쁘게 참여하는 사람을 언제나 도와주고 싶어 하는 그의 조수가 편지 봉투에 쓰여 있는 주소에다 그것을 직접 전달했던 것이다.

당통은 고통을 느끼며 책상에 주저앉았다. 마치 스트룰로비치에게 직접 전달된 것이 편지가 아니라 그 자신인 듯한 느낌이 들었다. 그는 그의 치명적인 적수가 마치 돈 가방 위에 몸을 수그리듯이 그 편지의 단어들을 일일이 손으로 짚어 가며 악마 같은 만족을 느끼는 모습을 상상할 수 있었다.

당통은 몸을 부르르 떨었다. 그 유대인의 악의로부터 뭔가 두려움을 느끼는 사람은 이제 그래턴 하우섬만은 아니었다.

19

타이밍이 모든 것이야, 하고 스트룰로비치는 생각했다.

만약 그가 리스토란테 트레비소에서 당통이 그래턴 하우섬과 비밀리에 대화를 나누는 광경을 보기 전에 그의 편지를 받았다면 그는 그 요청을 우호적으로 받아들였을 것이다. '우호적'이라는 말은 사태를 좀 과장한 것이겠지만 적어도 아이러니가 깃든 선의로 받아들였으리라. 이런 사람이 모자를 벗어 들고 공손하게 찾아오다니 얼마나 흥미로운 일인가. 또한 그 답례로 이런 사람에게 친절을 베푸는 것은 또 얼마나 흥미로운 일인가. 그에게 솔로몬 조지프 솔로몬을 사들인 바로 그 값에 팔아 버림으로써 당통이 그를 고리대금업자 겸 불한당이라고 부르는 즐거움을 빼앗아 버릴 수 있으니 말이다. 그는 회화적 강렬함과 정밀한 신체 구조의 재현 때문에 그 스케치를 좋아했지만, 그것을 바탕으로 만들어진 호화로운 유화만큼 좋아하는 것은 아니었다. **그 유화는** 아무리 높은 값을 쳐준다고 해도 내놓지 않을 것이었다. 그러나 첫 스케치는 비록 사랑스럽기는 하지만 내놓을 수 있었고 또 그 보상이 그토록 달콤한데 망설일 이유가 없었다. 어이, 나의 친애하는 친구 당통, 자네가 요청만 하면 내가 건네줄 것을 어떻게 알았지? 자네가 마침내 유대인 미술을 애호하는 사람이 되었다니 정말로 기쁘기 그지없네.

어쩌면 그는 그 스케치를 거저 줄 수도 있었다.

하지만 스트룰로비치는 이제 그가 하우섬의 친구일 뿐만 아니라 어쩌면 음모의 공동정범일지 모른다는 것을 알고 있었다. 그 두 놈의 공통점이 무엇인지 이해하기 어려웠으나 아무튼 그것은 그의 관심사가 아니었다. 어떤 고약한 사업의 공모자임에는 틀림없었다. 하우섬이 그의 딸과 야반도주할 때 당통이 일정한 역할을 하지 않았다고 말할 사람이 누구인가? 비어트리스가 달아난 그 밤에 두 놈은 교활한 낯빛을 하고서 함께 소근거리고 있었는데, 이 괴이한 현상은 당통이 그날 밤 출분出奔의 남녀에게 은신처를 제공했을 가능성을 암시하는 것이었다. 남녀가 여전히 그 은신처에 있으면서 당통의 느끼한 환대를 즐기지 않는다고 말할 사람이 누구인가? 스트룰로비치는 그 환대가 느끼하면서도 금욕적일 거라고 짐작했다. 가령 우아한 일본제 사기 술잔으로 사케를 마시면서 벨리니 칵테일로 스트룰로비치의 불쾌감을 위해 건배할지도 몰랐다.

스트룰로비치는 당통의 편지를 다시 읽어 보았다. 어떻게 그가 그 편지의 어조를 눈치채지 않을 수 있겠는가? 처음에는 호소문으로 보이던 편지가 이제는 사악한 농담 짓거리로 보였다. 그는 가장 멋진 아이러니의 답변을 계획했으나, 그 아이러니의 주체가 당통이고 자신이 그 대상이라면 어떻게 아이러니를 구사할 수 있겠는가?

한 여자에 대한 숭배의 표시로 그 그림을 원하는 이름 없는 남자, '젊고 감수성 예민한 친구' 이 사람의 정체에 대해서는 이제 의문의 여지가 없었다. 그건 틀림없이 하우섬이었다.

그렇다면 그가 숭배―**숭배!**―를 바치는 여자는 비어트리스가 틀림없었다.

그러면 이제 생각해 볼 것은 그 그림의 제목만 남았다. 〈사랑의 첫 번째 수업〉! 그 호색한 암시는 이제 놓칠 수가 없었다. 그 젊은 여인―에로틱한 기술에서 하우섬의 제자가 되는 여자―은 그, 즉 스트룰로비치가 바라는 것 이상으로 그 그림을 사랑할 것, 이라고 당통은 썼다. 이게 무슨 의미인가? 이 문장은 야비한 조롱이거나 아니면 스트룰로비치의 아버지다운 관심 속에 감추어진 호색함을 암시하는 것이었다.

이 농담은 나를 대상으로 하는 것이로군, 스트룰로비치는 그렇게 인식했다.

그는 마치 부채를 부치는 것처럼 그 편지를 얼굴 앞에서 흔들어 대면서 응접실을 이리저리 서성거렸다.

그래 우리는 그것을 준비해야겠어, 그는 큰 소리로 말했다.

정원에 나간 샤일록은 그의 아내에게 말을 걸고 있었다.

"내가 죽 생각해 온 것인데," 그는 말하고 있었다. "우리의 세련된 도덕성 때문에 우리는 남들이 즐기는 즉각적인 행동을 즐기지 못하는 거야."

"여보, 그건 왜 그렇죠?"

"가령 이 스트룰로비치라는 남자를 한번 봐. 나는 그에게 뭐야? 그는 내가 그를 의식하지 않는다고 생각하는 순간에 때때로 나를 응시해. 나는 그런 그를 몇 번이나 보았어. 그 응시는 그의 마음속 아주 깊은 곳에서 시작하여 내가 모르는 그 어떤 곳에서 끝나는 것 같아. 그건 나를 혼란스럽게 해. 여보, 당신도 나를 그처럼 강렬한 시선으로 응시한 적이 없었어. 나는 그걸 사랑이라고 부르지 않아. 또 존경이라고 할 수도 없어. 그건 부모가 자식에게 혹은 자식이 부모에게 느낄 법한 그런 강렬한 호기심이야. 내가 행동하는 것 혹은 행동할 법한 것이 그에게 유전적으로 반영이라도 되는 것 같은, 그런 좌절된 자부심 같은 거야. 나는 그런 그를 견디거나 아니면 만류하거나 둘 중 하나야. 그는 내게 무심할 수가 없어. 나는 그의 모든 교훈이면서 모범이야. 리아, 내가 당신에게, 나아가 제시카에게 이런 시련을 안겨 준 적은 없다고 말해 줘."

그는 제시카의 이름을 부르기가 언제나 어려웠다. 숨길 게 너무 많았고, 말하고 싶지 않은 게 너무 많았고, 또 너무 많은 슬픔이 어른거렸다. 리아는 그런 기미를 엿들었을까? 무한한 솜씨를 가진 그녀가 이처럼 딸의 이름을 보류하는 것이 그에게 미치는 영향을 파악했을까? 아니면 이것이 그녀에게도 고통스러운 일이었을까?

"아무튼," 그는 잠시 시간이 흐른 뒤 다시 말을 이었다. "내가 누군가의 모범이 된다는 건 우스꽝스러운 입장이야. 난 그런 역할을 스스로 선택한 적이 없었어. 그런데 그 모범의 기반이 언제나 그의 발밑에서 발길질을 당해 사라져 버리는 거야. 이 유대인, 리아, 이 유대인들이란! 그들은 나를 위해서 울어야 할지, 나를 부정해야 할지 혹은 나를 설명해야 할지 잘 알지 못해. 그들 자신을 설명해야 할지 혹은 부정해야 할지 모르는 것처럼 말이야. 그들은 자신들이 일반적으로 묘사되는 것처럼 아주 수동적인 사람은 아니라는 표시를 기다려. 그리고 막상 그 표시가 나타나면 그들은 부끄러워서 머리를 쥐어뜯는 거야. '우리는 멸종 직전에 있는 민족입니다.' 스트롤로비치는 기억날 때마다 내게 이렇게 말하기를 좋아해. '우리는 도와줄 사람이 우리 자신밖에 없다네.' 그러나 어떤 유대인이 도와주기 위해 손을 드는 즉시, 그의 용기가 사라져 버리는 거야. 우리는 남을 죽이기보다 자기가 죽는 게 낫다, 라고 그는 생각해. 저기 방 안에서 서성거리는 그를 한번 살펴봐. 열심히 복수를 계획하지만 결국에는 그걸 실천할 용기가 없는 거야. 리아, 저 남자는 결단력이 부족해. 내가 어떻게 해야겠는지 말해 줘. 그를 재촉해야 할까 아니면 그냥 평소대로 행동하라고 할까?"

　그는 그녀가 생각을 말해 주기를 기다렸다. 그녀가 살아 있었을 때 그들은 자주 오랫동안 대화를 나누었다. 그들은 말하고 또 말했다. 그녀가 거기 대화의 상대로 더 이상 존재하지 않자 그를 삶에 연결시켜 주는 끈이 끊어진 것 같았다. 그는 유대교 회당을 찾아가 다른 사람들과 대화를 나누려 했으나 그들은 그녀의 부재를 대신하지 못했다. 샤일록 부부는 회당에서 결혼하지 않았다. 그들은 사상에 대해서 말했지 신앙에 대해서는 말하지 않았다. 리아는 규약이나 전통의 제약을 받지 않았다. 그녀는 투명하고 신선한 생각의 샘이었다. 그래서 그녀가 사망하자 그의 목구멍은 말라붙었고 그의 마음은 위축되었다. 그는 이 세상 어떤 것도 보고 싶지 않았다. 그가 본 것을 그녀와 공유하지 못한다면 그것이 무슨 가치가 있는가? 그는 음악에도 귀를 닫았다. 그는 독서도 중단했다가 무덤가에서 그녀에게 책을 읽어 주면서 독서를 재개했다. 그는 활발한 행동도 무의미하다고 생각했고 그래서 아무것도 생각하지 않으면서 몇 시간 동안 앉아 있었다. 그것은 슬픔이라기보다 비존재에 훨씬 더 가까운 공허였다. 리아를 만나기 이전에 삶은 그에게 무엇이었던가? 그는 기억하지 못했다. 리아 이전에는 삶이라는 게 없었다. 집이 딸에게는 지옥이 되었다는 것을 그는 받아들였다. 딸의 삶은 그를 일깨워 주지도 못했고 또 그의 흥미를 불러일으키지도 못했다. 리아의 사망은 그를 나쁜 아버지로 만들었다. 혹은 그가 전에도 나쁜 아버지였다면—오로지 아내를 사랑하는 남편으로만 살아온 사람—그 너무나 사랑하는 아내의 죽음으로 인해 그는 더 나쁜 아버지가 되었다. 불쌍하고 또 불쌍한 제시카, 그러니 딸애는 이중으로 박탈을 당한 것이었다. 놀라울 것도 없고 변명할 것도 없었다. 정말로 놀라운 일이 아니었다. 그가 예전의 활력을 어느 정도 회복했을 때, 그것은 딸의 안녕을 위해 되살아난 관심 덕분은 아니었다. 그는 그 자신에게 그리고 딸에게 거짓말이라도 할 수 있다면 좋겠다고 생각했다. **제시카, 너를 위해 다시 삶을 시작하마. 내가 너에게 무슨 빚을 졌는지 기억할게.** 하지만 사실은 그게 아니었다. 그에게 자극을 주어 약간의 활력을 얻게 한 것은 이교도들이었다. 그들의 경멸 속에서 그는 다시 살아야겠다는 비틀린 자극을 얻었다.

사람을 행동에 나서도록 자극하는 것은 사랑이 아니라 분노이다.

그가 고개를 쳐드니 정원 한쪽 구석에서 이리저리 걷고 있는 스트룰로비치가 보였다. 그는 대화 상대인 아내도 없는 남자였고 깊은 생각에 잠긴 채 아무 소리도 내지 않고 입술을 달막거렸다.

그는 어렵지 않게 스트룰로비치가 무슨 말을 하는지 읽을 수 있었다. "나는 이런 일들을 할 거야……"

그는 그의 좌절에 동정심을 느꼈다. 그 또한 과거에 **그런 일들을** 하려고 했다.

그 일들이 무엇이었는지, 나는 아직도 그것을 몰라……

하지만 적어도 스트룰로비치는 앞으로 다가올 것을 기대라도 할 수 있었다. 그것들이 무엇인지 그는 알지 못했다. 샤일록은 실패했다. 그가 했던 것은 그가 했던 것이고, 그는 앞으로 해야 할 것을 그는 이제 결코 하지 못할 것이다.

나는 미래가 아쉬워, 샤일록이 생각했다.

"그러니 내게 말해 줘." 그는 다시 리아에게 물었다. "그가 평생 동안 소망해 온 보복적인 분노를 재촉해야 할까 아니면 억제시켜야 할까?"

리아가 돌아눕는 차가운 땅은 깊은 신음 소리를 냈다.

"알았어." 샤일록이 말했다. "다른 모든 일에서도 그랬듯이, 이 일에서도 나는 당신의 지도를 받을 거야."

"이걸 어떻게 해야 할까? 이걸 어떻게 해야 할까?" 플루러벨이 말했다. "그건 이거예요."

그녀는 엄지손가락으로 표시를 했고 그 뜻은 그들을 기차, 배, 비행기, 뭐든지 수송 수단에 태워서 여기에서 나가게 하라는 것이었다. 우선 그들을 다른 곳으로 보내야 한다는 것이었다.

당통은 확실하지 않았다. "우리가 이처럼 사악한 남자를 화나게 만들려고요?" 그가 말했다.

"그 유대인?"

"예, 부자 유대인."

"히브리인?"

"그 사람이죠. 수전노고, 그 사람 말고 누가 있겠습니까?"

그들은 웃음을 터트렸다. 근심되는 때에도 유대인의 별명을 가지고 말장난을 하는 것은 즐거웠다.

"잠깐, 나는 생각의 실마리를 잃어버렸는데요. 당신의 질문을 다시 한 번 말씀해 주시겠어요?" 플루러벨이 호소했다.

"나는 유대인을 화나게 만드는 것이 좋은 아이디어냐고 물었습니다."

"그러니까 저 저주받을 똥개——"

"그만해요, 플루리!"

"그래야 해요?"

"그래야 합니다. 이제 다시 묻겠습니다. 그를 화나게 하는 게 정말 좋은 아이디어일까요?"

"당신은 우리 친구들의 일을 잘 돌봅니까?"

"나는 그래턴은 신경 씁니다. 미안하지만, 유대인의 딸은 내게 그만큼의 의미는 아닙니다."

"하지만 그녀는 내게 아주 소중해요. 나는 그녀가 아버지에 의해 재판받도록 내버려 두지 않을 거예요. 그녀가 돼지라고 부르는 그 아버지 말이에요."

"그녀는 돼지를 거부하는 여자지요, 확실히."

"돼지는 돼지를 거부할 수 있어요. 그러나 내 요점을 명심해요. 그녀는 그가 아니에요. 내가 나의 아버지가 아니듯이."

"당신의 아버지는 내 생각에 차원이 다른 아버지였지요." 당통이 말했다.

"그는 이스라엘 사람은 아니었고, 늑대인간, 거세자, 흡혈귀 등은 아니었지요. 당신이 의미하는 게 그거라면."

"맞아요, 나는 그 비슷한 것을 의미했습니다."

"하지만 나는 두꺼운 입술을 가진 그녀의 아버지와는 상관없이 그녀를 사랑해요. 나는 그를 보지는 못했지만 두꺼운 입술을 가졌으리라 상상해요."

"두껍고 축축하지요." 그는 그녀의 입술을 쳐다보지 않으려고 조심했다.

"의심한 대로군요. 반면에 그녀의 입술은 풍만하면서도 육감적이지요."

"당신의 입술처럼."

"감사해요. 하지만 화제에 집중하도록 해요. 그래턴은 그녀를 사랑요. 그리고 나는 당신이 그녀를 사랑할 것을 요구해요."

"폭풍우가 지나갈 때까지 그들이 여기에 머무를 수는 없을까요?"

"왜냐하면 폭풍우는 지나가지 않을 것이기 때문이에요. 게다가 나는 매부리코—나는 그가 매부리코를 가졌으리라 짐작해요, 말리지 마세요—가 우리 집 문을 두드리는 걸 원하지 않아요. 당신은 언론이 어떤지 잘 알잖아요. 그들은 이런 걸 좋아해요. 게다가 애인들은 그들끼리 보낼 시간이 좀 필요해요. 비어트리스는 내게 좀 유별나게 보여요. 그녀와 그래턴은 이미 싸움을 벌였어요. 그녀는 곧 자신이 큰 실수를 저질렀다고 생각할지 몰라요. 그리고 당신은 그래턴이 어떤 사람인지 잘 알아요. 그가 원하는 걸 2분 이내에 얻지 못하면 곧 다른 아내를 찾아 나설 거예요."

"하지만 그들이 어떻게 떠날 수 있습니까? 그는 소속 축구팀이 있어요. 주말마다 달려서 돌아올 수는 없다고요."

"그는 그 인사인가 뭔가 하는 걸로 출장 정지를 당하지 않았나요?"

"그건 1년도 더 된 이야기입니다."

"그럼 그가 또다시 출장 정지를 당하도록 할 수는 없나요? 그에게 '나치'라는 말을 하게 한다거나 다른 사람을 때리게 해서?"

"그건 쉬운 일이죠. 하지만 그는 우리를 고맙게 생각하지 않을 겁니다. 또다시 출장 정지를 당하면 축구 선수 경력이 끝날 테니까요."

"그럼 그에게 위로 휴가를 얻어 줍시다. 나는 감독들을 잘 알아요. 내 쇼에 출연하고 싶지 않은 감독은 아무도 없어요." 그녀는 자신이 얼마나 어리석게 보일지 잘 알면서도 머리를 한 번 흔들었다. "혹은 내 침대에 들어오고 싶지 않은…… 나를 믿어요. 나는 이미 그 감독을 내 호주머니 속에 넣었어요. 그의 이름은 뭐예요?"

"나는 이 일에 대해서 잘 모르겠습니다." 당통이 말했다. 일은 점점 복잡해지고 있었다. 그는 더 이상 어떤 행동이 다른 행동에 어떤 영향을 미칠지 감을 잡을 수가 없었다. 이렇게 되면 바너비의 희망 사항들은 어떻게 되는가? 비어트리스 커플을 국외로 내보내는 것은, 부모 기념관을 짓는 데 도움을 줄 테니 그 대신 솔로몬 조지프 솔로몬을 내놓으라, 이렇게 말하면서 스트룰로비치의 뒤통수를 치려던 당통의 계획은 어떻게 되는가? 갑자기 모든 사람이 패배자처럼 보였다.

그는 두 애인을 이 사회에서 완전히 배제시키는 것이 서로에 대한 감정에 어떤 영향을 가져올지 확신하지 못했다. 그래턴이 쉽게 따분함을 느낀다는 플루리의 말은 맞았다. 그리고 비어트리스의 정신을 산만하게 할 음모가 없고 또 투쟁의 대상인 아버지가 배제된 상황에서 그녀는 곧 그래턴이 그리 재미난 대화 상대가 아니라는 것을 발견할 터였다. 그녀는 성적으로나 미학적으로나 그가 지겨워져서 할례가 그에게 추천할 만한 의례라고 마음을 바꿔 먹을 수도 있었다. 종교적 측면을 제외하고라도, 당통─모든 형태의 아름다움을 애호하는 사람─은 포피가 온전히 유지된 상태보다는 그것이 사라진 상태가 더 보기 좋다고 생각했다. 아름다움에 대한 감각이 전혀 없는 유대인이 어떻게 그들만의 힘으로 그런 결론에 도달할 수 있었는지, 당통은 이해할 수가 없었다. 그는 평소의 유대인들이라면 그와는 정반대로 나아갔으리라고 기대했었다. 그러니까 포피를 쭉 늘려서 자연이 그것에게 마련해 준 장소에 있지 않게 했으리라고 말이다. 다시 말해 원래 사랑스러웠던 것을 보기 흉하게 만들어야 더 유대인다운 것이 아닌가. 그래서 그는 이렇게 추측할 수밖에 없었다. 그들은 고대

세계를 거부하던 중 어디에선가 남성적 아름다움을 알아보는 소수의 이교도 감식가를 만난 게 틀림없다. 포피의 설명이야 어떻게 되었든, 비어트리스가 곧 그가 예상하는 행동 방식으로 되돌아온다 해도 그는 별로 놀라지 않을 것이었다. 만약 일이 그렇게 돌아간다면 어떻게 할 것인가?

한 가지 가능성은 그래턴이 그녀의 호소에 설득되고, 비어트리스가 아버지와 화해하는 것이었다. 그러면 모든 명예가 충족된 상태로, 성대한 유대교 결혼식이 해든 홀이나 손턴 장원에서 거행될 것이었다. 스트룰로비치의 미로 같은 접촉 인사들을 감안하면 그 장소는 채츠워스가 될 수도 있었다.

그가 말로써 설명할 수 없는 이유들 때문에 이러한 전망은 당통을 아주 깊은 우울 속에 빠트렸다.

"난 정말 모르겠어요." 당통이 다시 말했다.

아침 식사 때 샤일록이 말했다. "자네가 혼란스럽고 또 당황스럽게 여기는 것이 눈에 띄는군. 또 밤새 잠을 자지 못해 감정도 엉망인 것 같아."

"내가 똥같이 보인다고 말해도 무방할 걸세."

"자네가 지금보다 나아 보이는 걸 본 적도 있지. 내가 도움이 될 수 있겠나?"

"나는 우유부단의 바다 위에 떠 있네." 스트룰로비치가 말했다. "항구로 돌아갈지 아니면 바다로 계속 나아갈지……?"

"그게 바로 우유부단의 바다가 뜻하는 거지."

"자네는 어떤 쪽을 선택하고 싶나?"

"그걸 안다면 나는 우유부단의 바다 위에 떠 있지 않겠지."

"꼭 그렇지도 않아. 자네의 우유부단은 선택 사항보다는 실제 행동과 더 관련이 있을지 몰라."

자넨 언제 갈 거야, 하고 스트룰로비치는 생각했다. 여긴 왜 왔고 언제 갈 거야?

하지만 그건 그의 진심이 아니었다. 그의 영혼은 샤일록을 경외하고 있었고 여전히 그와의 우정을 하나의 아이디어로 추구했다. 그러나 일상적 관계에 있어서, 특히 비어트리스에게 벌어진 일을 감안할 때 샤일록의 날카로운 언어 혹은 도덕적 날카로움 또는 그의 전반적인 유대인적 날카로움이 고통스러운 것도 사실이었다……

"나의 우유부단은," 그가 한숨을 내쉬며 대답했다. "선택 사항에 관련된 것도 아니고 실제 행동에 관련된 것도 아니야." 그는 그 말을 꺼내는 데 오랜 시간이 걸렸다. 마치 그 말들의 길이가 그에게 고통이기나 한 것처럼. "그건 도덕에 관한 걸세. 유대인 아버지로서의 나의 권리와 자격 대 내 딸의 권리와 자격. 또 그 밖의 어떤 자격에 관한 것일세. 가령 나는 비어트리스를 쫓아가서 그녀를 집으로 끌고 올 권리가 있는가? 그녀는 마음에 드는 상대와 자기가 원하는 곳이면 아무 데나 갈 권리가 있는가? 나는 그녀가 유대인 남편을 맞아들여야 한다고 또 내가 만들어 낼 수 있는 가장 유대인 남편에 가까운 상대와 결혼해야 한다고 요구할 권리가 있는가? 나를 정신병자 취급하는 것은 그녀의 권리 범위 내에 있는가? 그녀의 새 친구들은 나를 비웃을 자격이 있는가? 내가 열 배, 백 배의 이자를 붙여서 공정한 수단이든 부정한 방법이든 가리지 않고 그들의 비웃음을 보복하는 것이 정당한가? 그들에게 고통을 주기 위해서 어떤 무기를 사용해야 하나? 등이 나의 우유부단을 구성하는 요소일세."

"맨 마지막 사항은 도덕성의 문제라고 볼 수 없어." 샤일록이 말했다.

"자네는 오늘 아침에," 스트룰로비치가 대꾸했다. "특히 현학적으로 나오는군. 내가 자네 기분을 거슬리게 했나?"

"아니 조금도. 나는 개입하기 전에 우리가 동일한 것에 대하여 말하고 있는지 확인하고 싶었네."

"자네가 나의 우유부단 항목을 또 하나 추가할 생각이라면 그만두라고 요청하고 싶네. 나는 머리가 아파 죽을 지경이야."

"나의 개입은 자네의 우유부단 항목을 늘려 놓지 않을 거야. 오히려 자네를 단호하게 만드는 데 도움이 되리라 보네."

"무엇에 대하여 단호해진다는 말인가?"

"보상."

"무슨 근거로."

샤일록은 잠시 망설였을 뿐이다. "법률 위반. 그래턴 하우섬은 자네 딸이 미성년자일 때 그녀와 동침했네."

"내 딸은 열여섯 살이야."

"하우섬이 그녀와 처음 동침했을 때 그녀는 열다섯 살이었어. 나는 그게 자네 나라에서는 불법이라는 걸 알고 있네."

스트룰로비치는 갑자기 침을 삼키기가 어려웠다. 그는 손가락들 사이에 아무것도 없다는 것을 보이려는 사람처럼 두 손을 테이블 위에 벌려 놓았다. 그는 샤일록도 같은 행동을 하기를 원하는 것 같았다. "자네가 그것을 어떻게 아나?" 그가 물었다.

"아니까 아는 것뿐이지. 자네가 그걸 알아낸 방법에 대해서 물어보다니 참으로 때늦은 질문일세."

"내가 묻는 것은 자네의 방법이 아니야. 정보의 원천을 묻는 것이지. 내가 그것을 믿어도 되는지 알고 싶어. 그 정보를 어떻게 알아냈나?"

"자네가 어떤 방식으로 물어도 그건 자네에게 이득이 되는 질문이 아니야. 내가 말한 것을 자네가 확인해 보는 게 더 좋을 걸세. 그녀의 컴퓨터를 한번 살펴보게. 또 주고받은 편지도 살펴보고."

"자네는 비어트리스의 이메일을 읽어 보았나?"

"나는 자네가 직접 읽어 보기를 권하네. 그건 자네의 도덕률에 어긋나는 일이겠지만 어쨌든 자네가 그걸 절반쯤 훑어보았다고 내게 말하지 않았나. 그러니 이번에는 전체적으로 한번 살펴보게."

"그건 내 도덕률에 어긋나는데."

"그럼 자네 딸이 열다섯 살이었을 때 동침하고 그것도 모자라 그녀를 데리고 해외로 가 버린 그녀보다 나이가 배나 많은 자는 어떻게 하려나? 그건 자네의 도덕률과 어떻게 일치가 되는가?"

날 그만 못살게 굴게, 투발. [♦]

투발이 거짓말을 했다면?

샤일록은 그것도 고려했을까?

내가 듣기로 자네 딸은 제노바에서 하룻밤에 80두카트를 썼다고 하네……

자네가 '들었다'고 투발? 자네가 정말 **들었다**는 거야?

투발의 '소문'—단순한 전문傳聞—을 근거로 샤일록은 그의 딸을 비난하는 입장에 섰고, 그 연장선상에서 베네치아의 모든 이교도가 거꾸러져서 대재앙을 맞이해야 한다고 단정했다. 심지어 오셀로라도 그 소문을 믿는 데 더 시간이 걸렸을 것이다.

그대는 나에게 단검을 찌르는구나.

그것이 투발의 의도였을까? 그의 친구를 분노하게 만들어 미치광이 상태가 되게 하는 것이? 동기를 찾아내는 것은 필요하지 않다. 친구를 분노하게 만드는 것이 그 자체로 하나의 동기이다.

[♦] 『베니스의 상인』 3막 1장 마지막에 나오는 샤일록의 말. 친구 투발이 샤일록에게 제시카가 반지를 주고 원숭이 한 마리를 사들였다고 하자 샤일록이 대답한 말이다. 전문은 이러하다. "제기랄 넌 같으니라고, 투발, 날 그만 못살게 굴게. 그건 내 터키석 반질세. 그건 총각 시절 리아한테서 선물 받은 것인데, 나 같으면 황야를 가득 채운 원숭이들하고도 바꾸지 않았을 거야."

그보다 더 큰 문제는 왜 샤일록이 그 단검에 그처럼 민첩하게 그의 가슴을 들이댔느냐 하는 것이다. 안토니오가 샤일록의 칼에 그처럼 민첩하게 가슴을 들이댄 것처럼. 그것이 갈망을 찔러 대는 문제라면 그들은 서로 거울 이미지이다. 상인과 유대인.

투발이 진실을 말했느냐에 대해서는, 사태가 너무 진전되어서 더 이상 검증할 필요가 없게 되었다.

그러나 스트룰로비치는 샤일록의 정보에 불편함을 느껴서 그에 대한 답례로 불편함을 안겨 주고 싶었다. 잔인한 복수심이 그의 가슴에서 담즙처럼 솟아올랐다.

"자네는 투발이 자네에게 거짓말을 했을 가능성을 고려해 보았나?"

샤일록은 스트룰로비치의 도전이 제기하는 논리에 재빨리 반응했다. "자네는 내가 엉터리 정보를 자네한테 보고했다고 생각하나? 내가 이미 말했잖아. 그녀의 컴퓨터에 들어가 내가 한 말을 확인해 보라고."

"그건 자네가 투발의 보고를 확인하고 싶어 한다는 뜻인가?"

샤일록은 주방 테이블에 팔꿈치를 올려놓고 양손으로 턱을 괴었다. 그는 주먹으로 그의 턱을 갈아 대고 있었는데 고통스러운 것 같았다. 아니면 그럴 거라고 내가 생각하는 것일까, 하고 스트룰로비치는 생각했다. 하지만 그는 샤일록에게 어서 말하라고 재촉하고 싶은 생각은 없었다. 그 자신의 침묵만으로도 충분했다. 자네는 확인하고 싶어 하는가, 그렇지 않은가?

"그가 내게 말해 준 순간에는 확인하고 싶지 않았어." 샤일록은 뭔가 말하는 것이 적당하다고 생각되는 순간에 그렇게 말했다. 그의 두 주먹이 여전히 그의 턱을 괴고 있어서 그가 유창하게 말하는 것을 방해했다. 그는 일부러 명확한 발음을 피하려고 하는 것 같았다. "투발은 내가 두려워한 것, 우리가 절반쯤 벌어지기를 바라면서 두려워하는 것을 내게 말해 주었어. 그러나 나중에 생각하니 확인해 보고 싶었어. 나중에 회상할 때 나는 때때로 투발이 전반적인 악행의 관련자가 아니었을까, 그의 말을 귀 기울여 들음으로써 내 딸을 잃어버린 것이 아닐까 묻고 싶었어. 나는 그 점에 대해서는 아직도 나에게 잠재적으로 책임이 있다고 생각하네. 나는 슬픔과 죄의식의 등거리에 존재하고 있어. 그러나 내가 그를 의심한다고 해서 그게 무슨 소용이 되었을까? 나의 제시카는 사라졌어. 투발이 굳이 그 얘기를 내게 해 줄 필요도 없었어. 딸아이는 어디 있는지 그 소재를 그녀 혼자 알고 있는 것을 훔쳤어. 그러니 내가 투발을 거의 죽음 일보 직전까지 뒤흔들어 놓는다고 해서 내 마음에 드는 어떤 것이 그에게서 나왔을까? 그녀가 80두카트가 아니라 60두카트를 썼든, 24두카트를 썼든, 10두카트를 썼든 그게 무슨 상관이겠나?"

"그런 세부 사항이 중요한 거야. 하우섬이 내 딸과 동침했을 때, 그녀는 열다섯인가 혹은 열여섯인가? 그 대답에 엄청나게 많은 것이 달려 있어."

"그럼 그녀의 컴퓨터를 살펴보게. 나는 전령에 불과해."

"투발도 똑같은 말을 했겠지. 그러나 전령이 전언 못지않게 혐오스러운 때도 있는 거야. '전령에 불과'하다고 해도 그 사람이 면책이라는 뜻은 아니야. 투발이 도덕적으로 그가 전달하는 것과 담합 관계라면 어떻게 하겠나?"

"그럼 자네는 내가 그의 가슴을 절반으로 쪼개기를 바라는가? 누가 자네더러 옳지 않다고 하겠나? 어쩌면 나는 칼을 안토니오의 가슴이 아니라 투발의 가슴에 들이댔어야 했어. 그러나 전령은 별로 특별한 것이 아닐지라도 자네의 명성이 어느 정도인지는 말해 주지. 그러니 전령의 말은 언제나 부분적으로만 믿어야 해. 제시카는 달아났어. 그녀가 어디로 도망쳐서 그곳에서 얼마나 많은 돈을 썼는지는 본질과는 무관한 문제야."

"그럼 그 원숭이는?"

"원숭이가 어떻다는 말인가?"

"투발이 그 원숭이에 대해서 거짓말을 했다면? 투발이 그 자신의 유대인적인 공포로부터 원숭이를 상상해 냈다면?"

"원숭이가 있었어."

"그가 자네에게 해를 입히려 했다면?"

"왜 그가 그런 짓을 할까?"

"왜냐하면 유대인들은 일종의 악마들이니까. 심지어 자기들끼리도."

"원숭이가 분명 있었어."

한 시간 뒤 스트룰로비치는 아침 식사 테이블로 되돌아왔는데 얼굴은 붉어졌고 목소리는 쉬어 있었다. 그는 술 마시다가 온 사람 같았다. 하지만 그는 딸의 컴퓨터를 검색했을 뿐이었다.

"나는 그를 죽여 버릴 거야." 그가 말했다.

좋아, 샤일록이 생각했다. 자네에게 그런 용기가 있는지 어디 두고 보자고. 그러나 그는 이렇게 말했을 뿐이다. "먼저 자네가 그를 찾아내는 게 좋겠군."

20

"이런 젠장, 우린 또 리알토에 나왔군." 비어트리스가 말했다.

그래턴은 당황하면서 그녀를 쳐다보았다. 공기는 혼란스러운 소리들로 가득했다. 곤돌라 사공들은 노래를 부르고, 웨이터들은 소리를 지르고, 운하의 물은 솟아오르고, 성당의 종은 울렸고, 우산들은 위로 올라갔다. "나는 그게 무슨 소린지 모르겠는데." 그가 말했다.

"이런 젠장, 우린 또 리알토에 나왔군."

그는 여전히 그 뜻을 알아듣지 못했다.

"상관없어요." 비어트리스가 말했다.

그녀는 별로 실망하지도 않았다. 그래턴이 있는 데서 그녀가 그 말을 스스로에게 한 것이 몇 번이었던가? 그러나 실망하지 않을 것이라면, 그녀가 실제로 기대한 것은 무엇인가? 아무것도 없다. 바로 그것인가? 그렇다면 그녀는 여기서 무엇을 하고 있는가?

그래턴이 있는 데서 그녀가 **그 말을** 스스로에게 한 것이 몇 번이었던가?

그녀는 전에 아버지를 따라 비엔날레에 참석하면서 베네치아에 온 적이 있었다. 이 천막 저 천막 돌아다니면서 아버지가 시설물, 비디오, 하얀 캔버스와 검게 장식한 방들―얼굴 없는 여자들이 고뇌와 오르가슴 속에서 비명을 질러 대는 곳―을 심하게 비판하는 소리를 들었는데, 그녀는 실은 그런 것들을 좋아했다. 그래서 그녀는 신경질적인 남자와 함께 베네치아에 와 있다는 게 무엇인지 잘 알았다. 그녀는 또 해가 쨍쨍 빛나고 다른 것도 아닌 미학적인 원칙에 의거하여 신경질적인 남자가 신경질을 부릴 때 베네치아에 와 있다는 것이 무엇인지도 알았다. 그런데 그래턴은 왜 신경질을 **부리는** 것인가? 이미 그녀가 그에게 마누라가 되어 버렸나? 그녀는 빗물이 뚝뚝 떨어지는 차양 밑에 앉아서 물이 물로 떨어지는 것을 바라보며 깊게 한숨을 내쉬었다. 베네치아는 이것보다는 나아야 한다는 것이 그녀의 주장이었다. 그러나 그녀는 그래턴과 시간을 좀 보내고 보니 그가 섹스 이외에는 이렇다 하게 잘하는 것이 없다는 걸 파악했다. 그러니 그녀의 농담을 알아듣는 유대인 남자와 함께 있는 것이 더 좋을 것 같았다. 그녀는 잠시라도 이런 생각을 품었다는 사실을 아버지에게 말하여 그를 기쁘게 할 의사는 없었다. 하지만 아버지가 그녀의 얼굴을 본다면 그 표정이 본심을 드러내고 말리라.

"다른 사람은 네가 말하는 것을 알아듣지 못할 거야." 그는 여러 해 동안 그녀에게 경고해 왔다. "그들은 문화적 암시를 파악하지 못할 거야. 기억해 둬. 너의 지능은 5,000년 된 거지만 그들은 겨우 어제 태어났어. 그들은 한 번에 한 가지밖에 생각하지 못해. 너는 열두 가지를 동시에 생각할 수 있어."

"나는 그들과 씹하고 싶을 뿐이에요." 한번은 그녀가 그렇게 대꾸했다.

그는 그녀의 뺨을 후려쳤다.

진실을 말했는데 그런 대접을 받다니.

그녀는 그때 이후 왜 경찰을 부르지 않았는지 또 왜 그를 인권 법정에 세우지 않았는지 여러 번 생각해 보았다. 자녀가 욕설을 했다고 해서 때려서는 안 되는 것이었다.

혹은 그녀가 기독교인들과 씹하고 싶다고 했기 때문에 그녀의 뺨을 갈긴 것인가?

이제 그 정신병자는 당연한 벌을 받고 있는 것이었다. 그가 가장 두려워했던 일이 발생하고 말았다. 그녀는 달아났고 사실상 이교도와 결혼했다(그가 다른 여자와 이미 결혼한 상태가 아니라면). 그는 한 번에 한 가지도 제대로 생각하지 못하는 남자였다. 그녀의 정신병자 같은 모든 것을 두려워하는 아버지가 이렇게 만들었기 때문에 이런 일이 벌어진 것이다.

이곳이 지금 내가 있고 싶어 하는 곳이고, 내가 함께 있고 싶은 남자와 있는 거라면, 나는 그에게 감사해야 해, 하고 비어트리스는 생각했다. 하지만 그녀는 그게 아니었다. 불행이라는 단어는 그녀의 현재 상태를 정확하게 묘사하지 못했다. 플루리와 당통이 그들을 비행기에 태워 보낸 지 사흘이 지났고, 그 시간 동안에 그래턴은 마침내 그들이 은신처에 단둘이 있게 되었을 때 그가 잠시라도 그곳을 빠져나가는 걸 그녀가 원하지 않았다는 것을 파악했다. 그래서 그녀는 마침내 그와 함께 있게 되었다. 쇼메랑*이 시체와 함께 있는 듯한 그런 의미에서. 그리고 비는 나름대로 위안이 되지 않는 것도 아니었다. 그녀로서는 산마르코 광장의 건널 판을 건너가서 카페에 앉아 커피 컵에 떨어지는 빗방울을 받는 것이 나름 재미있는 일이었다. 그녀의 아버지가 데이트하기를 원하지 않는 그런 종류의 남자로부터 벗어난 색다른 데이트였다면, 그녀는 이것을 약간 웃기는 소극 정도로 생각하고 말았을 것이다. 사실 그녀는 어린 나이이지만 그런 남자들을 여럿 만났다. 하지만 이것은 그런 예전의 바보짓이 아니었다. 그들은 그녀의 소식을 불안하게 기다렸다. 그들은 경찰이 접근하지 않는지 두 눈을 부릅뜨고 살폈다. 그녀의 아버지가 인터폴에 알렸을 수도 있었다. 그래턴은 스톡포트 카운티와의 계약을 위반한 것이 아닌가 우려했다. 사실 카운티는 그와의 계약을 끝낼 구실만 찾고 있었다. 그는 이탈리아어를 배워야겠다는 황당한 말

✦ 매장 때까지 시신을 지키며 옆에 있는 사람.

을 했고(그건 농담이었다. 그는 영어의 기본조차도 아직 습득하지 못했다), 베네치아 예비군에 들어가야 되겠다는 말도 했다. 그리고 공항에서의 불유쾌한 분위기가 있었다. 플루리와 당통은 불쾌한 심경을 분명하게 표현했고―플루리는 처음에는 그들의 일에 흥분하더니 이제 변해 있었다―그래턴은 당통에게 이 나이에 어린아이 취급을 당하고 싶지 않다고 말했다. 그러자 당통은 이렇게 대꾸했다. "그럼 어린아이처럼 행동하는 것을 그만두지그래." 그러니 두 사람의 입장에서 볼 때 그런 모험은 한번 걸어 볼 만한 것이었다. 그렇지 않은가? 그녀는 자신이 5,000년 전에 태어난 여자이고 그는 그녀가 향후 5,000년을 함께 보내려고 하는 남자라는 사실을 감추어야 했다. 그는 그녀를 즐겁게 하고 간질여 주어야 했다. 그는 행위예술에 관심을 갖고 또 그녀의 농담을 알아들어야 했다. 그녀가 그를 쳐다볼 때 그는 그녀의 무릎이 후들거리게 해 주어야 했다. 그가 입을 열어 말할 때에는 그녀가 그에 대해서 자부심을 느끼도록 해 주어야 했다. 그는 좀 더 사나이다워야 했다. 그런데――?

그런데 그는 그렇지 못했다.

"이런 젠장, 왜 나는 달아난 거야?" 비어트리스는 의아했다.

당통은 대문의 초인종에 답하는 경우가 거의 없었다. 그의 평상적인 얼굴을 예의 바른 어떤 것으로 바꾸는 데에는 너무 시간이 오래 걸렸다. 만약 당신이 슬픔의 인간이라면 그 어떤 것도 서

두를 이유가 없다. 게다가 당통은 놀라게 하는 일을 반기지 않았다. 이런 이유로 그는 필요한 경우에는 조수에게 초인종에 답하도록 시켰다. 골든트라이앵글에서는 사전 약속 없이 누구를 방문한다는 것은 아주 드문 일이었다. 우선 방문자가 만나고 싶어 하는 사람이 집 안에 있는지 알 수 없었다. 대문까지 가는 길에는 주로 차를 대는 자갈 깔린 기다란 드라이브웨이가 있었다. 그러니 전화를 미리 하고 바깥에서 만나는 것이 훨씬 편하다. 바로 이것이 당통이 인터콤 시설을 설치하지 않은 한 가지 이유였다. 그것은 거의 사용되지 않을 것이므로 달아 놓을 필요가 없었다. 인터콤을 거부한 다른 이유는 그게 흉물스럽게 생겼다는 것이다. 대문에 실로 꼰 초인종 당김 줄이 걸려 있었는데, 그 줄은 그가 미얀마의 사원 수위를 힘들게 설득하여 사들인 것이었다. 그러나 드물게 찾아오는 방문객들 중에 그걸 세게 당기는 사람이 없었고, 당통은 당김 줄을 좀 세게 당기라는 보기 흉한 통지문을 내걸 의사도 없었다.

오늘 그의 조수는 지방의 병든 친척을 문병 간다고 하루 휴가를 받았다. 골든트라이앵글 주민들은 그들이 사는 곳을 도시라고 부르지 않지만 그렇다고 시골이라고 부르지도 않았다. 그래서 불현듯 아름다운 소리를 내는 법이 거의 없는 미얀마 종이 소리를 울리자, 당통은 놀라고 당황하면서 펄쩍 뛰었다. 그는 연구실에서 대문까지 먼 길을 직접 걸어 내려가야 했다. 마치 수도자들이 오후의 기도를 위하여 산에서 내려오는 것처럼. 그가 대문

까지 나가는 동안 초인종은 세 번이나 더 울렸다. 이거 아주 신경
질적인 사람인데, 하고 당통은 생각했다. 또 매너도 거칠고. 분명
바너비나 여호와의 증인은 아닌 것 같은데. 누가 당김 줄을 당기
는지는 모르지만 너무 세게 당겨서 당통은 종이 벽에서 떨어지
는 게 아닐까 걱정했다. "예, 예, 지금 빨리 달려가고 있습니다!"
당통이 소리쳤다.

그는 알리바바 포인트*가 달린 네팔산 슬리퍼를 신은 상태에
서 최대한 빨리 다가갔다.

그리고 빗장을 풀고 문을 열었을 때 그는 스트룰로비치를 발견
했다.

가능하면 어떤 경우에도 시선을 마주치고 싶지 않은 두 사람은
상대방의 어깨 너머로 시선을 향했다. 만약 당통이 어깨에 앵무
새를 얹어 놓은 해적이라면 스트룰로비치는 그 앵무새를 상대로
말을 걸었을 것이다. 당통은 손님의 등 뒤로 더 먼 곳을 내다보았
다. 가령 머리 스카프와 스컬캡을 쓴 스트룰로비치의 조부모가
카자크의 말발굽 아래 쓰러지면서 왜 그들의 오두막집이 불타야
하는지 그들의 케케묵은 신에게 중얼거리는 모습을…… 하지만
이런 생각은 그만하지, 라고 당통은 그 자신에게 말했다.

스트룰로비치는 손에 발신자 이름이 새겨진 편지를 들고 있었

✦ 구두 앞 끝에 달린 뾰족한 장식.

는데 당통은 그게 자신의 편지라는 것을 금방 알아보았다. 먼저 스트룰로비치가 입을 열었다.

"우리가 그걸 여기서 할 건가 아니면 들어가서 할 건가요?" 그가 말했다.

"그것?"

"사실을 말해 보자면 우리는 이미 그것을 하고 있습니다. 그럼 여기서 하겠다는 겁니까?"

"나는 당신을 두려워하지 않습니다." 당통이 말했다.

스트룰로비치는 입고 있는 셔츠 칼라의 부드러운 끝부분을 매만졌다. "그러리라고 기대하지 않습니다. 우리는 둘 다 사제 같은 남자니까."

"좀 더 사제 같은 남자라면 내 집 문을 그렇게 두드려 대기 전에 다른 방법으로 접촉해 왔을 텐데요."

스트룰로비치는 웃음을 터트렸다. "두드려 댄다고? 당김 줄은 당기라고 있는 거 아니오? 나는 그보다 더 평화적으로 나의 방문을 알릴 수 없었습니다. 나는 양탄자에서 떨어진 실밥을 줍는 것처럼 줄을 잡아당겼어요."

"잡아당긴다기보다 잡아 뜯을 기세였지요…… 당신이 내 편지를 읽었으리라 짐작합니다."

"그것이 아니라면 내가 왜 여기에 왔겠소? 당신은 답변을 기다리고, 그래서 내가 여기 이렇게 몸소 왔습니다."

"하지만 당신은 그림을 가지고 있지 않군요."

"그러는 당신은 그 그림에 대한 대가를 내게 주지 않았잖소."

"나는 지금 당장 당신에게 수표를 써 드릴 수 있습니다."

"수표는 필요 없어요."

"그럼 무엇을 원하는 겁니까?"

"무엇이 아니라 누구입니다."

"나는 당신 딸을 데리고 있지 않습니다. 당신이 원하는 게 그것이라면."

"내 딸을 알고 있다는 건 시인하는군요. 우리 두 사람의 시간이 절약되겠어요."

"그래요. 당신 딸을 만난 적이 있습니다. 불행한 여자였지요."

"당신이 그걸 판단할 수 있습니까?"

"그녀가 나에게 그녀의 불행을 말해 주었기 때문에 그렇게 말한 겁니다."

"왜 딸애가 당신에게 자기의 불행을 말해 줍니까? 당신은 그녀에게 누구입니까?"

"친구의 친구입니다. 당신은 그걸 알고 있습니다. 당신은 우리가 함께 있는 것을 보았습니다."

"비어트리스가 달아나던 날 밤 당신들이 함께 있는 것을 보았습니다. 그날 밤 그가 그녀와 함께 있는 게 아니라 당신과 함께 있었다니 기이하군요. 도대체 그는 당신에게 무엇입니까?"

스트룰로비치는 그렇게 묻고는 '골치 아픈 친구지요'라고 머릿속으로 말하면서 은근히 즐거워했다.

그러나 당통은 그가 말하지 않은 것을 짐작했다. "나는 당신과 내 교우 관계의 성격을 논의해야 한다고 보지 않습니다."

"그리고 나는 당신이 요청한 그림을 당신에게 내주어야 한다고 보지 않습니다."

당통은 스트롤로비치가 그의 집 안에 들어와서 그를 평가하면서, 그의 보물들을 살펴보고, 그가 사는 방식을 짐작하는 것을 정말로 원하지 않았다. 그러나 그의 눈앞에는 불행한 바너비의 모습이 훤하게 보였다. 바너비는 당통이 그래턴을 그의 애인과 함께 베네치아로 보내 주면서도 그 자신에게는 아무것도 안 해 준다고 비죽 입을 내밀며 질투를 했다. 플루리가 조만간 물어볼 것이 확실한 잃어버린 반지 문제에 대해서도 그에게 해 준 것이 없었다. 당통은 마음속으로 바너비에게 살금살금 다가가 양손으로 그의 두 눈을 가리고 그를 〈사랑의 첫 번째 수업〉이 걸린 벽으로 안내하는 그 자신의 모습을 상상했다. **너를 위해, 네가 플루리에게 주라고 마련한 거야. 난 너희가 함께 행복하기를 바라. 물론 이 선물의 숨겨진 의미는 내가 너에게 준 선물이라는 거지.**

당통은 그 원천이 어디이든 불문하고 감사를 받는 것을 사랑했다. 그리고 바너비의 감사는 특별한 것이었다.

"그럼 안으로 들어오십시오." 그가 스트롤로비치에게 말했다.

실내에 홀은 없었다. 그들은 이제 모닝 룸*에 들어섰다. 사방

---

* 낮에 가족이 사용하는 거실.

벽에는 눈높이에서 천장까지 세밀 초상화들이 걸려 있었다. 상아, 송아지 가죽, 자기 등에 그린 수채화들, 에나멜과 구리에 그린 유화들, 금선 세공에 황금 테두리를 가진 코담뱃갑 커버 등. 키타이나 코소프 작품은 없네, 하고 잠깐 둘러본 스트룰로비치는 생각했다.

당통은 스트룰로비치에게 앉을 의자는 제공하지 않았다. "나는 당신이 제시한 조건에서 거래를 할 수는 없습니다. 나는 당신 딸을 내줄 입장에 있지 않아요." 그가 말했다.

"그럼 딸애가 여기 없다는 얘기입니까?"

"난 그렇게 말하지 않았어요. 아무튼 그녀는 여기 없습니다. 그녀는 여기에 온 적이 없어요. 그녀가 이 집을 좋아하리라고 생각하지 않습니다."

스트룰로비치는 당통이 딸의 취향을 비난하는 뜻으로 그렇게 말한다는 것을 알았으나, 주위를 한번 재빨리 둘러본 후 그가 맞는 말을 하고 있다고 생각했다.

"그래요. 비어트리스는 여기를 별로 좋아하지 않았을 겁니다. 만약 딸아이가 여기 없다면 대체 어디에 있는 겁니까?"

"내가 그녀가 있는 곳을 안다고 해도 왜 당신에게 말해 주어야 합니까?"

스트룰로비치는 소환장처럼 아직도 손에 쥐고 있는 편지를 탁탁 쳤다.

"당신은 내가 그 그림을 아주 열렬히 원한다고 생각하십니까?"

"누군가가 그렇겠지요. 당신이 내게 농담을 한 것이 아니라면."

"그래요, 당신 말이 맞습니다. 누군가가 원합니다."

"아마도 그래턴 하우섬이겠지요. 내 딸에 대한 사랑의 정표로 말입니다. 그런 상황에서 내가 선뜻 그 그림을 내놓으리라고 생각해서는 안 됩니다."

"당신이 잘못 생각했고 그게 전혀 다른 사람을 위한 것이라고 말씀드린다면 그 그림 값을 내게 알려 주시겠습니까?"

지금이 그의 기념관 문제를 재고할 용의가 있다고 말할 그 시점인가, 하고 당통은 생각했다. 아마도 아닐 것이라고 그는 판단했다.

"내 가격은 여전히 내 딸입니다."

"그렇다면 너무 높은 가격입니다. 나는 한 친구를 기쁘게 위해 다른 친구를 배신할 수는 없습니다."

"당신은 그것을 친구 배신하는 문제로 보지 말고 아버지를 도와주는 문제로 보기 바랍니다."

"아버지는 다른 어떤 사람 못지않게 악당이 될 수 있습니다. 당신의 딸은 그래턴을 만날 때까지 불행했습니다. 내가 설령 그렇게 할 영향력이 있다고 하더라도 이 문제에 끼어드는 것은 현명하지 못한 일입니다. 그리고 나는 그에게 돌아와서 당신의 야만적인 제안을 수용하라고 권장하고 싶지 않습니다."

"당신은 '돌아와서'라고 했습니다. 그러니 그들은 어디론가 가 버렸군요."

"당신의 딸은 스스로 도덕적 결정을 내릴 수 있는 나이입니다."

"현재는 그렇지요." 스트룰로비치가 말했다.

"무슨 뜻이죠?"

"당신의 친구가 그녀와 사귀기 시작할 때에는 그렇지 않았다는 뜻입니다."

"'그녀와 사귀기 시작하다'가 무슨 뜻인지 모르겠습니다."

"그럼 내가 알려 드리지요. 나는 그래턴 하우섬이 내 딸이 열다섯 살 때부터 동침해 왔다는 증거를 가지고 있습니다. 그게 범죄 행위라는 것은 당신에게 말해 줄 필요도 없겠지요. 그걸 알면서도 그런 범죄에 조력한 자들은 종범從犯으로 기소된다는 것을 당신은 아마 생각해 보지 않았을 겁니다. 하지만 이제는 생각해 보기를 권합니다. 어떤 방법이 되었든 나는 내 딸과 당신 친구가 그녀와 함께 돌아오기를 바랍니다. 내가 그다음에는 어떻게 행동할지는 대체로 당신의 협력에 달려 있습니다."

당통이 앉을 의자를 찾아보려고 하는 모습은 스트룰로비치에게 엄청난 만족감을 안겨 주었다. 하지만 그가 앉기에 적당해 보이는 의자는 없었다.

"내 짐작에는," 플루러벨이 의견을 말했다. "그가 엄포를 놓는 거라고 봐요."

"비어트리스가 몇 살이었는지 알아내는 것은 어렵지 않을 거예요. 그래턴이……" 당통은 문장을 끝맺지 않았다. 어떤 사항들은 심지어 그가 보살피는 사람들과 관련된 것이라 하더라도 구체적으로 명시하고 싶지 않았다.

"나는 그녀의 나이에 대하여 엄포를 놓는 거라고 보지 않아요." 플루리가 초조하게 말했다. "그가 앞으로 뭘 하려는지에 대하여 엄포를 놓는 거예요."

"그래턴에게?"

"우리 모두에게."

"우리는 그들 사이에 오간 것에 대하여 책임을 질 수 없어요. 비어트리스가 몇 살이었는지 그리고 그래턴이 그녀에게 무슨 짓을 하려고 했는지 우리가 어떻게 압니까?"

"나는 알았어요."

"당신이 그녀의 나이를 알았다고요?"

"나는 그녀의 나이에 대하여 의문을 품지 않았어요. 설사 알았다고 하더라도 아무것도 하지 않았을 거예요. 나는 열두 살 때 유부남과 첫 번째 정사를 벌였어요."

"그렇다 해도……"

"나는 그들이 동침하고 있다는 것을 알았어요. 나는 그들에게 방을 내줬어요."

"그건 범죄가 아닙니다."

"그러나 내가 알고 있었다면 범죄가 되죠."

"그럼 당신은 몰랐다고 하면 그만입니다."

"하지만 내가 그걸 증명해야 한다면 어떻게 하죠? 당통, 나는 경찰이 여기에 오는 것을 원하지 않아요. 거기엔 여러 가지 이유가 있지요. 또 당신도 원하지 않을 거라고 생각해요."

"플루리, 나는 숨길 것이 없습니다."

"당통, 그녀를 여기 데려온 것은 당신이었어요. 유대인 여자를 좋아하는 그래턴의 입맛을 충족시키기 위해 유대인 여자를 데려온 것은. 당신은 그 아이디어를 흥미롭게 생각했어요. 나도 그랬던 것처럼."

"흥미롭게 여긴 것은 맞지만 그 이상은 아닙니다. 나는 이런 엄청난 일이 벌어지리라고 상상하지 않았어요……"

"지저분한 일이라는 뜻이에요? 나는 그렇게 생각하는 게 당신에게 도움이 되리라 보지 않아요. 특히나 당신이 강의하는 아카데미에서 그 여자를 발견했다면."

당통은 '강의'라는 말에 얼굴을 찡그렸다. "나는 아카데미 규칙을 위반한 게 없습니다. 나 자신의 즐거움을 위해 그녀를 발견한 것도 아닙니다. 나는 정말로 그녀를 '발견'하지 않았어요. 그녀가 거기 있었어요. 그녀는 그렇게 눈에 띄는 여자도 아니었습니다."

"그게 물건의 가격하고 무슨 상관이에요? 당신이 법정에 출두하면 아카데미 규칙을 위반했느냐 아니냐, 누구의 즐거움을 위해서 그 여자를 조달했느냐, 그녀가 얼마나 눈에 띄었느냐 따위는 아무도 신경 쓰지 않아요."

"조달!"

"꿈 깨요, 당통! 법정에서는 그렇게 보일 거라고요. 진흙은 달라붙는 거예요. 혐의 사항이 호색하면 할수록 더 많은 사람들이 그 얘기를 믿으려 할 거예요. 당신은 이런 문제와는 무관하다고 생각하지만 나는 그렇지 못해요. 내가 소아성애자를 위해서 매음굴을 운영했다는 소문이 퍼지면 나의 명성, 나의 텔레비전 쇼, 나의 집 벨프리는 어떻게 되겠어요?"

"오, 저런!"

"당신이 나를 도와주었다는 비난을 받는다면 당신의 훌륭한 이름은 어떻게 되겠어요? 당통, 사람들은 우리를 뚜쟁이라고 부를 거예요. 이 나라는 마녀사냥의 분위기에 휩싸여 있어요. 언론은 돌을 들출 때마다 거기서 변태가 등장한다고 떠들어 댈 거예요. 그들은 우리가 여기서 미성년 여자들을 양성한다고 말할 거예요. 그래턴은 경력이 끝나 버릴 거고 당신은 소셜 미디어에서 증오 인물이 될 거예요. 그리고 바니는 나를 떠나겠지요."

"그럼 당신은 어떻게 하자는 겁니까?"

"우리는 그래턴에게 반드시 돌아와야 한다고 말해야 돼요. 그는 당신 말은 들어요. 그에게 돌아오라고 명령하세요."

"그런 다음엔?"

"남자답게 사태를 정면 돌파하라고 하세요."

"사태를 돌파하는 게 스트레인지웨이스 감옥에서의 3년형을 의미하는 것이라면? 그렇다면 누가 감히 돌아오려 하겠습니까?"

"우선 우리를 도와야 할 일이 있죠. 나의 친절과, 그가 당신에게 진 신세를 갚아야죠. 우리를 이 지경으로 만든 것이 그니까.

그리고 그가 돌아온다면 그 괴물은 고소를 하지 않을 수도 있어요."

"그가 용서하고 잊어버릴 거라고 봅니까? 플루리, 그는 용서하고 잊어버리는 사람이 아닙니다."

플루리는 그것을 생각했다. 그녀는 대화 내내 사나운 눈빛이었고 두 눈과 입술은 평소보다 더 부풀어 올라 있었다. 이제 그녀는 고대의 비극과 희극을 합친 연극에 등장하는 인물처럼, 정신이 산만하고 온몸이 비틀려 있었다. 그녀는 당통의 소매를 잡았다. "그래턴이 그가 원하는 것을 주고 또 그의 요구 사항에 동의한다면 그는 용서하고 잊어버릴 가능성이 있어요."

"무슨 말입니까?"

그녀는 양손의 검지와 중지로 가위질하는 동작을 산만하게 해 보였다. 그녀가 샤일록의 그런 동작을 설사 보았다고 하더라도 그처럼 잘 따라 하지는 못했을 것이다. "싹둑, 싹둑." 그녀가 말했다.

21

귀국하여 사태를 돌파하라는 당통의 문자에 대한 그래턴의 답변은 즉각적이면서도 간략했다. '빌어먹을, 절대로 안 돌아가요'라고 그는 썼다.

당통은 언제나 자네의 가장 좋은 이해관계만 생각하는 사람에게 그런 식으로 답변해서는 안 된다고 다시 문자를 보냈다.

그래턴은 지금까지의 우정은 단지 테스트에 불과했다고 답변했다.

당통은 비어트리스가 귀국에 대하여 어떻게 생각하는지 문자로 다시 물었다.

그래턴은 전의 답변과 비슷한 어조로 대답했다. '빌어먹을, 그녀에게 물어보지 않았어요.'

당통은 왜 물어보지 않았느냐고 문자 했다.

'그녀가 너무나 지겹다'라는 것이 그래턴의 답변이었다.

'어떤 특별한 이유라도?' 당통이 물었다.

'그녀는 계속 나에게 어떤 외국어로 말해요.'

'어떤 외국어?'

'내가 어떻게 알겠어요? 외국언데, 아마 유대어일 거예요.'

'그렇다면 자네가 그녀의 귀국을 방해할 이유는 없지 않겠나?'

'씨발 절대 안 돼.' 그래턴이 대답했다. '섹스가 너무 좋아요. 그녀가 그 빌어먹을 주둥아리를 닥치는 건 그때뿐이에요.'

당통은 그리하여 그래턴이 할례 의식을 치르고 유대교에 입교할 가능성은 전혀 없다고 생각했다.

"이제 어떻게 하죠?" 플루리는 알고 싶어 했다.

그녀는 당통과 바니와 외출하여 맨체스터의 한 바에 있었다. 그들은 이 문제를 골든트라이앵글에서 논의하다가 남들이 엿듣는 것을 원하지 않았다. 그들이 술을 마시는 곳에서는 그 누구도 할례라는 단어를 이해하지 못할 것이었다.

"그 유대인더러 그가 바라는 최악의 행동을 한번 해 보라고 하지요, 뭐." 당통이 말했다.

"난 그게 통하리라고 보지 않아요." 바너비가 끼어들었다. 그러한 끼어들기는 바너비 자신뿐만 아니라 그의 친구들도 놀라게 했다. 통상적으로 작전 회의가 있을 때면 그는 플루리와 당통이 말을 다 하도록 내버려 두었다. 그럴 경우에 그의 역할은 그저 가만히 있어 줌으로써 그들의 기분을 더 좋게 하는 것이었다. 하지만 이 경우에는 그의 명성뿐만 아니라 친구들의 명성도 걸려 있었다. 벨프리가 매음굴이라면 그는 무엇인가? 그래턴이 범죄의 범위를 잘 모르는 채로 어떤 여자와 출국해 버렸다는 사실은 그에게도 못마땅한 것이었다. 그래턴은 뭔가 엉뚱한 짓을 저지르고도 그 대가로 베네치아에 놀러 간 반면, 그, 바너비는 아무런 잘못도 한 게 없는데 체셔에서 이런 분노와 긴장을 견뎌 내야 하는 것이었다.

그는 또한 다른 방식으로 당통에게 홀대당하고 있다고 생각했다.

"내가 당신에게 준 반지는 언제 돌아와요?" 플루리는 술잔을 들기 직전에 그에게 물었다. "당신은 내게 그 반지를 죽을 때까지 끼고 다니겠다고 맹세하고선 일주일이나 끼지 않고 있어요."

바너비는 뚫어질 듯이 당통을 쳐다보았다. 두 사람은 전에 이에 대하여 예행연습을 하지 않았던가? 각본에 의하면, 당통은 자신의 왼손을 내려다보며 이렇게 말하기로 되어 있었다. '세공사'에게서 그 반지를 잘 닦아서 가지고 오던 중에 안전을 위해 손가락에 끼고 있었다. 이 대목에서 그는 짐짓 공포의 표정을 지으며, 그런데 그만 그 반지가 손가락에서 사라진 것을 발견했다고 대경실색의 어조로 말해야 되었다. 아마도 그 반지가 빠져서 하수구로 들어갔거나 버스 바퀴 밑으로 들어간 것 같다고. 그의 손가락이 바니의 손가락보다 가늘므로. '이런 멍청한 짓을 하다니, 내

왼손을 차라리 잘라 버리고 싶었어요'라고 그는 말하기로 되어 있었다. 그러면 바너비가 그때 나서서 원상 복구의 약속과 함께 너무나 죄송하다고 말하면서 눈물을 흘리며 추임새를 넣기로 되어 있었다. 그러면 플루리가 두 남자를 포옹하면서 그들이 주고 받는 이런 피와 살 같은 사랑에 감동받았으며 또 앞으로도 그녀가 그런 사랑을 누리기를 원하고 그래서 그 사랑이 잃어버린 반지를 탕감하고도 남음이 있다고 말함으로써 각본이 완료되는 것이었다. 그러나 당통은 그래턴의 문제로 심란한 상태에서 그만 대사를 까먹고서 허공을 멍하니 바라보았다. 그러자 바너비는 그런 시간 낭비에 대하여 평소의 그답지 않게 초조함을 드러내며 괜한 호들갑을 떤다는 듯이 플루리를 노려보았다.

"난 당신에게 그 문제를 따지겠어요." 플루리가 바니에게 말했다. "나중에."

(사정이 이렇게 돌아가자 그는 전보다 더 그 그림이 필요해졌다.)

그녀는 대신 당통을 노려보았다.

우리는 이 반지를 두고서 경쟁을 벌이고 있는 건가, 하고 그녀는 스스로 물어보았다. 그녀는 바니에게서 돌아온 답이 별로 마음에 들지 않았다.

이렇게 하여 호혜와 배려로 이루어진 그들의 절묘한 세계(종종 문제가 있지만 슬픔으로 구원되는 세계)는 신경질의 압력 아래에서 무너지기 시작했다. 그래서 바너비—그 어떤 해석을 적용해 보아도 그들의 무고한 희생자인 바너비—가 자신의 마음에 있던 말을 발설했다.

"내가 볼 때, 그 유대인은 물러서지 않을 거예요. 그렇게 하는 유대인이 있다는 얘기는 들어 보지 못했어요. 그들은 누그러지면 체면을 잃는다고 생각해요. 그건 그들의 종교를 위반하는 거예요. 많은 유대인들을 만나 본 나의 아버지도 같은 말을 했어요. 그들은 돌같이 차가운 마음을 가지고 있어요. 해변에 서서 파도에게 물러가라고 하는 것—바로 이것이 유대인의 마음을 바꾸려하는 행위와 똑같은 거예요. 그러니 그래턴이 귀국하여 사태를 돌파하지 않겠다면 우리는 피 보기를 원하는 유대인의 비위를 맞춰 주기 위해 대리 그래턴을 찾아내는 수밖에 없어요."

바너비가 그처럼 유대인과 그들의 신념에 대해서 많이 알고 있는 것에 놀라면서도, 플루리는 그의 추론에 당황했다. "염병할poxy 그래턴은 내가 이해할 수 있지만, 바니," 그녀가 말했다. "대리proxy 그래턴이라는 건 도대체 뭐죠?"

난 이 두 남자가 슬슬 피곤해지는데, 하고 그녀는 생각했다. 사실 그녀는 남자들이 함께 있는 것을 아주 피곤하게 여겼다. 어쩌면 비어트리스와 함께 달아나야 할 사람은 그녀여야 마땅했다.

"일종의 대리인을 말하는 거예요." 바니가 말했다.

"뭐에 대한 대리인?" 당통이 물었다.

"그래턴의 대리인. 유대인이 볼 때 그래턴의 대신이 되는 인물."

"당신은 그걸 좀 더 자세히 설명해 주세요." 플루리가 말했다. "좀 천천히 말해요."

바너비는 어떻게 이보다 더 천천히 혹은 더 분명하게 말하란 말인가 하는 생각이 들었다. "누군가가 그래턴 대신 들어서야 해요. 희생양이라는 말이 있죠? 혹은 후보. 그 유대인이 등가물이라고 생각하는 사람."

"그 대신 할례 의식을 치를 사람, 그런 사람 말인가?" 당통은 그런 질문을 한 것이 그 자신인지 플루리인지 확실하지 않았다. 플루리 또한 마찬가지였다. 그들은 동시에 경악을 느꼈다.

"그래요." 바너비가 말했다. "그게 그가 원하는 거 아니겠어요?"

"달링," 플루리가 말했다. "그는 재미 삼아 할례 시킬 나이 든 사람을 찾는 게 아니에요. 그래턴에게 할례 의식을 치르게 하겠다는 요지는 그를 비어트리스에게 적합한 유대인 남편으로 만들겠다는 거예요."

"혹은 그를 겁주어 그녀로부터 달아나게 하려는 것이지." 당통이 끼어들었다.

"그건 나도 알아요. 나는 당신들이 생각하는 그런 바보가 아니에요. 그러나 이제 비어트리스가 무엇을 하기로 결정하든 그건 명예의 문제예요. 그렇지 않아요? 그가 원하는 것은 살이 아니에요. 그래턴의 살을 가져다 무엇에 쓰겠어요? 그건 원칙의 문제예요. 그는 그 살을 어떻게 얻을 것인지 누구에게서 얻을 것인지 따위는 신경 쓰지 않아요. 유대인은 그들의 채권에 대해서 누가 지불할 것인지에 대해서는 신경 쓰지 않아요. 그에게 그가 원하는 것을 주세요. 그러면 우리는 더 이상 그의 소식을 듣지 않게 될 거예요. 우리가 그에게 그래턴을 줄 수 없으니…… 누군가를 대신 줘야 하는 거예요."

일행 사이에 조용한 정적이 내려앉았다. 심지어 바도 침묵의 바다에 빠져든 듯했다.

"하지만 내가 대리인으로 나설 수는 없어요. 내가 아무리 당신을 위해 뭐든지 하려고 해도," 바너비가 계속 말했다. "나는 피를 생각하기만 해도 기절해 버려요."

"나는 성별에 의해 무자격자니……" 플루리가 말끝을 흐렸다.

"그럼 남는 게 나뿐이군요." 당통이 말했다.

자네들은 좀 더 어둠 속에 앉아 있어야 해. 당통은 그의 생각을 들으러 오는 학생들에게 말하곤 했다. 그건 강의가 아니었고 또 수업도 아니었다. 그는 '수업'이라는 단어가 의미하는 것보다 더 많은 거리를 그와 학생들 사이에 유지하고 싶어 했다. 그처럼 불빛이 환한 세상에서 살아가는 것은 너희에게 좋은 일이 아니야, 하고 그는 계속하여 말했다. 내가 너희에게 스크린을 보면서 너무 많은 시간을 보낸다고 말할 때, 나를 도덕가 혹은 러다이트 운동가*라고 생각하지 말기 바라. 나의 유일한 관심사는 너희의 미학적 복지야. 레오나르도나 카라바조 같은 위대한 화가들이 그랬듯이 빛을 소중하게 여겨야 해. 의미를 밝혀 주는 것, 사물의 세속적인 어둠과 이해 및 분별에서 오는 밝음을 구분하게 해 주는 것으로 말이야. 모든 것이 빛이라면 너희는 아름다움과 부피의 감각을 잃어버리게 돼.

학생들 중에 그 말을 경청한 이가 있었는가?

그가 기억하기로 한 학생이 그랬다. "선생님은 명암 배분을 논의하면서 렘브란트를 언급하지 않았습니다." 그녀는 손을 들고서 말했다. "다른 화가들도 그렇겠지만 렘브란트의 경우 빛이 심리적 통찰의 한 형태라고 보지 않으세요?"

그 학생이 비어트리스였다. 그는 희미한 기억 속에서 이제 그녀를 분명히 보았다. 그녀가 팔을 들었을 때 마치 탬버린을 흔드는 것처럼 팔목에 찬 금팔찌가 짤랑거렸다. 그녀 자신의 내적인 어둠이 심리적 통찰—이것을 양심의 작용이라고 해 두자—에 의해 환한 빛을 받는 것 같았다. 이제 그 자신이 그런 통찰을 그 자신에게 적용시키고 있었다. 바로 그 순간 그는 그녀를 그래턴의 노리개로 점찍은 것일까? 그녀는 렘브란트의 위대한 그림에 등장하는 수산나이고, 그는 좀 더 노골적인 장로였을까?** 이러한 장면은 그가 그 자신에게는 없다고 생각하는 호색함을 불러일으키지는 않았지만, 그녀는 다른 사람의 호색함에는 호소할 수

＋ 러다이트 운동은 기계 파괴 운동으로, 1811~1817년 산업혁명 직후 자동 방직기 때문에 일자리를 잃게 된 직공들이 기계는 실업의 원인이라고 하면서 영국 중부 및 북부 지방에서 기계나 공장을 파괴했다.

＋＋ 수산나는 구약성경 『다니엘』 13장에 나오는 정숙한 여자로, 다니엘의 도움으로 호색한 장로들의 음모에서 벗어난다.

있다고 그가 상상한 것임에 틀림없었다. 그렇지 않다면 왜 그가
그녀를 선택했겠는가? 그렇다면 그것이 그를 유혹의 파트너 혹
은 공모자―플루리의 말로는 뚜쟁이―로 만든 게 아닐까?

최근에 그가 자신의 영혼 속에 그 문장을 각인하고 '조달'이라
는 단어를 다시 떠올린 것이 몇 번이었던가?

그는 어둠―그가 슬픔의 인간으로 내뿜는 어둠과 그가 스위치
를 꺼서 만들어 내는 더 세속적인 어둠―속에 앉아 생각에 잠겼
다.

그는 자신의 눈꺼풀이 좀 더 두껍고 좀 더 불투명한 재질이었
으면 좋겠다고 생각했다. 그는 눈꺼풀보다 더 두꺼운 피부는 귀
두의 포피와 음문의 소음순뿐이라는 것을 어딘가에서 읽었다. 그
러나 이런 피부를 통해서는 빛이 그에게 들어오지 않으므로 그
는 그 지식에서 아무런 위안도 얻지 못했다.

그가 아무리 막아 내려 해도 그에게 다가오는 빛은 보라색, 자
수정의 빛깔이었다. 이 때문에 그는 자수정이 들어간 서진이나
세밀화는 좀처럼 사들이지 않는다. 그는 그 돌이 너무나 풍성하
고 또 그것이 내뿜는 빛이 너무나 강렬하다고 생각했다. 자수정
은 그의 신경쇠약의 색깔, 그의 취향에 거스르는 것의 색깔, 그가
품고 있는 온갖 반감들의 색깔이었다. 스트룰로비치는 그런 반감
사항들 중 하나였다. 하지만 이 경우는 반감이 먼저인지 자수정
이 먼저인지 분명하게 알 수 없는 그런 경우였다. 스트룰로비치
라는 인간은 성격도 자수정일까? 그의 번들거리는 피부에는 이

돌의 보라색 단단함이 일부라도 깃들어 있을까? 너무 많은 빛으로 당통의 팽팽해진 신경을 건드리는 것은 그의 목소리일까? 그는 왜 스트룰로비치를 도덕적으로 증오하는지 그것을 설명하는 게 더 쉬울 것 같았다. 당통 자신이 미술품을 사고팔지만, 스트룰로비치 또한 미술품을 사고판다는 사실을 그는 증오했다. 그의 사고팔기 행위는 핵심에 사랑이 있었다. 그는 그가 거래하는 것을 사랑하기 때문에 거래를 했다. 반면에 그의 짐작에 의하면 스트룰로비치는 우연히 예술을 사랑하는 것이었다. 그가 그것을 사랑하는 이유가 있다면 혹은 황홀하게 여긴다면, 그건 아름다움의 대차대조표에 있는 것이었다. 당통은 이것을 스트룰로비치가 한 말이나, 감정가이며 구입가인 스트룰로비치의 행동에 대하여 보거나 들은 것으로부터 아는 게 아니었다. 스트룰로비치가 당통 그 자신처럼 세련되지 않았기 때문에 그것을 아는 것이다. 살아 있는 것은 당통에게 고통을 주었지만 스트룰로비치에게는 전혀 고통을 주지 않았다. 그는 극도의 고통을 겪어 보지 못한 사람이었다. 아름다움은 그의 혈관 속에 흐르고 있지 않았다. 설사 이 세상에서 아름다움이 사라진다고 해도, 스트룰로비치는 평소와 다르게 행동할까? 당통은 삶이란 곧 느낌에 절묘한 고통을 가하는 것이라고 생각했고 그것 이외에는 달리 삶을 생각해 볼 수 없었다. 만약 이 세상에서 갑자기 아름다움이 사라져 버린다면 그는 그것을 그의 전 존재를 통하여 느낄 것이었다. 하지만 스트룰로비치는? 아니다. 스트룰로비치는 그것을 느끼지 못할 것이다.

그는 사물의 물질성에 너무나 많이 사로잡힌 사람이었다. 그리고 물질적인 것은 곧 당통에게 자수정의 빛깔이었다.

비어트리스 또한 그러하다. 그녀의 머리카락은 심홍색이고, 그 눈빛은 오디의 반짝거림이며, 그 말은 시럽으로 만든 보라색 자두이다.

이것이 그래턴이 사랑한 것인가? 그 여자의 풍성하고 펄떡거리는 현재성現在性을? 그녀의 오만한 가촉성可觸性을?

틀림없이 그것이었으리라.

그런데 그는 그래턴이 사랑한 것을 어떻게 아는가?

당통은 세밀 초상화, 눈물방울 서진, 양심의 가책 등 사소한 것들의 감정가였다. 그는 기질상 금욕적인 사람이었지만 동시에 허영 많은 사람이 소유욕 강하듯이, 우아한 자기 고문에 대하여 욕심이 많은 사람이었다. 가령 그는 자신이 너무 많이 돈을 가지고 있는 데 대하여 그 자신을 징벌했다. 너무 잘 교육을 받은 것, 우아한 취향을 가진 것, 다방면으로 재주가 있는 것 등에 대하여 그 자신을 고문했다. 사람들이 그의 도움을 얻기 위해 그를 찾아오지만 그들이 그에게 주기를 바라는 것을 언제나 주지는 않았다. 오히려 그는 너무 많이 주었다. 그의 분열된 자기중심주의의 자수정 색깔 어둠 속에서 그는 자신의 결점들을 호명했다. 그중 한 결점은 다른 모든 결점들의 거울 이미지였는데, 그가 사랑하는 사람들의 고통에 너무나 광범위하게 공모한다는 것이었다. 그래턴이 유대인 여자에게 약한 것이 고통인가? 그것을 뭐라고 부르든 간에 그가 그것을 부추겼고, 부채질했고, 풀무질을 했다. 그런데 그가 그 자신을 상대로도 그와 유사한 고통에 부채질을 했다면? 그의 보라색 정맥의 눈꺼풀 뒤에서 그 또한 유대인들의 색깔에 매료되었던 것일까? 그렇다면 스트룰로비치는 반감 사항이 아니라 왜곡된 존경의 대상인가?

욕망은 그가 사용하고 싶은 단어가 아니었다. 오늘은 여기까지. 존경이라는 말은 너무 나간 거야. 만약 어떤 거룩하지 않은 이름 지을 수 없는 존경이 잠복하고 있는 것이라면, 그는 불쌍한 그래턴에게 커다란 피해를 입힌 것이었다. 실은 당통이 가고 싶었으나 가 볼 용기가 없었던 곳에 그래턴을 대신 들이민 것이니까. 그 친구에게 좀 보상을 해 주어야겠는데, 하고 그는 생각했다. 그는 스트룰로비치가 도저히 감당하지 못할 지극한 고문을 느끼며 몸을 부르르 떨었다.

그는 학생 시절 기독교 성인들의 전기를 즐겨 읽었고 많은 성인들의 사진을 찢어 내어 그의 침실 벽에다 핀으로 붙여 놓았다. 그가 좋아한 성인은 라우렌시오였는데 그는 석쇠 위에서 화형을 당했다. 당통은 어렵지 않게 라우렌시오 성인의 순교를 그린 틴토레토의 저명한 그림을 떠올릴 수 있었다. 그림 속에서 빛은 그의 고통을 비추고, 잔인한 사람들이 어둠 속에서 쇠막대기로 그를 찔러 대며 그의 고뇌를 배가한다. 라우렌시오 성인이 그의 고문자들에게 그를 불에다 구울 거라면 제대로 구우라고 말했다는 전설이 전해져 온다. "나를 돌려 눕혀라." 그는 그들에게 말했다.

"이쪽은 다 구워졌으니."✝

당통은 고문에 대하여 취향을 갖고 있었다. 그것은 그가 고문자들에 대해서도 취향을 갖고 있다는 뜻인가?

'나를 돌려 눕혀라.' 그는 스트룰로비치에게 호소하는 자신의 모습을 상상했다.

"정말로 우리를 위해서 그렇게 하겠다는 거예요?" 플루러벨이 물었다.

당통은 눈을 감았다. 때로는 말이 필요가 없었다.

"당신은 성인聖人이에요." 플루러벨이 그에게 말했다.

그는 눈을 뜨지 않은 채 머리를 흔들었다.

그녀의 취향—그녀에게는 취향이 없다는 게 그의 견해였다—보다 그의 취향을 더 담은 자그마한 거실에 함께 앉아서, 그들은 그들의 목가가 지속되는 것을 위협하는 악마를 달래 줄 어휘들의 형식을 발견했다.

플루러벨은 이런 어휘 형식이 치안판사에 의해 인정될 수 있을 것인지 궁금했다. 당통은 그렇지 않으리라 생각했다. 그보다는 종이에다 간단히 적는 것이면 충분할 것이라고 보았다. 누구보다

✝ 라우렌시오 성인은 258년 로마 발레리아누스 황제 시절에 순교했다. 당시 로마의 관습으로 보아 참수형을 당했을 것으로 추측되지만 그가 화형을 당했다는 전설이 내려오고 있다. 그의 순교에 감동받아 여러 명의 로마 원로원 의원들과 기타 사람들이 기독교로 개종했다고 한다. 전설 속에서 라우렌시오 성인이 한 말은 다음과 같다. "나를 돌려 눕혀라. 이쪽은 다 구워졌으니. 그리고 나를 먹어라."

도 스트룰로비치는 당통의 정직성에 의심의 여지가 없다는 것을 잘 알고 있을 테니까.

'나는 여기에 당신의 고충에 대한 보상을 약속합니다'라고 그는 썼다. '나 자신을 그래턴의 2주 내 귀국을 보장하는 담보물로 제공합니다.' (플루리는 일주일, 당통은 한 달을 제시했으나 타협에 의해 2주로 결정되었다.) '그가 그때까지 되돌아와 자신의 징벌을 받지 않는다면, 당신이 그에게서 취하려 했던 것을 내게서 취하십시오. 나는 이것 이외에 그의 죄과에 대한 경감을 요구하지 않습니다. 그리고 이것으로 사태가 종결될 것이라고 믿습니다.'

그리고 그는 화려하게 서명했는데 스트룰로비치는 일찍이 그 서명을 본 적이 있었다.

그는 거래에 〈사랑의 첫 번째 수업〉을 끼워 넣고 싶었으나—나는 이것 이외에 다른 경감을 요구하지 않으나 당신이 솔로몬 씨를 끼워 넣어 준다면 감사하겠습니다—플루리가 그 건에 대해서는 모르고 있는 것이 중요했다.

당통은 한숨을 쉬었다. 그는 다른 사람들의 애정사에 관련되는 것이 정말로 피곤하게 느껴졌다. 그는 그 누구도 그 누구에게 소개하지 않았더라면 좋았을걸, 하고 생각했다. 우정의 가격은 정말로 아주 높아져 버렸다.

"당신은 정말로 성인이에요." 그가 쓴 것을 보여 주자 플루리가 아까 한 말을 반복했다. "하지만 내가 학교에서 배운 성인들은 당신만큼 언어의 재주는 없었어요."

그의 정직한 성격의 일부분—혹은 어쩌면 초조함—때문에 그는 그녀의 칭찬에 손사래를 쳤다. "당신이 좀 더 안다면," 그가 말했다. "나에 대해서 그렇게 말하지 않을 겁니다."

플루리는 흥미롭다는 표정을 지었다. "내게 이야기해 줘요." 그녀가 말했다.

그는 그녀의 어지러운 두 눈동자를 깊숙이 들여다보았다. "내가 당신의 절대적인 기밀 유지를 기대할 수 있습니까?" 그가 물었다.

"맹세해요," 그녀가 말했다. "우리의 우정을 두고서. 우리를 묶어 놓는 신성한 우울증을 두고서 맹세해요."

"다른 사람한테는 절대 말하면 안 됩니다. 약속하세요. 심지어 바니에게도."

"그에게도 단 한 마디도 하지 않겠어요."

그러자 그는 마치 연인이 그렇게 하듯이 그녀를 그에게로 끌어당겨 플루리의 귀에다 그녀가 일찍이 생각해 보지도 못한 말들을 속삭였다.

플루리와 가까운 사람이라면 그 순간 그녀가 한 행동을 보고서 경이롭다고 생각했을 것이다. 그녀는 머리를 뒤로 젖히고 커다란 웃음소리를 토해 냈다. 그것은 그녀의 슬픔을 영원히 치유해 줄 만큼 강력한 즐거움이었다.

"난 기다릴 수가 없어요," 그녀가 숨이 컥컥 막히도록 너무 즐거워하면서 말했다. "그 흡혈귀의 얼굴을 볼 수 있을 때까지."

"그 유대인 말입니까?"

"예, 히브리인."

"당신은 이스라엘 사람을 가리키는 거겠지요."

"예, 그리스도 살인자. 매부리코……"

"플루리, 그만 멈춰요!" 당통이 웃음을 터트렸다.

지난 여러 달 동안 플루리의 유토피아에서 그런 즐거움의 웃음 소리가 터져 나온 적은 없었다.

그녀는 그 맹세가 확실히 접수되도록 하고 또 그녀 자신도 당 통 못지않게 죄가 있고 또 그녀의 두 눈으로 그 악마를 직접 보고 싶고 또 그녀 자신만의 특별한 추가 사항을 구상했기 때문에, 당통의 각서를 직접 전달하기로 했다. 그녀는 그녀의 집안 관리인이 사는 복스올에서 스트룰로비치의 집까지 짧은 거리—그녀는 그들이 이렇게 가까이 사는 이웃인 것을 알고 놀랐다—를 차를 몰고 갔다. 포르쉐나 폭스바겐 비틀을 끌고 가지 않은 그녀의 결정에 대하여 그녀 자신도 설명할 수가 없었다. 하지만 드라이브웨이에 벤츠가 주차되어 있는 것을 보고 약간 불쾌했다.

그녀는 스트룰로비치가 직접 문을 열자 몸을 부르르 떨었다. 그녀가 내민 각서를 받아 드는 그 손은 그녀의 손을 거의 얼려 버릴 듯했다. 그것은 또 다른 놀람이었다. 그녀는 지옥의 유황불을 만나리라 예상했다. 그녀의 상상 속에서 스트룰로비치는 악마의 안색에다 비늘 덮인 손을 가진 사람이었다. 그녀는 그 얼음처럼 차가운 분위기는 전혀 예상하지 못했다. 불쌍한 비어트리스가 달아나 버린 것도 그리 놀라운 일이 아니었다. 내가 그녀를 받아들여 지원해 준 것은 잘했어, 하고 그녀는 생각했다. 그리고 지금도 계속 도와주고 있는 건 잘한 일이야. 하느님이시여, 우리 모두를 도와주소서.

하지만 그녀는 한 가지 사항을 오해했다. 그녀가 당통의 성스러운 각서를 내민 사람은 스트룰로비치가 아니었다.

그것은 샤일록이었다.

22

딸의 외출에 익숙해져 있지만—낮에는 아카데미에 가 있고 밤에는 어디에 가 있는지 잘 모르지만—스트롤로비치는 비어트리스가 그리워지기 시작했다. 그렇다. 부녀는 함께 있는 그 순간에는 싸웠지만, 싸움은 사랑의 표현이 아니던가? 사실을 말해 보자면 그는 그들이 싸우지 않았던 때를 기억할 수가 없었다. 그러나 케이의 뇌중풍 이후 사랑의 또 다른 이름이었던 전쟁은 더 격렬해졌다. 그래서 그는 이런 미묘한 질문을 그 자신에게 던졌다. 그녀가 그에게 일종의 아내가 된 것인가?

그는 그 질문에 긍정적으로 대답했음에 틀림없다. 비어트리스가 달아난 이후에 그는 케이와 더 많은 시간을 보냈기 때문이다. 그것은 외로움이었는가? 죄책감이었는가? 그는 둘 다라고 생각했다. 하지만 그 둘 다를 생각하는 것이 그의 마음의 습관이었다.

그래서 그는 때때로 유대인이었고 때때로 유대인이 아니었다. 그것은 유대인 마음의 혼란스러운 특징이었다. 혹은 유대인의 힘일 수도 있었다. 유대인이라는 사실은 그에게 전부나 다름없었다. 단 그가 때때로 유대인 행세를 할 경우에 말이다. 케이에 관한 한 그는 그녀에 대해서 모든 느낌을 갖고 있었으나, 어떤 때는 전혀 아무런 느낌도 들지 않는다고 생각했다. 아무것도 느끼지 않는 데에는 장점이 있었다. 그것은 그로 하여금 그의 생활을 영위해 나가게 했고 또 비어트리스가 그녀의 삶을 살아 나가는 데 도움을 주었다. 하지만 그가 비어트리스와의 관계에서 실패했다면 그 것은 케이에 대한 무감각이 그에게 준 기회들을 절반이나 날려 버린 것이 되었다. 따라서 그가 비어트리스와의 관계에서 실패했으므로, 그가 케이에게 빚진 것을 그녀에게 일정 부분 돌려주는 것이 필수적이었다.

당통을 방문하여 최후통첩을 하고 온 후 그는 집으로 돌아와 곧장 그녀 옆에 가서 앉았다. 그는 케이가 일의 경과를 듣기 위해 초조하게 기다리기나 한 것처럼 행동했다. 그는 깊숙이 숨을 들이쉬었다가 한숨을 내뿜었다. 내게 숨 쉴 기회를 좀 줘, 하고 말하는 것처럼. "아무튼 그게 어떤 결과를 가져올지 기다려 봐야 해." 그가 마침내 선언했다.

그녀의 가슴에 나쁜 영향을 줄 걱정이 있기는 했지만, 창문은 사계절 열어 두었다. 만약 간병인들 중 한 사람이 그 문을 닫아 버리면 그녀는 다른 간병인에게 신호하여 문을 열도록 했다. 스트룰로비치는 그녀에게 그 소식을 전한 후, 침묵 속에 앉아서 커튼이 펄럭거리는 것을 쳐다보았다. 마치 그게 방 안에서 유일한 관심사인 것처럼. 그는 무심히 그녀의 손을 잡았다가 그녀의 손가락이 부드럽게 꼬집는 것을 느끼면서 깜짝 놀랐다. 그는 창문에서 시선을 돌려 그녀를 바라보았다. 그녀가 그의 말을 이해한 것일까? 그녀가 그의 불안을 알아들은 것일까? 비어트리스가 달아났다는 것을 그녀가 아는 것일까?

"사랑하는 여보, 괜찮아? 아무 일 없는 거지?" 그가 물었다. 기이하게도 그의 눈물이 흐르게 만든 것은 그녀의 어떤 동작이나 무표정한 얼굴에 떠오른 표정이 아니라 그 자신의 말이었다. 그는 그 자신을 슬퍼하며 우는 것일까?

그는 그녀에 대한 감각을 완전히 봉쇄해 버리고, 기억과 애정의 장치를 폐쇄해 버렸다. 그렇게 하지 않으면 그는 일상적인 기능을 발휘하지 못할 것이었다. 케이의 상태가 저 모양인데 기억과 애정이 그리고 감각이 무슨 소용인가? 그가 그녀의 방에 매일 아침 들어와 그녀의 두 다리에 그의 양팔을 두르고 또 어둠이 찾아올 때까지 흐느껴 울며, 그녀에 대한 사랑을 재확인한 것을 지금 그가 기억하고 있는 것인가? 당신은 기억만 하면 죽어 가고 있는 것이다. 살기를 바란다면 당신은 잊어야 한다.

그는 방금 그녀를 '사랑하는 여보'라고 불렀고, 그리하여 잠시 동안 그녀는 그의 사랑하는 여보가 되었고, 그 또한 그녀에게 사랑하는 여보라고 그 자신을 설득할 수 있었다.

그리고 만약 그가 사랑스러운 여보라면—그녀가 그에게 느꼈던 애정의 기억이 그녀의 햇빛에 바랜 커튼처럼 희미하게 거기 감추어져 있었다면—그것은 환영할 만한 일인가? 이런 묻힌 기억을 다시 들추어내는 것이 그녀에게 조금이라도 현실적인 도움이 될 수 있을까? 혹은 그녀가 그렇게 할 수 있다면 그 슬픈 기억 때문에 눈물을 흘렸을까?

그는 그녀의 손을 좀 더 세게 잡았다. 만약 그녀도 그와 똑같이 이것을 감당할 수 있다고 느낀다면 그녀 자신을 완전히 봉쇄해 버렸을 것이다. 그게 이것을 감당할 수 있는 유일한 방법이니까.

"그래," 그가 말했다. "나의 방문이 어떤 결과를 가져올지 기다려 봐야 해."

그는 고개를 숙인 채 계속 앉아 있었고 차가운 바람이 뺨을 스쳐 지나가도록 내버려 두었다. 그는 지금 죽어 버린 손을 잡고 있는 그 여자에게 보상을 해 주어야 할 의무가 있다고 생각했다. 그녀는 그에게 여러 해의 행복을 안겨 주었다. 그녀는 그에게 딸을 낳아 주었다. 그녀는 그와 그의 아버지 사이의 벌어진 틈새를 메워 주었고 또 그 외에 다른 여러 방법으로 그와 그의 어머니의 관계도 개선시켜 주었다. 그는 여러 사람에게 보상을 해 주어야 했다. 그의 어머니가 사망한 지 1년 이상 지나갔지만 어머니를 추모하기 위해 그가 한 일이 무엇인가? 그는 부모의 이름을 기념하기 위해 개관하려 했던 갤러리 사업을 그냥 내버려 두었다. 그는 당통에 맞서서 아무런 싸움도 걸지 않았다. 그는 패배주의자

였다. 그는 때때로 아들이었고, 아버지였고, 남편이었고, 신앙의
수호자였으나 때때로 그 어느 것도 아니었다. 이렇게 그 자신을
고문하면서 그의 영혼은 당통에 대하여 더욱 차갑게 굳어졌다.

그가 이미 느끼고 있는 것 이상으로 당통에 대하여 더 차갑고
단단한 영혼을 만들어 낼 수 있을까? 영혼은 언제나 더 단단해질
수 있다.

당통. 유대인을 증오하는 자. 그의 딸을 훔쳐 갔고, 부모에 대
한 그의 사랑 표현에 훼방을 놓았고, 내포된 의미, 연상 작용, 소
급되는 악의, 그저 존재하고 있다는 그 사실 등으로 인해, 결딴난
그의 아내의 건강 상태에 책임이 있는 자.

"내가 그자를 죽일 수 있다면 죽여 버릴 거야." 그가 그녀에게
말했다.

그는 그녀의 눈빛에서 경고를 보았다고 생각했다. 그는 그녀가
머리를 흔들었다고 상상했다. **그러지 말아요, 스트롤로!**

그가 할 수만 있다면.

"당신이 내가 할 수 없다고 생각한다면, 나는 하지 않을 거야."
그가 말했다.

당통이 케이 덕분에 목숨을 건지게 된다는 생각은 오히려 스트
롤로비치로 하여금 그에 대한 살인적 악의를 더 강하게 느끼게
했다.

샤일록에게서 건네받은 각서는 그를 밥맛 떨어지게 했다. 이

당통이라는 자는 애걸하는 듯하면서 실은 애걸하지 않고 있잖은 가? 그는 무슨 힘으로 굴복을 모욕으로 바꾸어 놓을 수 있단 말인가?

"내가 그를 파괴할 수 있다면 파괴해 버릴 거야." 그가 샤일록에게 말했다. "아무튼 적어도 이런 방식으로 그의 피를 흘리게 할 거야."

샤일록은 고개를 저었다. "나라면 조심스럽게 진행하겠네." 그가 조언했다. "당통이 제안한 것은 자네 딸을 데려오지도 못하고 축구 선수가 그녀에게 한 잘못을 응징하지도 못해."

"그들이 내게 한 잘못은 어쩌고?"

샤일록은 다른 데를 쳐다보았다. 스트룰로비치의 이글거리는 시선에서 벗어나려는 듯했다. "자네가 이 일에서 너무 앞에 나서는 것 같아." 그가 말했다. "자네가 이 문제를 너무 개인적인 것으로 받아들이는 듯한 느낌이야."

"너무 개인적? 뭐가 **너무** 개인적인가?"

"당통을 죽이는 것은 너무 개인적이야."

"당통에게는 너무 개인적일지 모르지만, 나한테는 아니야."

"하지만 자네의 시비 상대는 축구 선수가 아닌가?"

"그 바보? 그자에 대해 나는 가벼운 경멸을 느낄 뿐이야."

"그가 자네 딸에게 피해를 주었는데도?"

"난 비어트리스를 알아. 딸애는 남자를 이끌고 갈 능력이 충분해. 그가 법정에서 그녀가 실제보다 열 살은 많아 보였다고 증언

해도 아무도 믿어 주지 않을 걸세."

"나는 자네가 인내할 것을 권하네. 왜 자네는 그가 돌아오기를 고집하나? 1년 전에 불법이었던 사항을 허용했는데, 이제 법적으로 아무 문제가 없는 상황에서 왜 그것을 허용하지 못하겠다는 건가?"

"그 애는 아직도 어린애야."

"사실 외양은 그렇지 않지. 또 말이 난 김에 그녀의 확신이라는 면에서도 어린애가 아니야."

"게다가 그자는 아직도 이교도야. 자네는 제시카에 대하여 기독교인을 남편으로 삼느니 바라빠[*]의 종자가 더 낫겠다고 하지 않았나?"

"자네는 문맥과 무관하게 내 말을 인용하고 있어. 그 기독교인 남편들은 그들의 아내를 떼어 버리려고 기를 쓰고 있었어. 그래서 그들은 안토니오를 나의 손아귀로부터 구제할 수 있었지. 아버지는 딸이 남자 친구들보다 아내를 더 소중하게 여기는 남자와 결혼하기를 바라. 그자들을 혐오스럽게 만드는 것은 교회에 가서 우상을 향해 기도하는 것이 아니라, 그들이 남자들끼리 맹세하는 그 충성심이라는 거야. 그리고 아무튼……"

"아무튼 뭔가?"

"합리적으로 말해서 내가 앞을 내다보지 못하고 또 후회도 할

---

[*] 군중이 빌라도에게 요구하여 예수 대신 석방된 죄수. 『마태오 복음』 27장 15~26절.

수 없는 것이지만, 나는 때때로 내 딸을 아예 잃어버리는 것보다
는 기독교인과 결혼시키는 게 더 현명하지 않았을까 생각한다
네."

"그건 자네 생각이지. 현재 나의 입장에서 보면 나는 딸도 없고
그녀가 선택한 남편도 인정할 수 없어."

"자네가 변했다는 신호를 보낸다면 그건 변할 수 있어."

"내가 양팔을 벌려 그들을 환영한다면 말인가?"

"양팔까지 벌릴 필요는 없겠지. 악수만으로 충분해."

"그 악수는 무엇을 의미하는데? 그가 용서되었다고? 내가 그를
사랑한다고? 그가 포피를 그대로 유지해도 된다고?"

"그 포피는 없던 걸로 하는 게 자네의 몫일세."

"자네는 나에게 나의 즐거운 농담을 부정할 셈인가?"

"나는 아무것도 부정하지 않아. 현재 자네 딸과 동거하고 있는
남자가 자네를 부정해. 자네 딸도 자네를 부정해. 세상의 여론도
자네를 부정해."

"자네는 당통의 제안을 잊어버렸군."

"그런데 당통에게 할례 의식을 집행하는 게 자네의 목적에 무
슨 소용이 되나?"

"나의 농담에는 소용이 되지."

"그 농담을 부정하는 정신 속에서만 그게 도움이 될 걸세."

"자네의 마음속을 들여다보게. 그러면 내 심정을 이해할 거야.
나 또한 블랙유머를 구사할 줄 알아. 나의 첫 번째 아내는 내게

그 점을 말해 주었어. 나의 두 번째 아내도 그와 비슷한 말을 내게 건넨 적이 있어."

"당통을 할례 시키는 것은 아무런 목적도 이득도 없어."

"그렇게 되지 않을 수도 있지. 그렇게 위협하면 그가 그래턴을 내게 돌려줄 수도 있어."

"그가 돌려주지 않는다면?"

"그럼 내 마음대로 만족을 얻는 거지."

"그게 그들이 자네가 할 거라고 기대하는 거야."

"그러면 나는 그들에게 기대하는 것을 주고 또 그것을 하는 데서 즐거움을 얻는 거지. 그들의 기대가 나의 만족에 손상을 입히지는 않을 거야."

"다시 말하지만, 자네는 이 문제를 너무 개인적인 것으로 몰아가고 있어."

"그럼 나의 만족을 부정당해야 한다는 건가?"

"그저 만족이나 얻자는 것이라면 그렇지."

"그럼 말을 바꾸지. 내가 나의 채권을 부정당해야 하나?"

그런데 그 채권이라는 것도 결국 회수하지 못했잖아, 하고 샤일록은 생각했다.

"만약 그 일을 거행해야 한다면 나의 집에서 하는 것이 좋겠어요." 플루러벨은 샤일록에게 말했다.

그녀는 집을 나서기 전에 거울 앞에 서서 이 말을 여러 번 연습했다. 스트룰로비치가 불같은 셰익스피어의 등장인물 같다고 생각했으므로 이런 수단을 통하여 그를 좀 누그러트려서 이 제안에 동의하거나 나아가 존경을 표시해 주기를 기대했다. 그녀가 그 말을 한 그 순간에 이르러서 그녀는 문을 열어 준 사람이 스트룰로비치가 아니라는 것을 알아챘다. 하지만 그녀는 미리 준비한 말을 써먹지 않을 수가 없었다. 대화의 상대방이 정확히 누구인지 그녀는 알지 못했지만 그의 근엄하면서도 호전적인 태도로 미루어 무슨 문제가 발생해도 적절히 대응하도록 승인을 받아 놓은 인물처럼 보였다. 어쩌면 변호사일지도 몰랐다. 그의 복장으로 미루어 그녀가 찾아온 그 용건과 관련하여 수임을 했을 수도 있었다.

"당신의 집에서는 이미 너무 많은 일이 벌어지지 않았습니까?" 샤일록이 대답했다.

그렇다. 그녀가 찾아온 문제에 대하여 소상히 알고 있는 변호사였다. 플루러벨은 지난 며칠보다는 지난 몇 시간 동안 더 기분이 좋았었다. 그러나 이제 오싹한 한기가 그녀를 사로잡았다. 만약 스트룰로비치가 변호사를 고용하여 사태를 소상히 설명했다면, 그녀를 스캔들 속으로 엮어 넣고 그녀의 유토피아의 꿈을 악몽으로 바꾸어 놓을 법적 과정이 진짜로 시작된 것이었다.

플루러벨이 돈을 들여 가며 입술 부풀리는 수술을 받은 것은 공연히 한 짓이 아니었다. 그녀는 샤일록에게 탐욕스러운 비너스의 끈끈한 파리잡이 미소를 날렸다. 그는 법정에서는 야수일지 몰라도 그녀와 같은 살[肉]을 먹어 치우는 아름다움을 의식하면 사정은 달라지리라.

플루리는 겉으로는 태연한 척했지만 속으로는 떨고 있었다.

그녀의 가슴속에서는 두 개의 야망이 서로 싸웠다. 하나는 이모든 것을 가능한 한 비밀로 지키는 것이었다. 다른 하나는 논쟁자들이 그녀에게 허용하는 범위 내에서 최대한으로 여론을 환기하는 것이다. 플루러벨은 아주 개인적인 사람이었으나 동시에 아주 대중적인 여자이기도 했다. 나는 과감하게 행동하여 손해 본적이 없어, 하고 그녀는 생각했다. 나의 솔직함은 언제나 칭찬을 받았고 또 나의 고통은 사람들의 동정을 받았어. 비밀 유지를 바라는 야망에는 덜 말할수록 더 빨리 고쳐진다는 격언이 도사리고 있었다. 공공성의 측면에는 스트룰로비치를 망신 주자는 의도가 들어 있었다. 그걸 어떻게 집행할 것인지 그녀는 아직 확신이 서지 않았으나, 그는 공공 토론의 장에서는 아주 나쁘게 비칠 것이고 그 과정에서 그 자신의 증언을 무력한 것으로 만들리라고 확신했다. 누가 비어트리스와 그녀를 격려한 사람들을 비난할 수 있겠는가? 그녀가 이런 무지막지한 아버지로부터 도망을 쳐서, 모든 면에서 이상적이지는 않더라도 아무튼 그녀를 사랑하는 남자의 품에서 애정을 추구한 것이 무슨 잘못이란 말인가? 그녀가 알고 있는 또 다른 정보가 스트룰로비치를 악인으로 몰고 갈 것인지, 아니면 그를 바보 같은 사람으로 보이게 할지 그녀는 알 수 없었으나, 아무튼 그녀는 그 어떤 결과든 흥미롭게 기다릴 것이었다.

그러면 당통은? 비밀 유지/여론 환기 토론에서 그는 어느 쪽에 설 것인가? 그녀는 그의 의견을 물어보지는 않았다. 당통 자신도 잘 알지 못할 거야, 하고 그녀는 생각했다. 만약 그녀가 물어보았다면 그는 조용하게 문제를 처리할수록 더 좋다고 말할 테지만, 일단 스트룰로비치가 망신을 당했다는 기정사실을 들이대면 그도 그녀의 조치를 기쁘게 받아들일 것이라고 그녀는 확신했다.

한편, 그녀의 유혹적인 입술에 전혀 동요되지 않은 그 근엄한 법조계 인사는 그녀와 그녀의 계획 실천 사이에서 우뚝 버티고 서 있었다.

"내 말을 오해하지 말기 바랍니다." 그녀가 말했다. "보상을 해주겠다는 나의 제안이 곧 유죄 인정이라고 보면 곤란해요. 나는 그 소녀와 친구 사이였습니다. 그녀는 집에서 분명 불행했어요. 나는 그녀가 내 집에서 부적절한 관계를 맺었다는 것을 알지 못했습니다. 만약 알았더라면 허용하지 않았을 거예요. 나의 친한 친구이며 조언자인 당통도 마찬가지 입장이에요. 그래서 그는 당신 의뢰인의 요구 사항을 용감하게 받아들였습니다."

"나는 스트룰로비치 씨의 친지입니다." 샤일록이 말했다. "나는 그를 대변하지도 않고 그의 밑에서 일하지도 않습니다."

"그렇다면 그에게 직접 얘기할 수 있을까요?"

"그는 여기에 없습니다. 당신은 내게 말해도 됩니다. 그는 나를 그의 양심으로 생각하고 있어요."

플루러벨은, '양심! 그 사람이 양심이 있다고 지금 내게 말하고 있는 거예요?'라고 말하지는 않고 대신 이렇게 말했다. "그럼 그가 요구한 것이 지나치다는 건 알고 있겠군요. 내 친구 당통에게 신체적, 정신적 상해를 가하려고 하는 거니까. 그가 추구하는 것은 공개적으로 망신을 주자는 것 같아요. 그래서 그런 괴이한 욕구를 충족시켜 주기 위하여 나는 내 정원에서 그 행사를—만약 성사될 경우에—개최하기로 했어요."

"행사?"

"그가 취한 행동 노선이 세간에 알려지기를 바란 것은 스트룰로비치 씨 자신이었다고 생각해요. 만약 그가 요구 사항의 시비_{是非}를 그 요구의 대상인 사람과 토론할 의사가 있다면, 나는 그 토론을 내 텔레비전 쇼에 올릴 준비가 되어 있어요——"

"당신은 텔레비전 쇼를 운영합니까?"

플루러벨은 당황했다. 그녀의 텔레비전 쇼를 모르는 사람이 세상에 있으리라고는 생각하지 않았던 것이다. 이 남자가 그 쇼를 모른다면 그가 얼마나 초연하고 고명한 사람인지 보여 주는 증거였다. "〈주방의 조언자〉라는 프로인데요." 그녀가 말했다.

"그건 요리 프로입니까?"

"예. 하지만 그것뿐만 아니라——"

샤일록은 손을 들어 그 이외의 내용을 설명하려는 그녀를 제지했다. "내가 분명하게 아는데, 스트룰로비치 씨는 그 자신을 어떤 토론의 당사자라고 보지 않습니다. 또 그 자신의 고충이 토론으로 해결될 거라고 보지도 않아요. 그러니 그는 당신이 말한 그 텔레비전 쇼에 나가서 그 문제를 토론하지 않을 것입니다. 또 당신의 친구가 그런 토론의 당사자로 나설 거라고 당신이 생각하다니 좀 놀랍습니다. 할례는 요리 행위가 아닙니다."

그때 플루러벨에게 한 가지 생각이 떠올랐다. 토론이 아니라면 대담을 하는 것이다. 그녀의 옛 쌍방향 웹챗 사이트가 현재는 작동하지 않지만, 그녀가 전문적인 관계를 맺고 있는 소셜 미디어를 통하여 재가동시킬 수 있을 것이었다. 샤일록에게 이 대담 계획을 간단히 요약해서 알려 주면 그게 스트룰로비치 씨에게 매력적으로 보일까?

"내가 자신 있게 말하는데 그가 추구하는 고충 처리가 대담 수준으로 격하되는 것을 스트룰로비치 씨는 절대로 받아들이지 않을 겁니다." 샤일록이 그녀에게 말했다.

"알겠습니다." 플루러벨이 재빨리 말했다. "나는 이 문제를 최소화하려는 건 아니었습니다. 오히려 그 반대입니다. 그래서 그걸 하나의 행사로 만들자고 한 거지요."

"당신은 잼버리를 계획하고 있나요?"

"사태가 그렇게 돌아가고 또 우리가 열렬히 돌아오기를 기다리는 바이지만, 그래턴이 비어트리스와 함께 돌아오지 않는다면 나는 스트룰로비치 씨가 편하게 느끼는 대로 가장 최소한의 것을, 혹은 가장 최대한의 것을 하겠습니다. 나는 그 일이 모든 사람에게 즐겁기만을 바라요. 스트룰로비치 씨가 내 집을 싫어하여 그 안으로 들어오지 않겠다면——"

"왜 그가 그 집으로 들어가지 않으리라 보십니까?"

플루러벨은 잠시 당황했다. "아, 당신도 아시잖아요……"

"그곳이 방탕의 현장이어서?"

"당신은 나를 비방하고 있습니다." 플루러벨이 말했다.

"그렇다면 당신은 두려워할 필요가 없습니다."

"나는 그 어떤 것도 두려워**하지** 않아요."

"그렇다면 당신은 이 문제를 결말짓기 위하여 커다란 노력을 하고 있는 거로군요. 당신의 신속함은 유죄를 말해 주고 있습니다. 하지만 하던 말을 계속해 보십시오. 만약 스트룰로비치 씨가 당신 집에 들어가지 않으려 한다면……"

"나는 정원에다 대형 천막을 설치하도록 하겠어요."

"무슨 근거로 그가 당신 집과 당신 정원을 구분할 것이라고 보십니까?"

"나는 그가 어떻게 구분하는지는 몰라요. 단지 상대방의 뜻을 수용하려는 것이지요."

"그럼 카나페도 준비하나요?"

"그가 카나페를 좋아한다면."

"당신이 아까 말한 대로 당신 친구의 굴욕을 이처럼 널리 홍보 하려고 노력하는 당신을 참 이해하기 어렵군요."

"왜냐하면," 그녀가 말했다. "내가 얼마나 미안해하는지 보여 주고 싶기 때문이죠."

"당신의 고상한 정신이," 그가 그녀를 외면하며 말했다. "당신의 온몸에서 빛나는군요."

청찬을 들으면 금방 알아듣는 플루러벨은 입술을 가볍게 떨었다. 스트룰로비치의 변호사 친구는 아주 근엄한 매력을 갖고 있네, 하고 그녀는 생각했다. 그러나 그녀 말고 다른 사람들은 그런 매력을 알아보지 못할 것이라고 느꼈다. 당통이나 바너비 같은 종류의 매력은 아니었다. 그는 완전히 종류가 다른 남자였다. 사실을 털어놓고 말하자면 얼음처럼 차갑고 초연하고 또 상대방을 모욕하고 경멸하는 분위기마저 풍겼다. 하지만 그녀는 쉽게 받아들일 수 있는 매력적인 남자들, 그녀의 욕망을 엉뚱하게 짐작한 것 말고는 그런대로 그녀를 즐겁게 했던 왕자 같은 구혼자들은 신물이 날 정도로 접해 본 상태였다. 이 변호사 남자를 상대로 할 때에는 상대방의 욕망을 짐작하는 주체는 그녀가 되어야 할 터였다. 물론 그녀가 그를 에로스의 상대로 본다는 얘기는 아니었다. 그는 너무 나이가 많았다. 그러나 그를 아버지로 본다면—그녀는 생물학적 아버지에게는 깊은 인상을 받아 본 적이 없었다—그녀는 다시 버릇없는 딸로 되돌아가 그의 사랑을 얻고자 애쓰는 자신의 모습을 상상할 수 있었다.

"당신에겐 자녀들도 있나요?" 그녀가 그에게 물었다.

23

스트롤로비치는 꿈을 꾸었다. 둘 다 아홉 살 쯤 된 제시카와 비어트리스가 그의 집 정원에 설치한 플라스틱 물웅덩이에서 서로에게 물을 끼얹으며 장난을 치고 있었다. 햇빛은 아직 세이렌이 되지 못한 그들의 어린 몸을 비추고 있었다. 그 올챙이 소녀들은 누구의 주목도 받고 싶어 하지 않는다. 접이의자에 앉아 편안하게 팔을 뻗고서 차가운 맥주를 마시는 아버지의 시선도 필요로 하지 않는다. 이와 같은 순수의 시간이 있었던가? 그렇다. 스트롤로비치의 꿈속에서 그런 시간이 있었다.

케이는 수도꼭지를 세게 틀어 놓아 뱀처럼 꿈틀거리는 호스를 들고서 정원에 물을 주고 있다. 그녀 옆에 서 있는 리아는 베네치아인답게 오래 끄는 웃음을 터트리고 있다. 그 자신 순수하지 못한 스트롤로비치는 그 두 여자를 모두 욕망한다. 두 명의 유대인 아내, 두 명의 유대인 딸. 그늘에서 진러미 카드 게임을 하고 있는 그의 어머니와 아버지가 그에게 흡족해하는 것은 놀라운 일이 아니다.

샤일록은 잠이 들었다. 이것은 스트룰로비치의 꿈이고 그래서 스트룰로비치는 그가 선택하는 대로 샤일록을 처리할 수 있다. 그가 선택한 것은 그를 무의식 상태로 만드는 것이었다. 그래서 샤일록도 꿈꾸라고? 두 명의 유대인 아내, 두 명의 유대인 딸?

오래된 스트룰로비치의 꿈속으로 눈물이 홍수처럼 범람했다. 뜨거운 눈물, 황금의 색깔.

누구를 위한?

꿈속에서는 그것을 알기 어렵다.

"리알토에서 무슨 소식이라도?" 당통이 그의 조수에게 물었다. 그 대답은 전혀 달라지지 않았다. "없습니다."

당통의 두 뺨이 불그스레하게 되었다.

스트룰로비치도 그의 조수에게 물어보았다. 그리고 똑같은 대답을 받았다.

여러 날 동안 스트룰로비치의 뺨에는 붉은 색깔이 없었다.

혼자 남겨진 샤일록은 집 안을 돌아다니면서 스트룰로비치의 그림들을 살펴보았다. 그는 아름다운 도시에서 성장했지만 그 도시의 찬란한 예술로부터 배제되어 있었다. 예술품의 대부분은 성당에 소장되어 있었고—실제로 대부분의 예술품은 성당 건물들**이었다**—그런 건물을 그는 높이 평가할 수가 없었다. 만약 그가 곁눈질로 본 어떤 것이 아름다웠다면 그는 그 인상을 혼자서만 간직했다. 그는 그것을 심지어 리아에게도 말하지 않았다. 그는 그의 것이 아닌 것을 탐내는 사람처럼 보이고 싶은 생각이 없었다.

여기 아무도 보는 사람이 없는 스트룰로비치의 집에서도 그는 그림들을 바라보는 것에 자의식을 느꼈다. 그림들을 감상한다는 것은 그의 맹렬한 불신감을 위태롭게 만드는 것이었다. 만약 그가 인간들이 만들어 낸 것을 사랑하게 된다면 그다음에는 그런 사람들을 사랑하게 될 것이었다.

그래서 그는 마지못한 심정으로 스트룰로비치의 벽들에 걸려 있는 이런저런 그림들을 슬쩍 쳐다보았을 뿐이었다. 마크 거틀러의 소규모 누드화는 장밋빛의 활기찬 기독교인의 몸을 유대인의 호기심 앞에 드러냈는데, 그런 몸은 그가 파악할 수 있는 범위 너머의 것이었다. 전쟁으로 파괴된 영국 교회들을 그린 봄버그의 목탄 스케치들. 아마도 상당한 돈을 들여 사들였을 두 점의 초기 루치안 프로이트 그림. 잔인한 눈빛에 용서가 없는 분위기였는데 샤일록이 보기에 전혀 유대인의 감수성을 보여 주지 않았다. 이 화가는 영국 사람들을 상대로 프로이트적인 대화를 나누는 듯했다. 이 유대인 화가들은 이교도 비평가들의 비위를 맞추려고 무진 애를 쓰는 듯하다.

그의 취향에 좀 더 와 닿는 것은 프랑크 아우어바흐가 그린 석점의 조밀한 초상화였다. 그 그림들은 유대인의 복잡한 두뇌 구조 속에 들어 있는 것을, 샤일록도 경탄할 만한 방식으로 보여 주었다. 샤일록은 이를 악물면서 그 자신의 머릿속에 들어 있는 생각을 잘 표현한 것 같다고 우울하게 생각했다.

그는 스트룰로비치의 컬렉션에 대하여 어떤 평가를 내려야 할지 알 수 없었다. 개개의 그림들을 말하는 게 아니라 스트룰로비치가 이런 그림들을 소유하려 했다는 사실 말이다. 종교와 강요된 습관에 의하여 그는 말씀의 인간이 되었다. 감각적 재현은 그를 심란하게 만들었다. 하느님은 말씀을 가지고 이 세상을 창조했을 뿐—'그것이 생겨라'—그 세상을 그린 것은 아니었다. 만약 하느님이 화가였다면 세상은 지금과는 다른 모습이었을 것이다. 더 좋아졌을까 혹은 더 나빠졌을까? 세상은 덜 논쟁적이고 덜 선언적이 되었을 텐데, 그건 샤일록의 취향에 맞지 않았다. 그는 그림으로 그려진 세상에 있는 자기 자신을 상상할 수 있을까? 그는 말로써 생각했고, 말로써 논쟁했으며, 말로써 그의 주장을 내세웠다. 반면에 그는 리아를 보는 순간부터 그녀를 사랑했고, 그녀의 육체성을 사랑했으며, 그녀의 분위기를 사랑했고, 그녀의 걷는 자세 못지않게 그녀의 잠자는 모습도 사랑했고, 그녀라는 조용한 존재를 사랑했다. 그녀가 죽었을 때 그들의 관계는 대화로 줄어들었다. 그 대화가 사소하기 때문에 **줄어들었다**는 뜻이 아니라, 이제 남아 있는 것은 대화가 전부이고 그 끝이 없는 대화가 없다면 그는 살아남을 수가 없다는 뜻이다. 그렇지만 그는 여전히 참을 수 없을 정도로 그녀를 그리워했다. 따라서 그가 잃어버린 것은 그녀의 말이 아니라 그녀의 모습, 냄새, 촉각이었다. 그 자신을 가리켜 오로지 언어의 남자라고 말하는 것은 그녀에게 모독이 된다.

또 그에게도 모독인데, 그것은 이교도들이 꾸준히 홍보해 온 모독이었다. 유대인은 감각적 감수성이 없는 민족이라고 그들은 주장했다. 유대인이 본 것은 간접적인 것이었고 남들의 눈을 통해서 본 것이었다. 그들의 자연스러운 매개는 율법인데 율법은 말 속에 모셔져 있다. 그리하여 그 말로 인해 유대인은 반항적이고 잔인한 민족이 되었다. 그리고 눈이 멀었다. 그렇게 중상모략했다. 아울러 유대인들은—고집 센 민족(또 다른 중상모략)치고는 놀랍게도—그러한 지적에 동의했다. 그래요, 당신 말이 맞소, 그들은 이교도에게 말했다, 우리는 말씀의 차가운 형식성에 묶여 있고 이 세상의 모든 아름다운 것은 당신들에게 넘겼소. 우리는 생각을 하고, 보는 것은 당신들에게 일임했소. 우리는 판단을 하고, 즐기는 것은 당신에게 맡겼소. 이런 것들은 모두 거짓말이다. 세상을 창조한 말씀은 그 신체적 즐거움들도 창조했다. 바다가 있어라, 하늘이 생겨라, 빛이 생겨라, 그리고 아름다움이 생겨라.

유대인들의 하느님은 그분의 감각적인 측면을 충분히 드러내지 않았다. 이교도의 우상들과 혼동되지 않기 위해서였다.

스트룰로비치는 적어도 미술 작품의 수집만큼은 지나치게 까다로운 유대교 하느님의 모범을 거부했고 동시에 이교도들의 중상모략도 부정했다.

샤일록은 다시 그림들 사이를 천천히 어슬렁거리면서 아까는 보지 못했던 이매뉴얼 레비의 초상화들을 보게 되었다. 일단—圖의 초상화들은 부드럽고 우울한 방식으로 불안하게 경계하는 여성들을 그린 것이었다. 그 여성들은 감각적이었으나 육욕적이지는 않았고, 화가와 그 여성들의 관계가 어떤 것이었든 간에 일종의 사랑을 표현한 것이라고 그는 생각했다. 그리고 좀 더 친근하지만 그래도 위태로운 분위기가 깔린 버나드 메닌스키의 그림 두 점이 있었다. 스트룰로비치의 컬렉션에 들어 있는 많은 그림들이 여성이라는 존재에 대한 날카로우면서도 동정적인 우려를 표현하고 있었다. 저들은 유대인 여성일까? 유대인 남자를 사랑해야 하는 부담을 안은? 그로서는 알 수 없었으나, 그 여자들의 영향으로 인해 당초의 적개심을 어느 정도 누그러트렸고, 이 두 번째 감상에서는 그가 본 모든 것을 좀 더 좋아하게 되었다. 아마도 리아의 육체성을 거기서 느꼈기 때문이리라. 마치 그가 전에는 자신에게 없다고 생각했던 신체적 기능을 사용하는 듯한 느낌이었다. 그가 제시카 방에 걸어 둘 그림들을 사 주었더라면—그렇다면 뭐? 그녀의 주변 환경을 아름답게 함으로써 그녀를 지킬 수 있었을까?

만약 그게 사실이라면 왜 스트룰로비치에게는 통하지 않았을

까? 여기에서는 온 사방에 아름다움이 들어찼는데, 비어트리스
는 지금 어디에 있는가?

　그는 그 대답을 안다고 생각했다. 스트롤로비치는 유대인에 대
한 중상모략을 마음 한구석으로는 거부하면서도 다른 한구석으
로는 받아들였다. 그는 사방 벽에다 아주 감각적인 것들을 많이
걸어 놓았지만, 여전히 그 주변의 모든 사람들과 언쟁을 벌이는
말씀의 인간이었던 것이다. 그가 그림을 사들인 이유는, 권리상
그 자신의 것이 아니라고 생각한 세상의 입장권을 얻기 위해서
였다. 그러나 그는 틀렸다. 그는 자신이 소유한 것을 좀 더 많이
살펴보아야 했어, 하고 샤일록은 생각했다. 좀 더 강렬하게, 좀
더 깊은 자부심을 가지고 좀 더 자주 살펴보았어야지. 그는 그 유
대인 정체성을 들이마시고 그것을 즐겼어야 했어. 그것은 그들의
것인가 하면 그에 못지않게 그의 것이기도 했다. 그는 그림을 사
들인다고 해서 그들 중의 한 사람이 되는 것이 아니라, 오히려 그
자신이 될 뿐이었다.

　하느님이 조각된 이미지에 대해서 무슨 말을 했든 신경 쓸 필
요가 없다. 이 금지 사항에 대해서는 또 다른 해석이 있다. 위대
한 분리자인 하느님이 질서와 아름다움, 종교와 예술을 서로 분
리시켜 왔다. 율법에 복종하는 것은 유대인의 본분이다. 그가 리
아를 사랑했던 것처럼 색깔, 활기, 온유함을 사랑하는 것도 유대
인의 본분이다. 오, 그가 다시 리아를 볼 수 있다면 여전히 그녀
를 사랑할 것이었다. 혹은 절망에 빠진 제시카가 그를 사랑하지

않았던 것처럼.

분리된 그 둘을 동시에 사랑하려고 하는 것은 유대인답지 않은 행동이다.

"리알토에서 무슨 소식이라도?" 스트룰로비치가 물었으나 그가 원하는 대답은 나오지 않았다.

게토 누오보 광장에서 오후 한나절 관광을 한 후에 비어트리스와 그래턴은 우중雨中에 팔짱을 끼고서 산마르코 광장 쪽으로 걸어갔다.

"당신은 이미 즐거운 시간을 보냈으니, 이제는 내 차례예요." 비어트리스가 웃음을 터트렸다.

그래턴은 게토에서 오후 한나절 관광한 것이 어떻게 즐거운 시간이 된다는 건지 이해하지 못했다.

비어트리스는 한숨을 내쉬며 아버지를 그리워하지 않으려고 애썼다.

과거에 그녀는 펭이라는 광대뼈가 쑥 꺼진 남자애에게 키스한 적이 있었다. 중국 아이였는데 그의 집안은 맨체스터에 세 개의 중국식 슈퍼마켓과 두 개의 중국식 레스토랑을 소유했다. 그녀는 멋진 말솜씨로 그를 매혹시키려 했으나 그 어떤 말도 그는 재미있다고 생각하지 않았다.

"웃어 봐, 펭." 그녀가 말했다. 하지만 그는 웃는 방법을 모르는 것 같았다.

그녀가 그의 입을 가지고 장난을 치면서 그 입가를 비틀어 미소를 짓게 하고 또 그의 입술을 벌리려고 하다가 그녀는 결국 그에게 키스하고 말았다. 바로 그 순간 그녀의 아버지가 집에서 나와 그녀가 히틀러의 승리를 도와주고 있다고 비난했다.

펭은 웃음을 터트렸다.

그래서 그녀는 아버지를 그리워하는 대신 펭을 그리워하기로 결심했다.

그녀는 지금 내가 그리워하지 않는 사람이 있을까, 하고 생각했다. 그래턴이 아니라면 이곳 베네치아에서 그 어떤 남자와도 이보다는 더 재미있을 거라는 생각도 들었다.

"이 도시에서는 나를 아는 사람이 아무도 없어." 그는 계속 불평했다. "난 단 한 명에게도 사인을 해 주지 못했어."

"그걸 좋은 일이라고 생각해요." 그녀가 그에게 말했다. "당신이 내게 집중할 수 있다는 뜻이잖아요."

그들은 카페 플로리안에 자리를 잡고 앉아서 교향악단의 연주를 들었다. 그녀는 그곳의 분위기가 마음에 들었다. 과거에 그녀가 아버지와 함께 여기에 앉았을 때 아버지는 이곳이 빈의 카페를 연상시킨다고 말했다. 단지 옥외라는 것만 달랐다. 옥외 카페는 일찍이 발명된 것들 중에서 가장 유대인 기질에 어울리는 장소였다. 그러다가 히틀러가 등장하여 그것을 망쳐 놓았다. "바로 그 때문에," 아버지는 계속해서 말했다…… 그러나 그녀는 그 나머지 얘기는 듣지 않았다. 바로 그 때문에 그녀가 펭에게 키스하는 걸 내버려 둘 수 없다는 얘기. 하지만 그녀는 여기에 와 있으니 아버지가 함께 있는 느낌이 들었다. 아버지는 빈의 유대인 행세를 하고 그녀는 착한 딸 행세를 하고.

그곳은 그래턴과 함께 있을 곳이 아니었다. "나는 이런 종류의 음악은 좋아하지 않아." 그가 말했다. "너무 달콤해. 나를 비참하게 만들어."

"이 음악은 당신을 비참하게 하려는 거예요. 기분 좋은 비참함."

"아니, 나를 기분 더럽게 비참하게 해."

"그건 당신이 다른 어떤 것을 생각하기 때문이에요."

"꼭 집어 말했네. 난 나를 거세하려는 당신 아버지를 생각했어."

"음악에 귀 기울여 봐요."

"나는 바이올린 소리가 싫어. 꼭 톱질하는 소리야."

그녀는 그가 좋아하는 음악이 무엇이냐고 묻지 않았다. 그녀는 이미 알았다. 조니 캐시. 브루스 스프링스틴. 시끄럽고 요란한 음악.

그녀는 그에게 절망했다.

그건 그도 마찬가지였다. 신혼여행이라고 와서 이런 음악을 들으려고 여기에 그를 데려온 거야? 유대인, 적어도 유대인 이름을 가진 사람들이 톱질하고 깽깽이질 하는 걸 들으러.

그는 계산서를 보았을 때 더욱 화가 났다. "우린 커피를 마신 것뿐인데." 그가 말했다.

"우린 빈 음악을 들었고 세상이 돌아가는 것을 구경했으며, 베네치아에 와 있잖아요. 당신이 축구장에서 나치식 인사를 하는 걸 보기 위해 사람들이 지불하는 입장료에 비하면 오히려 싸요."

"난 나치식 인사는 중단했어." 그가 말했다.

그날 밤 카지노에서 그녀는 룰렛 게임을 하면서 친근감을 느끼는 레 부아쟁 뒤 제로*에 계속 칩을 걸었고, 그의 돈 800유로를 잃었다.

"그게 당신 아버지 돈이었다면," 그가 말했다. "나는 신경 쓰지 않았을 텐데."

"어떻게 보면 그건 아버지 돈이에요," 그녀가 말했다. "당신은 아직도 나를 위해 지불하지 않았잖아요."

그는 즐겁지 않았다.

그다음 날 아침 그녀는 그와 화해하기 위해 그녀의 돈으로 원숭이 인형을 그에게 사 주었다. 검고 뾰족한 마스크를 쓴 베네치아 카니발 원숭이였다.

그는 여전히 즐겁지 않았다.

✦ 프랑스어로 '영의 이웃들'이라는 의미로, 룰렛 베팅 방법의 하나.

샤일록은 스트룰로비치에게 그림에 대해서 말하면서 그의 취향을 칭찬하고 그가 수집한 작품들을 유대인 미술품이라고 말하지 말라고 할 생각이었다. 왜냐하면 모든 예술은 원래 유대인 예술이기 때문이다. 그렇지 않은가? 물론 굳이 구분을 하려고 하는 사람은 그렇게 하도록 내버려 두라. 그들은 그것을 바울로 이후의 예술이라고 하겠지만. 하지만 먼저 그가 얘기해 두어야 할 또다른 사항이 있었다. 그가 플루러벨과 나눈 대화.

그는 이 건에 대하여 스트룰로비치에게 서둘러 말하려고 하지 않았다. 그는 그걸 꺼낼 순간을 잘 선택해야 했다. 게다가 모든 사람이 그들의 이해관계에 부합하는 방식으로 일이 돌아가기를 바라지 않는가. 그러니 그도 어떤 것이 그 자신의 이해관계에 가장 잘 부합하는지 생각해 볼 권리가 있는 게 아니겠는가?

그러나 그는 플루러벨의 제안을 한없이 붙들고 있을 수는 없었다.

샤일록은 스트룰로비치를 찾으러 갔고 안락의자에 앉아 우울한 명상에 잠겨 있는 그를 발견했다. 벽에는 그림이 걸려 있지 않은 부분이 전혀 없었다. 그러나 스트룰로비치는 그 어떤 그림도 보고 있지 않았다.

"자네가 이것을 이용하려 든다면 그들이 허용해 줄 걸세." 샤일록이 갑자기 말했다.

"**이것?**"

"자네는 **이것**이 뭔지 알잖나."

"그들은 누구야?"

"그 부인. 그 매음굴의 운영자 혹은 거 무엇이라고 제멋대로 자기를 호칭하는 여자. 그리고 내가 볼 때, 내포된 의미에 의하여 당통도 그들 중 하나지."

"자네가 볼 때?"

"난 그녀와 대화를 나누었네. 그 각서를 그녀가 손수 가져왔어. 나는 그것을 상당한 양보의 행위로 이해하고 있네."

"왜 내게 말해 주지 않았나?"

"자네가 그 각서에 어떻게 대응할지 그것만으로도 고민이 한가득이라고 생각했네. 실제적인 배치는 나중에 거론해도 된다고 보았지."

샤일록은 조심스럽게 스트룰로비치 옆의 안락의자에 앉았다. 두 의자에서는 알덜리에지가 잘 보였고 눈이 가볍게 날리고 있었다. 여기서 사는 것은 눈의 나라에서 사는 것 같군, 하고 샤일록은 생각했다. 예술이든 아니든 그는 갑자기 돌아가고 싶다는 생각이 들었다. 그는 리알토의 열기와 소란이 그리웠다. 그 잔인함도. 이곳은 유대인을 위한 곳이 아니었다. 그는 이 점에 대해서는 리아에게 이미 말한 바 있었다. 이 나라에 사는 사람들은 말초신경을 노출해 놓고 사는 것 같아, 하고 그는 그녀에게 말했다. 이곳에서는 시선만으로도 상대를 병신으로 만들 수 있어. 말[言]로도 죽일 수가 있지. 우리 친구 스트룰로비치는 우리 민족 특유의 강건함을 잃어버렸어. 그는 시골 목사의 미혼 여동생 같아. 모욕에 너무나도 민감해. 그 결과 그는 무엇을 두고서 전쟁을 벌여야 하는지도 모르게 되었어. 그래서 그는 심리적으로 모든 것에 대하여 전쟁을 벌여. 그는 리아의 웃는 소리를 들었다. "마치 당신이 자기 절제의 모범이 되기나 하는 것처럼." 그녀가 말했다. 그리고 그녀 말이 맞았다. 유대인은 어디에 정착해서 살든지 모든 것에 대하여 전쟁을 벌인다. 그 호전성이 단지 이곳에서 좀 더 분명하게 드러날 뿐이다. 풍경의 윤곽이 부드러운 곳, 눈밭 위의 발자국이 조용한 곳, 도발을 하더라도 아주 은근하게 하는 곳.

스트룰로비치는 양손으로 눈을 가리고 앉아 있었다. 그는 내리는 눈을 보고 싶지 않듯이 샤일록을 바라보고 싶지도 않았다. 그의 두 손바닥만이 그가 이 물리적 세계에서 보기를 감당할 수 있는 모든 것을 포함했다.

샤일록은 눈이 오든 말든 이곳에서 쫓겨나는 게 아닐까 생각했다. 너희는 사라져라!

그런 명령이 없었기에 그는 조용히 앉아서 스트룰로비치의 불쾌한 생각이 뿜어내는 쿵쾅 소리를 들었다.

"그래, 그 부인은 어떻게 생겼나?" 스트룰로비치가 마침내 물었다. 하지만 그는 대답을 들으려 하지 않았다. "내가 이것을 이용하려 든다면 그들이 허용해 줄 거라는 건 무슨 얘기인가?"

"자네가 멋진 광경을 원한다면 그걸 마련해 주겠다는 거지. 자네가 원하는 살을 얻어 내는 구체적인 절차에 대하여 자네의 생각을 내게 알려 주지 않았으므로 자네의 의도가 무엇인지 나는 잘 모르네. 그걸 어떻게 진행하려고 하는지. 어디에서 실시할 것인지. 누가 집행할 것인지. 누가 그 살의 무게를 달 것인지."

"무게는 나의 관심사가 아니야."

"상징적으로 그것을 달아야지."

"상징 또한 나의 관심사가 아니야. 내가 요구하는 것은 지겨울 정도로 실제적인 거야."

샤일록은 그 문제를 따지고 싶은 생각이 없었다. "그럼 어떻게 검증을 할 건가? 자네는 의사의 확인서를 원하나? 아니면 자네의 눈으로 그 거슬리는 세포조직을 직접 살펴볼 텐가? 나 자신 그런 문제를 직접 생각해 본 적이 없네. 나라면 임기응변으로 해 나가겠지만 그렇게 하지 말라고 권하고 싶네. 사건을 주도하는 사람이 되는 게 좋아. 이 경우 자네는 행사의 사회자가 될 수 있어. 그들은 자네가 파티를 좋아하리라고 생각하는 듯해. 적어도 그 여자는 그렇게 생각했어. 그녀는 자기 집 마당에서 행사를 개최하자고 했어."

"그 여자는 춤판도 있을 거라고 하던가?"

"자네가 원하는 건 뭐든지. 자네만 좋다면 불꽃놀이도 해 줄 태세였어. 그 여자는 케이터링 산업에 종사하고 있어서 음식도 훌륭할 거라고 생각돼. 그녀는 자네만 좋다면 그녀의 텔레비전 프로의 출연도 제안했어."

"그만, 그만, 그만. 그들은 수술을 촬영하고 싶다는 거야?"

"아마도 토론을 원하나 봐."

"무슨 토론? 토론은 정해야 할 것이 아직 남아 있다는 뜻이야. 하지만 여기엔 없어."

"내가 그 여자가 한 말을 제대로 이해했다면――"

"자네가 그녀의 말을 이해했다는 것을 단 한 순간도 의심하지 않네. 자네가 이해하지 못한 것을 말해 주게."

"내가 그녀의 말을 이해**했다면**, 당통이 그래턴 대신 할례를 받는 문제를 대중의 투표에 부치자는 거였어."

"대중이 좋다, 라고 한다면?"

"우리는 아직 그 단계까지 거론하지는 못했어."

"만약 안 된다, 라고 한다면?"

"그것 또한 거론하지 못했지. 나는 내 판단 아래 텔레비전 출연은 거부했어. 자네를 이 문제에 끌어들인 게 나라고 자네가 생각하는 듯해서, 나는 충분히 자네를 대신하여 그런 결정을 내릴 만한 위임을 받았다고 생각했네."

"하지만 자네는 파티에는 오케이 했다며?"

"그 제안을 전달하겠다고 했지."

"언제 그렇게 하는 게 적당한가?"

"이건 내게 적당한 일이 아니야. 나는 여기 어떤 변덕스러운 개인적 심부름을 해 주기 위해 온 게 아니야. 공동묘지에서 나를 발견하고 나를 자네 집으로 초대한 것이 자네였다는 사실을 상기시키고 싶네. 그에 대해서……"

"**내가 자네를 발견했다고?** 자네가 잘못 기억하고 있다고 생각하네. 나는 그 공동묘지에 돌아가신 어머니를 추모하러 갔었지. 거기에 가야 할 필요가 있었다고. 하지만 자네는 아직도 왜 거기 나타났는지 내게 설명해 주지 않았어."

페도라를 벗은 적이 없는 샤일록은 이제 모자를 벗고서 손가락으로 머리카락을 슥슥 빗어 넘겼다. 그는 지금 이 순간 집주인이 무엇을 원하든 간에, 자발적으로 내리는 눈 속으로 걸어 나갈 듯한 표정이었다. 밖으로 나가 아예 사라져 버릴 기세였다. 이젠 됐어, 그의 표정은 말했다. 이 일은 이제 그만이야.

그는 결코 나의 친구가 되지 못하겠지, 하고 스트룰로비치는 생각했다. 하지만 나 또한 그의 친구가 결코 되지 못할 거야.

그러나 그는 자신의 거친 태도에 대하여 친구에게 빚이 있었다. "나를 용서하게." 그가 말했다. "나는 자네의 조언을 고맙게 생각해."

"난 그것을 조언이라고 말하지 않겠네."

"자네가 뭐라고 부르든지 그것에 감사하네. 자네의 관심. 자네의 시간."

"그렇다면 내 판단에," 샤일록이 대답했다. "자네는 그 초대를 받아들여야 하네. 그들을 즐겁게 하기 위해서가 아니라 자네 자신을 즐겁게 하기 위해서 말이야. 여기에는 자네를 위해 많은 즐거움이──"

"즐거움!"

"즐거움이지. 자네가 그것을 올바른 정신 속에서 바라볼 기회

를 잡는다면 말이야. 그것을 유대인을 위한 기회로 생각해. 그것
을 조롱의 정신에 입각하여 거대한 야외 브리스라고 생각하라
고."

알딜리에지에 눈이 좀 더 세게 내리기 시작했다. 기분이 좋은
상태라면 바라보기 아름다운 풍경이었으리라. "그게 좀 춥지 않
겠나?" 스트룰로비치가 물었다. "당통에게 말이야."

"대형 천막을 칠 걸세. 그리고 난방기도 가동할 테지."

"자네가 나의 이벤트 기획자로 자처하고 나섰으니 묻는 말인
데, 그들은 그 절차를 많은 손님들에게 구경시키겠다는 얘긴가?"

"그건 자네가 그 절차를 어떻게 정의하느냐에 달려 있지. 만약
자네가 논쟁을 공개적으로 종결짓겠다면—그것은 말하자면 일
종의 대단원, 명예와 공로의 공정한 분배, 유죄인 자의 굴욕과 무
죄인 자의 설원雪寃 혹은 그 반대지. 내 경험에 비추어 보면 그 반
대가 더 통상적인 경우야—그 대답은 예스야. 하지만 자네가 당
통의 포피를 꼭 잘라 내야겠다면 당통이 그 많은 사람들 앞에서
수술을 받는 데에는 동의하지 않으리라 보네. 그들은 병원을 알
아보는 중이라고 했어."

"겁나서 침을 질질 흘리는 비겁자." 스트룰로비치가 말했다. 그
것은 그 외의 모든 점에 대해서는 플루러벨의 관대함에 동의하
는 거나 마찬가지였다.

5막

살아 있는 것보다 죽어 버리는 것이 더 좋을 법한 나날 중 어느 아침이었고 장소는 잉글랜드의 북부였고 때는 겨울이었다. 하지만 햇빛의 부재는 윔슬로, 모트램 세인트앤드루, 알덜리에지로 이루어진 골든트라이앵글에서 더욱 뚜렷하게 느껴졌다. 이곳에서는 전천후적으로 슬픔이 널리 퍼져 있는 까닭이다.

슬픔은 고상하게 살아가고자 하는 사람들이 선택하는 도구들 중 하나이다. 그들은 이 도구를 사용하여 다른 모든 사람들을 뒤덮는 삶의 희극성으로부터 그들 자신을 절연시키는 것이다. 불공평함, 진부함, 잔인함의 반복. 어떤 사람들은 이런 것들보다 더 장대한 규모의 비탄에 도달한다는 사실은 그들의 슬픔에 의해 증명이 된다.

사실 바로 이런 아침에 슬프지도 희망에 넘치지도 않는 사람들이 태양이 언제 그 모습을 드러낼지 모른다고 느끼는 것이다. 오늘이 아니고, 그다음 날도 아니라면 앞으로 닥쳐올 여러 주 혹은 여러 달 동안에 태양이 쨍하고 빛나리라고 기대하는 것이다.

플루러벨은 그들이 좀 기다려 주었으면 하고 바랐다. 그녀의 정원은 봄이 올 때까지는 최선의 상태에 도달하지 못할 것이었다. 하지만 그녀는 스트룰로비치의 조바심을 달래 주어야 할 입장이었다. 그리고 말이 난 김에 당통의 조바심도 해결해 주어야 했다. 그건 그녀 자신도 마찬가지였다. 그녀는 이것이 빨리 해결될수록 더 좋다는 걸 알았다.

"일어나요." 그녀는 일요일은 침대에 드러누워 있는 것이라고 생각하는 바너비에게 말했다. 오로지 생계를 위해서만 그럴듯한 외관을 유지해야 한다고 생각하는 바너비는 오전에는 대개 침대에 누워서 뒹굴뒹굴하는 것이라고 믿었다. 왜냐하면 그의 곱슬머리는 베개 위에 놓여 있을 때 가장 아름다웠기 때문이고, 또 플루러벨은 그런 그를 그냥 내버려 두었다. 그러나 오늘은 달랐다. "내가 당신에게 바라는 특별한 것이 있어요." 그녀가 그에게 말했다. "그게 뭔지 짐작하겠어요?"

바너비는 시험을 받는다고 생각하니 목숨을 내놓기 일보 직전까지 내몰리는 심정이었다. 그는 그의 내부에 그 어떤 질문에도 답변할 수 있는 능력이 남아 있다고 보지 않았다. 또 그 자신의 내부에서 그의 헌신을 증명해 줄 단 하나의 추가 증거라도 발견할 수 있다고 생각하지 않았다. 당통은 아직까지도 그에게 솔로몬 J. 솔로몬을 구해다 주지 않았다. 그걸 플루리에게 보여 주면 그가 얼마나 그녀를 사랑하고 또 얼마나 파격적으로 그녀를 높이 평가하는지 충분히 증명할 수 있을 텐데…… 하지만 최소한 당통은 바너비에게 그가 잃어버린 것과 아주 비슷하게 생긴 반지를 발견해 주었다. 그러니 **그것**은 그녀가 그에게서 원하는 게 아닐 터였다. 또 그들은 전날 밤에 화끈한 섹스를 나누었으므로 **그것** 또한 요청 사항이 아닐 것이었다.

"단서를 알려 주면 좋을 텐데. 그건 빗나가는 법이 없거든요." 바너비가 말했다. 그들의 관계는 삼지선다형 관계였고 그녀는 평소와 마찬가지로 그에게 세 가지 선택지를 주었다.

"그건 오늘에 관한 거예요." 플루리가 그를 도와주었다. "당신도 알다시피, 아주 중요한 날이에요."

바너비는 베개를 타고 앉아서 옆얼굴을 그녀에게 돌렸다. 그렇게 하면 통상적으로 어려움에서 벗어날 수 있었다. "대문에서 손님을 맞이하라고 하거나," 그가 짐작했다. "래플* 티켓을 팔고 돌아다니라고 한다거나 당통의 상처를 닦아 주라고 한다면 난 하지 않을 거예요."

플루리는 머리를 흔들었다. "오늘 하루만 어디 좀 갔다 와요." 그녀가 그에게 말했다. "혹은 오늘 하루만 어디 좀 갔다 와요. 또는 오늘 하루만 어디 좀 갔다 와요."

✦ 특정 프로젝트나 기관의 기금 모금을 위한 복권.

소년기가 남아 있는 바너비는 네 번째 선택지는 없나, 하고 생각했다.

"오늘 하루만 어디 좀 갔다 와요." 플루리가 그에게 키스하며 말했다.

"내가 피를 보면 기절할까 봐 그래요?"

"아니요. 내 여자 친구들이 당신을 보면 기절할까 봐 두려워요."

"난 알아요," 바너비가 말했다. "그게 내가 자리를 비켜 주기를 바라는 진짜 이유가 아니라는 걸."

"당신 말이 맞아요. 내가 당신이 비켜 주기를 바라는 진짜 이유는 당신의 존재가 성적 쾌락을 암시하기 때문이에요. 당신은 너무 젊고 너무 아름답고 너무 나른해서, 우리가 이곳에서 육체의 쾌락 이외에 다른 일에도 전념한다는 것을 아무도 믿어 주지 않을 거예요. 특히 오늘만큼은 그런 인상을 사람들에게 주고 싶지 않아요. 나는 당신을 만나기 전에 슬펐어요. 오늘 내가 또다시 슬프게 보이는 것이 우리의 대의─당신의, 나의, 당통의 대의─에 더 잘 봉사할 거예요."

"좋아요." 바너비는 그녀가 그래턴을 언급하지 않은 데 기분이 좋아졌다. "난 체스터 동물원에 차를 몰고 갈 거예요."

플루러벨은 그가 기분 나빠 한다는 것을 알았다. 하지만 이날은 희생을 위한 날이었다.

스트룰로비치와 샤일록 또한 일찍 일어났다.

스트룰로비치는 모두 검은색인 여러 벌의 신사복을 입어 보았고 오전의 대부분을 거울 앞에서 보냈다. 이런 경우에는 어떤 옷을 입어야 하는가?

마침내 그는 샤일록의 조언을 구했다.

"이것저것 살펴보는데," 그가 물었다. "이 세 넥타이 중에 어떤 것이 제일 적당해 보이나?"

그는 결혼식 날 아침이 생각났다. 그때와 동일하게 속이 울렁거렸다. 그때와 마찬가지로 오늘의 행사를 기대하는 것인지 혹은 두려워하는 것인지 궁금했다.

"대체로 자네는 넥타이를 안 매지 않나?" 샤일록이 말했다.

"안 매지. 그렇지만 오늘은 넥타이가 필요할 것 같아."

"그럼 빨간색을 제외하고 아무거나 선택하게." 샤일록이 말했다.

"자네는," 스트룰로비치는 생각나는 대로 큰 목소리로 말했다. "평소의 복장과 다르게 입을 생각은 없겠지?"

샤일록의 얼굴에는 아무런 표정도 없었다. "그렇지만 모자의 문제가 남아 있네" 하고 샤일록이 대답했다.

"모자를 쓰고 갈 거라 짐작했는데."

"요점은 자네의 짐작이 무엇인가 하는 게 아니라 반드시 모자를 착용**해야 되는가** 하는 것이야."

"자네는 모자를 쓰면 좀 더 위협적인 사람이 되지."

"그럼 쓰지 말라는 얘기인가?"

"아니, 쓰라는 얘기야."

샤일록은 거울 속의 자신의 모습을 바라보았다. 그 또한 긴장하면서 예전에 결혼하던 때를 기억했다.

주인공들보다 이런 것들을 더 잘 신경 쓰는 사람들이 만들어 낸 최종 계획은 이런 것이었다.

두 남자는 스트룰로비치의 운전기사 브렌던이 모는 차를 타고 올드벨프리로 간다. 그곳에서는 간단한 샴페인 리셉션이 벌어질 예정이다. 만약 그래턴과 비어트리스가 사태를 정면으로 돌파하기 위해 귀국하지 않는다면—플루러벨은 혹시 할지도 모르는 그들의 귀국에 대비하여 현악사중주를 예약해 두었다—스트룰로비치와 당통은 최후의 대화를 나누면서 신중함을 기준으로 선발된 증인들 앞에서 각서의 조건을 확인한다. 그런 다음 두 사람은 제삼자 소유의 리무진을 타고서 스톡포트의 할례 전문 개인 병원으로 이동하고 당통은 그곳에서 수술을 받는다. 비록 간단한 수술이지만 당통의 신체적, 정신적 적합성을 확인하기 위해 며칠 전에 그 병원에서 사전 신체검사를 받는다. 그 병원에 도착하면 스트룰로비치는 당통이 병원 안으로 들어가는 것을 확인하고(그리고 밖에서 잠시 머물면서 당통이 혹시 달아나지 않는지 확인한다) 이어 다시 파티로 돌아온다. 그 수술 절차는 합병증을 제외하면 그리 오래 걸리지 않을 것이므로 수술이 완료되었다는 소식이 곧 올드벨프리에 전달된다. 그러면 스트룰로비치는 더 이상 그래턴에게 조치를 취하지 않을 것이고, 비어트리스도 더 이상 구속하지 않을 것이며, 플루러벨과 당통의 좋은 명성에 먹칠하는 언사는 더 이상 하지 않을 것이라는 내용의 문서에 서명한다. 당통은 필요한 만큼 병원에 머무르면서 스톡포트가 제공하는 최고의 간호를 받을 것이고, 스트룰로비치는 만족한 상태로 파티장을 떠난다. 그가 샴페인을 몇 잔 마실 것인지는 그의 판단 여부에 달려 있다. 그가 연설을 하는 것 또한 마찬가지이다.

"들러리로서 자네도 몇 마디 하고 싶을 텐데." 스트룰로비치가 샤일록에게 말했다.

"난 자네의 들러리가 아니야."

"농담했네." 스트룰로비치가 말했다.

"자네의 농담을 환영하지 않네."

"좋은 뜻으로 말한 걸세."

"농담은 좋은 뜻으로 말해지는 법이 없다고 우리는 이미 동의했을 텐데?"

그들 사이에 긴장된 침묵의 순간이 15분간 흘러갔고 그동안 스트룰로비치에 이어서 샤일록이 화장실에 들어가 거울 앞에서 외모를 가다듬었다.

먼저 말을 한 것은 스트룰로비치였다. "병원에서 모든 게 잘되어 가는지 확인해야 할까?"

"왜 그걸 확인해야 하나?"

"이념적인 의구심 때문에."

"거긴 할례 병원이야."

"다른 마음을 먹는 경우를 배제하지 못하기 때문이지."

"누구의 다른 마음?"

"수술 의사."

"그는 이 수술을 매일 하고 있어. 그가 볼 때 이건 일상적 절차일 뿐이야. 이 수술을 하고서 돈을 버는 사람이라고. 내가 자네라면 과연 당통이 나타날지 그것을 더 신경 쓰겠네."

"당통! 당통에 대해서라면 난 조금도 의심하지 않아. 나는 그의 성격을 그 밑바닥까지 다 파악해 보았어. 그의 성격이란 게 별로 대단한 게 아니어서 파악한 결과는 뭐 그리 대단하지 않았어. 그렇지만 나는 그를 알고, 그를 장악했어. 그는 나의 사람이야. 그는 무엇보다도 자신의 용기를 과시하고 싶어 하고 그 과정에서 우리가 비인간적인 작자라는 걸 보여 주고 싶어 해. 그는 어쩌면 우리가 그를 죽이려 한다고 생각할지도 몰라. 우리가 그런 생각에 부응할 수 없는 게 유감이네."

"우리?"

스트룰로비치는 말을 멈추고 샤일록을 쳐다보았는데 그는 전혀 스트룰로비치를 쳐다보지 않았다. "내가 걱정해야 하는 게 오히려 **자네의** 일관성이라고 말하지 말아 주게."

"내가 자네에게 일관성의 빚을 지고 있나? 난 그 누구에게도

빚지고 있다고 생각하지 않아. 또 이 당통에게도 해를 입혀야 하
는 빚을 진 게 없어."

"그래, 자네는 나나 당통에게 아무런 빚이 없어. 하지만 우리의
행동은 구체적인 결과를 가져올 거야."

"그걸 좀 더 자세히 설명해 보게."

"어떤 모범을 보이면 반드시 결과가 따라오게 돼."

"내가 모범을 보였다고? **내가?**"

샤일록은 그 순간 스트룰로비치의 정원으로 내려가 그의 아내
에게 이런 믿지 못할 얘기를 털어놓고 싶었다. 가령 이렇게 말하
고 싶은 심정이었다. '우리의 집주인은 나를 롤모델로 본대. 이런
말이 믿어져?'

그는 리아가 이렇게 대답하리라는 것을 알았다. '여보, 이렇게
말한다고 해서 당황하지 않았으면 좋겠어요. 하지만 당신은 언제
나 내게도 영웅이었어요.'

'그럼 그나 당신이나 둘 다 바보야.'

당통은 마지막 순간까지도 리알토로부터 소식이 있는지 열렬
히 알고 싶어 했으나, 사건의 당사자들 중에서 가장 덜 불안을 느
꼈다. 도끼가 떨어지려면 떨어져라. 벌어질 일은 벌어져라. 다 준
비되어 있다.

당초 플루러벨의 계획을 못마땅하게 여겼던 것을 감안하면 그
는 놀라울 정도로 정신이 쾌활했다. 당통이 그 계획을 거부하려

했을 때 그녀는 그를 설득했고 그의 협조에 모든 것이 달려 있다는 것을 이해시켰다. 당통 또한 결국에는 이 파티로부터 이득을 볼 뿐이라는 것을, 그녀는 또다시 상기시킬 필요가 없다고 생각했다.

하지만 그녀는 그가 행사 당일에 아주 침착한 것을 보고서 깊은 인상을 받았다. "나는 우리의 방정함에 대한 지식으로 무장이 되어 있습니다." 그가 그녀의 손을 잡아 그의 뺨에다 갖다 대며 말했다.

"나는 당신의 평온한 정신으로 무장되었어요."

그들은 둘 다 웃음을 터트렸다.

스트룰로비치와 샤일록이 도착했을 때 눈처럼 하얀 대형 천막에 소수의 사람들이 모여서 돈 주고 살 수 있는 가장 훌륭한 난방기들의 도움을 받고 있었다.

서로를 소개하는 일은 모자를 쓰지 않은 샤일록에게 떨어졌다.

"우리가 지금까지," 플루러벨이 스트룰로비치의 손을 흔들며 말했다. "서로 만나지 못했다는 것이 이상하네요."

"내 딸이 나에게 데려온 남자들과 당신이 그녀에게 소개해 준 남자들을 제외하고는, 우리가 같은 원 안에서 움직이지 않으니 못 만난 것도 이상할 게 없지요." 스트룰로비치가 대답했다. 그가 볼 때 이상한 것은, 무수한 성형수술이 플루러벨의 이목구비에 남겨 놓은 기분 나쁜 놀람의 표정—물이 없는 곳에서 익사하게 된 사람의 표정—이었다. 수술 의사의 칼이 당통에게도 저런 효과를 만들어 내기를, 하고 그는 바랐다.

그는 내가 예상했던 대로 끔찍한 사람이군, 하고 생각하면서 플루러벨은 비어트리스에 대하여 새로운 연민의 정이 솟구치는 것을 느꼈다. 그녀의 돌아가신 아버지가 유대인을 미워한 것은 전혀 놀랍지 않았다. 플루러벨은 처음으로 친아버지가 그녀의 구혼자들에게 적용하기 위해 고안해 낸 테스트들을 이해했다. 그것들은 이런 악마의 잔인하고 타락한 행위로부터 그녀를 보호하기 위한 것이었다. 여기에 나온 두 남자의 사례 중에서, 그녀는 샤일록을 훨씬 더 좋아했다. 그녀는 그의 팔을 잡고 대형 천막으로 같이 걸어 들어가, 그를 그녀의 친구들 사이에 황금 가루처럼 뿌림으로써 그에 대한 호감을 강조했다.

"이 사람들은 누구입니까?" 스트롤로비치가 그녀를 뒤따라가며 물었다.

"그들은 당통을 응원하는 사람들과 나의 친구들입니다." 그녀가 그에게 말했다. "당신도 동일한 수의 지지자들을 데려오셔도 됩니다."

"나는 지지자들이 필요 없습니다."

"저들이 이런저런 방식으로 의견을 조성하기 위해 여기에 온 것은 아님을 미리 약속드립니다."

"조성될 의견은 없습니다. 내 딸의 납치와 관련하여 나와 당신의 공동 서명자는 그래턴과 비어트리스가 오전까지 돌아오지 않으면 어떻게 할 것인지 이미 동의했습니다. 그리고 이제 그 시간까지 몇 분 남지 않았습니다. 그들이 귀국할 것 같지는 않군요."

정확히 정오에 당통은 집에서 나왔다. 그는 분위기에 맞게 눈을 내리깔았고 피곤한 체하며 등을 뒤로 약간 젖히고 있었다. 그는 곧바로 스트룰로비치에게 걸어갔다. 스트룰로비치는 그가 외투와 상의 아래에 눈 덮인 대지처럼 하얀 셔츠를 입은 것을 보았다. 셔츠의 위 단추 세 개는 유행가 가수의 셔츠처럼 풀어 헤쳐져 있었다. 그는 오늘 우리가 여기에 모인 목적을 잊어버린 것일까, 하고 스트룰로비치는 생각했다. 그는 내가 그의 심장에 대하여 의도를 갖고 있다고 보는가?

두 사람은 서로 악수를 하려 하지 않았다.

"그럼 이 문제는 결말이 났습니다." 스트룰로비치가 손목시계를 내려다보며 말했다. "당신의 친구 그래턴을 대신하여 나의 소원을 들어주셔야——"

"그는 나의 친구가 아닙니다."

"좋으실 대로. 당신은 그 대신 나설 것이고, 일단 그 일이 완료되면——"

"우리 사이의 문제도 말끔해질 것입니다. 당신은 당신의 딸을 포함하여 우리 누구에게도 더 이상 시비를 걸면 안 됩니다."

"내 딸은 내 딸로 남을 것입니다. 당신이 그녀를 '당신들 중의 하나'로 생각하는 데 나는 동의하지 않습니다. 하지만 그녀가 원하는 것은 뭐든지 동의하겠습니다. 당신이 병원에 들어갈 때와 나올 때 차이가 발생했다는 서면 확인서만 있다면 말입니다."

"그건 우리의 합의 사항을 넘어서는 것이라고 생각됩니다. 당신이 내가 이런저런 방식으로, 별로 달라진 게 없고 여전히 병원에 들어가기 전의 그 사람이라고 불평할 소지가 있지 않을까요?"

"당신이 앞으로 '이런저런 방식으로' 어떤 사람이 되든 그건 나의 관심사가 아닙니다. 당신의 마음 상태, 성격, 애정과 기질, 편견 등은 당신이 마음대로 알아서 처리할 문제입니다. 이런 것들은 악마도 바꿀 수 없는 것이니, 내가 감히 그런 걸 바꿀 수 있다고 하지 않겠습니다. 당신은 내가 요구하는 게 뭔지 압니다. 그것은 철저히 제한된 요구 사항입니다."

"그러니까 하느님의 뜻이라면 내가 당신의 사위가 될 적임자가 되어 돌아오라는……"

"당신은 결코 그렇게 되지 못할 겁니다."

"나도 그렇게 되기를 결코 바라지 않습니다. 나는 당신이 말하는 '철저히 제한된' 의미로만 말하고 있는 겁니다. 내가 그렇게 될 수 있기를 희망한다면, 당신의 하느님의 눈에 적합한 유대인 남편으로 보이기를 말입니다."

스트룰로비치는 '당신의 하느님의 눈' 중 어떤 부분 때문에 당통의 눈을 뽑아 버리고 싶은 욕망이 생길까, 하고 생각했다. 그는 12시 정각을 치는 종소리가 들린 이후에도 그래턴을 대동하든 말든 비어트리스가 나타나기를 바랐다. 그러나 이제는 그녀가 나타나지 않기를 기도했다.

그는 고개를 끄덕여 동의를 표시했다.

당통은 바너비의 얼굴을 보려고 주위를 돌아다보았다. 그가 지
불하려고 하는 빚이 바너비의 것이 아니라 그래턴의 것이라는
사실은 참으로 아쉬웠다. 그의 마음속에 바너비에게 들려주고 싶
은 시가 있었다. '바너비, 당신의 손을 내게 주어요.' 그는 그렇게
말하고 싶은 심정이었다. '당신의 아내로 하여금 한때 바너비가
품었던 사랑을 판단하게 해 주어요……' 당통은 죽어 가면서 쓰
러지는 사람이었다. '당신의 아내로 하여금 한때 그래턴이 품었
던 사랑을 판단하게 해 주어요……'는 앞의 시행과는 전혀 울림
이 달랐다.

그는 플루러벨에게 그의 안부를 바너비에게 전해 달라고 요
청할 생각이었으나 플루러벨은 다른 바쁜 용무가 있었다. "내가
마지막 호소를 해도 될까요?" 그녀가 스트롤로비치에게 말했다.
"이 일이 결말지어지기 전에 말이에요. 나는 아버지의 고통을 이
해해요. 나의 아버지도 딸에게 벌어질 일을 두려워하다가 돌아가
셨어요. 아버지가 나를 크게 보호해 주었다고 말하기는 어렵지
만, 아버지의 예방 조치는 나의 앞길을 부드럽게 해 놓지는 않았
어요. 때때로 아버지는 그의 자식을 세상에 내맡기는 모험을 걸
어야 해요──"

"나는 내 딸을 세상에 내맡기는 모험을 걸었습니다." 스트롤로
비치가 말했다. "하지만 세상이 그녀를 망쳐 놓았어요. 나는 이렇
게 해 봐야 그녀를 데려다주지 못하는 거래를 맺었습니다. 그래
도 거래는 거래입니다. 이 신사는 그 명성으로 미루어──또 그 자

신의 판단으로도—명예를 중시하는 사람입니다. 그 명예에 입각하여 그는 내가 요구한 그 자그마한 것을 완수해야 할 빚이 있습니다."

"그건 그에게 자그마한 것이 아니에요." 플루러벨이 말했다.

스트룰로비치는 기침을 했고 샤일록을 쳐다보면서 이런 부당한 표현을 만류해 달라는 눈빛을 보냈다. 하지만 곧 샤일록은 만류해 주는 사람이 아니라는 것을 기억했다. 모자를 쓰지 않은 그는 전보다 더 온화한 사람이었다. 즐거움을 느끼지는 못하지만 그래도 관대한 인물. 진보적이기는 하나 아주 화끈하게 진보적이지는 않은 중등학교의 교장 같았다.

"이것은," 플루러벨이 계속 말했다. "아주 잘못될 수도 있는 수술입니다. 당신은 굴욕을 주려고 그것을 계획했고 확실히 그것은 굴욕입니다. 당신은 그것이 치명적인 부상이 되었으면 좋겠다는 의도도 갖고 있습니까? 내가 과장하고 있다고 생각하실지 모르지만 여기 세부 사항도 있습니다." 스트룰로비치는 그녀가 주머니에서 위키피디아 로고가 새겨진 출력물을 꺼내는 걸 보았다. "사고에 대한 세부 사항이지요. 이런 높은 사망 가능성은 틀림없이 당신으로 하여금 재고하게 만들 겁니다. 나는 당신 딸의 친구입니다. 나는 나 자신을 그녀의 보호자라고 생각했습니다. 이런 자격으로 당신에게 호소합니다. 당신 자신의 신앙과 그녀의 신앙에 입각하여, 그녀의 머리카락 한 올도 다치려는 의도가 전혀 없는 남자를 살려 주세요."

그녀는 기계적으로 말하는 것 같았다. 심지어 그녀가 설득하려고 애쓰는 상대방의 눈을 쳐다보지도 않았다.

"그렇게 하기에는 너무 늦었습니다." 스트룰로비치가 말했다. "우리는 거래를 맺었습니다. 빨리 그 거래를 성사시킵시다. 그러면 우리는 앞으로 영원히 서로 만날 일이 없을 겁니다. 차가 밖에서 기다리고 있는 걸로 아는데요."

그는 손으로 당통을 정중하게 가리켰다. 먼저 나가시죠.

두 남자는 나가려고 했으나 다시 제지당했다.

"잠깐만. 떠나기 전에 한 마디만 하겠소."

스트룰로비치는 놀라서 돌아다보았다. 이번에 발언하려는 사람은 샤일록이었다. 그는 그 순간까지만 해도 아주 연극적인 자세로 초연함을 유지해 왔으며, 그날의 행사나 참여자들에 대해서는 전혀 흥미가 없는 사람으로 지목되었다. 샤일록은 따분해했다. 마치 다른 어떤 곳에 가 있는 사람처럼. 하지만 그건 조금 전 이야기였다. 그러나 이제 어떤 외부적 긴급함 때문에 돌연 행동에 나선 사람처럼 그는 전혀 다른 사람이 되어 있었다. 초미지급焦眉之急을 느끼는 샤일록이었다, 지금의 샤일록은. 어조는 유화적이었고 부드럽게 말했으며 모자를 쓰지 않았고 아저씨 같은 분위기를 풍겼다. 하지만 자신의 얘기를 꼭 들어 달라고 주장하고 있었다.

"뭔가?" 스트룰로비치가 물었다.

"자네의 시간을 조금만 내어 주게." 샤일록이 말했다. "그것뿐일세."

"다 얘기되었잖아."

"전부 다 된 건 아니야."

"내가 뭔가를 잊어버렸나?" 스트롤로비치가 물었다. "아니면 자네가?"

"무엇을 잊었느냐고? 내가? 아닐세." 샤일록이 잠시 말을 멈추었다. 그들이 다른 기억을 가진 다른 남자들이라는 것을 조심스럽게 생각하는 사람처럼. "자네, 자네가 뭔가를 잊어버렸네."

아무 일 없던 하늘이 갑자기 천둥소리를 울리는 것 같았다. 샤일록은 충분히 그렇게 할 수 있는 사람이었다. 그는 기압에 영향을 미칠 법한 사람이었고, 그를 괴롭히는 것을 가지고 기압마저도 괴롭힐 수 있었다. 스트롤로비치는 고개를 들고서 미래와 과거를 보았다. 예언자들의 피곤함이 그에게 내려왔다.

"나는 그런 사소한 감상感傷을 위해 시간을 낼 수가 없네." 그가 말했다. "나는 설교도 필요하지 않아. 이 문제는 이미 합의되었어." 여기서 그는 당통을 향해 고개를 끄덕였다. 당통은 샤일록이 무슨 의도로 개입했든 이미 그의 운명에 체념하고 있었다.

하지만 샤일록은 아직 끝나지 않았다. "당신은 그 조건들을 받아들입니까?" 그가 당통의 얼굴을 처음으로 응시하며 물었다.

당통의 눈꺼풀은 무거운 커튼처럼 떨어졌다. "전적으로." 그가 말했다.

"그 조건들이 공정하다고 보십니까?"

"공정? 공정이 여기에서 무슨 상관입니까?"

"공정하지 않다고 생각하면 그것을 받아들여서는 안 됩니다."

"나는 받아들여야 했기 때문에 그 조건들을 받아들였습니다."

"무슨 근거로?"

"나는 선택할 수가 없었습니다."

"당신은 거부할 수 있습니다."

"내가 거부하면 내가 사랑하는 사람들이 피해를 입습니다."

"그리고 당신은? 당신도 피해를 봅니까?"

"나 자신에게 벌어지는 일은 생각해 보지 않았습니다."

"당신은 자발적인 희생 수용자입니까?"

"그렇습니다."

"그렇다면 이 행동에 의하여 양측은 그들이 원하는 것을 성취하게 될 겁니다. 나는 그것을 공정함이라고 말하겠습니다."

당통은 고개를 끄덕여 동의했다.

"그럼 다시 묻겠습니다. 당신은 이 조건들이 공정하다고 보십니까?"

"잔인하지만 공정합니다."

"그렇지만 공정하다고요?" 이건 이를 잡아 뽑는 것 같군, 하고 샤일록은 생각했다.

"예." 당통이 인정했다. "공정합니다. 공정해야 하고요." 그는 자신의 농담에 희미하게 미소 지었다.

샤일록은 즐거워하지 않으면서 고개를 끄덕이더니 이번에는 스트룰로비치 쪽을 향해 얼굴을 돌렸다. "그렇다면," 그가 말했다. "유대인은 반드시 자비로워야 할지니……"

스트룰로비치는 그가 어떤 대답을 해야 하는지 정확하게 알고 있었다. 사람은 언제나 다른 걸 선택할 수 있는 것은 아니었다.

"어떤 충동에 근거하여 내가 그래야 하는가?"

그러자 샤일록은 그 자신도 꼭 하고 싶었던 말을 했다. "자비의 특징은 강요된 게 아니라네. 그것은 하늘에서 떨어지는 부드러운 빗방울처럼 내려오는 거라네……"

스트룰로비치는 미지의 19세기 화가가 그린 에칭화를 가지고 있다. 세이렌들의 감미로운 유혹의 노랫소리로부터 그 자신을 보호하기 위해 배의 돛대에다 몸을 묶은 오디세우스를 그린 것이었다. 세이렌들은 너무 루벤스풍으로 묘사되어 있어 스트룰로비치의 취향에는 맞지 않았지만, 그는 그들의 노래가 음악 악보처럼 그려져 있고 또 그 악보가 새들처럼 오디세우스에게 날아들어 그의 감각을 공격하는 광경을 좋아했다. 돛대에 묶인 몸을 풀어내려고 발버둥 치는 오디세우스의 두 눈은 머리에서 튀어나오려고 한다. 오디세우스는 돛대에 몸을 묶기로 한 자신의 결정을 분명 후회하고 있었다. 하지만 그를 왁스로 틀어막은 선원들은 어떤가? 그들이 노를 젓는 동안 단 하나의 날아오는 멜로디가 그들의 귀를 파고들었는가? 아니면 커다란 고함의 벽이 가로막아 인어들은 무언극을 하는 것으로 그쳤는가?

샤일록의 말을 막아 낼 왁스가 없었으므로, 스트룰로비치는 그 대신에 의지의 힘으로 그 자신을 귀먹게 했다. 오른쪽 귀에서 왼쪽 귀에 이르기까지 검은 만장輓章처럼—물론 비유적인 것이지만—일련의 검은 생각들을 매달아 놓았다. 그를 화나게 했던 것, 그에게 모욕을 준 것, 그를 배척한 것, 그에게 가해진 모든 나쁜 일과 그가 행한 모든 나쁜 일들을 떠올렸다. 그 검은 생각의 사악함은 샤일록의 달콤한 논리에 충분히 맞설 수 있는 상대였다.

그는 이런 말을 들었다. 그러나 그가 들은 것은 그가 듣게 되리라고 예상했던 것의 범위를 넘어서지는 못했다. 그는 샤일록이 이런 말을 했다고 생각했다.

"자비의 특징은 강요된 게 아니라네…… 자네는 어떤 충동에 근거하여 자비를 베풀어야 되느냐고 했지? 자네는 자비를 받아 본 적이 없지. 내가 자네에게 자비를 베풀라고 요청하는 그 사람으로부터 말이야. 내가 받지도 않은 것을 왜 내놓아야 하느냐고 자네는 말했지. 그런데 나는 자네에게 이렇게 말하고 싶네. 자비의 모범을 보이라고 말이야. 자비의 보상을 바라면서 자비를 베풀지 말게. 자비는 거래가 아니니까. 그냥 자비를 위한 자비를 베풀게. 연민을 위한 연민을 베풀되 자네 영혼의 이로움을 추구하지는 말게. 연민이 없는 눈은 곧 멀게 되지. 연민을 베풀어야 하는 것은 두 눈의 시력을 유지하기 위해서만은 아니야. 연민은 이익이나 공로에 의해 좌우되지도 않고 자기애에 봉사하는 것도 아니며 용서의 대타도 아닐세. 하지만 연민은 그것을 필요로 하는 곳에서는 자신의 수수한 집을 짓지. 자네는 여기에 무슨 그런 필요가 있느냐고 말했지. 오로지 정의만이 부채의 해소를 요구한다고 하면서. 하지만 내가 보는 필요는 이런 거야. 하느님이 그걸 요구해. 그분에게 속한 것은 반드시 자네에게도 속하는 것이고 그렇지 않으면 자네가 그분의 이름으로 공정하게 행동한다고 주장할 수가 없네. 하느님이 죄의 피해를 입은 자보다 죄지은 자를 더 사랑하실까? 아니야. 그분은 자네도 또한 똑같이 사랑한다네. 인간은 하느님처럼 사랑할 수가 없고, 어떤 인간이 그런 사랑을 실천하려고 든다면 그건 신성모독이야. 하지만 자네는 하느님의 사랑의 정신 속에서 행동하면서 자비를 보일 수 있고 그렇게 하는 것이 자네에게 담즙과 쓴 쑥처럼 느껴지더라도 연민을 줄 수가 있어. 자격 없는 사람을 구제해 주고, 자네를 사랑하지 않는 사람들을 사랑할 수가 있어. 사랑을 받아서 그것을 되갚기만 한다면 그게 무슨 미덕이겠나? 자네에게서 빼앗아 간 사람들에게 주게. 그들이 빼앗아 간 것을 똑같은 것으로 갚으려 들지 말게. 상대가 엄청나게 자네를 불쾌하게 만들어도, 불쾌감을 느끼기를 거부한다면 그만큼 자네의 미덕은 높아지는 것일세. 라치모네스*를 보여 주는 사람은 정의를 손상시키는 게 아니야. 라치모네스를 보이는 사람은 우리가 살고 있는 세상의 공정하지만 가혹한 법률을 인정해. 그러면서 동시에 하느님을 숭배하지."

✦ 이디시어로 '자비심'.

그의 말을 들어 줄 생각은 없었지만 그래도 스트룰로비치는 기다렸다. 매너를 지키는 것도 유대인이 말하는 라치모네스의 일종이었다.

"이제 다 말했나?" 그가 마침내 물었다.

샤일록은 그를 칭송하는 사람들에게 손짓을 하면서 그런 환호는 불필요하다는 신호를 보냈다. "그래, 다 했네." 그가 대답했다.

"그러면 나와 공동 서명자는 합의된 대로 병원으로 갈 거야." 스트룰로비치가 말했다.

샤일록은 그에게 고개를 숙여 인사했다. 그는 더 이상 뭔가를 바라지 않는 것 같았다.

그러나 스트룰로비치는 떠나기 전에 조용한 목소리로 물었다. "그럼 자네가 온 것은 결국 이것 때문이었나?" 그는 아주 낮은 목소리로 말했다. 두 사람 사이에 남은 일은 그들만의 일이었다.

"나는 이렇게 생각하고 싶네." 샤일록 또한 아주 낮은 목소리로 말했다. "이것 때문에 자네가 나를 발견했다고 말이야."

스트룰로비치는 샤일록의 두 눈의 예상치 못한 청색靑色 속에서 헤엄쳤다. 눈 색깔이 언제 바뀌었지?

"누가 발견했고 누가 발견되었는지는 우리 사이에 그리 간단하게 결말지을 문제가 아닐세."

"그건 그래."

"나는 또한 자네의 연기를 존경하네."

"자네는 내 말을 듣지 않았군."

"대강의 뜻은 파악했지."

샤일록은 머리를 떨구었다. 그의 머리카락은 스트룰로비치가 전에 보았던 것보다 더 듬성듬성했다. 하지만 전에는 그가 모자를 벗은 모습을 보지 못했다. 남자들—특히 아버지들—과 관련하여 감상주의자인 스트룰로비치는 샤일록의 머리카락이 제일 듬성한 곳에다 거의 키스하고 싶은 심정이었다.

샤일록은 그의 마음을 읽었다. "나는 아들을 찾고 있지 않네." 그가 말했다.

"나도 아버지라면 신물 나." 스트룰로비치가 말했다. "나는 자네의 연극적 기술 그 자체를 존경할 수 있기를 바라네. 하지만 자네는 그런 연기가 내 마음을 돌려놓을 것이라고는 결코 생각하지 않았을 걸세."

샤일록은 웃음을 터트렸다. 숨을 약간 들이쉬는 웃음. 그가 언제 웃기 시작했던가? "단 한 순간도 그런 적이 없었지. 자네의 결정에 영향을 미치려는 생각은 전혀 하지 않았어. 모든 게 자네와 관련된 얘기라고는 할 수 없네."

스트룰로비치가 당통과 나란히 플루러벨의 드라이브웨이를 빠져나갔을 때, 플루러벨은 그들을 전송조차 하지 않았다. 그녀는 오로지 샤일록만 쳐다보았다. 오, 나는 이 남자를 사랑해, 하고 그녀는 생각했다. 나는 정말로 그를 사랑해.

그녀는 바니가 거기 없어서 기뻤다. 왜 바니를 내보내려 했는지 그 순간에는 알지 못했으나, 그녀가 그를 사라지게 한 것은 아주 영감 넘치는 행위였다. 그녀는 이제 그가 길을 잃어서 아예 돌아오지 않았으면 하고 바랐다. 아니면 체스터 동물원에 계속 있거나.

그녀는 인생에서 새롭게 발견한 남자에게 접근하여 그의 팔에 손을 얹으며 말했다. 그 팔이 너무 차가워서 그녀는 깜짝 놀랐다. "정말 존경심을 불러일으키는 말씀이었어요." 그녀가 말했다.

샤일록의 두 눈은 금속성의 회색빛으로 돌아가 있었다. "하지만 성공하지 못했어요." 그가 말했다. "자비가 베풀어지지 않았습니다."

"아, 그건 필요하지 않아요."

"필요하지 않다고요?"

"어떤 것이 성공했는지 여부를 어떻게 측정하겠어요?" 그녀가 부푼 입술을 쳐들어 그를 바라보며 말했다. "하지만 그게 나한테는 성공했다고 말할 수 있어요."

"그런 소리를 들으니 기분이 좋군요. 당신은 누구에게 자비를 베풀 생각입니까?"

"당신이 내게 그러기를 바란다면 당신에게 베풀고 싶어요."

"나는 그것이 필요 없습니다."

"그럼 무엇이 필요하세요?"

그는 무언가 다른 말을 기대하듯이 잠시 말을 멈추었다. 이어 "그리고?" 그가 말했다.

그녀는 당황했다. "무슨 말씀이신지?"

"나는 그다음 말을 기다리고 있습니다. 당신은 당신에게서 뭔가를 바란다고 생각하는 사람들에게 보통 수수께끼를 내지 않나요?"

그녀는 그가 방금 한 말을 머리에서 털어 버리려는 듯이 머리카락을 흔들었다. "나는 당신에게 내줄 수수께끼 같은 건 없어요." 그녀가 말했다. "당신이라면 내가 직설적으로 말할 수 있으리라 생각했어요. 나한테는 당신이 원하는 건 아무것도 없다는 걸 알아요. 혹시 내가 당신에게 줄 수 있는 게 있을까요?"

그는 그녀가 그를 유명 인사로 만들려는 계획인지 궁금했다. 나는 유명세를 타기에는 너무 늙었어, 하고 그는 생각했다. "평화와 정적." 그가 말했다. "평화와 정적이 내가 필요로 하는 모든 것입니다."

그녀는 그것을 약간의 격려라고 생각했다. 평화와 정적을 그녀는 그에게 줄 수 있었다. "당신은 전에 내가 생각했던 그런 사람이 아니네요." 그녀가 고집스럽게 말했다.

"전에는 내가 어떤 사람이라고 생각했습니까?"

"모르겠어요. 하지만 내 생각에……" 그녀가 상상한 것이 무엇이었든 간에 그녀는 이 순간 그것을 표현할 말을 찾을 수 없었다.

샤일록이 그녀를 도와주었다. "유대인이 그처럼 기독교적이 될 수 있다는 생각?"

그녀는 그가 그 말을 거의 그녀에게 내뱉다시피 한다고 느꼈다.

"아니, 아니, 그건 내가 말하려던 것이 아니에요. 내 말은, 사이먼 스트롤로비치의 집에서 당신이 내게 문을 열어 주었을 때 당신은 너무나 위압적이어서 이처럼 인정미가 넘치는 분일 거라는 생각은 하지 못했어요."

"그건 같은 내용을 다르게 말하는 것일 뿐입니다. 당신은 유대인을 보면 그에게서 잔인함만을 보죠."

"나는 과거에 **유대인**을 보지 않았어요. 지금은 **유대인 보는 것**을 피하지 않아요."

"좋아요. 당신은 잔인함을 보면 거기에 유대인의 얼굴을 입히죠."

"난 단지 당신이 겉보기와는 다르다는 걸 말하려고 했어요. 나는 기독교인이 아니에요. 나는 어린 소녀 시절부터 교회에는 다니지 않았어요. 하지만 기독교적 정서가 무엇인지는 알아요. 설교단에서 얼굴을 찌푸리는 사람의 말로 표현되는 웅변적 정서에 놀라는 것은 아주 틀려먹은 일이 아닐까요?"

"당신은 얼굴을 찌푸리는 유대인을 뜻하는 거지요?"

"나는 내가 하는 말을 뜻할 뿐이에요."

"그렇다면 내가 그 정신에 입각하여 당신에게 대답하겠습니다. 그래요 놀라는 것은 틀린 일이에요. 당신이 온유한 기독교적 감정을 어디서 얻었는지 모른다는 것은 틀린 거예요. 예수가 유대교 사상가였다는 것을 모른다는 것은 도덕적으로나 역사적으로 틀린 거예요. 그러나 예수의 말을 인용하며 우리를 비난하는 것은 말도 안 되는 헛소리지요. 자선은 유대교의 개념입니다. 자비도 마찬가지입니다. 당신네가 그것들을 우리에게서 가져갔어요. 그뿐입니다. 당신네들이 그걸 전용했어요. 그건 공짜로 주어진 것이었지만 당신네들은 훔쳐 가야 했지요."

"내가요?"

"당신을 예로 드니까 충격적인가요? 그럴 겁니다. 그건 나에게도 충격이었으니까. 나는 내가 모범을 보인 것 때문에 땅을 기어야 했으니까. 그래요, **당신도** 포함되지요. 당신은 나의 인정미에 놀랐다고 말했습니다. 당신이 기대한 것은 무엇이었습니까? 지금 내게서 보는 인정미가 누구의 것이었다고 생각합니까? 당신 자신의 것! 내가 이미 알고 있는 것을 당신이 내게 어떻게 가르칠 수 있으며, 내가 오래전에 이미 당신에게 보인 모범을 어떻게 당신이 내게 보여 줄 수 있습니까? 그건 뻔뻔스러운 오만이고 부도덕한 절도 행위입니다. 그로부터는 슬픔밖에 흘러나올 게 없습니다. 당신의 오만에는 피가 어려 있어요."

플루러벨은 마치 울 것 같은 표정이었다. 그녀는 자신의 가슴에 손을 얹었다. "당신이 내게 저주를 퍼붓는 느낌이 들어요." 그녀가 말했다.

"자 이제 당신은 상대방의 느낌을 알게 되었습니다." 샤일록이 말했다.

그리고 이번에 플루러벨은 그가 그녀의 얼굴에 침을 **뱉었다**고 맹세할 수 있었다.

"그건 당신이 말한바, 그들에게 한 수 가르쳐 준 것이었군요."
리아가 말했다.

샤일록은 외투의 옷깃을 여미었다. "오랜 사전 명상이 뒷받침
된 것이었어." 그가 인정했다.

"그래도 멋져요." 그녀가 말했다.

"오랜 사전 명상은 안티클라이맥스를 가져오지." 그가 말했다.
"**너무** 오래 생각하다 보니, 내가 한 말이 좀 답답했어. 좀 더 잘할
수도 있었을 텐데."

"그래도 충분히 멋져요."

"그게 전부야?"

"충분히 멋지다고 하면 충분하지 않아요? 설마 당신이 역사를
바꾸어 놓으려는 건 아니겠지요?"

"희망은 해 볼 수 있지."

"그렇게 하는 건 현명치 못해요."

"그럼 입 다물고 조용히 있기를 바라는 거야?"

"그렇게 말하지는 않았어요. 하지만 당신의 라치모네스를 그
불쌍한 여자에게 좀 보여 주었더라면 좋았겠지요."

"아, 나는 그 여자 걱정은 하지 않아. 그 여자는 나를 정말로 사
랑해."

"그러면 이제 내가 당신을 걱정해야 되겠네요."

"난 당신이 안전하다고 생각해. 그녀는 엉뚱한 종파니까."

그는 곧바로 가지 않고 날리는 눈발 속에서 그녀와 가까이 있음을 즐겼다.

어떤 날들은 다른 날들보다 더 견디기가 힘들었다. 오늘 그는 그녀가 양팔을 자신의 어깨에 둘러 주었으면 좋겠다고 생각했다. 그들 사이에 정적이 흘렀다. 마치 상대방으로부터 더 많은 말을 기다리는 것처럼. 마침내 그녀가 입을 열었다.

"올바른 종파냐 엉뚱한 종파냐를 따지는 것은 우리에게 아무런 도움이 되지 않았어요." 그녀가 말했다.

"그건 우리만의 소행은 아니야." 그가 그녀에게 일깨워 주었다.

"그래요. 우리만의 소행은 아니지요. 하지만 나는 우리에 대해서 말하고 있어요. 당신과 나 그리고 제시카."

"아, 제시카는 아무 문제 없을 거야."

하지만 그는 뒤이어진 오래 메아리치는 침묵에서 그녀가 이미 알고 있다는 것을 읽었다. 제시카가 문제 있고 앞으로도 문제가 없지는 않으리라는 것을.

그러니 리아는 오랜 세월 동안 그로부터 알게 된 것을 감추고 있었다는 것인가? 그가 오랜 세월 동안 그가 알고 있는 것을 그녀에게 감추었듯이? 그녀가 모르게 하려고 그가 온 힘을 기울여 왔다는 것을 리아는 알고 있었단 말인가? 그들의 딸이 그들을 배신했고, 그들이 서로에게 갖고 있던 사랑을 배신했고, 그녀의 교육 환경을 배신했고 또 그녀 자신의 명예를 배신했다는 것을? 그 것도 아무 가치도 없는 어떤 사람 혹은 어떤 것—이를 어떻게 묘 사해야 할까?—을 위해?

그렇다면 그보다는 리아가 견디기가 더 힘들었을 것이다. 저기 저 땅속 차가운 곳에 묻혀 낮이든 밤이든 고백과 대화의 위안도 전혀 없이, 양팔로 그들의 치욕을 꼭 껴안고 누워 있는 그녀가.

그는 가슴이 터져 나갈 것 같은 생각이 들었다.

스트룰로비치가 당통의 수술 완료 소식을 듣기 위해 올드벨프 리로 돌아왔을 때, 샤일록은 이미 가 버렸고 플루러벨의 친구들 중 아직도 그녀의 수발을 들고 있는 사람들은 전혀 그와 얘기할 의사가 없어 보였다.

거기에 남아 있던 약간의 오후 햇빛은 곧 사라졌다. 그게 스트 룰로비치에게는 더 좋았다. 그는 더 이상 보고 싶은 게 없었다. 그는 대형 천막에서 멀리 떨어진 곳에 있는 금선 세공 벤치에서 눈을 털어 내고 그 축축함 따위는 신경 쓰지 않고 거기에 앉았다. 그는 당통에게 말을 걸거나 쳐다보지도 않고 그를 병원 앞에 내 려놓았다. 당통은 샤일록과의 논쟁 이후 좀 그 자신을 진정시킬 필요가 있었다. 그는 몸을 약간 떨었는데, 그를 기다리고 있는 사 건에 대한 두려움 때문일 거라고 스트룰로비치는 생각했다. 그는 잠시 후 정신을 차리더니 "자 이제 문 앞까지 왔으니 넘어가기만 하면 되겠군요"라고 말하며 리무진에서 내렸다. 그러나 스트룰로비치는 그 말에 침묵으로 대응했다. 왜 희생자가 집행자보다 더 가벼운 마음가짐을 갖고 있는지 스트룰로비치는 알려고 하지 않았다. 아마도 허세겠지. 스트룰로비치 자신이 적수가 칼 아래에서 비명을 내지르며 죽어 가기를 바란다고 말한 것이 허세였듯이. 사실 그는 더 이상 그 결과에 대하여 신경 쓰지 않았다. 당통이 죽든 살든 그 결과는 그와는 무관한 것이었다. 그것이 무엇을 바꾸어 놓겠는가? 그것은 비어트리스를 데려오지 못할 것이었다. 그의 아내를 원상회복시키지도 못할 것이었다. 그래턴의 계획을 좌절시키지도 못할 것이었다. 병원에서 나오면 당통은 여전히 당통일 것이었다. 보다 더 가능성이 높고 또 약간의 타당성마저도 있는 결과는, 당통이 전보다 더 지독한 유대인 증오자가 되리라는 것이었다.

그는 샤일록도 그가 지금 느끼는 것을 그대로 느끼고 있지 않을까 생각했다. 그의 말이 아무런 소용도 없다는 것을 알았으니 말이다. 그것은 단지 승리할 수 없었다는 문제만은 아니었다. 누려야 할 가치가 있는 승리는 없는 것이다. 승리든 패배든 똑같이 부조리했다.

그런 논리의 연장선상에서 시간의 우스꽝스러운 동선動線이 앞뒤로 움직이는 것이었다. 기독교인의 개종에서부터 유대인의 개종에 이르기까지의 시간. 전자가 발생하지 않고 후자가 갑작스럽게 발생했다면 세상은 더 살기 좋은 곳이 되었을까? 그래턴이 있는 혹은 없는 비어트리스. 하지만 무슨 차이인가? 그의 부모를 기념하여 그가 세우려 했으나 실패한 갤러리. 그러니 어쨌단 말인가? 뇌중풍에 맞아 쓰러진 그의 아내—그녀가 살고 있는 세상이 어떤 종류의 세상이든 그게 그녀에게 중요할까? 샤일록의 경우 행동은 임의적으로 멈추었으나, 시간은 멈추지 않았다. 시간은 그를 방부 처리했다. 행동이 끝났을 때 시간마저도 끝나 버렸다면 그는 더 좋아졌을까? 그는 더 많은 혹은 더 적은 영향을 미쳤을까? 모든 환상 중 가장 거대한 환상은 시간이 산통産痛을 겪으면서 자애로운 변화를 출산하리라는 것이다.

그는 얼마나 오래 거기에 앉아 있었는지 몰랐다. 하지만 한기가 그의 몸에 퍼지려고 하는 순간 플루러벨이 마침내 소식이 왔다고 소리쳤다. 그녀는 평소와는 다르게 갈라진 목소리로 말했다. 마치 안 넘어가는 고음을 내려다가 꺾이는 합창단 소녀의 목소리처럼. 그녀와 샤일록 사이에 오간 대화를 전혀 알지 못했으므로 그는 이것이 당통을 우려하는 그녀의 공포에서 나온 자연스러운 결과라고 생각했다. 좋아. 다른 건 몰라도 그는 불안의 씨앗을 뿌렸다. 잠시 그는 적수가 칼 아래에서 비명을 지르며 죽었으면 좋겠다는 희망을 품었다. 그러나 플루러벨의 동요에는 뭔가 옳지 못한 것이 느껴졌다. 그녀는 소식이 있다고 비극적으로 말했다. 그게 당통이 칼 아래에서 비명을 지르며 죽었다는 소식이라면, 왜 이렇게 전달하는 데 꾸물거리는가? 왜 음악 홀 같은 자세를 취하는가? 아주 우스꽝스러운 비틀거리는 걸음걸이, 힘겹게 헉헉대는 숨소리, 이마에 얹은 창백한 손.

그녀는 과장된 자세로 연극을 하고 있어, 하고 스트룰로비치는 생각했다. 그녀는 이것이 끝나기를 바라지 않아. 그는 취약하고 자그마한 그녀의 세계가 안전하기를 바라는 그녀의 기대감을 이해했다. 또 위협과 악의를 품은 스트룰로비치가 그 세계로부터 사라져 주기를 바란다는 것도 알았다. 하지만 그것은 그녀의 연극적 행동을 설명하지 못했다.

소수의 사람들이 대형 천막에서 난방기 옆에 모여 있었다. "나는 여기 수술 의사가 보내온 편지를 가지고 있어요. 그런데 놀랍게도 작성 일자가 닷새 전이에요." 플루러벨이 마침내 선언했다. 그녀의 목소리는 갑자기 강력하면서도 도전적이었고 편지를 읽어 내려가는 동안 잠시 전의 그 슬퍼하던 눈빛이 이글거리는 불꽃의 점들이 되었다.

관련자들에게

나는 오늘 이 온순한 환자(이름이 제시됨)를 신체검사하였습니다. '집게 유도 방식'으로 할례 수술을 할 수 있을 정도로 신체적으로 양호한지 파악하기 위한 것이었습니다. 그러나 환자가 이미 할례 된 상태이므로 그 방법이든 혹은 다른 방법이든 불필요하게 되었다는 것을 알려 드립니다. 내가 추론하고 또 회상하는 바로는, 그가 어린아이였을 때 수술이 실시되었습니다. 이러한 절차는 더운 나라에서 사는 가족들 중에서는 흔하게 발견되는 것입니다.

말할 필요도 없습니다만, 같은 사람을 두 번 할례 할 수는 없습니다.

경구,

판드하리 말리크

거기에 웃음이 있었는가? 찬양이 있었는가?

그날 오후 두 번째로 스트룰로비치는 그의 귀를 막았다. 히스테리적 농아증이라는 게 있다면 합리적 농아증이라는 것도 있다. 당신을 교육시켜 주지도 않고 명예롭게 해 주지도 않는 것을 왜 들어 주겠는가? 왜 부조리한 예측 가능성의 전개에 모독을 느끼겠는가?

그는 그를 바보로 만들어 버린 속임수를 역추적할 생각이 없었다. 사건들에 대해서든 그 자신에 대해서든 인내심이 없었다. 그 누구도 원칙 있게 행동하지 않았다. 그는 졌고 그것이 그를 당통으로부터 차별화시키는 전부였다. 승리―피 묻은 당통이라는 상償―는 그를 더 좋은 사람으로 만들지도 않았을 것이다. 그 자신이 별로 놀라지 않은 데 대하여 놀라면서, 그는 플루러벨이 그의 패배를 그에게 들이대기 직전에 그곳에서 빠져나왔다. 그녀 혼자서 승리를 즐기라고 해. 그는 더 이상 올드벨프리에는 볼일이 없었고 또 불평할 사항도 없었다. 그는 오히려 잘되었다고 생각했다. 현대인의 눈으로 보면 사기를 당하는 것에는 위엄이 있다. 그것은 존재의 터무니없음을 확인해 준다.

나는 만족해, 하고 그는 생각했다. 구식이지만 그래도 만족해.

그는 곧장 집으로 돌아오지는 않았다. 그는 다른 운전기사들과 진지한 대화를 나누던 브렌던에게 드라이브를 하자고 요청했다. 아무 데나. 모래 깔지 않은 골목길이라면 더 좋겠지. 눈 내려 하얗게 된 풍경. 높은 산울타리 가지와 눈발에 조용히 삐걱거리는 자동차 타이어. 밤이 될 때까지 밖에서 있자고. 그러나 그것을 오래 기다릴 필요가 없었다. 여기서는 오후 중반이 지나면 벌써 어둑어둑해졌다.

차에서 내려 스트룰로비치의 차 문을 열어 주기 전에 브렌던은 몸을 돌려 그에게 편지 하나를 내밀었다. "제 사직서입니다." 그가 말했다.

"난 그걸 기대하고 있었지." 스트룰로비치가 말했다. "나와 일한 게 시련이 아니었기를 바라네."

"선생님, 때때로 사람은 변화가 필요합니다." 브렌던이 말했다. "그게 전부입니다."

"브렌던, 자네의 양심이 시키는 대로 하게." 스트룰로비치가 그에게 말했다.

비난할 악마나 요괴가 없는 상태에서 브렌던의 양심이 그에게 회초리가 되리라는 생각은 스트룰로비치에게 별로 즐거움을 주지 못했다.

그가 마침내 집 안에 들어왔을 때 그는 책상으로 곧장 가서 당통에게 보내는 편지를 썼다. '승자에게 전리품을,' 하고 그는 썼다. '내 호의의 표시로서 솔로몬 조지프 솔로몬을 당신 집에 전달하도록 조치하겠습니다. 당신이 이 그림을 주려고 했던 사람의 즐거움이 다시 당신에게 열 배 크기로 되돌아오기를 바랍니다. 당신은 햇볕에 그을리고 고난에 위축된 모습이었습니다. 감사의 수액과 보은의 우정이 당신 속에서 솟구치기를 바랍니다. 우리는 영원히 슬프기 위해 지상에 온 것은 아닙니다.'

침대에 들기 전에 그는 케이를 보러 갔다가 비어트리스가 그녀와 함께 앉아 있는 것을 보았다. 두 여인은 애정의 표시를 하지 않았다.

"언제 돌아왔니?" 그가 비어트리스에게 물었다.

"좀 전에요."

"건강하니?"

그녀는 확인을 바라는 것처럼 어머니를 쳐다보았다. 그것은 머리 끄덕임 혹은 미소인가?

이건 딸애에게 어려운 일이겠지, 하고 스트룰로비치는 생각했다. 모든 것이 말이다. 이건 너무 잔인해. 그녀는 애일 뿐이야. "넌 건강해 보이는데." 그는 거짓말을 했다.

"그렇지 않아요." 그녀가 말했다. "하지만 감사해요. 아버지 말씀이 피해를 보지 않았느냐는 뜻이라면. 또 아버지가 알고 싶은 게 결혼 안 한 것이라면."

"네가 여기 돌아온 것만으로 충분해."

"나도 충분해요."

그녀가 여기에 있다는 것으로 충분했다. 그녀가 여기에 있다는 것이 무엇보다 중요했다. 그러나 뭔가 불안하고 달래지지 않는, 아버지로서의 비판 정신이 그가 표현하고 싶어 한 즐거움을 옆으로 밀어냈다. "만약 네가 오늘 집으로 돌아온다고 내게 말해 주었더라면," 그가 말했다. "넌 모든 사람의 수고를 덜어 주었을 거야."

"어쩌면 나는 모든 사람의 많은 수고를 덜어 줄 생각이 없었나 봐요."

저 돌같이 차가운 용서 없음은 샤일록을 닮았군, 하고 스트룰로비치는 생각했다. 그가 딸에게 지금 생각하고 있는 것이 무엇이냐고 묻는다면 그녀는 틀림없이 이렇게 대답할 것이었다.

나는 당신들 떨거지한테 복수할 거야.

감사의 말

내 생각에 감사의 말은 소설 작품에 어울리지 않는다고 본다. 소설가가 어떤 빚을 졌는지 알 수도 없고 또 갚을 수도 없기 때문이다. 어떤 책, 어떤 사람, 어떤 기억, 어떤 잊어버린 만남과 사건이 그의 도화선에 불을 붙였는지 막연한 것이다. 실제로 그 도화선에 불이 붙었다면 말이다.

그러나 이 소설의 상황은 내가 그동안 겪어 온 상황과는 사뭇 다르다. 우선 외부 주문으로 이 책이 시작되었고, 한 희곡을 집중적으로 읽는 데서 창작 과정이 전개되었으며, 때로는 이 책을 쓰는 과정에서도 다른 사람들의 생각과 조언에 귀를 기울였기 때문이다. 또 어떤 경우에는 과연 이런 책을 쓰는 게 옳은가 하는 문제에 대해서도 남들의 조언을 청했다.

나는 원전原典이 되는 희곡을 쓴 작가에게는 감사 표시를 하지 않겠으나, 이런 작업을 하면 뭔가 보람 있는 일이 되리라고 조언한 호가스 출판사의 줄리엣 브룩, 클래라 페이머, 베키 하디에게 감사드린다. 또 이들의 의견에 동의해 준, 나의 한결같은 대리인 조니 젤러에게도 감사한다.

나의 아내이며 비판적 동지인 제니 드 용, 나의 오랜 친구인 존 매클래퍼티와 더머러스 파머, 그리고 비교적 최근에 알게 된 새로운 친구—아흔여섯의 나이에도 여전히 날카롭고 열정적인—도널드 젝 같은 분들과, 그 희곡과 나의 작품에 대하여 귀중한 대화를 많이 나눌 수 있었던 것을 고맙게 생각한다.

나는 지난 50년 이상 셰익스피어에 관한 연구서와 논문을 너무나도 많이 읽어서 어떤 자료에 가장 신세를 졌는지 잘 알 수 없을 지경이 되었다. 그러나 이번에 『베니스의 상인』에 대하여 깊이 생각하면서, 다음의 자료들에서 전반적으로 혹은 부분적으로 큰 도움을 얻었다. 제임스 샤피로의 『셰익스피어와 유대인 Shakespeare and the Jews』, 스티븐 그린블랫의 『세계를 향한 의지』, 존 그로스의 『샤일록 Shylock』, 아널드 웨스커의 『샤일록과 다른 희곡들 Shylock and Other Plays』, 케네스 그로스의 『샤일록은 셰익스피어 Shylock Is Shakespeare』, 린 스티븐스의 「원숭이의 황야 A Wilderness of Monkeys」(B. J. 소콜이 편집한 『발견되지 않은 땅 : 정신분석과 셰익스피어에 관련된 새로운 논문들』에 들어 있는 논문), 데이비드 니렌버그의 『반유대주의 : 서구의 전통 Anti-Judaism: The Western Tradition』, 필립 로스의 『다른 사람의 삶 The Counterlife』 등.

옮긴이의 말

　이 책은 호가스 출판사의 창의적인 기획인 「셰익스피어 다시쓰기」 시리즈의 하나로서, 『베니스의 상인』을 현대적인 감각으로 재구성한 장편소설이다. 작가 하워드 제이컵슨(1942~)은 유대계 영국인으로서 케임브리지 대학 영문과에서 F. R. 리비스 교수의 지도 아래 셰익스피어를 전공했고 그 후 열네 편의 장편소설을 썼다. 그는 2010년에 사랑, 상실, 남자의 우정 등을 다룬 장편소설 『영국 남자의 문제 *The Finkler Question*』로 맨부커상을 수상했다. 사변적인 이론과 뛰어난 언어 감각에서 나오는 유머를 구사하면서, 현대 유대인의 정신세계를 잘 묘사했다는 평가를 받고 있으며 미국의 필립 로스와 함께 영미권의 대표적인 유대계 소설가로 꼽힌다. 실제로 이 작품 속에서도 "필립 로스가 좋겠군. 자네는 모든 등장인물이 다른 사람의 삶을 살아가고 있는 그의 소설

책을 갖고 있나?"라고 말하여 유대인 작가로서의 동료 의식을 표명한다. 이 소설을 재미있게 읽기 위해서는 작품의 원전이 되는 『베니스의 상인』의 줄거리를 미리 알아 둘 필요가 있는데, 예전에 이 드라마를 읽은 독자는 기억을 되살리기 위해, 아직 읽지 못한 독자는 배경지식의 보강을 위해 줄거리를 별첨했으니 참조해 주시기 바란다.

샤일록이라는 이름은 히브리어 샬라흐shalach를 그대로 음역한 것인데, 흠정판 영역 성경에서는 이 단어가 코모런트cormorant, 즉 맹금猛禽으로 번역되어 있다. 그런데 맹금은 셰익스피어가 극작가로 활동한 엘리자베스 여왕 시절에는 고리대금업자를 가리키는 은어였다. 고리대금업이라는 천한 직업은 해외 이산 이후 유대인이 겪었던 인종차별을 가장 잘 보여 주는 업종이다. 기독교인들이 다들 천시해서 기피하는 일이었기 때문에 유대인이 이 일을 맡았는데, 그 이면에는 유대인의 박해받은 역사가 자리 잡고 있다. 소설의 시작 부분에서 작가는 셰익스피어 또한 유대인이 아니었을까 하는 기발한 생각을 피력한다. '이 극작가의 천재성과 오만한 세파르디 표정에 대하여, 사이먼은 그것이 한때 극작가의 조상들이 성을 샤피로에서 셰익스피어로 바꾼 데서 기인한다고 생각했으나 지금은 확신하지 못한다'라고 한 부분이 그것이다. 사실 셰익스피어가 드라마 속에서 유대인의 피해의식과 거기서 나오는 격렬한 반응을 그렇게 잘 묘사해 놓은 것을 보면 이런 의심이 들 만도 하다.

유대인을 가리키는 가장 보편적인 용어는 그들이 '타자他者'라는 것이다. 또한 작중인물도 유대인을 가리켜 "낯선 타인이 되는게 우리의 장기지"라고 말한다. 유대인들은 서기 70년에 티투스에 의해 예루살렘 신전이 파괴된 이후 고국을 버리고 해외 이산을 떠나게 되었다. 그들은 먼저 알렉산드리아와 바빌로니아로 갔다가 다시 스페인으로 건너가고, 이 스페인이 무슬림 치하에 있던 700년 동안 무슬림과 협력하면서 유대교를 지켰고 다시 스페인이 기독교화되자 그곳에서 1492년에 쫓겨나 전 유럽으로 퍼졌다. 그 이전에도 서유럽 쪽으로 진출했던 유대인들은 1290년에 영국에서 쫓겨나고 다시 1306년에 프랑스에서 쫓겨나면서 주로 폴란드와 러시아 일대의 동부 유럽에 집중적으로 살았다. 그들의 역사는 한마디로 재산과 명예를 일거에 빼앗기고 척박한 땅으로 계속 내쫓긴 피압박의 역사였다. 유럽의 여러 나라에서 무슨 나쁜 일이 벌어지면 유대인이 반드시 희생양으로 등장했다. 전염병이 창궐해도 유대인 탓, 전쟁이 터져도 유대인 탓, 심한 가뭄과 흉년이 들어도 유대인 탓이었다. 그리고 1939~1945년 동안의 나치 정권의 '최종 해결' 사태 때에는 무려 600만 명의 유대인이 희생당했다. 오늘날에 들어서는 전 세계를 유대인의 배후 집단이 조종하고 있다는 음모론이 그런 피해의식의 희미한 그림자로 남아 있다. 이러한 박해를 유대인이 혼자 힘으로 견뎌 내야 하는 상황은 작품 속에서 수음手淫이라는 농담으로 제시된다. 그러나 유대인들은 하느님과의 계약을 지키면서 그 시련을 견디는데, 스트롤로비치가 딸아이가 태어났을 때를 묘사한 장면은 그것을 잘 설명한다.

'그녀는 마땅히 유대인 남편을 두어야 할 것이었다. 그가 비유대인을 경멸한다거나 유대인 가문이 계속되기를 바라서가 아니다. 그녀의 삶이 기억된 엄숙함과 예고된 슬픔의 고통 속에서 진지하게 시작되었기 때문이다. 그 고통은 임의적인 애정이나 의지 때문에 내던져 버릴 수 있는 것이 아니다. 그것은 명예와 충성의 의무를 그 아이가 하느님에게 빚지고 있고 또 하느님도 받을 빚이 있다고 생각하는 것이다. 그것은 딸아이가 마음대로 결정할 수 있는 것이 아니다. (……) 그것은 엄숙한 계약이다. 만약 그 애가 아들이었더라면 할례 의식을 통해 구체적으로 표현되는 것이었다. 그것은 동맹의 맹세 같은 것이다.'

이처럼 엄숙한 계약에 입각하여 딸을 사랑하는 만큼 그 딸을 빼앗기는 피해를 당하면 그것에 대하여 보복하고 싶어지는 것은 당연한 일이다. '눈에는 눈, 이에는 이'가 곧 정의의 가장 근본적인 형태이고 정의는 원래 보복의 그림자를 그 안에 갖고 있다. 샤일록은 사랑하는 딸을 안토니오 그룹의 일원인 로렌초에게 빼앗겼고 그 그룹이 평소 그의 가족애와 종교적 본능을 경멸했기 때문에 그 그룹의 대표인 안토니오에게 불타는 복수심을 느낀다. 이 복수심의 표시가 내가 느낀 만큼의 심적 고통을 너(안토니오)의 심장에서 살 한 파운드를 떼어 내어 보복하려는 심리로 표출된다. 그런데 정의만을 앞세우면 만인의 만인에 대한 싸움은 끝날 길이 없으므로, 자비라는 인간 공동체 특유의 개념이 생겨나게 되었다. 정의(법률)만 가지고는 이 세상의 평화를 유지할 수 없으므로 거기에 더하여 사랑(은총)이 있어야 한다고 가르치는 것은 어느 종교든 다 마찬가지이다. 가령 『묘법연화경』의 「여래수량품」에서 부처는 "나는 언제나 여기에 있다. 단지 오고 가는 것처럼 보일 뿐이다"라고 말하여 온 세상이 자비심으로 넘쳐흐르는데 겉모습에 현혹되어 우리가 보지 못할 뿐이라고 한다.

작가는 이 정의와 자비의 문제를 『샤일록은 내 이름』의 핵심 주제로 삼으면서, 그 문제를 살 한 점을 떼어 내는 문제와 교묘하게 대비시키고 있다. 셰익스피어 극에서 살은 원래 가슴(심장)에서 한 파운드 떼어 내는 것으로 되어 있는데, 작가는 이것을 할례 의식과 유대인의 피해의식을 상징하는 수음의 이미지와 결부하여 성기에서 살을 떼어 내는 것으로 전환시킴으로써 두 주제(정의와 자비)를 연결시킨다. 할례는 기독교권에서는 비인간적인 야만 행위로 여겨지나 유대인들은 오히려 그게 야만의 정반대이고 또 야만에서 벗어나 문명으로 가는 행위라고 생각한다. 할례는 인간 목숨의 첫째 날부터 그러니까 어머니의 아늑한 자궁 속에 있을 때부터 인생을 편안한(혹은 욕망하는 대로 이루어지는) 삶으로 착각해서는 안 된다는 것을 가르치는 의식이라는 것이다. 성기는 언제나 욕망에만 반응하는 기관이므로 그것에만 의지하여 살아가면 인간은 파멸로 나아갈 수밖에 없다. 작품 속에서 욕망은 원숭이로 상징되어 있다. 반면에 심장은 생명체의 욕망과는 무관하게 생명이 다할 때까지 스스로 작동하는 기관이다. 이 사랑은 작품 속에서 가장 고귀한 인간적 가치로 제시된다. 이 둘을 고상하게 연결시키는 것이 할례의 진정한 뜻이라고 작중인물 샤일록은 말한다. 여기서 작가는 이 세상의 피해 혹은 피해의식을 치유하는 힘은 욕망('눈에는 눈, 이에는 이')에만 반응하는 정의로는 결코 완수될 수 없고, 그런 욕망과는 무관하게 지속적으로 존재하는 사랑도 함께 실천해야 한다는 메시지를 전한다.

셰익스피어의 드라마는 4막에서 샤일록이 퇴장할 때까지 비극의 기조를 유지하다가 5막에 이르면 돌연 분위기가 바뀌어 희극으로 전환한다. 그래서 일부 평론가들은 이 드라마가 일관성을 결여하고 있고 뭔가 구조적으로 불완전하다는 평가를 내린다. 또 어떤 평론가는 이 극이 희극도 비극도 아닌 희비극이라고 평가한다. 마르크스는 세상의 모든 사건은 두 단계의 해석을 거치는데 한 번은 비극의 단계이고 그다음은 희극의 단계라고 말했다. 이것을 좀 더 쉽게 말하면 인간 만사는 가까이서 보면 비극이지만 멀리서 보면 희극이라는 뜻도 된다. 작가는 이 희비극의 기조를 그대로 살려 작품의 끝에 절묘한 반전을 배치하여 셰익스피어 드라마의 분위기를 잘 살리면서 소설을 마무리한다. 그리하여 앞의 부분들은 1장에서 23장까지 모두 장으로 처리되었으나 이 부분만 5막이라고 표시하여 희비극의 전환을 강조한다. 여기서 우리는 여주인공 플루러벨 아버지의 모순적인 성격을 보여 주는 묘사를 떠올리며 희비극의 전환이 동시다발적으로 벌어지는 것임을 생각하게 된다.

'골든트라이앵글이라고 (……) 거대한 오래된 주택에, 마약과 언론을 못마땅하게 여기면서도 마약을 흡연하는 언론계의 거물이 살았다. 그는 자신의 재산을 제외한 모든 부의 공평한 분배를 선호하는 제약 회사 재벌의 상속자이고, 사회적 개선의 원칙을 불신하는 유토피아주의자이고, 록 음악계의 전설이 되기를 공상하는 그레고리오 성가의 애호가이며, 변덕스러운 환경보존주의자로서 그의 아들들에게는 고속 자동차를 사 주어 그가 보존하기를 바라는 시골길들을 마구 훼손시키도록 방치하는 아버지이다. 그가 많은 사람들과 비슷하게 보인다면, 그것은 그 많은 사람들이 그의 내부에 종합되어 있기 때문이다. 하지만 그는 (……) "때때로," (……) "운 좋고 재주 많은 사람들조차도 그들의 삶이 당황스러운 슬픔에 저당 잡혀 있다고 느낀다네."'

원래 희극은 슬픈 이야기로 나가다가 즐거운 스토리로 끝나는 것이고, 비극은 슬픈 이야기로 나가다가 더 슬픈 스토리로 끝나는 것이다. 그런데 희비극은 슬픔과 즐거움이 순환되는 구조를 갖고 있다. 그래서 작가는 이런 말을 한다. "유대인들은 즐겁지 않기 때문에 농담을 하는 거야." 그러면서 보마르셰도 인용한다. "나는 모든 것에 서둘러서 웃음을 터트린다. 그렇지 않으면 내가 모든 것에 울음을 터트릴 것 같기 때문이다." 또 작품 속 인물의 입을 통하여 이런 말도 한다. "그것(부자父子간의 연결 관계)이 당신네 종교(유대교)의 남자들, 페니스, 농담을 서로 연결시킵니다." 기쁨과 슬픔의 순환이라는 관점에 입각하여 피해의식을 사랑의 공감으로 바꿀 수 있다면 그것처럼 훌륭한 희비극이 어디에 있겠는가? 작가가 경묘한 유머와 말재주 속에서 일관되게 포착하려는 샤일록의 모습은 바로 그것 즉, 정의와 자비의 순환, 슬픔과 기쁨의 교차, 성기와 심장의 조화이다.

마지막으로 샤일록의 얘기는 단순히 유대인의 스토리로 끝나는 것이 아님을 말하고 싶다. 우리가 이해하기 어려운 사람, 우리에게 이유 없는 피해를 입히는 사람, 우리의 분노를 자아내는 사람은 우리 주위에 얼마든지 많다. 그들에 대하여 우리에게 복수할 수 있는 기회가 주어졌을 때, 우리는 얼마나 샤일록과는 다른 행동을 할 수 있겠는가? 이 소설의 여러 군데에서 샤일록과 스트룰로비치가 주고받은 대화는 곧 우리가 그런 상황에서 피해자가 되어 이미 피해를 당한 사람과 나눌 수 있는 대화의 완벽한 복제이다. 이 경쾌하고 유머러스한 대화를 통해 우리는 샤일록에 대하여 혹은 인간이라면 누구나 갖고 있는 피해의식에 대하여 폭넓은 이해와 통찰을 얻게 된다.

2016년 3월
이종인

『베니스의 상인』줄거리

1막

안토니오는 세계 일곱 바다에 상선을 띄우는 성공한 베니스의 상인이지만 쓸데없는 슬픔에 자주 사로잡힌다. 반면에 그의 수다스러운 젊은 친구 그라티아노는 자신의 주름살이 즐거움과 웃음 때문에 생겨나기를 바라는 쾌활한 청년이다. 안토니오의 또 다른 친구 바사니오는 안토니오에게 큰 빚을 지고 있으면서도 그가 사랑하는 아름답고 부유한 벨몬트의 숙녀에게 구혼하기 위하여 추가 자금을 지원해 달라고 요청한다. 당장 수중에 현금이 없던 안토니오는 바사니오가 그의 명의로 돈을 빌리는 것을 허락한다. 바사니오는 유대인 고리대금업자 샤일록을 찾아간다. 그런데 샤일록은 안토니오를 미워한다. 기독교인인 안토니오가 유대인을 미워하는 데다 이자도 받지 않고 돈을 빌려주기 때문이다. 샤일록은 안토니오에게 석 달 동안 3,000두카트를 빌려주기로 합의한다. 그러나 안토니오가 돈을 제때 갚지 않으면 그의 살 한 파운드를 신체 어디에서나 떼어 내겠다고 농담 삼아 요구한다. 바사니오는 친구인 안토니오가 농담 삼아서라도 이런 증권에 서명하는 것에 반대하지만 안토니오는 상품을 가득 실은 그의 상선이 만료일 이전에 돌아올 것으로 확신하기 때문에 그것이 농담이든 아니든 별로 신경 쓰지 않고 서명한다.

한편 벨몬트에서 바사니오의 애인 포샤는 아버지의 유언 때문에 한숨을 쉰다. 아버지의 유언에 의하면 그녀의 구혼자는 궤짝 시험에서 통과를 해야만 한다. 그것은 금, 은, 납의 세 궤짝 중에서 그녀의 초상화가 들어 있는 궤짝을 선택하는 시험이다. 그동안 포샤는 그녀를 찾아왔다가 시험에서 떨어진 남자들에 대하여, 귀찮은 남자들이 저절로 떨어져 나갔다며 하녀 네리사와 함께 잘되었다고 자축해 왔다. 그러나 그녀가 바사니오를 사랑하게 되자 그 시험에서 애인이 통과하지 못할까 봐 걱정이 된다.

2막

샤일록의 하인인 란설롯 고보는 눈이 잘 안 보이는 아버지 고보 노인을 만나서 힘들게 자신이 그의 아들임을 확인시킨다. 란설롯은 샤일록 밑에서 일하는 것이 불만이어서 바사니오에게 자신을 써 달라고 부탁하여 성사시킨다. 그가 샤일록의 딸 제시카 곁을 떠날 때, 제시카는 고보에게 로렌초에게 편지 한 통을 전해

달라고 부탁한다. 로렌초는 제시카가 사랑의 도피를 함께 떠날
상대자이다. 샤일록이 안토니오와 저녁 식사를 하는 동안, 제시
카는 아버지의 귀중품 상당수를 챙겨서 시동으로 변장하고 집을
떠난다. 제시카의 출분 사실이 알려졌을 때 샤일록은 딸을 잃어
버린 것만큼이나 금품을 잃은 것도 슬퍼한다.

한편 포샤를 찾아온 구혼자 중에는 모로코의 왕자가 있었다.
그는 금 궤짝을 선택했는데 그 안에는 죽음의 해골 그림과 '반짝
이는 것이 모두 금은 아니다'라고 쓰인 족자가 들어 있었다. 아라
곤의 왕자 역시 시험에서 실패했다. 그는 은 궤짝의 명문, '나를
선택하는 자는 그의 자격만큼 얻으리라'를 읽고서 은 궤짝을 선
택했는데 그 안에는 눈을 깜빡거리는 바보의 초상화가 들어 있
었다.

3막

샤일록의 친구 투발은 안토니오의 상선들이 난파했다는 소문
을 전한다. 또한 안토니오의 채권자 한 사람이 투발에게 반지를
보여 주면서, 원숭이 한 마리를 주고 샤일록의 딸에게서 얻은 것
이라고 말한다. 샤일록은 그 반지가 아내 리아에게서 선물 받은
것으로 황야를 가득 채울 만큼 많은 원숭이들을 주어도 바꾸지
않겠다고 대답한다. 안토니오의 상선 난파 소식에, 샤일록은 증
권의 이행을 반드시 요구하겠다고 말한다. 안토니오의 살 한 파
운드로 무엇을 하겠느냐는 질문을 받고서 샤일록은 그의 신앙

때문에 받아 온 조롱을 상기하면서 이렇게 대답한다. "그걸로 낚시 미끼를 하려고. 그게 그 어떤 것의 밥이 되지 못한다면, 내 복수심의 먹이는 되겠지."

벨몬트에 도착한 바사니오는 즉시 궤짝 시험을 실시하자고 주장한다. 하지만 포샤는 하루 이틀 연기하자고 그에게 말한다. 음악가들이 노래로써 그에게 암시를 주는 가운데, 바사니오는 궤짝들을 살펴보다가 겉모습에 기만당해서는 안 된다는 생각을 하면서 납 궤짝을 선택한다. 그는 궤짝을 열고서 그 안에 포샤의 초상화가 있는 것을 보고 크게 기뻐한다. 시험 결과를 확인해 달라는 바사니오의 요청을 받고서, 포샤는 그의 고명한 선택에 답하기 위해 지금보다 더 아름답고, 부유하고, 현명한 여인이 되기를 원한다고 대답한다. 그녀는 승복의 표시로 그에게 반지를 건네주고 그는 반지를 영원히 아끼고 간직하겠다고 맹세한다. 네리사와 함께 이 행복한 장면의 증인이 된 그라티아노는 네리사의 뜻을 밝힌다. 만약 바사니오가 포샤와 결혼한다면 네리사는 그라티아노와 결혼하기로 동의했다는 것이다. 제시카와 로렌초는 이제 살레리오의 무리에 합류하는데, 살레리오는 바사니오에게 가는 안토니오의 편지를 전한다. 편지 내용은 안토니오의 상선들이 모두 실종되었고, 샤일록은 증권의 이행을 요구한다는 것이었다. 안토니오는 바사니오에게 한 번 더 그를 볼 수 있게 빨리 베니스로 와 달라고 요청한다. 바사니오와 그라티아노는 합동결혼식을 올린 직후 베니스로 출발한다. 포샤는 로렌초에게 그녀 장원의 관리자로 일해 달라고 요청한 후, 남편들이 돌아올 때까지 네리사와 함께 수도원에 잠시 피정 갈 뜻을 밝힌다. 그러나 실제로는 수도원에 가지 않고, 친척인 닥터 벨라리오에게 신비스러운 메시지를 보낸 후에 네리사와 함께 남장을 하고서 베니스로 향한다.

4막

법정에서 샤일록은 베니스 공작에게 반드시 증권의 징벌 조항을 집행해야 한다고 요구한다. 그가 안토니오에게 품고 있는 증오심을 만족시키기 위해서라도 집행이 필요하다는 것이다. 바사니오는 그가 빚진 금액의 세 배를 물어 주겠다고 제안한다. 그러나 샤일록은 돈은 필요 없고 한 파운드의 살을 떼어 내라고 요구한다. 그러면서 증권의 조항을 무시하는 것은 베니스의 법률이 글자에 불과한 것임을 보여 주는 것이라고 경고한다. 그러자 공작은 박학한 법률가인 닥터 벨라리오에게 판결을 부탁해 놓았다고 말한다. 그때 법원 서기로 변장한 네리사가 나타나 닥터의 편지를 전한다. 닥터는 병이 나서 오지 못하고 그 대신에 발타사르라는 젊은 동료를 보낸다는 내용이었다. 발타사르는 실은 법학 박사로 변장한 포샤였다. 포샤는 안토니오에게 자비를 보임으로써 이 사건에 대한 정의의 강도를 좀 경감해 줄 것을 샤일록에게 요청한다. 샤일록은 거절하고 증서에 가슴 가장 가까운 곳에서 살을 떼어 내도록 되어 있다고 알린다. 포샤가 안토니오에게 가슴에 칼을 맞을 준비를 하라고 지시하자 샤일록은 환호한다. 그러나 샤일록의 기쁨은 곧 끝나 버린다. 포샤가 베니스의 법률에 의하여, 한 파운드 이상의 살을 떼어 내서는 안 되고 그것도 기독 교인의 피를 흘려서는 안 된다고 말했기 때문이다. 피 흘리지 말고 그것도 딱 한 파운드만 살을 잘라 내라는, 불가능한 주문이었다. 이를 위반하면 샤일록은 그의 전 재산과 목숨을 잃게 될 것이다. 이런 판결을 듣자 샤일록은 받을 돈 3,000두카트만 받으면 만족하겠다고 대답한다. 그러나 포샤는 베니스 시민의 목숨을 앗아 가려 한 데 대한 징벌로서, 샤일록 재산의 절반은 피해자에게 건 네주고, 나머지 절반은 도시의 국고에 건네라고 지시한다. 그러나 공작은 샤일록을 사면하고 재산 절반 몰수를 벌금으로 경감 시켜 준다. 반면에 안토니오는 피해자 몫으로 받은 재산 절반을 제시카와 로렌초의 신탁 기금으로 유지하겠다고 말한다. 단 샤일록이 기독교로 개종하고 사망 시에 딸과 사위에게 전 재산을 물려주겠다고 약속해야 한다. 기가 꺾인 샤일록은 이런 조건들에 동의할 수밖에 없다.

안토니오와 바사니오는 젊은 법학 박사의 수고에 깊이 감사하며 사례하고자 한다. 그러나 젊은 박사는 바사니오가 손가락에 끼고 있는 반지만을 사례의 표시로 받으려 한다. 바사니오는 처음에는 망설이다가 안토니오의 권유로 그 반지를 박사에게 건네준다. 네리사는 포샤에게 법원 서기도 그라티아노로부터 똑같은 사례를 요구할 것이라고 속삭인다.

5막

포샤의 달빛 은은한 정원에서 부드러운 밤공기를 맞으며 제시카와 로렌초는 서정적인 대화를 주고받는다. 포샤와 네리사가 새벽 전에 도착하고, 바사니오, 그라티아노, 안토니오가 그 뒤를 따른다. 네리사는 그라티아노에게 결혼반지는 어디에 있느냐고 묻는다. 그라티아노는 그 반지를 법원 서기에게 주었다고 대답한다. 포샤는 아내의 선물을 그처럼 가볍게 여기는 법이 어디에 있느냐며 자신이 그런 경우를 당한다면 무척 화를 낼 것이라고 말한다. 그래서 바사니오는 할 수 없이 포샤의 반지를 어떻게 했는지 고백해야 했다. 포샤는 마침내 남편을 용서하기로 하면서 다시 반지를 줄 테니 이번에는 전보다 더 잘 간수하라고 말한다. 바사니오가 그 반지가 법학 박사에게 준 바로 그 반지임을 알아보자, 포샤와 네리사는 그들의 변장 행각을 소상히 밝혀서 남편들을 깜짝 놀라게 한다. 포샤는 다른 사람들을 위한 좋은 소식도 갖고 있었다. 제시카와 로렌초는 샤일록의 재산을 물려받을 것이라는 소식을 들었고, 또 안토니오는 그의 상선 세 척이 무사히 베니스에 돌아왔다는 얘기를 듣는다.

이 소설의 샤일록은 스스로가 작가를 찾는 등장인물이다. 적어도 그를 완전히 써내고 공백을 채우며 한때 침묵할 수밖에 없었던 그에게 목소리를 부여해 줄 작가를. 그리고 꼭 400년 후, 제이컵슨에 이르러 그는 상당한 수완으로 그것을 한 치의 어긋남 없이 완수한 인간을 찾아냈다.

《데일리 비스트》

제이컵슨의 글은 거장의 경지다. 그는 풍자에서부터 진지함까지 어조를 노련하게 변환시키는 명수名手다. 그의 산문은 진정으로 작품을 지배하는 작가에게서만 볼 수 있는 일종의 탄력적인 정밀함을 갖추었다. 또한 여기에서는 웅숭깊고 진실한 자아 성찰이 이루어진다.

《인디펜던트》

제이컵슨은 분명 즐기고 있다. 복합적인 와인과 함께한 감별사처럼 원작의 퍼즐을 음미하면서. 사랑, 복수, 용서, 정의라는 주제를 만끽하면서. 과거에나 현재에나 유대인이라는 것이 무엇을 의미하는지 탐구하면서. 도발적이고 신랄하며 대담한 작품.

《파이낸셜 타임스》

이 흥미진진하고 자유분방하며 재치 있는 설전舌戰을 통해 제이컵슨은 원작의 허점을 밝혀내고, 원작에서 중점적으로 다루었던 부분을 슬그머니 조정하고, 몇백 년 된 연극 대본을 놀라우리만큼 창의적으로 활용하면서 진정으로 셰익스피어의 희곡과 소통하고 있다.

《텔레그래프》

『샤일록은 내 이름』은 훌륭한 문학적 전복顚覆이 해야 할 일을 했다. 바로 원작에 대한 인식을 심화하고 향상시킨 것이다.

《가디언》

강렬하고 독창적이며 마음을 사로잡는 작품. 인상적인 리듬과 우아한 변조變調로 가득하다.『샤일록은 내 이름』은 경탄할 만한 성취다. 셰익스피어의 유대인은 이 소설의 종막에서 마침내 인정받았다.

《내셔널》(아랍에미리트연합국)

하워드 제이컵슨, 반박의 여지가 없는 블랙코미디의 대가.『샤일록은 내 이름』은『베니스의 상인』을 향한 도발적인 물음이다. 현대적인 유대인과 변치 않는 유대인을 대변하는 두 남자 간의 신랄하고 몹시 익살스러운 일장의 문답은 이 작품의 동력動力이다. 그들은 유대인이 스스로를 유대인이라 칭하는 것이, 혹은 타인들에게 그렇게 불리는 것이 어떤 의미인지에 대해 끝없이 질문을 던진다.

《옵서버》

비범한 문예비평. 제이컵슨은 샤일록을 셰익스피어의 문화와 상상력의 산물이라기보다 유대인 역사의 상징적인 실존 인물로 간주하고 있다.

《프로스펙트》

『샤일록은 내 이름』은 상실, 정체성, 오늘날의 반유대주의에 대해 할 이야기가 많다. 샤일록과 벌이는 사이먼의 논쟁, 자신의 문학적 창조주를 향해 열변을 토하는 한 인간의 스냅숏이야말로 빈틈없고 인도적인 이 책의 핵심이다.

《타임스》

그야말로 천생연분이 아닐까. 제이컵슨에게『베니스의 상인』에 대해서 쓰고 내막을 밝히도록 맡긴 것은.

스티븐 그린블랫(『세계를 향한 의지』의 저자 · 셰익스피어 연구자)

HOGARTH
SHAKESPEARE

'그는 어떤 한 시대의 작가가 아니라 모든 시대의 작가이다.'
벤 존슨

지난 400여 년 동안 셰익스피어의 작품은 전 세계적으로 공연되고, 읽히고, 사랑받아 왔다. 그의 작품들은 새로운 세대마다 10대 영화, 뮤지컬, SF 영화, 일본 무사武士 이야기, 문학적 변형 등 다양한 방식으로 재해석되었다.

호가스 출판사는 1917년에 버지니아 울프와 레너드 울프가 설립했는데 당대의 가장 좋은 새로운 책들만 출판한다는 목표를 가지고 있었다. 2012년에 호가스는 그 전통을 계속 이어 가기 위해 런던과 뉴욕에 설립되었다. 호가스 셰익스피어 프로젝트는 셰익스피어의 작품들을 오늘날의 가장 인기 많은 베스트셀러 작가들이 다시 쓰도록 후원하는 계획이다.

마거릿 애트우드, 『템페스트』
트레이시 슈발리에, 『오셀로』
길리언 플린, 『햄릿』
하워드 제이컵슨, 『베니스의 상인』
요 네스뵈, 『맥베스』
앤 타일러, 『말괄량이 길들이기』
지넷 윈터슨, 『겨울 이야기』

옮긴이 **이종인**

1954년 서울에서 태어나 고려대학교 영어영문학과를 졸업했다. 한국 브리
태니커 편집국장과 성균관대학교 전문 번역가 양성 과정 겸임교수를 지냈
다. 주로 인문사회과학 분야의 교양서를 번역했고 최근에는 현대 영미 작가
들의 소설을 번역하고 있다. 지은 책으로는『살면서 마주한 고전』『전문 번
역가로 가는 길』『번역은 글쓰기다』등이 있으며, 옮긴 책으로는『셰익스피
어 깊이 읽기』『작가는 왜 쓰는가』『마이클 더다의 고전 읽기의 즐거움』『로
버트 루이스 스티븐슨』『향연 외』『돌의 정원』『누구를 위하여 종은 울리
나』『무기여 잘 있거라』『어둠 속의 남자』『보이지 않는』『나의 마지막 장편소
설』『지상에서 영원으로』『미스 론리하트』외 다수가 있다.

샤일록은 내 이름

초판 1쇄 펴낸날 2016년 6월 20일

지은이 하워드 제이컵슨
옮긴이 이종인
펴낸이 양숙진

펴낸곳 (주)**현대문학**
등록번호 제1-452호
주소 06532 서울시 서초구 신반포로 321(잠원동, 미래엔)
전화 02-2017-0280
팩스 02-516-5433
홈페이지 www.hdmh.co.kr

ISBN 978-89-7275-770-2 04840
     978-89-7275-768-9 (세트)

* 책값은 뒤표지에 있습니다.